KB104913

무도연지겁 3

武道胭脂刻

도경비도(刀經秘圖)

무도연지겁 3
武道胭脂劫

도경비도(刀經秘圖)

사마령 지음 · 중국무협소설동호회 중무출판추진회 옮김

중무동 중무출판추진회에서 첫 번역작을 내며

중무출판추진회(위)가 중국무협소설동호회(중무동) 내의 소모임으로 출발한 것은 2007년 6월이었다. 당시 회주였던 고죽옹 님을 비롯하여 십여 명의 회원들은 침체되어 가는 중국 무협소설 시장을 모두 안타까워하며, 중국 무협소설 명작의 번역을 추진하게 되었다.

중국 무협소설에 무한한 애정을 가지고 있는 회원들의 토의를 거쳐 사마령의 『무도연지겁』을 번역하여 출판하는 것으로 의견을 모으고 사업을 추진하였다. 이 과정에서 와룡생, 양우생, 이량, 정풍 등 신구 무협소설 작가들의 많은 작품이 거론되었지만 사마령의 명작인 『무도연지겁』이 번역 대상작으로 선택된 것이다.

이어서 중무출판추진회에서는 번역을 위한 기금 마련을 시작했다. 당시의 기금은 필자를 비롯하여 강호야우, 무림명등, 하리마오, 심랑, 황석공, 죽산, 고죽옹, 출수무심, 허중, 만면소인 등(출자 일시 순) 회원들의 출자에 의해 마련되었다. 기금이 모인 후, 연변예술대학 장익선 교수의 도움으로 중국을 통해 1차 번역을 시작할 수 있었다. 번역 계약은 그해 7월 11일 일사천리로 이루어졌고, 우리 모임을 통해 사마령의 『무도연지겁』이 번역된다는 사실에 모든 회원이 한껏 기대에 부풀어 올랐다.

2008년 1월에 기대하던 1차 번역고가 도착했지만, 이 번역고는 중국 번역가들에 의해 진행되었기 때문에 교정과 윤문이 필요한 상태였다. 그렇기 때문에 윤문을 위한 비용이 필요했고, 그것은 필자의 일부 무협소설 고본을 정리하는 것으로 일부 마련할 수 있었다. 이후에 신춘문예에 당선된 한국예술종합학교 연극원 극작 전공의 김효정 씨가 1차 윤문에 참여해줌으로써 2008년 9월에 1차 윤문이 완성될 수 있었다. 그리고 1차 윤문본은 필자가 2012년까지 틈틈이 문장을 다시 다듬고, 1차 번역고에서 번역이 누락되었던 박본 8권 분량을 새롭게 번역하여 최종 번역본을 완성할 수 있었다.

하지만 번역보다도 더 어려웠던 것은 저작권을 확보하는 일이었다. 대만의 무협소설 중 일부 유명 작가의 저작권은 분쟁 중에 있는 경우가 많이 있었다. 사마령의 무협소설도 이러한 송사에 휩쓸려 있었기 때문에, 저작권 확보를 위해 저작권자를 찾는 것도 매우 어려운 일이었다. 채륜 대표와 함께 백방으로 저작권자를 알아봤으나 결국 찾는 데 실패했다.

시간은 계속 흘러 2010년 6월, 필자는 대만에 갈 기회를 잡았다. 수소문 끝에 중국무협소설사 연구의 권위자인 임보순林保淳 교수를 만날 수 있었고, 그는 필자에게 저작권 문제를 해결해 줄 수 있다는 뜻을 전했다. 하지만 이후 동호회가 둥지를 여러 번 옮기고, 모임지기인 필자 또한 다른 바쁜 일을 핑계로 저작권 확보는 늦어질 수밖에 없었다. 이후 임보순 교수를 통해 얻은 연락처를 통해 저작권자와 연락할 수 있었고, 오랜 협상 끝에 2012년 최종적으로 채륜에서 『무도연지겁』의 저작권을 확보하고 드디어 2013년 오늘에 와서야 마침내 사마령의 『무도연지겁』을 출판할 수 있게 되었다.

　이러한 형태의 중국 무협소설 번역은 중국 무협소설 시장이 점차 줄어드는 현실 속에서 우리 모임이 찾은 하나의 자구책이 아닌가 생각된다. 이번 사마령의 『무도연지겁』 출판으로 발생하는 기금 일체는 향후 중국 무협소설 명작을 번역하는데 재투자하는 것을 기본 원칙으로 하였기에 이번 출판에 기대하는 바가 적지 않다. 아무쪼록 이번 번역 출판을 지지해주시는 진산월 회주님, 함께 모임을 이루며 이번 번역 사업을 진행했던 모든 회원님들께 깊은 감사의 말씀을 올린다.

　2권이 발간된 후 3권 발행을 서둘렀으나 이제야 발행됨에 대해서 강호 독자 제현께 죄송한 마음 금할 길이 없다. 하지만 이번에 발행되는 3권을 시작으로 가급적 빠른 시간에 마지막 권까지 출간할 수 있도록 최선을 다할 것을 다시 약속드리는 바이다. 1, 2권에 이어 3권 또한 전 회주이신 허중님께서 교정을 도와주셨음을 알린다. 마지막으로 『무도연지겁』 번역 사업 추진을 마음깊이 지원해주시는 중국무협소설동호회 회주님 이하 회원님들께 무한히 깊은 감사의 마음을 보낸다.

2015년 5월
모임지기 풀잎 배상

시대의 대가 사마령—무협소설의 새로운 시대적 의미

대만에서의 초기(1950~1974) 무협소설 독서 붐에서 알 수 있듯이 무협소설 읽기는 서민의 대표적인 여가 취미 생활 중의 하나였다. 내 고등학교 시절의 선생님은 1965년에 "무협소설은 사회와 민심을 안정시키는 역할을 한다"라고 말한 적이 있다. 사상이 비교적 폐쇄적이었던 당시 사회에서 정말 개방적이고 현실적인 평가였으며 지금 다시 그 시절을 회상하여 보아도 그 의미를 실감하게 된다.

세월이 흐른 후, 새로운 시각으로 사마령을 다시 보다

26부의 『사마령 작품집』은 나의 소년 시절과 동반 성장해 온 성장의 역사라고 해도 과언이 아니다. 어렸을 때는 전집이 다른 소설보다 재미있었다는 것이 기억의 전부였다. 미국에 와서 생활한 이 24년간 연구소에 취직하고 가정을 이루어 아이들의 부모가 된 후에도 늘 사마령의 전집을 다시 읽곤 했다. 어렸을 때의 이해와는 달리 전집은 해외 생활을 한 지 얼마 안 되었던 나에게는 향수를 달랠 수 있는 안식처였고 또 긴장한 생활에서 스트레스를 풀며 자유롭게 상상하는 여유를 주는 약이 되었다. 세월이 흐르고 인생의 경험이 쌓여가면서 나는 사마령의 전집을 새로운 시각으로 보게 되고 체험하게 되었다. 사마령의 작품은 한 번 읽으면 또 읽고 싶고 아무리 읽어도 싫증이 나지 않는다. 작품은 소설로서의 예술적인 아름다움을 갖추었을 뿐만 아니라, 다양한 메시지를 독자에게 전달하고 있었다. 그의 작품은 순수한 문학적인 가치와 유불도 3대 종파의 종교 학설뿐만이 아닌 천문, 지리, 의술, 풍수, 고고, 서화 등 아우르지 않은 영역이 없다. 삼라만상을 담은 방대한 내용을 책의 이야기 전개에 자연스럽게 반영시켰을 뿐만 아니라 저자의 견해를 담아 해석하고 있으며 학술적인 설명은 피하고 알기 쉬우면서도 재치 있게 쓰고 있어 독자의 접근이 편하며 큰 공감을 자아내고 있다. 독자가 작품의 생동감 넘치는 서술에 깊이 매료되어 책을 읽고 있으면 자신도 모르는 사이에 유익한 정보를 얻게 되는 것이다. 따라서 많은 사람이 여가 소설을 읽는 것은 일종의 지성적인 여행이 되는 셈이다. 이것이 지식인들이 그의 작품을 즐기는 하나의 이유가 될 것이다. 그의 작품들은 오랜 세월 속에서 검증을 거쳤으며 세월이 흐를수록 새로운 맛을 더해가고 있다.

두뇌운동 체조

독자들은 사마령의 작품을 읽을 때면 각각 다른 느낌을 체험한다. 하지만 모든 독자가 공감하는 부분은 그의 작품은 추리와 지혜, 모략과 계책이 뛰어나 일본 추리소설이나 서양 탐정소설처럼 추리를 위한 추리와는 다르다는 것이다. 사마령의 추리는 작품 속 등장인물의 일상생활에서 자연스럽게 전개되고 있으며 인물들 사이의 역동적인 관계는 두뇌가 끊임없이 사고할 수 있게 만든다. 작품의 스토리는 한 걸음씩 세밀하게 나아가고, 합리적이며 논리적인 방향으로 전개되고 있어 좋은 사람이 갑자기 나쁜 사람으로 바뀌거나 긍정적 인물이 갑자기 부정적 인물로 바뀌는 극적인 반전이 일어나지 않는다. 다만 복잡한 인물의 심성을 현미경으로 자세히 관찰한 것처럼 드러나게 하고 있어 이야기의 결과가 뜻밖의 내용이 될 수는 있으나 그 과정은 합리적으로 엮어나가고 있다. 책을 읽는 과정은 독자가 두뇌 운동을 하는 과정이 되므로 읽고 나면 후련하고 뿌듯한 느낌이 들게 한다. 한 하이테크기업의 운영자는 자신이 사마령의 작품을 읽고 기업의 운영에『손자병법』보다 더 많은 도움이 되었다고 말하고 있다. 나는 과감히 추천하는 바, 심리학, 커뮤니케이션학, 기업관리학, 책략학, 담판과 협상학 및 기타 관련 학문을 가르치는 교수가 사마령의 작품을 참고도서의 목록에 넣을 것을 추천한다.

생명과학의 새로운 페이지

사마령의 풍성한 창작 기법은 인성에 대한 깊이 있는 이해, 사람의 내면에 대한 통찰과 해부를 제외하고도 무예에 대한 깊이 있는 이해에서도 잘 나타나고 있다.

그의 작품인『제강쟁웅기帝疆爭雄記』에서는 시가와 채찍 편법을 조화롭게 소화하고 있는데 한편으로 시를 읊으며 한편으로 채찍을 휘두르는 부분이 절묘한 조화를 이루고 있다. 또『황허 강에서 말이 물을 마시다飮馬黃河』에서는 필묵으로 수묵화를 그리는 듯한 검술법으로 독자를 매료시키고 있으며 출중한 무예는 심신의 수련에서 비롯된다는 정신적인 경지를 작품의 '심령수련', '기류의 감응', '의지로 적을 극하기' 등을 통하여 보여주고 있는 바, 일종의 인생철학을 독자들에게 피력하고 있는 부분이기도 하다.

독자들은 대만대학교 이사잠李嗣涔교수가 다년간 국과회國科會의 지원 사업으로 진행하여 왔던 기공프로젝트의 부분적인 연구로 사마령 작품 속 무술묘사의 진실성을 검증하였다는 것을 잘 알고 있다. 우리 선조들의 도가 양생학과 사마령의 무협소설 속의 상상은 현대과학의 그것과 너무나 잘 들어맞는다. 이는 미래 생명과학의 발전을 위해 새로운 한 페이지를 열어놓은 것이 될 것이다. (중국에서도 기공과 같은 학문에 관한 연구가 지속적으로 이루어져 왔고 구체적인 성과를 거두면서 이를 '인체과학'으로 분류하고 있는데 필자는 근세의 서양 생명과학 영역에 큰 이바지 한 것으로 본다. 이 교수는 그의 인생 후반의 학술연구는 이 분야에 중점을 두겠다고 하였다.)

무협소설의 사회적 기능

상관정上官鼎은 사마령을 천재적인 작가로 보았고 고룡古龍, 대만 무협소설 대가은 사마령을 무척 존경하였으며 장계국張系國은 사마령을 '무협소설가의 소설가'로 추대하였으며 섭홍생葉洪生은 사마령이 대만 무협문학소설 창작 역사에 있어서 선인의 성과를 승계하고 후배를 이끄는 교두보의 역할을 하였다고 평가였고, 필자의 부친인 송금인宋今人, 진선미출판사 창시자선생은 사마령을 '신파의 수장'이라고 높이 평가하고 있다.

그의 작품은 전통을 계승하면서도 새로운 창의성을 잘 결부시킨 부분이 독보적이다. 또한, 문자의 구성이 잘 짜여 있었으며 기승전결이 잘 조화된 것이 특징이다. 20여 부의 작품 속의 등장인물들은 저마다 개성이 있어서 비슷하게 전개된 작품은 거의 찾아볼 수 없다. 작품은 여러

부분에서 인류 사회와 법의 질서 및 예의와 교리의 가치를 암시적으로 드러내고 있으며 도덕적 인성이 순기능 순환의 절차에 따라 필연적으로 이루어진다는 것을 암묵적으로 나타내고 있다. 독자는 책을 읽는 중에 스스로 중화 민족의 충, 효, 인, 의의 미덕을 공감하게 되고 무의식적으로 깨달음을 얻게 되며 이런 견지에서 사마령의 소설은 사회적으로 훌륭한 이바지 한 성과작으로 평가해야 한다.

전 세계 화교들이 공동으로 느끼는 정서

미국에서 생활하는 24년간 중화 문화에 대한 더없이 큰 애착을 느끼게 되었다. 개인적인 감상이라면 유럽에 SF소설이 있고 일본에 추리소설이 있다면 우리에게는 『사마령 작품집』이 있음이 자랑스럽다는 것이다. 이 점은 전 세계 화교들이 가슴을 내밀고 21세기로 들어설 때, 우리에게도 중화 문화를 대표하는 대중적인 읽을거리인 무협소설이 있다고 당당히 말할 수 있는 근거가 되어줄 것이다.

진선미출판사 발행인 송덕령
1997년 12월 5일
미국 캘리포니아에서
(글 옮긴이: 박은옥)

사마령을 소개하는 기쁨

사마령司馬翎의 본명은 오사명吳思明, 1936년 광동에서 태어났으며 대만대학 재학 중『관낙풍운록關洛風雲錄』과『검기천환록劍氣千幻錄』을 써 독자의 시선을 끌었다. 1989년 세상을 뜨기까지 평생 40여 편의 무협소설을 썼는데, 문체가 깔끔하고 탈속했으며, 인물의 성격도 살아있는 듯 생동적이었다고 한다.

초기 작품으로『금루의金縷衣』,『백골령白骨令』,『학고비鶴高飛』가 있고, 중기에는『검담금혼기劍膽琴魂記』,『제강쟁웅기帝疆爭雄記』,『성검비상聖劍飛霜』,『섬수어룡纖手馭龍』, 후기 작품으로는『음마황하飮馬黃河』,『검해응양劍海應揚』,『분향논검편焚香論劍篇』등이 꼽힌다.

한국에는『음마황하』와『분향논검편』을 비롯한 여러 작품이 번역되었는데, 그중 상당수가 다른 제목, 다른 저자, 특히 와룡생의 이름으로 나왔기 때문에 사마령의 작품인지도 모르고 본 독자들이 많다. 한국 무협번역업계의 잘못된 관행 때문이지만 사마령 만의 독특한 작품 세계를 좋아하는 독자로서는 한국에서 그가 더 많이 알려지지 못한 것, 그 결과 더 많은 작품이 번역되지 못한 것이 아쉽고 안타깝다.

특히 그의 작품 『음마황하』는 내게 남다른 의미가 있는데, 생애 최초로 읽은 무협소설이 이 작품이기 때문이다. 1975년으로 기억하는데, 당시 초등학교 5학년이었던 나는 동네 만화방을 풀방구리 쥐 드나들듯 드나들면서도 만화방 한쪽 벽면을 가득 채우던 책들이 무협지라는 것도, 아니 그 전에 세상에 무협지라는 게 있는지도 모르고 있었다. 그러다가 옆집 형에게서 여덟 권짜리 반 양장본 책을 빌려서 읽게 되었는데, 당시 월부책 장수가 팔고 다녀서 좀 산다 하는 집에 꽂혀있던 여러 권짜리 책 중 하나가 그것이기 때문이었다. 그러니까 월탄 박종화의『금삼의 피』, 김동인의『운현궁의 봄』 같은 것들을 빌려 읽다가 그 속에 끼어있던 『마혈魔血』이라는 괴상한 제목의 책까지 읽게 되었던 것.

당시에는 『마혈』이 『음마황하』의 번역제목이었다는 것도, 작가가 와룡생이 아니라 사마령이라는 것도, 그리고 이게 무협지, 무협소설이라는 것도 모르고 그저 역사소설의 하나로만 알았던 나는 이 한국은 분명 아닌 것 같은, 하지만 진짜 중국 같지도 않은 무림이라는 괴상한 세계의 영웅 이야기에 걷잡을 수 없이 빠져들고 말았다. 다 읽고, 또 읽고, 다시 또 읽고 돌려준 뒤 다시 빌려서 또 읽고를 몇 번이나 반복했던지. 생각해보면 그게 오랜 세월 나를 사로잡은 무협 중독의 시작이고, 무협소설을 직접 쓰게까지 한 일의 단초이고, 오늘날의 작가 좌백을 만들게 한 결정적인 계기였던 거다.

만화방 무협지가 무협지임을 알고 탐독하게 된 것은 그로부터 삼 년이나 지난 후였다. 그리고 그때부터 수없이 많은 무협소설을 읽었다. 고룡과 와룡생, 김용을 비롯한 중국작가들, 사마달과 금강, 서효원과 야설록을 비롯한 한국작가들의 세계도 그에 못지않게 좋아했지만 돌이켜 보면 내 인생의 첫 무협소설을 사마령의 작품으로 시작한 것은 무척이나 다행스러운 일이었다. 그의 작품은 단순한 영웅담이 아니라 협객의 정신이 살아있는 진정한 의미의 무협소설이기 때문이다.

그의 소설에는 협의俠義가 담겨있다. 협의가 무엇인지 고민하고, 자신이 처한 상황에서 옳은 선택이 무엇인지 갈등하는 주인공이 그려져 있다. 협객은 윤리적으로 옳은 일을 하는 사람이 아니다. 그가 따르는 협의라는 가치관은 시대의 윤리가치와 다를 수 있기 때문이다. 협객은 성인군자가 아니라 자신이 생각하는 의를 위해, 가령 실수로 한 약속을 지키기 위해 범법행위를 주저하지 않고 행하는 사람이다. 이런 기준으로 보면 『영웅문』 1부의 곽정은 협객이라기보다는 대인이고, 군자이며, 민족의 장래를 걱정하는 지사이며, 영웅이다. 거기서 협객은 한순간 자존심 때문에 맺은 약속을 지키기 위해 십수 년의 세월을 바친 강남칠의가 더 적당하고, 나라를 팔아먹은 매국노의 간담을 꺼내 씹은 구처기가 더 어울린다. 그렇다고 곽정에게 협객의 정서가 없었던 것은 아니다. 김용이 협의를 몰랐다고 말하는 것도 아니고.

『영웅문』 2부에서 양과의 팔을 자른 곽부를 잡고 그 잘못을 보상해야 한다며 딸의 팔을 자르려고 한, 아마도 황용이 잡아채서 달아나지 않았으면 실행하고 말았을 곽정의 그 정서, 그 가치관은 분명 협객의 정서였으니까.

고룡이 따로 토로한 바 있는 것처럼 무협작가가 늘 협객을 그리는 것은 아니다. 독자는 진정한 협객, 그러니까 밝은 면만이 아니라 어두운 면, 협객의 광휘 뒤에 숨어있는 협객의 그늘까지 그리는 것을 때로는 안 좋아하기도 해서다. 독자들은 사실 협객보다는 성인군자를 더 좋아하는 것 같기도 하다. 그리고 대중소설을 쓰는 무협작가로서는 그 대중의 구미를 맞추어야 할 필요를 느낄 때가 있는 것이다.

하지만 사마령의 작품은, 적어도 내가 읽어본 작품들에서 그는 항상 협객을 그리고 있다. 가령 『분향논검편』에서 주인공 곡창해는 요녀들의 소굴인 적신교에서 피치 못할 선택의 상황에 처하고 만다. 사부의 연인인 천하제일미녀 허홍선을 구하기 위해 마굴에 침투했는데 구할 사람이 둘 더 있는 것이다. 어릴 때부터의 친구인 소녀를 구할 것인가, 아니면 침투한 후에 만났지만, 자신을 도와준 그곳 여인을 구할 것인가. 둘 중 하나만 구할 수밖에 없고, 남겨둔 하나는 적신교 요녀들에 의해 창녀가 될 것이 불을 보듯 뻔한 상황이다. 고민 끝에 주인공은 처음 만난, 하지만 자신을 도운 여인을 구하고, 어린 시절부터의 친구를 남겨두기로 한다. 어린 시절부터의 친구인 소녀는 나중에 어떤 신세가 되더라도, 그러니까 당시의 시대상과 가치관을 생각하면 결정적인 흠결을 지니게 되는 소녀는 자신이 아내로 거두어서라도 평생 보상해 줄 수 있지만, 기본적으로 모르는 사이와 다름없는 여인에게는 그렇게 보상하는 것도 불가능하기 때문이다. 즉 아는 사람을 두고 모르는 사람을 물에서 건져주는 선택을 하는 것, 이것이 협객의 선택이고, 협객이 협객이 될 수 있도록 하는 협의도侠義道라고 작가는 말하고 있는 것이다.

물론 이것은 '나는 이렇게 읽었다'는 이야기이고, 많은 독자는 동의하지 않을 수도 있다. 하지만 이런 해석이 가능할 수도 있게 한다는 바로 그 점에 사마령의 작품이 가진 많은 장점 중 하나가 있다고 나는 주장한다.

한편 사마령의 작품에는 김용의 무초승유초無招勝有招, 즉 '초식 없음이 초식 있음을 이김'—『소오강호』의 독고구검 같은—이나 고룡의 '싸움 없는 승부'—『소리비도』에서 병기보 서열 1위인 천기노인과 2위 상관금홍의 대결 같은—것 또한 있다. '싸움 이전의 승부', 이른바 '기세 대결'이 그것이다.

사마령은 실제로 싸움에 들어가기 전에 마주한 상대의 기세대결을 중시했다. 그의 작품에서는 대결 이전에 이미 기세로 결판이 나서 굳이 칼을 들어 겨루지 않고도 승부를 가르는 장면이 여럿 나온다. 이 작품 『무도연지겁』의 1권에서 그려지고 있는 주인공과 칠살도의 대결 장면 역시 그러하다. 기세만으로 결판은 이미 나 있다. 칼을 들어 겨루는 것은 그 결과를 확인하는 것에 지나지 않는다. 그러니 싸울 필요가 없다고 말하는 것이 아니다. 질 줄 알면서도, 그래서 죽을 줄 알면서도 싸워야 할 때가 있다. 그게 협객이다.

이대로 싸우면 질 게 뻔하니까, 이기기 위해서 기세를 키워야 할 필요가 있다. 그래서 무협이다. 사마령의 작품 속 주인공은 그래서 협객이고, 그의 작품은 그래서 무협이다.

사마령의 작품을 좋아했던 분들에게 참으로 오랜만에 소개되지 않은 작품을 읽을 수 있게 되었음을 축하드린다. 사마령의 작품이라고는 처음 읽어보는 분들에게 드디어 새로운 세계가 열리게 되었음을 진심으로 축하드린다.

어려운 여건 속에서도 사재를 털어 번역 작업을 진행하고 마침내 출간까지 진행한 풀잎 님을 비롯한 중국무협소설동호회 회원분들에게 감사와 경탄의 염을 표한다. 쉽지 않은 작업, 회의적인 시장 상황에도 불구하고 출간을 결행한 채륜의 여러분께 사마령의 독자 중 한 사람으로서, 무협을 좋아하고 직접 쓰기도 하는 한 작가로서 깊이 감사드린다.

계사년 새해에
좌백 올림

搬救兵壞胚得重生

竊刀經浪子結刀客

得秘圖少俠火燒身

範鐵口巫山卜前程

九黎派地布連環陣

斃四凶刀法名屠龍

賣梨女贏夜借奇禍

大浪子放蕩招陰魔

차례

武道胸脂切

제16장

搬救兵壞胚得重生

지원군을 얻으려 악한에게
새 삶을 주다

그는 이어서 두 사람이 함께 시전하는 새로운 검법에 대하여 논했는데 가장 오묘한 것은 그중에 삼초의 살수였다. 이 삼초는 아미峨嵋와 청성靑城의 절초를 합하여 이루어진 것이다. 이것은 한 사람이 두 파의 초식을 동시에 시전하여 적을 공격하는 것과 같아 이 삼초 살수의 위력은 대단하였다.

청련사태는 그의 검법을 쉽게 이해했다. 그녀는 진지하게 왕정산과 검법에 대해 토론했다. 왕정산도 열정적으로 이체합일의 기묘한 검법에 대해 설명하였다. 그와 청련사태는 모두 아미와 청성의 이름난 고수인데다 무학의 정도가 무림 중에서도 매우 드문 인재였다. 따라서 이 검법에 대하여 그들은 매우 흥미를 가지고 집중할 수 있었다.

두 사람은 다년간 무예를 익히면서 여러 가지 연수聯手 초식도 배운 적이 있었지만 지금 그들이 열렬하게 토론하는 것과는 다른 것이다. 이전에 그들이 배운 연수 초식은 진퇴공수에는 엄밀한 법도가 있지만 언제나 공격과 수비하는 사람이 나뉘어 졌었다. 즉 하나가 공격하면 다른 하나는 수비하는 식으로 반드시 그 구분이 분명해야 했고, 일사분란하게 움직여야 했다.

그러나 그가 만들어낸 검법은 위력이 삼초 살수에 모아졌고 초식마다 이체합일로 수법은 비록 다르지만 합하면 하나의 완전체를 이루었다. 그들이 토론을 통해 얻은 결론은 왕정산이 고안한 초식이 더없이 견고하다는 것이었다. 바꾸어 말하자면, 이 한 조의 연수 초식인 삼대 살수는 엄청난 위력을 갖고 있을 뿐만 아니라 공격으로 수비를 대신하는 절묘한 수법이었다. 누구든 이 초식의 살수를 피하는 것도 어렵지만 이 초식에 반격하여 이길 수 없을 정도였다. 하지만 청련사태는 탄식하며 말했다.

"좋지 않아요. 이제 더는 지체할 수 없어요."

왕정산이 긴 수염을 쓰다듬으면서 말했다.

"동화랑은 지금 감옥에 갇혀 있어 그가 당신을 도울 수 없으니 어떻게 하면 좋겠소?"

"당신이 방도를 생각해서 그더러 나를 도와주게끔 해주세요. 제발."

그녀의 부탁은 간절했다.

"모든 상황을 설명하겠어요. 나에게 동화랑의 도움이 필요한지 당신이 생각해보세요."

왕정산은 머리를 끄덕이고 그녀의 말에 귀를 기울였다.

"마도 우문등은 이전에 피비린내 나는 싸움으로 무림에 혼란을 주었고 그 때문에 무수한 사람이 죽었지요. 피해를 입은 것은 모두 각파의 일류 고수들이었어요. 이 일은 당신도 물론 노일대 선배님들한테서 들었을 것이에요. 지금 그의 전인이 나타났어요. 신기자 서백부도 이 말을 했지요."

그녀의 설명 가운데는 과장한 부분도 없지 않으나 왕정산은 청련사태의 신분 등 모든 것을 잘 알고 있었으므로 그녀의 말을 모두 알아들었다.

"우문등 마도의 전인은 이름이 려사라고 해요. 흰색 옷을 즐겨 입고 젊고 풍채가 늠름하죠. 누구든 그를 보기만 해도 미간에 언제나 한 줄기의 무시무시한 살기가 뒤덮여 두려운 인물이라는 것을 알 수 있어요."

왕정산이 말했다.

"나도 그 사람의 소식을 들어 알고 있소. 옳지, 백위……."

청련사태의 얼굴이 흐려지며 말했다.

"그래요. 나의 오라버니가 그의 칼에 당했어요."

왕정산은 동정의 눈길로 그녀를 바라보며 말했다.

"형님의 명성은 세간에 왜곡되어 알려졌지만 나는 형님이 어떤 분인지 잘 알고 있소. 형님은 우리 두 파의 동의와 지지를 얻어 사천 일대의 흑도를 평정해 강호에 안녕을 유지하게 했소. 형님이 세운 규칙은 비록 흑도의 사람일지라도 모두 따르고 지켰소."

그녀는 머리를 끄덕이고 말했다.

"나는 오라버니의 비보를 전해 듣고 분개하여 살 의욕이 없어졌어요. 그래서 어떤 선배가 남긴 화기로 려사를 화진으로 유인하여 동귀어진하려고 준비했었지요."

왕정산은 크게 놀라 말했다.

"그건 절대로 안 됩니다. 일이 있으면 천천히 상의하여야지 왜 그런 하책下策을 쓰려는 게요?"

청련사태는 쓴웃음을 짓고 나서 말했다.

"나는 독화대진毒火大陣을 배치하였는데 심목영의 아들 심우에게 제지당했어요."

왕정산은 의아하여 말했다.

"칠해도룡 심목영 말이요? 그는 무림이 공인하는 고수 중의 고수가 아니오.”

“맞아요. 하지만 심우의 말로는 심목영이 이미 별세했다고 해요. 그리고 심우 자신도 억울한 누명을 써서 살고 싶은 의욕이 없다며 단신으로 려사를 대처하려 해요…….”

청련사태는 내친 김에 심우와 애림의 일을 말해 주었다. 이때에야 왕정산은 심우가 살지 않으려는 원인을 알았다.

“심우가 이미 진퇴양난에 빠졌으므로 그가 낙심하는 것도 별수 없는 일이요.”

“그래요. 그런데 심우의 말로는 려사가 몸에 지니고 있는 도경을 손에 넣기만 하면 려사를 굴복시킬 방법이 있다고 합니다.”

왕정산은 즉시 깨닫고 말했다.

“그래서 당신이 동화랑을 생각하고 그 일을 그에게 맡기려는 것이오?”

“바로 그래요.”

“하지만 도경을 얻은 뒤 심우가 꼭 려사를 격패시킬 수 있다는 보장이 있을는지. 당신은 심우가 려사를 격패시킬 수 있다고 믿소?”

청련사태는 얼버무렸다.

“그가 해낼 수 있다는 것을 믿어요. 그는 군자이기 때문에 날 속이지 않을 거예요.”

왕정산은 머리를 가로저으며 말했다.

“미덥지 못하오. 물건을 손에 넣지 못한데다 설사 도경이 심우에게 전해진들 그 도경에 려사를 굴복시킬 수 있는 방법이 있다고 어찌 장담할 수 있겠소? 그리고 심우는 또 어떻게 그 도법을 시전할 수 있겠소? 무공의 성과는 비록 타고난 재질과 이해력에 있지만 연마가 없다면 어찌 거둘 수 있겠소?"

그는 또다시 말했다.

"당신이 지금 하려는 일이란 무궁한 기력을 쓴다한들 당신이 원하는 결과를 보장한다고 할 수 없을 것 같은데……."

청련사태가 말했다.

"하지만 내가 그를 돕지 않으면 그는 려사를 따라 무산으로 갈 것이고 위험에 처할 거예요. 설사 려사가 무당산으로 가지 않는다고 해도 심우는 려사의 폭행을 제지하기 위해 의연히 려사와 생사 결전을 벌릴 것이에요."

그녀는 탄식하고 또 말했다.

"나는 불교에 귀의한 이래 모든 인연을 끊어 버렸는데 뜻하지 않게 이 청년에 대해 염려하게 되었어요. 이것은 마치 한때 당신에게 가졌던 마음처럼 말입니다."

왕정산은 둔탁한 물건으로 머리를 맞은 것처럼 얼얼했다.

"당신, 설마 당신이 심우에게 감정이 생긴 것은 아니겠지요?"

청련사태가 말했다.

"나도 몰라요. 하지만 시간이 지나면 알게 되겠지요."

왕정산이 말했다.

"만일 이런 말을 몇 년 전에 들었다면 나는 매우 고통스러웠겠지."

"그럼 지금은 고통스럽지 않다는 말이에요?"

왕정산은 머리를 끄덕이고 말했다.

"이런 말은 그만둡시다. 동화랑은 규칙을 어기고 갇혀있으니 아무래도 당신을 도울 수 없소. 또한 그와 같은 위인이 생명을 무릅쓰고 당신을 위해 일하려 하는지도 의문이에요."

청련사태가 말했다.

"나는 이전에 그를 잘 대해줬고 그도 나를 매우 존경해요."

"이전에 동화랑은 오늘 이 지경까지는 아니었소. 당신은 그의 가장 큰 죄가 뭔지 알고 있소? 강간 살인죄요. 무려 세 명의 여자애가 그의 손에 죽었소."

청련사태는 놀라 말했다.

"그가 아직 아내를 얻지 않았나요?"

"그렇소. 그는 아내를 얻으려 하지 않고 말끝마다 현문玄門에 입문하겠다고 떠들었었소. 이것이 내가 그에게 속은 원인이요. 내가 현문 제자이기 때문에 물론 그가 철저히 깨닫고 삼청좌하三淸座下로 되돌아오기를 희망했소."

청련사태가 말했다.

"그가 당신 앞에서 한 말이 모두 진심에서 나왔지만 어쩌면 유혹 앞에서 야수의 욕망이 움직였는지도 몰라요."

왕정산이 말했다.

"어쨌든 그는 당신을 도울 수 없으니 더는 그에 대해 이야기하지 맙시다."

청련사태가 말했다.

"아, 이걸 어쩌지. 그가 필요한데."

왕정산은 머리를 가로저으며 말했다.

"그는 쓸모없는 사람이니 당신은 그에게 기대를 갖지 마오."

청련사태가 말했다.

"그에게 다시 한 번 기회를 줄 생각은 없나요?"

왕정산은 대답하지 못하고 한동안 지나서야 말했다.

"이 일이 당신에게 그토록 중요하오?"

"그래요."

청련사태가 말했다.

"이 일을 해결하여야 나는 마음 놓고 암자에 돌아가 수련할 수 있어요. 나는 향후에는 다시는 강호에 발을 들여 놓지 않겠어요."

그녀의 마지막 몇 마디 말이 왕정산의 마음을 움직였다. 그의 얼굴색이 미미하게 변하더니 말했다.

"당신이 마음을 놓는다. 그렇다면 이 일이 나에게도 중요하다고 할 수 있군. 그리고 당신이 말한 것이 맞다고 생각해요. 아마도 동화랑에서 한 번 더 기회를 주어야 할지도 모르겠군."

그는 잠깐 생각하고 탄식하더니 말했다.

"좋소. 하지만 내가 당신에게 알려주겠는데 화랑이 만약 려사와 사귄 뒤 려사를 믿고 당신과 나, 심지어 사문도 눈에 차지 않을 수 있는데, 그때 는……."

청련사태는 머리를 끄덕이고 말했다.

"알아요. 위험부담이 크다는 것을. 어쩌면 하나의 악인을 세상에 더 보태지는 게 될 수 있겠지요. 내가 먼저 화랑을 만나본 다음 다시 결정하겠 어요."

왕정산은 그녀의 결심이 이미 돌이킬 수 없다는 것을 알았다. 그는 찰나의 순간 내심으로부터 일종의 해탈과 같은 안정한 느낌이 들었다. 그의 귓가에는 청련사태가 한 말이 맴돌았다.

"이 일을 끝낸 다음 마음 놓고 암자로 돌아가서 수련하겠어요."

청련사태를 도와준 뒤 왕정산도 그녀를 따라 수도에 몰두할 생각이었다. 오래지 않아 청련사태는 부채 모양의 철문 앞에 이르렀다. 문 위에는 손바닥 크기만 한 구멍이 있었는데 그곳으로 문 안의 상황을 볼 수 있었다. 청련사태는 구멍으로 안을 들여다보았다.

넓찍하고 높은 석실 안에는 침대, 걸상 등 용품이 모두 갖춰져 있었고, 초라하다고는 할 수 없었다. 맞은편의 석벽에는 매우 견고해 보이는 철창문이 설치되어 있었다. 석실 안으로 빛이 좋았고 창문으로 푸른 하늘과 짙은 녹색의 나무 잎을 볼 수 있었다.

서른이 넘은 한 남자가 두 손으로 머리를 받치고 누웠는데 멍하니 먼 하늘을 쳐다보고 있었다. 방 안은 조용하였다. 청련사태가 철문을 두드렸다. 침대에 누워있던 남자가 머리도 돌리지 않은 채로 낭랑한 소리로 말했다.

"쉬고 싶으니 돌아가시오."

청련사태는 '픽' 웃고는 아무 소리도 내지 않았다. 그 남자는 돌연 몸을 솟구치더니 허공에서 몸을 돌리고 문가에 내려섰다. 그는 문구멍으로 그녀를 날카롭게 주시하면서 말했다.

"당신은 누구지? 아니, 당신은 여인……."

청련사태가 말했다.

"아직도 내가 떠나기를 바라는가요?"

"아니, 아닙니다."

그는 연신 부인하며 말했다.

"그냥 해본 소립니다. 당신의 왕림하시니 이 인적 없는 골짜기에서 기쁨의 발자국 소리를 듣는 듯합니다."

청련사태가 말했다.

"내가 문을 열면 당신은 도망갈 테지요?"

"아마 그렇지 않을 겁니다. 제가 어디로 도망가겠습니까?"

"아마 당신은 방법이 있을 겁니다. 누가 알겠어요. 당신이 어디로 도망갈지."

"좋습니다. 도망치지 않는다고 약속하겠습니다."

그의 눈은 강렬한 호기심으로 가득 찼다. 이 여자가 누구며 왜 왔는지를 알고 싶었다. 하지만 정작 관심을 끄는 것은 그녀의 용모가 어떠한가를 보는 것이었다. 청련사태는 열쇠를 가지고 굳게 잠겨있던 자물쇠를 연 후 문을 밀어 제꼈다. 석실 안의 남자는 사태의 얼굴을 보고는 입을 딱 벌리고 말았다. 그의 모습은 한 번 바라만 보고도 사태의 미모에 놀랐다는 것을 알 수 있었다.

청련사태도 상대방을 훑어보았다. 훤칠한 키에 끝이 약간 처진 눈썹을 가지고 있었으며, 사람을 흘겨보는 눈길은 남의 구속을 받지 않음을 나타냈다. 그의 외모는 영준해서 여성들의 관심을 받는 유형의 남자였다. 아마도 그의 방탕한 품성이 특별히 사람들의 주목을 끄는 까닭일 것이다. 청련사태가 말했다.

"동화랑, 오랜만이에요!"

그의 눈에는 놀라움과 두려움이 나타났지만, 즉시 소탈하게 어깨를 으쓱거리면서 말했다.

"나는 당신을 만나본 적이 있는 것 같지 않은데요?"

그는 뒤로 두 발자국 물러섰고 그녀를 들어오라고 손짓하고 또 말했다.

"만난 적이 있든 없든 괜찮지요?"

청련사태가 이전에 그와 만날 때에는 언제나 여승 차림새였지만 지금은 머리에 청두건을 두른 대다 화려한 의복을 걸쳤기 때문에 그가 알아보지 못하는 것은 당연하였다. 그녀는 석실로 들어가 천천히 안의 시설을 둘러보았다. 동화랑이 말했다.

"여기에 앉으십시오. 귀빈이 오셨는데 대접이 형편없습니다."

청련사태는 미소를 지으며 말했다.

"당신의 뜻만으로도 충분합니다."

동화랑이 말했다.

"정말 더없이 기이한 일입니다. 뜻밖에 귀객貴客이 나를 보러오시다니 정말 꿈을 꾸는 것만 같습니다."

청련사태가 말했다.

"나도 이곳에서 당신과 다시 만날 줄은 생각도 못했어요."

동화랑은 어찌할 바를 모르는 눈으로 사태를 주시하면서 간절한 목소리로 말했다.

"당신은 도대체 누구십니까? 우리가 서로 아는 사이입니까?"

청련사태가 말했다.

"당신이 내게 음탕한 생각도 품은 적이 있었는데!"

동화랑은 머리를 긁적이고 말했다.

"그럼 나는 정말 죽일 놈입니다. 왜 기억이 나질 않는 것인지. 하지만 당신한테 음탕한 생각을 품었던 것에 대해서는 후회하진 않겠습니다."

청련사태가 말했다.

"당신은 왜 아직도 이 모양인가요?"

동화랑은 깜짝 놀라면서 말했다.

"이런 말을 내게 한 사람이 있습니다."

"바로 나예요."

청련사태는 미소를 짓고 말했다.

"그러나 그 때는 굳은 표정으로 말했지요."

동화랑이 어깨를 으쓱거리면서 말했다.

"사람마다 웃음 띤 얼굴과 굳어진 얼굴 사이에는 매우 큰 차이가 있습니다. 믿지 못하면 찌푸려 보십시오. 제가 알아볼 것입니다."

청련사태가 말했다.

"됐어요. 한가한 이야기는 그만두고 당신에게 몇 마디 물어볼 것이 있어요."

그녀가 웃음을 거두자 동화랑은 즉시 어디서 만난 적이 있다는 느낌이 들었다. 하지만 그가 감히 인정하는 것은 미모의 여인을 만난 적이 있다면 그가 어떻게 그리 쉽게 잊을 수 있겠는가? 청련사태가 말했다.

"당신은 산에서의 판결을 기다리고 있지요?"

"그렇습니다."

"그럼 당신은 자신이 죄행에 대해 어떻게 생각하죠?"

"아무런 느낌이 없습니다."

동화랑은 재빨리 대답했다.

"저는 감히 돌이켜 생각하고 싶지 않습니다. 그런 것은 저를 괜스레 불안하게 만들기 때문입니다."

"당신은 차라리 현문을 떠나서 세속으로 돌아가 사문과 인연을 끝내지 그랬어요."

동화랑이 말했다.

"저도 모르겠습니다. 아마 제가 힘을 써서 살려고 궁리하기가 싫었던 모양입니다."

"만약 당신에게 재산이 충분히 있어 고생하지 않으며 생계를 유지할 수 있다면 당신은 속세로 돌아가기를 원하나요?"

동화랑이 말했다.

"저는 그런 문제를 생각해 본 적이 없습니다."

"지금 생각해보세요."

"아마도 그러기를 원하는 것 같습니다. 아, 저도 잘 모르겠습니다."

"모르겠다는 것을 들으니 원한다는 것은 아니군요. 도대체 어떤 일이 있길래 바라지 않는 것이죠?"

동화랑은 잠시 생각하더니 말했다.

"아마 현문에 대한 미련 때문일 겁니다."

청련사태는 웃으면서 말했다.

"도사道士가 되면 무엇이 좋나요? 당신에게 어울리는 것은 강호에 살면서 기루도 열고 도박장도 개설하고……."

"옳습니다."

그는 인정하고 말했다.

"도박장이나 기루를 열 생각은 없습니다."

청련사태가 말했다.

"허, 당신은 분에 넘치게 신선神仙이 되고 싶은 가요?"

"왜 나라고 신선이 되고 싶은 생각이 없겠습니까? 다만 될 수 없을 뿐이지."

청련사태가 말했다.

"당신의 말에 진심이 있기는 한가요?"

동화랑이 말했다.

"이상하게 들리겠지만 제가 말하는 것은 모두 사실입니다. 지금까지 제가 태어나서 그 어떤 사람과도 이렇게 솔직하게 이야기한 적이 없습니다."

청련사태가 말했다.

"내가 만약 당신을 놓아준다면 당신은 어떻게 하겠어요?"

동화랑은 어깨를 으쓱거리면서 말했다.

"조건이 있을 것 같은데요?"

청련사태가 말했다.

"당신더러 옳고 그름 사이에서 마지막 선택을 하게끔 하려 해요."

"그건 무슨 뜻입니까?"

그는 알 수 없어 물었다.

"꼭 선택해야 합니까?"

"물론이지요. 그것이 조건이에요."

"들을수록 재미있지만 믿어지지 않습니다."

동화랑은 궁지에 빠졌다.

"당신은 도대체 누구십니까?"

청련사태가 말했다.

"내가 승려의 차림으로 돌아간다면 알아볼 수 있겠어요?"

동화랑은 펄쩍 뛰며 놀라서 말했다.

"당신 혹시 청련사태입니까?"

그는 자기의 이마를 툭툭 치고 다시 말했다.

"나는 이미 분명 당신임을 생각해 내야 했는데, 사태가 아니고서야 큰 형님이 어찌 당신을 들어오게 하겠습니까?"

"나와 정산은 어릴 적 친구일 뿐입니다. 말씀이 너무 지나치지 않아요?"

"조금도 지나치지 않았습니다. 당신은 그의 악마스러운 장애물이고, 다만 어릴 적 친구일 뿐입니다."

"아?"

그녀는 깨달은 것이 있는지 머리를 끄덕였고 머릿속에 왕정산의 표정이 떠올렸다.

"당신은 도대체 내게 무엇을 원하는 겁니까?"

청련사태가 말했다.

"날 도와주세요. 어떤 물건을 훔치는 일입니다."

"다른 사람을 찾으시오. 나는 비록 좋은 사람은 아니지만 그 정도로 파렴치한 지경에는 이르지 않았습니다."

"제발 부탁입니다. 한 번 일을 해줘도 무방하지 않을까요."

동화랑은 어처구니없는 표정으로 말했다.

"지금 날 가지고 장난하시는 겁니까? 우리는 옛 친구라 할 수 있고 함께 일을 한 적도 있습니다. 얼마간의 정분이 있는데 당신은 왜 하필 이곳에 와서 엎어진 놈의 뒤꼭지를 차 헤어날 수 없는 궁지로 몰아넣으려 하십니까?"

청련사태가 말했다.

"하기 싫다면 별수 없지요. 나는 가야겠어요."

그녀가 일어나서 문 앞으로 걸어갔다. 동화랑은 다급히 그녀를 가로막고 말했다.

"잠깐만요. 도대체 무슨 물건입니까?"

청련사태가 말했다.

"당신을 헤어 나올 수 없는 궁지에 몰아넣을 생각이 없기 때문에 말하지 않겠어요."

동화랑은 그녀가 빈정대는 것에 전혀 개의치 않고 어깨를 으쓱거리면서 말했다.

"자세히 말씀해 보십시오."

"한 가지 물건을 훔쳐오는 일인데."

"하지만 당신도 알다시피 나는 아미 출신이고, 평생 신투팔법神偷八法 같은 기예를 배우지 않아 물건을 훔치는 데는 고명하지 못하지요."

"알고 있어요."

청련사태가 말했다.

"그러니 머리를 써야지요. 이것이 바로 내가 당신의 도움이 필요한 까닭이에요."

"당신의 말을 들어보니 그런 머리는 나만 쓸 수 있다는 것 같은데 옳습니까?"

청련사태는 머리를 끄덕이고 말했다.

"그래요. 그것은 그 사람의 무공이 천하에 적수가 없기 때문이에요. 가장 중요한 것은 그의 수법이 지독하여 사람을 쉽게 죽이죠. 만약 보통 방법으로 훔치러 갔다간 죽음을 자초할 수 있어요. 문외한인 당신은 말할 것도 없고 도적의 달인이라도 죽음을 면치 못할 거예요."

동화랑은 두려운 기색을 노출하면서 말했다.

"나더러 그렇게 강한 인물에게 가서 훔쳐오라는 말이오?"

청련사태는 동화랑을 말없이 응시하였다. 동화랑은 청련사태의 간절한 눈빛을 보고 탄식하고 말했다.

"가겠습니다."

청련사태가 말했다.

"후회하지 않겠어요? 잘 생각해 보고 결정하세요."

동화랑이 말했다.

"물론 잘 생각해 보았습니다."

"나를 돕겠다는 것은 거짓이고 도망가기 위한 목적은 아니겠지요?"

"솔직히 말해 그럴 가능성도 있습니다."

이번에는 청련사태가 의아하였다.

"왜 이렇게 솔직히 시인하는 거죠?"

"내 말은 그럴 가능성이 있다는 것이지 꼭 이곳에서 도망가기 위해 당신을 이용하겠다는 말이 아닙니다."

키가 훤칠한 이 남자는 창문가로 가더니 손으로 철근을 잡아당기며 말했다.

"보십시오. 나는 마음만 먹으면 이곳에서 도망칠 수 있습니다."

청련사태가 말했다.

"잠깐만요. 내가 잠시 나갔다올 때까지 기다리세요."

그녀는 석실에서 나갔고 석실에 남은 동화랑은 멍하니 그녀가 나가는 모습을 보고 있었다. 그는 청련사태가 자기의 손을 빌 일에 대해 왕정산과 의논하러 갔음을 알았다. 방금 그녀가 들어와서 이 일을 이야기하였지만 그때는 다만 그를 믿을 수 있는지 시험해 보았을 뿐이었다.

그런 그녀가 지금 답안을 가지고 왕정산에게로 갔다. 만일 왕정산이 최후에 그의 석방을 거절한다면 문제가 커진다. 그녀가 동화랑이 창문으로 아무 때나 나갈 수 있는 창문의 비밀을 왕정산에게 알려줄까? 청련사태는 왕정산을 보고 말했다.

"그는 믿을 수 있어요."

왕정산이 말했다.

"무엇에 근거하여 그를 믿는단 말이오?"

청련사태가 말했다.

"어쨌든 한번 시험할 필요가 있다고 생각해요."

왕정산이 말했다.

"그는 죄행에 따르면 사형에 처해질 것이오. 이 점은 그도 알고 있어서 수단을 가리지 않고 당신의 신임을 얻으려 했을 것인데 내가 보기에 그가 당신을 돕는다는 것은 거짓이오. 그자는 도망가려고 당신을 이용할 뿐이오. 나는 그를 놓아줄 수 없소."

청련사태는 놀라면서 말했다.

"뭐라구요?"

왕정산은 조용하게 말했다.

"나는 그를 놓아주지 않겠소."

청련사태가 말했다.

"하지만 당신은 나에게 그를 찾아가 보라 했어요."

"나는 당신이 그가 믿을 수 없는 사람임을 발견하고 그의 도움을 받으려는 생각을 스스로 포기하기를 바랐소. 그런데 당신이 그의 말을 믿다니 뜻밖이요."

"어찌 이럴 수가. 나는 다시는 당신을 상대하지 않겠어요."

왕정산은 쓴웃음을 떠올렸다. 그녀가 화가 났으나 그녀를 도와 줄 수는 없었다.

청련사태가 말했다.

"아미파는 덕을 쌓는 일에 대해서도 수수방관하니 나는 다른 파를 찾겠어요. 분명 정의를 받들어 앞으로 나서기를 원하는 사람이 있을 거예요."

그녀는 자리에서 일어나 재빨리 객청 문을 나왔다. 이때 그녀는 돌연 걸음을 멈추고 생각했다.

'만약 내가 석실로 다시 돌아가지 않는다면 동화랑은 왕정산이 자기를 놓아주려 하지 않기 때문에 장문인이 꼭 그에게 사형판결을 내렸을 것이라고 여길 것이다. 이런 상황에서 그는 당연히 그 철창문으로 도망칠 테지. 동화랑이 철저하게 깨닫지 못한다면 도망간 지 얼마 안되어 기필코 옛 습성이 다시 반복될 텐데. 그렇게 되면 얼마나 많은 사람이 피해를 입을 지 알 수 없어. 그렇다면 내가 창문의 비밀을 정산에게 알려줘야 하겠지?'

또 다른 생각이 문득 머리에 스쳤다.

'절대로 안돼. 동화랑은 나를 믿고 속마음을 드러냈다. 만일 내가 왕정산에게 알려준다면 그에게 내가 어떤 사람이 되겠어?'

그녀는 내심으로 이러한 모순과 한 바탕 전쟁을 치렀으며, 일시지간에 결정하기 어려웠다. 이때 왕정산이 걸어 나오는 소리가 들렸다. 왕정산은 청련사태가 문밖에 서 있는 것을 보고 머뭇거리다가 말했다.

"아, 당신은 내가 마음을 돌릴 줄을 알고 있었단 말이오?"

청련사태는 머리를 가로저으며 말했다.

"아니요. 잠시 다른 생각을 하고 있었어요."

왕정산이 말했다.

"아미파가 정의를 실현하는데 어찌 다른 사람의 뒤에 떨어지겠소. 이 모험은 내가 책임지겠소."

청련사태가 말했다.

"정말이에요?"

왕정산이 말했다.

"내가 당신을 속이겠소?"

청련사태는 크게 기뻐 말했다.

"고마워요. 내 문제를 해결해 주었군요."

"좋아하기에는 아직 이르오."

왕정산이 경고하였다.

"화랑이 이번에 꼭 성공할 수 있다고는 할 수 없소."

"제 말은 그런 뜻이 아니에요."

그녀가 말했다.

"동화랑은 이미 철창살을 끊고 언제든지 도망갈 수 있었어요. 내 고민은 그 비밀을 당신에게 알려주어야 하는지 말아야 하는지 였어요."

왕정산은 크게 놀라면서 말했다.

"그가 언제든지 그 석실에서 도망 갈수 있다고?"

"그래요. 그는 그 자리에서 철창 살 하나를 내 앞에서 끊어 보였어요."

"그것은 그가 분명 사전에 배치한 농간일 것이오. 이로 보아 그는 벌써 자기가 언젠가는 그 석실에 갇힐 줄 알고 있었소."

왕정산이 물었다.

"그가 왜 지금까지 도망가지 않았을까요? 그래. 장문인이 가볍게 문책

하기를 바랐단 말인가? 이것은 불가능한 일인데."

청련사태가 말했다.

"그것은 그가 아직도 사문에 충성한다는 것 아니겠어요? 내가 믿는 것도 바로 그것이에요."

그녀는 석실로 돌아와 동화랑에게 물었다.

"당신은 왜 지금까지 도망가지 않았죠?"

동화랑은 그녀가 되돌아온 것을 보고 왕정산이 그를 놓아주기로 한다는 것을 알았다. 동화랑은 그녀의 물음에 대답하지 않고 오히려 물었다.

"왜 큰 형님은 당신에게 나를 데려 가게 했지요?"

청련사태가 말했다.

"그걸 왜 묻죠?"

동화랑이 말했다.

"알고 싶습니다."

청련사태는 사실대로 말하는 것이 좋다고 여겼다.

"그는 이 위험한 대사에 직면하여 아미파도 한 몫이 있다고 여겼기 때문에 이런 결심을 내렸어요."

동화랑은 말이 없었고 한동안 지나서야 청수한 얼굴에 웃음이 떠오르더니 말했다.

"큰 형님이 개인감정으로 나를 놓아준 것이 아니라면 나는 그의 기대를 저버릴 수 없습니다."

"만약 그가 사사로운 감정으로 놓아주었다면 오히려 기쁘지 않겠어요?"

"개인감정으로 놓아주었다면 내가 사문의 영광을 빛낼 능력이 있다고 여기지 않는 것일 테지요."

청련사태가 말했다.

"아, 당신 생각이 여기까지 미치리라고는 생각지 못한 일이에요."

그녀는 석실문으로 향해 걸으면서 말했다.

"가보세요. 시간이 많지 않아요!"

동화랑이 말했다.

"잠깐만요!"

청련사태는 의아하여 걸음을 멈추고 머리를 돌려 그에게 물었다.

"무슨 일인가요?"

동화랑이 말했다.

"려사에게 접근하여 그의 도경을 훔쳐 당신에게 주면 되겠지요?"

청련사태가 말했다.

"그래요. 도경을 내게 주면 돼요."

"려사에게 발각이 되어 추궁을 당한다면 내가 비록 성공한다 해도 죽음을 피할 수 없겠지요. 당신이 도경을 얻은 뒤 어떤 방법으로 그를 굴복시킬 수 있습니까?"

"한 청년이 있는데 골격이 매우 좋고 두 파의 무공을 한몸에 가졌어요. 비록 지금은 그가 려사를 이길 수 없지만 이미 비슷한 정도에요. 그가 그 도경을 얻고 려사의 도법을 파악한다면 마도의 파해법을 찾을 수 있어요."

"그가 누굽니까? 그것을 익히는 데 시간은 얼마나 걸릴까요?"

"그는 심우라고 하죠. 그가 도법을 파악하는 데는 그리 오래 걸리지 않을 거예요."

동화랑은 쓴웃음을 짓고 말했다.

"이것은 사람 목숨이 걸린 일입니다. 심우가 필요한 시간은 얼마나 됩니까?"

"나도 몰라요."

청련사태는 솔직하게 말했다.

"아마 심우 자신도 대답하기 힘들 거예요."

동화랑은 어깨를 으쓱거리면서 말했다.

"내가 이 일을 하는 것은 미친 짓이나 마찬가지군요."

청련사태는 저도 모르게 대답했다.

"그래요. 당신의 큰 형님과 나, 그리고 심우 그렇게 려사와 적으로 된 사람 모두가 미쳤지요."

동화랑이 말했다.

"내가 알기로 마도는 천하무쌍天下無雙의 절학으로서 그 도법을 연마한 사람은 무공에서는 마치 불가의 금강보살金鋼菩薩, 도교 중의 선진仙眞과 같습니다. 심우가 비록 도경을 얻었다 해도 그를 격패할 수 없을 것이고 심우가 더없이 높은 경지에까지 연마해야 그자와 맞설 수 있을 겁니다."

"그것도 겨우 맞설 수 있을 뿐이고 이길 수 없을 것인데 당신들은 일찍 이런 생각을 버리고 나도 이 기회에 사문의 영예를 빛낼 것 없이 신의 취지대로 사문의 처단을 기다리겠습니다. 설사 극형으로 판결이 난다해도 받아들이겠습니다."

청련사태가 말했다.

"내가 만약 당신이라면 어차피 죽을 목숨인데 려사와 한번 싸워보겠어요."

동화랑이 말했다.

"저는 제가 어떤 사람인지 알고 있습니다. 저를 데려 가려고 권하지 마십시오."

"당신은 어떻게 할래요? 이틈에 멀리 도망가겠다는 거예요? 아니면 려사와 한통속이 되어 우리를 죽이겠다는 것이에요?"

동화랑이 말했다.

"려사와 한통속이 될 가능성이 가장 많습니다."

청련사태가 말했다.

"모험을 해 보죠."

동화랑은 의아한 눈길로 그녀를 바라보았고 한동안 생각하고 나서야 말했다.

"내가 성공한다면 무엇을 얻을 수 있습니까?"

청련사태가 말했다.

"당신이 만일 성공하면 우리가 치룰 수 있는 것은 당신이 모두 얻을 수 있어요."

동화랑의 눈에서 빛이 났다.

"내가 원하는 것은 한 가지요. 하지만 당신이 들어줄지."

청련사태가 말했다.

"내게 결정권이 있다면 대답 못 할 이유가 없죠."

동화랑이 말했다.

"좋습니다. 제 요구를 말하지요. 화내지 마십시오."

청련사태가 말했다.

"화내지 않을 테니 말하세요."

동화랑이 말했다.

"내가 만약 도경을 훔쳐 심우에게 준다면 당신이 나의 아내가 되어야 할 겁니다."

그는 청련사태의 반응을 기다렸다. 그는 그녀가 그의 얼굴에 침을 뱉고 호되게 꾸짖을 것이라고 생각했다. 그러나 이때 청련사태는 담담한 기색으로 말했다.

"당신이 조건을 제기했으니 후회하고 변덕을 부려서는 안 돼요."

동화랑은 다급히 말했다.

"물론입니다. 내가 설사 갈기갈기 찢어 죽어도 후회하거나 변덕을 부리지 않을 것입니다. 당신의 대답을 듣고 싶습니다."

청련사태가 말했다.

"좋아요. 그렇게 하지요."

그녀가 이렇게 시원스레 대답하자 동화랑은 되려 믿기 어려웠다. 두 사람은 함께 석실에서 나왔고 대청에 이르자 왕정산이 그들을 마중하였다. 동화랑은 예를 올리고 말했다.

"큰 형님, 소제는 참으로 부끄럽습니다."

왕정산은 수염을 쓰다듬으면서 탄식하고 말했다.

"솔직히 말해 네가 수치스럽고 부끄러운 마음을 가진다는 것을 믿지 않는다."

그의 말은 너무 지나쳐서 그 어떤 사람이 들어도 참기 어려웠다. 그러나 동화랑은 아무렇지 않다는 듯 희희낙락했다. 청련사태가 말했다.

"정산, 그럼 우린 가겠어요."

"하늘의 도우심으로 부디 성공하길 바라오."

동화랑이 말했다.

"이 일은 성공하기 어렵지 않지만 소제의 목숨은 아마 보존하기 쉽지 않을 것입니다."

왕정산은 알 수 없는 웃음만 지을 뿐 더 이상 아무 말도 없었다. 청련사태와 동화랑은 마차를 타고 성으로 질주했다. 길에서 청련사태는 려사에 대하여 동화랑에게 알려주었다. 동화랑은 진백위가 려사의 손에 죽은 일에 대해 흥미가 없었지만 애림이 그의 동행자이고 무공이 뛰어난 미모의 소녀라는 말에 각별한 관심을 나타냈다. 더욱이는 심우와 애림이 어릴 적 친구면서도 원수라는 복잡한 관계를 흥미진진하게 들었다.

수레가 성에 이르렀을 때는 이미 오시午時가 지났다. 동화랑은 수레가 모퉁이를 지날 때 수레에서 조용하게 뛰어내렸다. 청련사태가 여관에 들어설 때 돌연 가슴이 떨리면서 불안감이 엄습하였다. 혹시 자신이 자리를 비운 사이 려사가 심우를 해쳤을까 두려웠다. 그녀는 다급히 방으로 달려갔고 문을 열고 들어가 보니 심우는 걸상에 앉아서 책을 보고 있었다. 그제야 청련사태는 안심하고 한숨을 쉬며 말했다.

"다행히 아무 일도 일어나지 않았구나."

심우가 미소를 지으며 말하려고 하는데 청련사태가 말했다.

"내가 여관에 돌아오자마자 갑자기 걱정하는 게 우습지요?"

심우가 말했다.

"물건을 사러 나갔다면서 왜 이렇게 시간이 걸린 겁니까?"

청련사태는 그의 말에서 이상함을 느끼고 즉시 그의 말투를 따라 말했다.

"당신에게 알려 줄 생각이 없었는데 당신이 물으니 속일 수 없군요. 나는 일용품을 구매하고 친구들의 집을 몇 곳 들러 시간을 지체하게 되었어요.”

그녀는 심우의 기뻐하는 기색을 보고 자기의 생각이 옳음을 알았다.

“내가 당신을 따라 이곳을 떠나게 되면 언제 다시 고향에 돌아올 수 있을 지 알 수 없어 작별인사를 하러 갔었어요.”

심우는 머리를 끄덕이고 말했다.

“그래요. 식사는 하셨습니까?”

“조금 먹었어요.”

청련사태는 미안쩍어 하면서 말했다.

“친구가 하도 붙잡는 바람에 친구의 성의를 물리칠 수 없었어요.”

그녀는 심우에게 다가가서 정다운 소리로 말했다.

“당신은 어때요? 시장하지 않나요?”

심우가 말했다.

“조금 있다가 먹겠습니다.”

청련사태는 날씬한 허리를 돌려 심우의 무릎 위에 앉으며 두 손으로 그의 목을 감싸고 말했다.

“제가 돌아 왔는데 입맞춤해 주세요.”

심우는 키득키득 웃으면서 말했다.

“내가……, 내가……. 당신 그러지 마오. 내가 언제 당신에게 그랬단 말이오?”

청련사태는 날씬한 몸을 돌려 어리광 부리는 자태를 하고 말했다.

“좋아요. 이 이틀 동안 우리 둘이 밤낮 붙어 있었는데 그런 적이 없다고 요? 설마 벌써 내가 싫어졌어요?”

심우는 다급히 말했다.

"나… 나는 그런 뜻이 아니라……."

청련사태는 빨간 입술을 그의 얼굴에 가져왔고 천천히 숨을 내쉬면서 말했다.

"그럼 당신은……."

심우는 할 수 없이 그녀를 꼭 끌어안고 입을 맞추었다. 그들은 돌연 떨어졌다. 그것은 침대 뒤에서 냉소를 발출하며 한 사람이 걸어 나왔기 때문이었다. 이 사람은 흰옷을 걸쳤고 걸음은 매우 힘 있고도 당당했다. 그가 나타나자 찬기운이 방 안을 뒤덮었고 청련사태는 놀란 눈길로 그를 바라보았으며 이어서 엉겹결에 소리를 질렀다.

"아니, 당신이 왜 이곳에?"

려사는 냉랭하게 말했다.

"그렇소. 들어보니 당신과 심우의 사이가 매우 좋구만!"

그제야 청련사태는 심우의 품에서 빠져 나왔고 심우는 말했다.

"우리가 친밀한 게 별 일이란 말이오?"

려사는 웃으면서 말했다.

"내가 네 신변의 모든 여자들을 빼앗아 갈 능력이 있다고 한 말을 너는 잊지 않았겠지!"

청련사태가 말했다.

"나는 그럴 수 없어요."

려사가 말했다.

"당신의 마음을 빼앗기는 물론 쉽지 않지만, 심우를 고통스럽게 하기는 매우 쉬운 일이지."

청련사태는 그 말을 듣고 놀란 체하고 말했다.

"당신 나를 빼앗아 갈 작정인가요?"

려사가 말했다.

"그렇소. 만약 당신이 심우가 즉시 나의 칼에 죽는 것을 원하지 않으면 순순히 나를 따라가야 될 거요."

청련사태는 심우를 바라보면서 말했다.

"심랑, 우리가 힘을 모아 려사와 격투를 해보는 것이 어때요?"

무시무시한 한기가 갑자기 방 안을 뒤덮었다. 려사의 서슬이 퍼런 기운이 온 방에 가득 채웠기 때문이다. 려사는 이런 상황을 짐작하고 미리 준비하였다. 심우가 청련사태의 제안에 승낙을 한다면 려사는 그의 보도를 출수할 것이다. 심우도 긴장한 기색을 나타냈고 잠깐 생각하고 나서 말했다.

"안됩니다. 우리가 힘을 모은다고 해도 그를 당하지 못합니다."

청련사태는 이맛살을 찌푸리고 말했다.

"기껏해야 죽을 뿐인데 두려울 게 뭐예요?"

심우가 말했다.

"나는 그래도 어느 정도 버틸 수 있으나 당신은 십 초도 못 넘기고 죽을 겁니다."

청련사태가 말했다.

"나는 저 사람의 칼에 죽을지언정 당신 곁을 떠나지 않겠어요."

심우가 말했다.

"그렇게 말하면 안됩니다. 만약 당신이 아무렇지도 않은 척 대수롭지 않은 태도를 보인다면 려사가 당신을 데려가지 않을 겁니다."

청련사태가 말했다.

"그가 일부러 우리에게 고통을 주는 것이 아닌가요?"

"바로 그런 거요."

려사가 말했다.

"나의 삼일 약속은 너희 둘을 함께 있게 해 남녀 간의 감정을 발생시키기 위해서였다. 하지만 때는 이미 늦었다!"

그는 청련사태에게 다가갔고 살기가 대뜸 그녀를 뒤덮었다. 이 살기는 이렇듯 맹렬하고 위맹하여 청련사태로 하여금 떨게 하였다. 이어서 그녀는 려사에게 팔을 잡혔고 다섯 손가락에서 내력이 나와 그녀의 혈맥을 통제하니 삽시간에 전신의 힘이 빠졌다. 려사는 심우를 흘겨보았는데 심우는 소침하고 쓸쓸한 기색이었다. 려사는 득의양양해서 하늘을 우러러 크게 웃고 말했다.

"심우, 너는 남자로서 뜻밖에도 사랑하는 여인도 보호할 수 없냐. 너의 여자 전부를 나에게 빼앗겨도 나와 제대로 격투도 못하니 네가 남자라고 할 수 있느냐?"

심우는 기색이 변했지만 결국 참고 말았다. 려사는 청련사태를 팽개치듯 밀어버리자 그녀는 연속 수 보나 뒤로 밀리며 땅에 쓰러지고 말았다. 심우가 일어나서 청련사태를 부축하려 했는데 려사가 손으로 가로막으며 냉랭하게 말했다.

"나는 마음을 바꿔 너를 데려 가겠다."

심우가 말했다.

"나를 데려가겠다고?"

청련사태는 펄쩍뛰면서 말했다.

"안 돼요. 당신은 그를 못 데려가요."

려사는 담담하게 말했다.

"만약 당신이 방해하거나 뒤따른다면 당신 눈앞에서 그를 죽여버리겠소."

청련사태는 감히 아무 말도 못하였다. 려사가 말했다.

"애림이 너한테 손을 쓰지 않을 것이니 걱정하지 마라."

심우는 놀라서 말했다.

"애림이 손을 쓰지 않는다고? 그게 무슨 말이지?"

"그녀가 내 말에 따르기 때문이지."

려사는 말하며 동시에 방문을 향해 얼굴을 획 돌렸다.

"가자. 이 방에 잠시도 있기 싫다."

심우는 발길을 옮기다가 청련사태와 두세 치 떨어진 곳에서 돌연 멈춰서더니 그녀를 바라보았다. 청련사태도 그를 마주 바라보았고 비록 아무 말도 없었지만 두 사람의 엄숙하고 침중한 표정에서 그들 마음속의 석별의 정을 읽어볼 수 있었다. 청련사태가 방에 들어서면서부터 그녀와 심우의 행동에서 려사는 심우와 청련사태 사이에 이미 심후한 감정이 생겼다고 믿었다. 그래서 려사는 칼을 뽑지 않고 억지로 그들을 헤어지게 함으로써 그들에게 고통을 주려 하였다.

려사의 생각은 과연 맞았다. 마도를 뽑지 않고 심우를 상대했다. 심우를 끌고 가는 것으로 심우와 청련사태 사이를 갈라놓아서 무한한 이별의 아픔을 느끼게 할 수 있었다. 심우와 청련사태는 이번에 헤어지면 다시 만날 기회가 없다는 것을 알았다. 두 사람은 삼일동안 진지한 애정이 생겼으며 헤어질 때 서운하지 않을 수 없었다. 심우는 쓴웃음을 짓고 고개를 돌려 발걸음을 떼였다. 그가 방문을 나설 무렵 청련사태가 말했다.

"심우, 부디 몸조심 하세요!"

그는 잠깐 멈췄다가 큰 걸음으로 걸어 나갔고 다시는 되돌아보지 않았다. 하지만 청련사태의 목소리는 계속해서 심우의 귓전에 맴돌았다. 이와 같은 기이한 정감은 비단 심우의 마음을 처량하게 하였으며, 또한 이후 오랜 시간이 지난 후에도 그들이 돌이켜 이 일을 생각한다면 불문 여승의 진중한 목소리가 들릴 것만 같았다. 청련사태의 마지막 말은 심우의 마음 깊은 곳에 자리 잡았다. 려사가 심우에게 경고했다.

"네가 만약 도망가려 한다면 기회는 많다. 너는 내가 시키는 대로 행동하면 석 달 내에는 죽을 위험이 없다는 것을 내가 보증한다. 그렇지 않으면 애림만이 너를 추살하려는 것이 아니라 나도 너를 추살할 것이다."

이 경고는 매우 엄중하였다. 애림 한 사람을 놓고 말해도 심우를 이곳까지 뒤쫓았는데 려사까지 뒤쫓는다면 그가 어찌 그들의 독수에서 벗어나겠는가? 심우는 려사를 따라 어떤 객점으로 향하고 있었다. 심우는 애림이 그 객점에서 기다리고 있을 것 같았다. 심우는 한동안 두려움에 떨었는데, 지금까지 겪었던 힘들었던 일들과 고통스러운 마음이 포함되어 있었다. 심우가 말했다.

"려사, 당신에게 한 가지 가르침을 바라오."

"말해보라. 하지만 내가 꼭 대답한다고는 할 수 없다."

"내가 알고 싶은 것은 왜 나를 당신들과 동행하게 하려는 거요?"

"잘 물었다. 나도 지금 그 답을 찾고 있는 중이야."

심우가 물었다.

"당신은 나를 괴롭히기 위해서요?"

"아마 그렇겠지!"

려사가 말했다.

"애림이 가문의 원한 만을 생각한다면 언제든지 널 죽일 수 있어."

심우가 말했다.

"만약 내가 죽는다면 당신의 보증은 어찌되는 거요?"

려사는 속으로 웃으면서 생각했다.

'네가 그녀한테 죽는데 어찌 나의 보증을 물어본단 말이냐?'

그러나 입으로는 이렇게 말했다.

"이것은 나의 일이니 내가 걱정할 문제이다."

심우가 말했다.

"그러나 목숨은 나의 것인데!"

려사가 말했다.

"그럼 너는 청청에게 돌아가게 하고, 내가 애림에게 연락하여 네가 청청과 어떻게 지내는지 너를 보러 가게 하면 어떠하냐?"

심우는 말이 없었고 려사가 말했다.

"애림이 너와 청청이 그간 나누었던 생활을 알게 된다면 그녀가 반드시 독수를 뻗친다는 것을 네가 알기 때문에 감히 말을 못할 게다."

그들은 어느새 객점 앞에 이르렀다. 려사가 말했다.

"너와 동행하게 된 원인을 찾았다."

심우는 속으로 흥취가 일어 담담하게 말했다.

"나로 하여금 불안하고 위태로움을 느끼게 하고 싶을 뿐이겠지."

려사가 말했다.

"아니다. 원래 너와 애림은 깊은 감정이 있었고 지금까지도 여전하기 때문에 나는 너를 동행하게 한 것이다. 만약 내가 그녀의 마음을 얻는다면 이것이야말로 진실이고 영원히 의심할 수 없는 것일 테지.”

심우가 말했다.

“내가 만약 당신이라면 이런 문제는 생각하지도 않겠소.”

려사가 말했다.

“나는 네가 아니고, 너는 내가 아니다. 그러니 우리 생각은 근본적으로 같을 수 없지.”

심우도 인정했다.

“그 말은 맞소.”

“그러니 넌 나를 가르치려 하지 말라.”

려사가 말했다.

“내 문제는 나 스스로 해결할 방법이 있다. 네가 네 문제를 해결할 길이 있다고 믿는 것처럼 남의 일은 신경 쓸 필요가 없다.”

심우는 머리를 가로저으며 말했다.

“어떤 문제는 해결할 수 없소.”

“그건 너의 능력이 안되거나 의지력이 없거나 혹은 기회를 잡지 못한 것일 테지.”

“그렇다면 당신은 지금까지 해결하지 못한 문제가 없었소?”

“그렇다고 할 수 있지. 비록 어떤 문제는 곤란하여 지금까지 해결하지 못했지만 나는 포기하지 않고 노력하고 있는 중이다.”

두 사람은 함께 객점에 들어섰고 방 안에 들어가니 점소이가 한 주전자의 차를 타 가지고 와서 말했다.

“그분 낭자는 맞은편 방에 있습니다.”

려사는 머리를 끄덕이고 점소이가 나가자 차를 한 모금 마시고는 말했다.

"너는 조금 전에 말한 낭자라는 사람이 누군지 알겠느냐?"

심우는 고개를 숙이고 말했다.

"알고 있소. 애림을 제외하고는 또 누가 있겠소?"

"애림이 아니야."

려사는 득의해 하며 말했다.

"요즘 나는 도화운桃花運이 넘치는 것 같군!"

심우는 의아해서 말했다.

"그녀는 누구요? 당신은 애림이 알까봐 두렵지 않소?"

"애림은 이미 알고 있어. 이 여자는 절색으로 직접 보면 내 말이 거짓이 아니란 걸 알게 될 거다."

심우가 말했다.

"그녀의 이름이 뭐이오?"

려사가 말했다.

"남빙심. 미색이 뛰어나지."

심우는 가슴은 철렁했다. 그것은 그가 남빙심의 상황을 모두 알고 있었고 지금 남빙심이 이곳에 있는 것은 당연히 독칼로 려사를 찔러 죽이려 하기 때문이었다. 그녀는 목적을 달성하기 위하여 몸을 버리는 것도 마다하고 려사에게 접근하겠다고 심우에게 말했다. 이로 보아 려사의 소위 도화운이라고 하는 것은 물론 남빙심이 그에게 경모의 감정을 표했다는 것을 가리키고 몸까지 바쳐 그와 즐겼기 때문이리라.

심우의 마음속에는 강렬한 분노가 떠올랐다. 그것은 냉혹하고 무정한 백의의 도객이 그녀의 남편을 죽였을 뿐만 아니라 이제는 그녀까지도 간

음하였기 때문이었다. 려사가 말했다.

"그 이름을 들어본 적 있나?"

심우는 머리를 가로저으며 말했다.

"없소. 하지만 이 사람이 홀로 여관에 투숙한 것을 보면 좋은 물건 짝은 아니라서 말할 가치가 없소."

려사는 불쾌해하며 말했다.

"허튼소리. 그녀는 반듯하고 예절이 바른 사람이다."

심우는 의아해서 말했다.

"반듯하고 예절이 바르다고? 어떤 뜻이요?"

려사가 말했다.

"그녀는 진백위의 과부로서 매우 젊어 스무 살도 안된다."

심우는 려사의 말에 놀라고 의아했다. 그가 놀라고 이상하게 여긴 것은 그녀의 신분이 아니고 기이하게도 려사가 그녀의 내력을 알고 있는 것이었다.

"자, 이제 말할 가치가 있다고 여기지 않는가?"

려사가 물었다.

"못 믿겠으면 직접 그녀를 보러 가자."

심우는 순간적으로 어떻게 하면 좋을지 몰랐다. 려사의 말투에서 심우가 알 수 없는 것은 남빙심과 려사가 알게 된 경위였다. 더욱 알 수 없는 것은 려사가 어떻게 할 것 인가였다. 두 사람이 얼굴을 맞대고 서로 보는 가운데 남빙심을 혼내주어 그에게 보여줄 것인지. 아니면 설득력 있게 심우를 모욕하여 남빙심에게 보여줄 것인지 둘 다 가능성이 있었다. 심우는 머리를 가로저으며 말했다.

"참으로 이해가 할 수 없는 일이군. 그녀는 당신이 진백위를 죽인 일을 알고 있소?"

려사가 말했다.

"물론 알고 있지!"

"그럼 나더러 당신을 따르라고 한 것은 그녀를 나에게 보이기 위해서요?"

이 말을 물을 때 심우는 몹시 긴장했다. 만약 려사가 승인한다면 그는 이 여인을 이용하여 심우로 하여금 마음은 있어도 돕지 못하는 고통을 맞보게 할 작정이었다. 려사가 말했다.

"질문이 너무 많구나……."

그는 머리를 쳐들고 하늘을 보며 말했다.

"날씨도 춥고 이미 어두워졌으니 오늘은 아마 떠나지 못할 것이다."

심우의 생각은 남빙심의 말을 꺼내지 않는 것인데 누가 더 묻겠는가? 이때 돌연 밖에서 가냘픈 말소리가 들려왔다.

"려사, 어디 갔다가 이제야 오나요?"

남빙심의 목소리였다. 보아하니 그녀의 말투는 친근하여 려사에 대한 원한이 모두 사라진 것 같았다. 비록 그녀가 복수를 위해 려사에게 접근했지만 지금 려사가 그녀의 신분을 알고 있으니 복수를 포기하였을 수도 있다. 더 추측하자면 그녀가 몸을 바친 뒤 감정이 생겨 남편을 죽인 려사를 사랑하게 되었을 수도 있다.

여기까지 생각하니 심우의 가슴에는 회의, 호기好奇, 분노, 멸시 등으로 가득찼고 스스로도 이런 심정이 어떤 기분인지 말할 수 없었다. 려사는 문 앞으로 가서 문을 조금 열고 머리를 내밀어 말했다.

"일이 있어서 지금은 방 안에 손님이 있소."

남빙심이 말했다.

"아, 그럼 저는 안 들어갈래요."

그녀는 문틈으로 방 안을 둘러보다가 한 남자의 그림자를 어렴풋이 보았다. 하지만 심우는 되려 그녀를 똑바로 보았다. 그녀의 예쁜 얼굴에는 연지분을 살짝 발랐고 버들 같은 눈썹은 귀밑머리에 잇닿았다. 과연 그녀의 모습은 사람의 마음을 사로잡고도 남음이 있었다. 그녀의 아름다움이 비록 사람의 마음을 끌었지만 심우의 마음은 혐오와 멸시로 가득 찼다.

'남편의 시체가 아직 차가와지지도 않았는데 치장을 하다니 정말 몰염치하군.'

려사가 물었다.

"앉아 있기 갑갑하오?"

"아니에요. 집에 돌아갈래요!"

그녀가 려사를 향해 방긋 웃으면서 말했다. 심우는 그런 남빙심의 모습을 보면 볼수록 눈에 거슬렸다. 려사가 말했다.

"돌아가도 좋지. 내가 바래다주겠다."

그는 나가서 조금도 거리낌 없이 그녀의 날씬한 허리를 안고 함께 걸어갔다. 두 사람의 그림자가 점점 멀어졌지만 웃음소리는 계속하여 바람을 타고 심우의 귓가에 들려왔다. 심우는 가슴 아파 움직이지 않고 멍하니 바라보면서 생각했다.

'여자란 믿을 게 못된다. 남빙심은 려사가 그녀가 암살하려는 걸 따지지 않으니 그에게 감격하여 원한도 사라져 버린 걸까? 하지만 계속해서 그에게 안긴다는 건 있을 수 없는 게 않은가……. 려사와 정말 좋아진 것

58

인가!'

얼마 지나지 않아 려사가 돌아왔고 심우는 말했다.

"그녀를 바래다준다고 하지 않았소?"

려사가 말했다.

"바로 그렇기 때문에 너는 어디 가지 말고 여기에서 나를 기다리라고 알려주려 왔다."

심우가 말했다.

"만약 내가 도망친다면?"

려사가 말했다.

"나에게는 물론 보복할 수단이 있지만 네가 도망가지 않을 거라는 것을 알고 있다."

심우는 어깨를 으쓱거리면서 말했다.

"누가 알겠소, 일시적인 충동으로 달아나 버릴 수도 있지."

려사는 그를 뚫어지게 쳐다보다가 아무 말 없이 나갔다. 방 안에는 심우 혼자만 남았다. 처음에는 까딱 않고 앉아 조각 창문의 작은 사각 구멍으로 정원 안을 보았다. 사실상 그는 아무것도 보지 않았고 깊은 생각에 잠겼다. 자신이 지금 처한 상황이 복잡했기 때문이었다. 동해 바닷가 어촌에서 려사를 만나 지금까지 비록 불과 몇 달밖에 지나지 않았지만 그동안 너무나 많은 일을 겪었다.

심우는 지난 일을 떠올려 보았다. 우선 그와 애림에게 가장 변화가 많았다. 그녀는 만나자 마자 그를 죽이려 하다가 지금은 긍정적인 상황으로 변하였는데 이것은 려사가 그 사이에 끼어든 까닭이다. 자신의 변화라면 소극적이고 절망적으로 도피만 해왔는데, 지금은 적극적으로 해결하는 자세로 변한 것이다. 그는 호옥진과 청련사태와의 대화에서 그녀들로부터 조언을 들었는데 과연 이 원한에는 문제가 있음을 발견하였다. 원한에는 피치 못할 사정이 숨겨져 있다고 믿게 되었고, 원인을 알게 되면 반드시 해결할 길이 있다고 생각했다.

최근 몇 개월 동안 여러 번의 기이한 만남을 가졌는데 무공 방면이나 강호에 대한 여러 가지 지식 방면에서 큰 수확을 거두었다. 예를 들면 마중창과 우득시와 만났을 때 배절문扒竊門의 순전어唇典語로 이야기를 나누었는데 이런 지식은 기이한 만남에서 얻은 수확의 한 가지였다. 그외에도 전문적으로 동귀어진에 쓸 수 있는 날이 넓은 날카로운 단도를 얻었다. 그 단도로부터 그는 려사를 떠올리지 않을 수 없었다. 그 칼은 려사를 대처할 때 긴요하게 이용하여야 하기 때문이다. 그는 침중하게 생각했다.

'내가 이 보도를 써야할 때가 되면 나는 그와 동귀어진하여 세상의 모든 은혜와 원한은 모두 끝나버릴 것이다. 다만 애림 한사람만 남으므로 그녀는 큰 타격을 받을 게 틀림없다……. 지금 나의 무공으로 려사와 결투할 때 상황은 어떨지 모른다. 나는 마지막 결전 중에서는 물론 맹세를 어기더라도 사문의 절예를 발출하고 게다가 가전 무공까지 시전하여 전력으로 그와 싸울 것이다. 하지만 그의 마도는 확실히 기이하고 오묘하여 아마 그를 격패하지 못할 수도 있다.'

여기까지 생각하자 그는 마음이 초조해졌다. 그는 일어나 차를 마시고 걸상에 앉아 생각했다.

'그날 내가 청련사태에게 독화대진을 사용하지 못하게 한 것은 비록 그녀의 생명을 위해서였지만, 그 밖에도 려사가 애림으로 하여금 잠시 나

60

를 죽이지 못하게 했기에 나는 애써 청련사태를 설복하여 려사의 생명을
보존하게 했다.'

그는 돌연 깜짝 놀라 귀를 기울였다. 정원 문밖의 복도로부터 가벼운
발걸음 소리가 들려 왔지만 눈 깜짝할 사이에 방향을 바꾸어 다른 곳으
로 갔고 정원에 들어서지 않았다. 심우는 실망하면서도 긴장이 풀렸다.
그는 갑자기 깨닫고 생각했다.

'원래 내 마음은 애림을 기다리고 있었고 려사가 없는 틈을 타서 그녀
와 만나기를 바라고 있었구나. 그러기에 려사는 내가 도망갈까 근심하지
않았어. 알고 보니 그는 이미 내가 그녀 때문에 도망가지 않는다는 것을
알고 있었던 것이야.'

려사의 짐작은 틀리지 않았고 심우는 부정할 수 없었다. 그는 계속해서
추측했다.

'무공을 위해서라면 아무것도 돌보지 않는 이 도객이 애림이 이 시각에
온다는 것을 알아 일부러 피한 것일까? 그렇다면 그는 어떤 생각일까? 부
근에 숨어서 나와 애림이 만나는 상황을 엿보려는 걸까?'

복도에서 또 발걸음소리가 들려왔는데 이번에는 두 사람이었다. 심우
는 려사와 애림이 함께 오는 것을 제외하고는 마음에 두지 않았다. 하지
만 이것은 불가능한 일이었다. 그 발걸음 소리는 줄곧 정원에서 들려왔
다. 이렇게 되자 심우는 놀라 다급히 정원을 향해 바라보았다.

먼저 그의 눈에 들어온 것은 점소이었다. 심우가 시름을 놓는 순간 다
시 미끈하고 아리따운 모습이 그의 시선에 들어왔다. 화려한 옷차림의
아름다운 모습이었다. 그녀의 모습은 찬란한 무지개처럼 눈부셨다. 게
다가 몸매가 날씬하고 미끈하여 혼이 나서 넋을 잃는 청춘의 광채를 내

뿜었다. 그녀는 바로 애림이었고 손에는 금사편을 들었는데 객점 점원의 안내 하에 방 안으로 들어갔다. 그녀는 즉시 문을 열고 들어가지 않고 머리를 돌려 말했다.

"됐어요. 나가 봐요!"

점소이는 몸을 굽혀 인사하고는 몸을 돌려 나갔다. 애림은 입가에 냉소를 머금고 점소이가 멀리 가자 금사편을 휘둘러 문을 두드리면서 말했다.

"안에 사람이 있나요?"

심우는 몹시 긴장하며 방문을 열고 말했다.

"나 여기에 있소."

두 사람은 눈길이 마주쳤고 다만 애림의 눈길은 싸늘했으며 얼굴에는 증오하는 기색이 역력했다. 심우는 속으로 탄식하고 고개를 숙였다. 애림은 즉시 손을 한번 쳐들었는데 금사편이 섬전처럼 대뜸 심우의 목을 휘감아 갔다. 심우는 움찔했으나 금사편에 이미 목이 감겼고 그녀의 공력과 솜씨에는 확실히 저항할 수 없었다. 그는 어쩔 수 없이 계속하여 두 손을 드리우고 그녀가 어떻게 처리하려는 지를 지켜보았다. 애림은 냉랭하게 말했다.

"이번에는 확실하게 내 손에 걸렸으니 다시 도망가려 해도 쉽지 않을 걸요."

심우가 말했다.

"나는 도망가지 않소."

그는 숨을 쉴 수가 없을 뿐만 아니라 아울러 혈관이 바싹 조여들어 터질 것만 같았다. 제 아무리 뛰어난 영웅이고 죽음을 두려워하지 않지만 이 시각 진정으로 죽음에 직면하니 저도 모르게 끊임없이 생각들이 마음속에 떠올랐다. 애림은 그의 얼굴에 나타난 참기 어려운 고통의 기색을 보고는 삽시간에 기분이 상쾌하였고 수중의 내력을 끊임없이 쏟아 냈다. 지금 상대방은 혈맥을 제압당해 이미 반항할 수 있는 힘이 전혀 없었으므로 그녀는 하고 싶은 대로 할 수 있었다. 그녀가 말했다.

"허다한 일들이 왕왕 갑자기 발생되어 결정되는데, 마치 지금 상황과 같군요."

심우는 애림의 목소리는 뚜렷이 들을 수 있었다. 물론 그는 심후한 공력이 있었으므로 이 정도로 목을 졸라도 잠시 동안은 괜찮았다. 애림은 냉랭한 눈길로 그를 주시하면서 말했다.

"당신네 가문에서 정말 나를 못살게 굴었어요. 먼저는 당신의 부친이 나로 하여금 집도 잃고 가족도 잃게 했지요. 또한 당신은 나를 사람들 앞에서 머리를 들 수 없게 했어요."

심우는 그녀의 말이 무슨 뜻인지 알 수 없었다. 애림이 말했다.

"나는 당신을 죽이고 불문에 들어가 영원히 속세에 들어서지 않겠어요……."

여기까지 말하고 나자 그녀는 심우가 의혹스러워 질문할 생각이 있는 눈길로 자신을 바라보고 있음을 발견하였다. 애림은 저도 모르게 머리를 가로저으면서 생각했다.

'왜 그가 나에게 강렬한 눈빛을 보내지? 그가 내게 관심을 둔다고 해도 내가 신경 쓸 필요는 없잖아.'

심우는 자신의 생사에는 관심이 없고 마음속은 의혹으로 가득 찼다. 그녀가 왜 내가 그녀를 사람들 앞에서 머리를 쳐들지 못하게 하였다고 하는지? 또 왜 나를 죽인 후 출가하겠다고 하는지? 그는 목이 바싹 졸리워 전혀 소리를 낼 수 없어 아무 말도 할 수 없었다.

애림은 차가운 기색이었으나 사실상 마음속에는 고민에 빠진 까닭으로 줄곧 심우의 눈만 눈여겨보았다. 어릴 적 친구의 회초리에 목이 졸리워 얼굴이 새파래졌고 눈에서는 고통스러운 표정이었다. 애림은 돌연 차라리 단칼에 해결하는 것이 회초리로 천천히 죽이는 수법보다 더 통쾌할 것 같았다.

심우의 고통스러운 모습이 그녀의 마음을 뒤흔들었는지 회초리에 힘을 풀자 그녀의 금색 회초리는 영사靈蛇처럼 그녀의 손으로 되돌아갔다. 심우가 길게 숨을 쉬고 나니 얼굴 기색이 원 상태로 회복되었다. 그는 목을 만지면서 말했다.

"왜 나를 죽이지 않소?"

애림의 예쁜 눈썹이 쫑긋하더니 노하며 외쳤다.

"내가 죽이지 못할 줄로 여겨요?"

심우가 다급히 말했다.

"아니요, 그런 뜻이 아니요."

그는 조심스럽게 할 말을 생각하고 나서야 말했다.

"무슨 원인이든 잠시 나를 살려주니 감격해서 그랬소."

그는 애림이 말과 달리 또다시 출수하거나 화를 내고 가버리면 자기의 심정을 말할 수 없을까 걱정이 되어 일부러 어쩌면 좋을지 몰라 당황한 체하였다. 애림은 그의 멍한 모습을 보고 저도 모르게 실소하였다. 애림은 얼굴에 웃음이 떠오르자 더욱 예뻤다. 심우는 용기가 생겨 물었다.

"애림, 당신은 나에게 반년의 시간을 줄 수 없겠소?"

애림은 자기의 귀를 의심하면서 물었다.

"반년이면 가능해요?"

심우가 대답했다.

"그렇소. 반년이면 충분하오."

애림이 화를 내며 말했다.

"헛된 생각말아요. 사실 나는 조금도 기다릴 수 없어요. 당장 당신을 죽여버리겠어요. 당신은 왜 아예 나를 죽이지 말아 달라고 말하지 않나요?"

심우는 자신감을 회복하였기에 서두르지 않고 천천히 말했다.

"나의 사건해결을 위한 두 번째 단계에 필요한 시간이요."

애림은 이맛살을 찌푸리고 말했다.

"오늘 왜 이래요? 정신 나갔어요?"

심우가 말했다.

"아니요, 나는 정신이 말짱하오. 단지 여기가 좀 아플 뿐 그 외에는 모두 괜찮아요."

하며 그는 손으로 자신의 목을 만지며 아픈 표정을 지었다.

제17장

竊刀經浪子結刀客

도경을 훔치려고 낭자浪子는
도객과 사귀다

애림이 말했다.

"이렇게 하죠. 내가 당신에게 한 번 공격해서 당신이 죽지 않으면 그 뒤엔 당신을 죽이는 것을 포기하겠어요. 어때요?"

그녀는 상대방이 이유를 설명하기 전에 자신이 제멋대로 손을 쓸 수 없어서 먼저 말로 공격을 한 것이다. 심우는 그녀의 마음을 읽어내었기 때문에 그녀가 독수를 쓰려고 해도 두려워하지 않고 말했다.

"하고 싶은 말이 있소. 내가 반년이라는 시간을 요구하는 그 이유는 돌아가신 부친이 애이숙艾二叔을 해친 행동에 반드시 사정이 있음을 확신하기 때문이오. 그래서 그 시간 동안 확인할 게 있어서 그러는 것이오."

애림이 잠시 생각을 하더니 아름다운 얼굴에 노한 기색을 드리우며 말했다.

"허튼소리. 나의 부친이 심목영에게 죽어야 할 마땅한 이유가 있다는 말을 하는 거예요?"

심우는 놀라서 말했다.

"그런 뜻이 아니요."

애림은 원망하는 소리로 말했다.

"그런 뜻이 아니면 뭐란 말이죠?"

심우는 이때 그녀가 흥분해서 출수할까봐 두려웠다. 그렇게 된다면 영원히 옳고 그름을 가려낼 기회를 잃을지도 모른다. 심우는 다급히 말했다.

"이 비밀은 돌아가신 부친에게 있소."

애림은 회초리를 휘두르려 왼손을 들었는데 왼손에는 단검이 들려있었고 검신은 투명하고 눈부신 것으로 매우 날카로웠다. 심우는 다급히 손을 저으면서 급히 또 말했다.

"내가 절이라도 할테니 제발 내 말을 끝까지 들어주오……."

그는 이전에 이렇게 스스로를 낮춰 말한 적이 없었기 때문에 애림은 분명 사건발생에 무슨 사정이 있었기에 그가 이런 모습을 보인다고 생각했다.

"좋아요. 말해보세요."

심우는 한숨을 내쉬며 말했다.

"나의 생각은 애이숙에 어떤 말 못할 속사정이 있었고 이 때문에 나의 부친이 부득이 그분을 해지지 않았는가 의심하는데, 두 가지 이유가 있지만 증명하지 못하오."

애림은 많이 누그러진 기분으로 말했다.

"그 두 가지 이유란 어떤 거죠?"

심우가 말했다.

"첫 번째 이유는 나의 부친은 애이숙을 죽인 뒤 스스로 목숨을 끊었소. 그 뒤 부친의 유서를 찾은 사람이 없었고 부친의 유언을 들은 친구가 단 한 명도 없었소."

그는 잠깐 생각하고 이어서 말했다.

"만약 애이숙이 마땅히 죽어야 할 죄가 있다면 나의 부친이 친히 의제를 죽인 것은 대의멸친大義滅親 행위로 매우 유감스러운 일이지만 자진할 필요는 없었소. 설령 한발 물러나 만일 나의 부친이 의제와의 정리를 생각해 황천길에 동반하기를 원해서 그랬다면 어떤 언질을 하여 남은 우리들을 이렇게 괴롭도록 하지는 않았을 것이오."

애림도 수긍이 가는 듯 연신 머리를 끄덕이고 말했다.

"옳아요, 옳아요. 두 번째 이유는?"

심우가 말하며 자리에 앉았다.

"두 번째 이유는 영형 애고艾高요. 그도 당신과 마찬가지로 가문의 무공을 전수받았고 또 황산파黃山派에 들어가 상승의 무공을 연마하였소. 중요한 것은 그가 황산에 있는 몇 년간 사문의 영향을 받아 인격이 고결하여 절대 애이숙과 공모해 용서 못할 나쁜 일을 하지 않았을 것이오. 하지만 애고 역시 나의 부친의 공격을 받아 부상을 입었고, 애이숙과 영형 애고의 부상에는 시간차가 있었다는 것은 그들 부자가 내 부친을 상대한 게 아니라 나의 부친이 한 사람씩 상대했다는 것을 말하오."

애림은 이를 부득부득 갈면서 욕설을 퍼부었다.

"오직 심목영 그 늙은 도적만 이렇게 악독하지."

심우는 감히 대꾸 못 하고 말했다.

"내가 지금 영존과 영형이 악한 짓을 하여 해를 입은 것이 아님을 증명한 것이오."

애림은 노기를 참고 말했다.

"증명하면 또 어떤가요? 내 부형을 위한 복수만 더 다짐하게 되지 않겠어요?"

심우가 말했다.

"생각해 보시오. 나의 부친이 어찌해서 아무런 연고도 없이 가장 친한 형제를 해치겠소? 당연히 피치 못할 사정이 있을 것이라 생각하지 않소?"

애림은 '흥'하고 콧방귀를 뀌며 말했다.

"비록 심목령이 자살했다는 말을 들었지만, 삼숙과 사숙이 그를 찾아 죄명을 폭로한 뒤 그를 죽였다고 말하는 사람도 있어요."

심우는 두 손을 벌리고 말했다.

"당신도 알다시피 나의 부친이 사형제 중에서 무공이 제일 강한데 삼숙과 사숙이 어떻게 그를 죽일 수가 있겠소."

이 점은 애림도 깊이 알고 있기 때문에 더 말하지 않았다. 심우가 또 말했다.

"만약 당신이 나의 부친의 자살을 믿는다면 그건 그 분이 양심의 가책에서 벗어날 수 없어 죽음으로써 모든 것을 끝내려 했을 것이오. 또한 그가 그 어떤 유언도 남지지 않은 것으로 보아 그 자신마저도 왜 갑자기 이런 비참한 일을 빚어냈는지 알지 못했을 것이오."

애림이 말했다.

"그는 분명 실성한 미치광이에요."

심우가 말했다.

"옳소. 당신 말이 조금도 틀림없소. 나의 부친이 애이숙을 해칠 당시는 이성을 잃은 상태에 있었을 것이오."

심우의 말은 아주 침중하여 진심에서 우러나온 말이었다. 애림은 놀라서 말했다.

"그가 미치광이라고요?"

심우는 침착하고 힘있는 어조로 말했다.

"그렇지 않다면 우리에게 벌어진 이 모든 기이한 상황을 설명할 길이 없소."

애림이 품었던 의혹은 분노가 되어 심우의 앞 저고리를 손으로 쥐어뜯는 듯 하다가 그의 가슴팍을 '퍽퍽'소리 나게 주먹으로 두드리자 심우는 비틀거리면서 뒤로 밀려났다. 그녀는 분해하며 욕설을 퍼부었다.

"허튼소리. 그래 당신은 나더러 그런 걸 믿으란 말이에요? 그래서 심목영의 하늘까지 닿은 대죄를 추궁하지 말라는 건가요? 흥, 만약 살인한 후 미친 체하고 모든 일을 끝내버리면 그럼 천리天理는 어디에 있죠?"

심우는 그녀가 마음대로 욕하도록 내버려 두었다. 한참이 지나자 그녀의 분노가 가라앉은 것을 보고서야 그는 말했다.

"나의 부친은 절대 미치광이가 아니요."

애림은 또다시 화가 일어났다. 그녀는 심우가 자기를 놀린다고 생각했다. 심우의 말은 애림의 부친 애극공의 죽음은 그가 스스로 죽음의 길을 선택하였거나 혹시 그가 미치광이여서 심목영이 부득불 손을 쓰지 않으면 안 되었다는 것으로 들렸다. 그녀는 심우의 뺨을 한 대 갈기려 하였다. 그녀의 무공 조예로는 뺨 한 대로 상대방의 두개골을 부숴버릴 수 있었다. 심우는 약간 머리를 뒤로 젖히더니 쓴웃음을 짓고 말했다.

"내 말이 아직 끝나지 않았소."

애림이 그를 말 못하게 하려고 하였다면 그녀는 뺨을 때려 그에게 말할 기회를 주지 않았을 것이다. 그녀는 노기를 띠고 말했다.

"당신의 말은 듣기 싫어요."

심우가 말했다.

"미안하오. 이 이치는 차근차근 풀어내야 명백해질 수 있소."

"그럼 해봐요."

애림은 매섭게 말했다.

"또 무슨 할 말이 있다고."

"내 부친은 비록 미치광이가 아니라도 상황으로 판단하면 그 당시에는 부친이 확실히 미쳤다는 것을 알 수 있소. 그럼 부친이 그 당시에 왜 미쳤으며, 또 그 당시에 미쳤다는 것을 무엇으로 증명할 수 있을까요?"

애림은 그의 분석을 아무 말 없이 유심히 들었다. 심우가 무거운 소리로 말했다.

"내가 처음에 여기까지 생각하고 생각이 막혀버려 돌파할 길이 없었소. 부친이 왜 미쳤는가? 미쳤다는 걸 어떻게 증명할 수 있겠는가? 이것을 설명할 길이 없자 의기소침해지고 영원히 되돌아올 수 없는 궁지에 빠졌다고 스스로 생각하게 되었소."

애림이 말했다.

"그럼 지금은 납득되었다는 말인가요?"

심우가 머리를 끄덕이고 말했다.

"그렇소. 나는 무의식중에 영기가 떠올라 문득 한 가지 도리를 터득했소. 그것이 바로 돌아간 부친이 미친 것은 다른 사람들의 올가미에 빠져 그렇게 된 것임을 느낀 것이오. 다시 말해서 그는 절대 미치지 않았지만 그 당시에는 확실히 미친 상태에 있었으므로 가장 친한 친구를 죽이고 가장 아끼는 의자義子인 당신의 오라버니에게 부상을 입혔던 것이오."

애림이 손을 떼고 이어서 방 안을 두 바퀴 돌더니 그의 앞에 왔을 때 말할 수 없는 괴상한 표정을 지었다. 그녀가 말했다.

"당신도 알다시피 나는 마음속으로 당신의 말이 모두 사실이기를 바라지만 사실상 나는 오히려 인정할 수 없고 심지어는 믿을 수도 없어요. 당신이 증거를 내놓지 않고 이런 근거 없는 추론만으로는 나를 설복할 수 없어요."

그녀는 잠깐 멈췄다가 다시 말했다.

"내가 어찌 몇 마디 근거 없는 빈말에 가문의 피맺힌 원한을 포기하겠어요?"

그녀가 이 말을 할 때 몹시 고통스러운 기색을 노출하였다. 그녀는 복수하려는 행동을 포기할 수 없었다. 심우는 숙연한 표정으로 말했다.

"부탁이오. 내게 시간을 주시오. 내가 부친이 그렇게 된 이유를 반드시 밝혀내겠소. 이는 우리 심가뿐만 아니라 아울러 당신을 위해서……."

그의 눈길은 굳어졌고 마치 점차 깊은 사색에 빠지는 것만 같았지만 이어서 말했다.

"부친을 대신해 내가 목숨으로 갚는 것은 아깝지 않으나 부친이 다른 사람의 올가미에 빠졌다면 우리는 원한을 풀 수 없을 것이오."

애림이 깜짝 놀라서 말했다.

"당신 정말 누군가의 음모에 의해 이 일이 벌어진 거라 믿나요?"

"그렇지 않다면 부친이 왜 갑자기 이성을 잃었겠소?"

심우가 단호하게 말했다.

"누가 조종하지 않았다면 있을 수도 없는 일이요. 그러나 내가 만약 반년이라는 시간 내에 그 어떤 단서도 못 찾는다면 그때는 나 스스로 목숨을 끊겠소."

심우의 말은 비장하였다. 애림이 말했다.

"좋아요. 반년이에요."

심우가 말했다.

"고맙소."

그는 한시름 놓았다. 그는 당분간 애림의 핍박과 압력에서 벗어나 정신을 가다듬고 그 흉살사건의 진상을 조사할 수 있게 되었다. 애림이 말했다.

"그러나 나는 당신의 부친이 다른 사람의 암산에 빠져서 미쳤다고는 믿지 않아요."

지금 그녀는 심목영의 이름을 직접 부르지 않았는데, 이런 사소한 곳에서 그녀의 심정이 미묘하게 변해가고 있다는 것을 알아차릴 수 있었다. 심우가 말했다.

"이것은 모든 상황을 설명할 수 있는 유일한 추측일 뿐이오. 물론 나는 증거를 찾아야 하오. 그렇지 않으면 추측이 옳다고 해도 소용이 없소."

애림이 말했다.

"천하에 당신 부친의 심후한 공력과 뛰어난 재질을 모해할 수 있는 사람이 과연 있겠어요? 또한 그 어떤 수단으로 사람을 미치게 한다는 말을 아직 나는 지금까지 들어본 적이 없어요."

심우가 말했다.

"약물 가운데는 사람의 마음을 혼란하게 하는 종류가 많아 도리에 어긋나는 일을 하게 하는 것도 많소."

애림이 말했다.

"그럼 당신은 약물에 정통한 사람에게 가르침을 받고서야 조사할 수 있겠군요."

심우가 머리를 가로저으며 말했다.

"다른 사람에게서 가르침을 받을 필요가 없소. 나는 자목대사를 오랫동안 시중들었고 소림비전인 질타지술跌打之術과 의학을 깊이 연구하였소. 내가 알기로는 적지 않은 약물이 사람으로 하여금 이성을 잃고 기이한 행동을 하게 하지만 이런 약물의 힘은 모두 무공이 높은 한 사람의 마음을 뒤흔들기에는 부족하오."

애림이 말했다.

"그렇다면 당신은 어떤 방법이 있어요?"

심우가 말했다.

"그것은 흔히 볼 수 있는 서적에 기재되어 있지 않은 일종의 사법邪法임이 분명하오."

애림은 생각하고 나서 말했다.

"나는 당신의 추측이 옳은지 모르겠고 또 당신이 어디서부터 손을 쓰려는지도 모르겠어요. 혹시 내가 도울 것은 없나요?"

심우가 고개를 숙이고 말했다.

"당신이 불가나 도가에 아는 사람이 있다면 요사妖邪스러운 방면의 일과 사람을 알아봐 줄 수 있겠소? 그리고 려사에게는 우리 둘만의 반년 계약을 누설하지 마시오. 게다가 나를 빨리 죽이고 싶은 모습을 취해야 할 것이오."

애림은 의아하여 말했다.

"왜죠?"

심우는 대답을 하지 않고 얼굴이 굳어졌다. 애림도 이 방에 돌연 낯선 이상한 기운을 느꼈다. 그들 둘은 서로 마주 보았고 심우가 간청하는 눈길로 그녀를 바라보았다. 애림은 자신이 왜 그의 뜻에 따라 행동하는지 알 수 없었다. 그녀는 원한으로 찬 목소리로 말했다.

"당신은 볼수록 화가 나서 당신을 죽이지 않을 수 없어요."

심우가 말했다.

"당신이 손을 쓴다해도 나는 려사의 말을 믿을 수 없소."

"그의 어떤 말을 믿을 수 없다는 거죠?"

그 뒤에는 두 사람 모두 아무런 소리도 내지 않았다. 애림은 심우의 대답을 기다렸지만 심우는 말이 없었다. 방문이 열리면서 려사의 목소리가 들려왔다.

"심우 왜 대답을 못 하지?"

심우는 어깨를 으쓱거렸지만 계속해서 말이 없었다. 흰옷을 휘날리며 려사가 방 안에 들어섰다. 려사는 애림을 보며 말했다.

"당신 옷이 바뀌었군. 당신은 은백색을 가장 즐기지 않소?"

애림은 속으로 중얼거렸다.

'심우는 나의 옷에 신경도 안 쓰니 꼭 소경 같단 말이야.'

그러나 입으로는 이렇게 말했다.

"당신이 흰옷을 즐겨 입기 때문에 나는 다른 색의 옷을 입었소. 같이 다닐 때 온통 하얗게 길한 것 같지 않아서요."

려사가 말했다.

"그렇군. 솔직하게 말해 당신의 용모와 나이에 산뜻한 옷을 입으면 더욱 아름답지. 지금 모습으로는 길을 걸을 때 행인들의 목이 삐뚤어지지 않으면 다행이겠구만!"

애림은 비록 평범한 여성은 아니지만 이런 칭찬의 말에는 기분이 좋아져 저도 모르게 살짝 웃었다. 려사가 말했다.

"나는 진부인을 바래다주었고 또한 당신의 분부대로 그녀를 범하지 않았소. 내 말을 믿지요?"

애림은 미소를 짓고 말했다.

"당신의 말을 내가 어찌 믿지 않겠어요."

려사는 안심하며 말했다.

"그리고 심우에게 말한 게 있어서 그러는데 당신이 좀 정을 베풀어 그를 잠시 죽이지 말고 함께 무산에 가도록 합시다."

애림이 말했다.

"왜 심우와 동행하는 거죠?"

려사가 말했다.

"이유를 알려 주겠소."

려사는 보도를 만지며 호탕한 기백으로 말했다.

"나의 칼 아래 살아난 사람은 심우 한 사람밖에 없소. 그래서 그와 한번 겨루어 보고 싶소."

애림이 말했다.

"지금 당장에라도 손을 쓸 수 있지 않아요?"

려사는 머리를 가로저으며 말했다.

"지금은 아니오. 나는 심우에게 기회를 주어 무공을 더 연마하게 하고 스스로 무공이 정진했다고 느끼기를 기다려 결투를 하겠소."

애림이 말했다.

"그럼 언제까지 기다려야 하나요? 일 년? 아니면 오 년?"

"그렇게는 필요 없소."

려사가 말했다.

"그의 옆구리에 있는 도신이 넓은 칼을 보면 그가 이 몇 달 내에 성과가 있음을 알 수 있소. 오래지 않아 그가 먼저 검을 뽑아들고 도전할 것이오."

애림이 심우를 바라보며 물어보다.

"그의 말이 맞아요?"

심우는 머리를 끄덕이고 말했다.

"그렇소. 언젠가는 내가 그에게 도전할 거요."

려사는 다 준비하고 나서 말했다.

"나갑시다. 나는 이미 심우가 탈 말을 마련했소. 우리의 준마에 비하면 어림도 없지만."

그들 세 사람은 객점을 나섰는데 여자는 아름다운 얼굴에 나이가 젊었고, 남자 둘은 영준하고 씩씩하였다. 사람들은 아름다운 그들의 모습을 쳐다보았다. 하지만 그들의 관계가 아주 복잡하여 은혜와 원한이 흩어진 명주실처럼 엉켜 있음은 물론 알지 못하였다.

애림의 오연표烏煙豹, 려사의 주룡朱龍이 앞섰는데 흑백이 잘 어울렸고 게다가 사람은 영준하고 말도 우쭐하여 뒤따라가는 심우는 되려 그들의 수행원처럼 보였다. 물론 심우의 기백과 풍채는 좋았으나 그의 힘없는 모습은 앞의 한 쌍의 구슬같이 아름다운 사람들의 영락없는 시종으로 보였다.

말발굽 소리는 거리에 울렸다. 려사는 말 위에서 두리번거렸고 의기양

양하였다. 애림은 수시로 웃음을 머금고 그를 바라보았다. 애림의 이런 모습은 심우를 슬프고 괴롭게 만들었다. 거리를 거의 다 빠져나오니 점포와 행인이 거의 없었다.

려사가 말을 멈춰 세웠다. 애림은 려사보다 앞서 나갔는데 려사가 멈춰 서자 그녀의 오연표가 려사의 주롱과 나란히 선 뒤에야 멈춰 섰다. 심우는 오연표의 동작에 대해 불만스러웠다. 오연표가 이렇게 후퇴를 하니 심우의 말도 뒤로 움직이지 않을 수 없어 끝내 뒤에서 따르는 시종의 상황이 되었다.

애림, 심우 두 사람은 선후하여 길옆에 집을 바라보았다. 그것은 려사가 고개를 들어 위층에 있는 한 사람을 주시하였기 때문이었다. 이 사람은 중년남자였는데 금의화복錦衣華服에 몸가짐이 매우 단정하였고, 옷차림을 많이 꾸며서 얼핏 보면 사람들로 하여금 지나치게 화장을 한 느낌이 어렴풋하게 생겨나게 하였다.

보통사람과 다른 날카로운 그의 눈길과 기색은 기이한 힘을 내뿜어 여인에 대하여 특별한 흡인력을 갖고 있는 것 같았다. 보통 남자들은 이 유형의 사람들이 언제나 사악한 기를 갖고 있다고 느끼기 때문에 속으로는 좋아하지 않는다.

금의화복의 이 중년 남자는 위층 난간에 기대어 거리에서 말을 타고 가는 남녀 셋을 내려다보았다. 그는 려사의 무시무시한 섬전같은 눈길에 대해 아무런 거리낌도 없는 듯 입가에 미소를 지었다. 려사의 마음속에는 살기가 솟아올랐다.

"이와 같은 남자는 몇을 더 죽여도 착한 일을 하는 것과 같다."

그 남자가 돌연 그를 향해 손을 저었다.

"잠깐. 손을 쓰지 마시오."

려사는 아랑곳하지 않았지만 잠시 출수를 멈추고 소동을 일으키지 않았다. 심우가 갑자기 놀란 소리를 지르고 말했다.

"이놈은 절대 보통 인물이 아니군. 두 장이나 떨어진 곳에서도 뜻밖에 려사의 살기를 감지해 내다니."

심우의 말이 끝나기도 전에 황금색 옷의 남자는 난간을 잡고 뛰어 려사의 말 앞에 가볍게 내려섰다. 이번에는 그 사람이 머리를 들어 보면서 말했다.

"귀하의 대명이 혹시 려사인가요?"

려사는 그를 내려다보면서 냉랭하게 말했다.

"그렇소."

그는 상대가 애림을 쳐다보지 않는 것을 발견하였기 때문에 말 앞에 서 있는 사람을 그토록 증오하지는 않았다. 금의화복의 그 남자가 말했다.

"나는 아미의 동화랑인데 사천 일대에서는 나의 명성을 들어본 사람이 적지 않습니다."

려사가 냉랭하게 말했다.

"그런데 어떻단 말인가?"

동화랑이 말했다.

"이 이삼일 이래 무림 사람들은 모두 백의 도객을 논하고 있는데 어떤 사람들은 당신을 상도무정霜刀無情이라고 부르더군요."

려사가 말했다.

"나의 무엇을 논한단 말인가?"

동화랑이 말했다.

"대부분은 추측은 실속이 없는 말들로 말할 가치가 없지만 한 가지만은 려형이 들어볼 만합니다."

려사는 앞으로 몸을 약간 기울이며 말했다.

"입 닥쳐라."

동화랑은 흠칫했다. 상대방의 싸늘하고 날카로운 눈길이 그의 명을 어기고 입을 열면 목숨을 잃을 것은 의심할 나위 없다고 판단했다. 그가 어깨를 으쓱거리면서 애림을 향해 바라보았다. 애림이 말했다.

"당신은 왜 저 사람더러 말하지 말라는 거죠?"

려사가 말했다.

"잘 물었소. 저 동씨란 사람은 약삭빠른 것 같군요. 하지만 왜 내가 그더러 입을 다물라고 하였는가를 추측해내지 못한다면 나는 그를 죽여버리겠소."

심우가 뒤에서 말했다.

"아미파에 동화랑이라는 인물이 있다고 들었소. 아미의 진전을 받아 무공이 고강하지만 오히려 서천낭자西川浪子라고 불린다고 하는데, 정말 정대문파 가운데는 극히 드문 인물이요. 다만 그가 려형의 칼 아래에서 몇 초나 견디겠는지 알 수 없소."

려사가 말했다.

"그의 별명이 서천낭자라 불린다고?"

심우가 말했다.

"그렇소. 그의 배분은 상당히 높습니다. 장문인 신검神劍 호일기胡一翼가 그의 사숙이요."

"네 보기엔 몇 초나 견딜 것 같나?"

려사가 물었다.

"만약 네가 맞춘다면 상을 줄 테다."

심우가 말했다.

"이십 초 안에는 당신이 그를 죽이지 못하오. 하지만 그도 사십 초까지는 지탱하지 못할 것이오."

려사가 말했다.

"그렇다면 그에게 칼을 시험할 필요가 있군!"

동화랑의 눈빛이 번쩍였지만 말이 없자 려사가 그에게 물었다.

"당신은 어떻게 하겠는가?"

"려형이 방금 나더러 입을 열지 말라고 하였으므로 나는 감히 말하지 않았습니다. 지금은 나에게 물으니 입을 열지 않을 수 없습니다. 내 생각에는 려형은 속마음을 알 수 없는 사람에게 이용당하지 마시오. 그는 틀림없이 려형의 손을 빌려 나를 해치자는 것뿐입니다."

려사가 말했다.

"당신들 사이에 어떤 응어리가 있는가?"

"없습니다."

동화랑이 말했다.

"하지만 그는 분명히 나를 해치려고 합니다."

려사가 말했다.

"좋아. 나는 그 뜻대로 하지 않겠다. 그러나 너는 내가 방금 전에 너에게 입 다물라고 한 까닭을 알아맞혀야 할 것이다."

동화랑이 말했다.

"만약 내가 맞추지 못한다면 려형이 나에게 손을 쓰겠다는 겁니까?"

려사는 머리를 끄덕였다. 동화랑은 웃으며 말했다.

"려형은 소탈하고 뛰어난 인물로 어떤 일이든 물론하고 당신에게 방해를 줄 수 없기 때문에, 내가 비록 당신의 전설에 대하여 말하려 하였지만 당신은 오히려 이런 일을 대수롭지 않게 여겨 이런 일로 방해를 받고 싶지 않은 겁니다."

려사가 애림을 보고 말했다.

"이놈이 좀 아는 것이 있군!"

애림이 말했다.

"그가 왜 우리의 앞길을 가로막았나요?"

려사가 말했다.

"우리가 맞춰볼까? 심우, 네가 먼저 말해봐라."

동화랑은 뒤에 청년이 심우라는 말에 저도 모르게 주목하여 살펴보았다. 그는 마음속으로 청련사태가 자기더러 도경을 훔치라고 한 일을 그가 도대체 알고 있는지 모르고 있는지를 추측해 보았다. 만약 그가 알고 있다면 왜 려사를 격장시켜 손을 쓰게 하려 하는가? 자기를 죽음으로 몰아넣으려 하는가? 심우의 목소리가 들렸다.

"지금 무림 중에 려형에 대한 전설이 분분하므로 그가 려형과 사귀려는 행동은 사람마다 가지고 있는 허영심으로부터 나온 것이므로 신기하다고 할 수 없소."

려사는 머리를 끄덕이고 말했다.

"도리가 있는 말이군. 하지만 너무나 간단하다."

애림이 말했다.

"그래 당신은 또 다른 견해가 있어요?"

려사가 말했다.

"그렇소. 내 생각이 이 문제에 미칠 때 영기가 번뜩여 먼저 답을 얻었소. 후에 나는 여러 이유를 찾아 그 답안이 틀림이 없다는 것을 증명하겠소."

심우가 말했다.

"어디 들어봅시다."

려사가 담담하게 말했다.

"내가 돌연 느낀 것은 그가 내 덕분에 살신지액에서 벗어나기를 바라는 것이오. 마치 북방 전설 중의 호선狐仙이 뇌겁雷劫을 만날 때 흔히 귀인이 나타나 그의 도움을 받는 것처럼……."

그는 잠깐 끊었다가 다시 말했다.

"그는 아미파의 고수이고 화려한 복장에 부랑아라고 불린 것으로 보아 그는 빈궁한 사람이 아닐 것이오. 그런 그가 큰길가의 소루小樓에서 살고 있겠소. 그것은 그가 이곳에 살고 있는 것이 아니라 이곳에 숨어있었다는 것을 증명하고 있소. 그가 숨어있는 까닭은 당연히 생명에 위험이 있기 때문이요."

동화랑이 얼굴에 나타낸 놀라운 기색은 누가 봐도 한눈에 려사의 추측이 정확하다는 것을 알 수 있다. 려사의 냉랭한 목소리가 계속되었다.

"그는 내가 밥 먹듯 살인한다는 것을 뻔히 알면서도 오히려 내 앞길을 막은 것은 그 스스로 가지고 있는 특별한 기질을 이용하여 나의 주의를 끌려는 것인데 아주 모험적인 일이지. 만약 목숨을 잃는 위험까지 감수하며 나의 도움을 받으려는 게 아니라면 그가 어찌 이런 방식으로 나에게 접근하겠소?"

동화랑은 허리를 굽히면서 말했다.

"아, 역시 려형은 세상을 뒤흔들며 종횡천하를 하시는 분이 맞군요. 지금 말씀하시는 걸출한 재질만으로도 당세에 견줄 자를 찾기 어렵습니다."

애림이 말했다.

"려사의 예측이 전부 맞단 말인가요?"

동화랑이 말했다.

"그렇습니다. 바로 맞췄습니다."

애림은 냉소하고 말했다.

"당신이 뱀이 나무에 오르듯이 그에게 아첨하며 환심을 얻어 이 기회에 그와 사귀려는 거군요."

심우가 한마디 덧붙이며 말했다.

"이처럼 어깨를 움츠리고 웃음을 머금은 걸 보니 분명 간사하고 음험한 자요. 보아하니 반드시 세력을 업고자 아첨하는 것이 분명하오. 애림의 추측이 틀림없소."

그가 말하지 않았으면 좋은데 애림의 의견에 맞장구를 치자 려사는 아무것도 아랑곳하지 않고 애림과 심우 두 사람의 견해를 무시하고 말했다.

"당신이 이러는 게 뭣 때문이지?"

동화랑이 말했다.

"제가 만일 당신의 뒤를 따라 어느 정도 같이 다닐 수만 있어도 감격이겠습니다."

려사가 말했다.

"우리가 가는 곳은 어딘지나 알고 그런 말을 하는 건가?"

동화랑이 다급히 말했다.

"나에게 특별한 생각이 있는 게 아니고 내 모습이 노출된다면 곧 바빠지게 될 것입니다."

려사가 말했다.

"좋다, 우리를 따르라. 어떤 사람들이 너를 쫓고 있는지 두고 보겠다."

동화랑은 말을 한 필 얻어서 세 사람의 뒤를 따랐다. 그들은 한 개의 작은 대오를 이뤄 성 밖으로 질주했다. 대략 육칠 리 길을 달렸을 때 려사가 손짓으로 동화랑을 불렀고 동화랑이 말했다.

"려형은 길을 물으시려는 군요. 나는 매우 익숙합니다."

려사가 말했다.

"길을 물으려는 게 아니라 내가 알고 싶은 것은 어떤 사람이 당신을 찾으려는가 하는 것이다."

동화랑은 생각도 하지 않고 말했다.

"필시 제 사형인 왕정산인데 알 수 없는 것은 그가 어떤 사람들을 데리고 올지 모르겠습니다."

려사가 말했다.

"당신의 사형은 무슨 연고로 당신을 찾으려 하지?"

동화랑이 말했다.

"그는 명을 받고 나를 산으로 잡아 가려 합니다. 만약 산 채로 잡지 못하면 죽일 겁니다."

"그렇게 엄중해요?"

애림이 물었다.

"당신은 어떤 죄를 지었나요?"

동화랑은 웃기만 하였는데 이것만으로도 그가 어떤 죄를 지었는지 넉넉히 표명할 수 있었고 근본적으로 말할 필요가 없었다. 더욱이 여자 앞에서 더욱 말할 필요가 없었다. 애림은 '아'하고 생각난 듯 또다시 말했다.

"당신이 원래 부랑아라고 불린다면 이런 지저분한 일을 저지른 것이 한 번뿐이 아닐 텐데 이번에는 왜 이렇게 엄중하나요?"

동화랑이 대답했다.

"이번에는 더 이상 그들이 참을 수 없는 나쁜 짓을 해서, 위에서 엄벌에 처할 것을 결정했오."

심우가 말했다.

"듣기로 왕정산은 귀파에서 손꼽히는 인물이라고 들었는데, 그러니 두려워서 려사의 덕을 입으려 하는 거군."

동화랑은 의아한 눈길로 려사를 바라보면서 말했다.

"이분 심우형은 도대체 어디에서 온 분이기에 알고 있는 일이 많을 뿐만 아니라 감히 당신 앞에서도 이렇게 오만무례하니 정말로 이해할 수가 없군요."

려사가 말했다.

"당신은 저 사람에 대해서는 들어 보지 못했는가?"

동화랑이 말했다.

"그의 내력에 대해 아는 사람이 없습니다."

려사가 말했다.

"그가 바로 칠해도룡 심목령의 아들이지. 또한 소림사에 은거하신 한

분 고수의 입실제자로 양가兩家 장점을 겸비하여 무공이 상당하지."

동화랑은 웃는 듯 만 듯한 표정으로 심우를 바라보며, 사기邪氣를 노출하고 말했다.

"생각 밖에도 심형의 신세를 보니 서촉西蜀까지 와서 려형과 함께 있는 것으로 보아, 려형의 무적도법의 힘을 빌려 생명을 보호하는 것이겠구만."

심우는 '흥'하고 소리를 지르더니 말했다.

"비록 당신의 말은 틀리지 않으나 우리는 동류의 사람이 아니니 나와 사귀려는 그릇된 생각은 하지도 마시오."

그의 말 속에는 은은한 살기가 노출되었다. 동화랑은 포악한 기색을 노출하고 말했다.

"아주 좋습니다. 나는 정파로 자처하면서 사실상 오히려 염치없는 사람을 가장 증오합니다. 내가 만약 이런 사람을 만나면 일치감치 요절을 내버리겠오. 심형이 만약 이런 사람이라면 조심하시오. 하……하……."

려사는 손을 저으면서 말했다.

"그만. 그만. 나의 물음이 끝난 뒤에 만약 서로 불복한다면 싸워서 승부를 결정해도 될 것이다……."

그는 여기까지 말하고는 적이 기뻐했다. 그것은 동화랑이 만약 심우를 죽일 수 있다면 확실히 더없이 좋은 일이기 때문이었다. 그는 동화랑을 이용하여 자기가 손쓸 가치가 없는 일이나, 한 주먹조차 감당하지 못하는 힘없는 사람을 죽이는데 자기 대신하여 손을 쓰도록 하리라 생각했다. 그가 물었다.

"왕정산이 언제쯤이면 나타나지?"

동화랑이 말했다.

"우리가 계속 간다면 한 시진 내에 그가 길 한 모퉁이에 나타날 겁니다."

려사가 말했다.

"좋다. 그때면 내가 그를 죽이겠다."

동화랑은 머리를 가로저으며 말했다.

"나의 이 대사형은 비록 위인이 성실하고 착하며 공명을 바라는 성미가 아니어서 사람들과 명예를 다투고 싸우지를 않습니다. 그러나 그는 슬기롭고 수단이 사나우며 생각이 주도면밀합니다. 그가 나타나지 않으면 몰라도 나타나기만 한다면 이미 믿는 구석이 있을 것이므로 려형이 간섭하는 것을 두려워하지 않을 것입니다."

그가 깊이 믿고 말하였으므로, 옆에서 듣는 사람들로 하여금 모두 일리가 있다고 느끼게 했다. 심우는 냉소하고 말했다.

"만약 당신이 려사의 도법을 보았다면 이 말은 다시 했을 것이요."

동화랑은 려사를 퍼뜩 보았는데 그가 특별한 반응이 없는 것을 보고 어깨를 으쓱거리더니 말했다.

"이 문제를 당신하고 다투지 않는 것은 당신의 말이 맞기를 바라기 때문이요. 만약 나의 사형이 목숨을 잃는다면 적어도 나는 한동안 편해질 수 있으니까."

네 필의 말은 계속 앞으로 달렸다.

관도를 오가는 사람들도 적지 않았는데 장사를 하는 상인들을 제외하고도 휘장을 드리운 마차거나 서로 다른 크기의 가마들도 가끔 눈에 들어왔다. 또한 보기에 문약한 서생들이 대나무로 만든 가마 위에 앉았고 호송꾼들이 홍얼대는 운어韻語로 앞뒤에서 합창하였는데 매우 홍미로 웠다.

그들은 아무런 사고 없이 봉계蓬溪까지 이르렀고, 그곳에서 점심식사를 했다. 심우는 동화랑을 본체만체했는데, 그에게는 일종의 요기妖氣가 있었고 이런 평범하지 않은 기질이 되려 그에게는 매력이 되어 사람들의 관심을 끈다는 것을 발견했다. 그 외에 그는 말을 잘하고 눈치를 살펴보는데 매우 능했다. 그가 아첨하는 말은 매우 자연스러워 어색한 흔적이 하나도 없었다. 때문에 려사와 심지어는 애림마저도 그와 적지 않는 이야기를 나누었고 짧은 시간에 그들은 아주 친해졌다. 심우는 속으로 생각했다.

'청련사태는 과연 놀라운 혜안을 가졌군. 지금 상황으로 보아 동화랑은 려사의 심복이 될 수 있을 것이다. 만약 그가 후회하여 마음을 바꾸지 않는다면 려사의 도경을 반드시 훔쳐낼 수 있을 것이다.'

도경은 심우에게 려사를 대처하기 위한 중요한 열쇠였다. 려사가 돈을 계산할 때 심우는 려사의 주머니 밖으로 삐져나온 소책자를 보았다. 비록 지척에 있지만 심우는 방법이 없었다. 그들은 즉시 계속하여 길을 다그쳤다. 심우는 애림과 동화랑을 본체만체하였으며 려사와는 줄곧 말을 하지 않았다. 때문에 네 사람 중 애림과 동화랑이 이야기를 나누었다.

동화랑은 공손하고 겸손한 태도로 애림과 이야기를 나누었다. 동화랑은 낌새를 차렸다. 려사가 애림을 자기의 독점물인 양 하는 것을 발견하였기 때문에, 그는 애림에 대해서 아무 야심이 없는 듯 굴었다. 그들은 줄곧 평탄한 관도를 달렸기 때문에 오후에 남충南充에 이르렀는데 저녁밥을 먹을 때까지는 아직 시간이 있었다. 려사는 애림의 의견을 구하고자 말했다.

"괜찮다면 한 구간을 더 달리면 어떻겠소?"

애림이 말했다.

"좋아요. 이 길은 마을이 사방으로 퍼져 있군요. 도처에서 닭이 홰를 치는 소리, 개 짖는 소리, 아이들이 장난하는 소리가 들려요. 참 아름다운 풍경이네요."

려사가 말했다.

"사천은 땅이 기름지고 물산이 풍부한 고장으로 이런 넉넉하고 안락한 정경을 많이 볼 수 있소."

애림이 말했다.

"만약 가는 도중에 이런 풍경이 계속된다면 계속가는 것을 반대하지 않겠어요."

그들은 이야기를 나누면서 서쪽으로 달렸다. 얼마 되지 않아 그들은 남충현 성을 가로질러서 서문에 이르렀다. 동화랑이 말했다.

"이번에는 풍경이 다르군요."

애림이 말했다.

"아름다운 풍경은 끝이 난 건가요?"

동화랑이 다급히 말했다.

"아니, 아닙니다. 다만 풍경이 변할 뿐이고 서문을 빠져나가면 바로 가릉강嘉陵江 변인데 이번에는 강변을 따라 북쪽으로 가서 봉안蓬安에 이른 뒤 강을 건너 영산營山으로 달려야 합니다."

애림이 말했다.

"아, 그렇군요. 가릉강의 풍경이 아름답고 매우 볼만하다고 하던데 그래요?"

동화랑은 연신 머리를 끄덕였고 이 강의 양쪽 기슭의 풍경을 소개하기 시작했다. 백문이 불여일견이라 했던가. 그들이 말을 몰고 강변을 따라 앞으로 가자 넓고 맑은 강물이 조용하게 흘렀고, 강기슭의 나무는 싱그러움을 뽐내고 있었다. 농민이 경작하는 모습과 어부들이 배를 모는 모습이 보였다. 편안하고 아늑한 느낌이 가슴속으로 파고들었다.

애림은 주변의 풍광에 마음이 후련해졌다. 수시로 침울한 기색을 노출하던 심우마저도 이때는 평안하고 고요한 심정을 나타냈다. 길가의 마차와 가마들은 휘장을 열어젖히지 않은 것이 없었고, 빨갛고 파란 옷을 입은 여인들은 길을 따라가면서 맑고 아름다운 경치를 감상하였다. 하지만 그녀들 자신도 풍경의 일부분이 되어 아름다운 강의 흐름과 푸른 전야田野에 활발한 생기를 보탰다.

동화랑의 눈은 가마의 여인들을 하나도 놓치지 않고 뚫어지게 보았다. 심우는 맨 뒤에 처져 있었다. 따라서 이러한 모습을 가장 뚜렷하게 볼 수 있었다. 그는 많은 여인들이 동화랑의 눈에 띈 이후 마음이 어지러워지는 기색을 나타내는 것을 볼 수 있었다. 동화랑은 흡인력이 있어 부녀들에게 인기가 좋았다. 부인들이 그를 보기만 하면 모두 마음이 어지러워지는 것을 더 말할 나위가 없었다.

길을 갈수록 풍경은 아름답고 멋이 있었다. 뿐만 아니라 가릉강은 끝이 없었던 것 같았는데, 사람들을 위로해주는 느낌을 주었다. 이러한 아름다운 풍경이 계속되자 긴장한 사람들의 놀랍고 두려운 감정 또한 빠르게 소멸시켜 주는 것 같았다. 하지만 이 아름다운 강물이 영원무궁할지라도 역시 잠시 스쳐 지나가는 것일 뿐이었다.

석양이 깔리자 새들이 떼를 지어 날아갔다. 그러자 비로소 길가의 사람들은 시간이 이미 이르지 않음을 깨닫게 되었다. 네 사람은 시간을 마음에 두지 않았다. 설사 묵을 곳에 이르지 못해도 그들은 밤에 계속 앞으로 달릴 수 있었고 아무 곳에나 앉아 하룻밤을 휴식할 수 있었다. 이런 기분이라면 그들은 고통도 두렵지 않았고 야수의 침입도 두렵지 않았다. 게다가 그들의 체력은 모두 며칠 밤을 자지 않아도 괜찮을 정도였다. 보통의 자연환경에서는 그들에게 어떤 것도 위협이 되지 않았다. 려사가 웃으며 말했다.

"애림, 잠깐 멈추어 해 지는 것을 봅시다. 황혼은 또 다른 아름다움이 있지."

애림은 눈길을 돌려 하늘가를 보았다. 석양의 노을이 하늘을 물들여 아름다웠다. 그녀는 이 시각 서운한 느낌이 들었다. 따라서 그녀는 강가에 높이 솟아오른 풀 언덕에 올라 말에서 내렸다. 사람들도 따라서 분분히 말에서 내렸고 길가는 사람들은 풀 언덕 위의 네 남녀를 모두 놀란 눈으로 쳐다보았다. 려사와 애림이 이야기를 나누는데 마침 고기 배가 이 부근에서 고기를 잡고 있었다. 려사가 말했다.

"만약 저 사람들이 큰 고기를 낚으면 우리가 사서 술안주로 합시다."

애림은 흔쾌히 대답했다.

"좋은 생각인데 술을 구할 수 있을까요?"

동화랑이 그 말을 받았다.

"그 일은 내게 맡기시오."

그는 몸을 돌려 가더니 얼마 지나지 않아 돌아왔다.

"술뿐만 아니라 솥까지 준비했습니다."

애림은 주위를 살피더니 말했다.

"어디 있지요?"

동화랑이 말했다.

"내가 마침 지나가는 빈 마차를 만났는데 마차 몰이꾼에게 남충에 도착하여 모든 것을 준비하라 일렀습니다. 곧 모든 것을 준비해서 이곳으로 올 겁니다."

"오늘 조황釣況은 어떻습니까? 신선한 물고기를 구할 수 있겠소?"

어부는 몇 마리 큰 고기를 들어 그들에게 보였다. 려사는 기쁜 나머지 즉시 몇 마리를 샀다. 애림은 아름다운 얼굴에 귀여운 웃음을 떠올렸다. 물고기를 참대로 만든 광주리 안에 담은 채로 강물에 담갔다. 물이 광주리로 들어가자 물고기가 퍼덕거렸다. 애림은 돌연 눈이 밝아지면서 말했다.

"배 위에 낚싯대가 있어요!"

동화랑이 냉큼 어부한테 물었다.

"낚싯대를 좀 빌릴 수 있을까요?"

어부는 인심 좋게 낚싯대와 그 외의 물건을 빌려주었다. 애림은 몹시 기뻐하며 물었다.

"어디에서 낚시질을 하면 좋죠."

어부가 대답했다.

"낭자가 어떤 고기를 낚으려고 하는 가에 달렸지요. 큰 고기를 낚으려면 배를 타고 강기슭으로 들어가야 하지요."

동화랑이 바로 어부와 상의하여 그의 배를 빌려 애림에게 타게 했다. 그가 모든 것을 제때에 알맞게 배치하여 애림에게 편안한 느낌을 주었지만 오히려 스스로 자기의 공로를 자랑하는 언어나 기색을 조금도 나타내지 않았으므로 애림과 려사에게 환심을 샀다. 애림은 려사를 바라보면서 말했다.

"당신은 어때요? 안 하겠어요?"

려사가 웃으면서 말했다.

"당신의 호의에 감사하지만. 나는 가지 않겠소!"

다른 사람이 이 말을 들으면 별다른 느낌이 없겠지만 심우에게는 너무 뜻밖이라 참지 못하고 물었다.

"당신은 왜 가지 않소?"

려사가 말했다.

"너는 너무 경험이 없군. 내가 그녀를 동반하면 무슨 재미가 있나?"

심우는 불평스럽게 말했다.

"마음이 소박한 사람과 황혼 빛을 받으며 뱃놀이 하는 것이 어찌 즐거움이 아니요?"

려사는 소탈하게 웃으면서 애림을 바라보았다. 다만 애림은 그들의 대화에 귀를 기울였는데 흥미를 느끼는 것이 뚜렷했다. 려사는 느릿하게 말했다.

"아직은 너무 이르고 지금은 소박한 마음인지 아닌지 말할 수 없다. 만약 그녀가 나에게 속하지 않는다면 선녀라 해도 말할 가치가 없다."

"이것은 한가지 우아한 즐거움으로 비록 담담할지라도 그 묘미가 있어 훗날 함께 기억할 수 있는 것이오. 당신의 생각은 너무 속됐소."

심우는 반박하면서 손까지 내저어 약간한 분함을 표시했다. 려사가 말했다.

"너의 생각이 틀렸다."

그의 목소리는 침착하면서도 힘이 있었다.

"내가 그 가운데 있으면 마음이 공空한 가운데, 스스로 득실得失에 관한 생각만 맴돌게 되니, 오히려 그 속에서 뛰어나와 강기슭에서 그녀가 뱃놀이 하는 것을 보는 것이 낫다 할 수 있다. 다시 말해서 그녀가 낚시질에 몰두하여야지 다른 사람과 말할 수 있는 상황이 아니다. 봐라, 내가 기슭에 앉아 이 한 폭의 아름다운 장면을 감상하는 것이 멍청히 그 배에 있는 것보다 더없이 좋지 않느냐."

그의 말은 과연 말끝마다 일리가 있어 심우는 대답할 말이 없었다. 애림이 방긋 웃으면 고깃배에 뛰어올랐다. 려사가 말했다.

"동화랑, 네가 배에 올라 그녀를 동반하면 어떻겠나?"

동화랑이 말했다.

"좋습니다. 려형이 저더러 벙어리 역을 하라는데 이것도 새로운 경험입니다."

그는 스스로 자기를 조소하면서 고깃배에 뛰어올랐다. 려사는 나무 아래에 앉아 이 풍경을 즐겨 바라보았다. 려사의 옆모습은 멋있었다. 우뚝 선 콧날, 검고 긴 짙은 눈썹, 꼭 다문 입술, 이 모든 것이 그가 과단성 있고, 강한 성격의 소유자라는 것을 나타냈다. 심우가 이 적수를 바라보고 또 강에서 옷자락을 날리는 애림을 바라보는데 힘이 빠지는 느낌이었고, 자신이 지금 매우 열세에 처해있음을 알았다.

돌연 려사가 주머니에서 비단 주머니를 꺼내 풀자 얇은 서적이 나왔다. 그는 책장을 펼치면서 입술을 움직였다. 그가 글을 읽는다는 것을 알 수 있었다. 아마 그것은 도해圖解의 주석글注文이었을 것이다. 심우는 마음이

쿵쿵하고 뛰었고, 빼앗아 보지 못하는 것이 한스러웠다. 려사는 오랫동안 보고 나서 돌연 그 책을 풀밭 위에 놓고는 머리를 들어 강을 향해 바라보았다.

심우는 려사의 두 손이 책을 떠난 것을 보고 심장이 더욱 세차게 뛰었다. 만약 지금 고깃배에 돌연 사고가 난다면 려사는 재빨리 달려갈 것이라고 생각했다. 그가 강을 향해 바라볼 때 애림은 뱃머리에 앉아 낚시질을 하고 있었고 강바람에 그녀의 긴 머리카락은 흩날리고 있었다. 동화랑은 강기슭을 보고 있었는데 려사의 동작을 보았을 것이고, 심지어는 풀밭 위에 놓인 그 책도 봤을 것이다.

심우는 한스러워 이를 갈았다. 만약 동화랑이 진정으로 도와준다면 기회를 잡고 사람을 놀라게 하는 사건을 만들어 려사가 일체를 돌보지 않고 물에 뛰어들게 유혹하여야 한다고 생각했다. 이렇게 되면 심우는 그 도경을 손쉽게 얻을 수 있으리라. 그러나 동화랑은 아무런 동정도 없었고 눈길을 돌려 이쪽 강기슭을 향하지도 않았다. 심우가 다시 려사를 볼 때 그의 오른손이 자연스럽게 도경 위에 있었다. 심우의 마음은 상대방의 손길에 가 있었다. 어둠이 짙게 깔리자 애림은 낚싯대를 거두었다.

려사도 도경을 주머니에 넣었다. 심우는 가볍게 탄식하였고 요행을 바라는 그의 마음도 사라졌다. 동화랑은 강기슭으로 돌아와 큰길에 가서 기다렸다. 얼마 지나지 않아서 말발굽 소리와 차바퀴 소리가 멀리서 들려왔다. 려사와 애림은 나란히 앉았다. 려사가 말했다.

"이 사람은 비록 괴상하지만 아주 능력있는 사람이요."

애림이 말했다.

"그가 우리와 함께 가려는 건가요?"

려사가 말했다.

"내버려두시오. 아무튼 그도 나의 보도를 더럽힐 정도는 아니요."

애림이 말했다.

"내가 보기에는 그 사람은 어떤 음모가 있는 것 같아요."

려사가 말했다.

"만약 무슨 수작을 부린다면 스스로 죽음의 길을 찾는 것이니 당신은 그를 마음속에 둘 필요가 없소."

심우가 그 말을 받았다.

"그는 확실히 능력이 있고 또 사람의 마음을 잘 헤아리니 내가 당신들을 따라가면 적지 않은 덕을 볼 것이요."

애림은 이마를 찌푸리고 말했다.

"닥쳐요. 내가 당신 뺨을 갈기기 전에."

심우는 바로 입을 다물었다. 려사는 생각하고 나서 심우도 들을 수 있는 소리로 말했다.

"정말 이상하군. 심우가 많이 온순하고 착해졌군!"

애림은 '흥'하고 말했다.

"그가 감히 순종하지 않을 수 있어요?"

려사가 말했다.

"글쎄. 이놈은 매우 고집이 센데 지금 이렇게 온순하고 착한 것은 반역할 음모를 시도하는 것이요."

애림이 말했다.

"감히 다른 수작은 못 할 거예요."

려사가 말했다.

"나는 절대 그를 얕보지 않소. 당신도 될수록 조심하시오."

심우는 이 사람의 경계심에 대해 탄복하였다. 심우는 확실히 어떤 계획이 있었기 때문이었다. 애림에 대해서도 완전히 마음을 놓을 수 없는 상태였다. 그들이 심우를 죽인다 해도 바로 반박할 수 없는 상태였다. 동화랑이 갑자기 고함을 쳤다. 그 소리는 처참하여 한번 듣고도 거대한 사고가 발생했음을 알 수 있었다. 려사와 애림은 번개 같은 동작으로 쏜살같이 달려갔다.

큰길에는 마차 한 대가 있었는데 동화랑 외에 장검으로 동화랑을 가리키고 있는 한 중년 도인이 보였다. 동화랑도 손에 검을 들고 있었지만 그 중년 도인 앞에서는 매우 두려워 떨고 있어 그를 겁내고 있음이 분명했다. 려사의 신형은 허공에 있었지만 이미 귀를 찌르는 듯한 장소성을 발출하였고, 쏜살같이 큰 길가에 내려섰다. 귀를 찌르는 듯한 이 웃음소리에 중년 도인은 부득불 눈길을 돌려 그를 보지 않을 수 없었다.

중년 도인은 용모가 비록 평범해도 장속과 장검이 소박하면서도 고풍이 있었다. 그러나 그의 자세와 행동은 오히려 대범하고 소탈한 풍도를 나타냈다. 그의 눈길이 번개같이 려사의 얼굴에 멈췄고 려사가 웃음을 그친 뒤에야 입을 열었다.

"당신이 바로 백의도객 려사 대협이오?"

려사가 냉랭하게 말했다.

"그렇소. 당신은 누구요?"

중년 도인이 대답했다.

"나는 아미 연기사練氣士 왕정산이요."

려사가 말했다.

"아, 당신이 동화랑의 사형이요?"

왕정산이 말했다.

"그렇소. 하지만 동화랑이 사문에 수치를 주어 죽을 죄를 지었소. 내게 이런 사제가 있는 것이 몹시 안타깝고 또 부끄럽소."

동화랑이 신음소리를 내자 려사가 말했다.

"동화랑, 부상을 입었소?"

동화랑이 말했다.

"그렇습니다."

려사가 말했다.

"상처가 심하오?"

애림이 그 말을 받았다.

"가벼운 것 같지 않아요. 당신이 와 봐요!"

동화랑이 발걸음을 떼려다가 갑자기 멈춰 섰다. 왕정산이 더없이 맹렬한 검기를 발출하여 그를 덮어버렸다. 려사는 살기가 떠오르더니 냉랭하게 웃고 말했다.

"좋은 검법이요. 좋은 검법이요."

그때 그의 몸에서 도기가 쏟아나가면서 왕정산에게 덮쳤다. 하지만 왕정산은 움직이지도 않았고 수중의 검은 의연히 동화랑을 가리켰으므로 동화랑은 조금도 움직일 수 없었다. 애림이 말했다.

"왕정산, 당신이 만약 동화랑을 죽이면 당신도 죽음에서 벗어나지 못한다는 것은 알아야 돼요."

왕정산이 말했다.

"나도 알고 있소."

애림이 말했다.

"그럼 당신은 려사의 칼 아래 죽고 싶어요?"

왕정산이 말했다.

"려대협이 도기를 발출하면 나는 즉시 못난 사제를 죽이겠소."

심우가 몇 장 밖에서 큰 소리로 말했다.

"왕진인, 절대로 안 됩니다. 동화랑의 목숨은 당신과 바꿀 가치가 안 됩니다. 나는 그를 돕는 것이 아닙니다. 나는 그가 당신의 검 아래 죽는 것을 직접 보는 것을 원하지만 그건 너무나 가치가 없는 것이 아닙니까?"

왕정산이 말했다.

"이것은 가치있고 없고의 문제가 아니오. 려대협의 도법이 정묘하고 공력이 심오하다는 것을 잘 알고 있소. 만약 사제를 놓아 보내주면 그는 려대협의 덕을 입게 되고, 향후에는 이렇게 좋은 기회가 있을 수 없으니 나는 사문의 임무를 달성하기 위하여 어찌 내 이 한몸을 아끼겠소."

려사는 세상에 이렇게 완고한 사람은 적지 않음을 알고 있었다. 보아하니 왕정산의 말이 거짓인 것 같지 않았다. 그래서 려사는 생각하기를 만약 그가 동화랑을 죽이도록 내버려 둔다면 자신이 이후 천하 사람한테 비웃음을 당할 것이라고 생각했다. 이런 생각이 들자 그는 화해하려는 생각이 떠올라 즉시 말했다.

"도장이 그 말은 도리에 어긋나오. 당신이 사문의 명을 받아 동화랑을 죄를 묻는다 할지라도 응당 규칙에 의해 동화랑에게 검을 뺄 기회를 주어야 하오. 그런데 당신은 강호에서 가장 철면피한 놈들의 행동을 배워 돌연 습격을 가했소. 아마 이 뒤로는 아미파가 천하 영웅들에게 비웃음을 당할 것이요."

왕정산이 말했다.

"려대협이 악인을 비호하고 또한 우리 문파의 일을 간섭하는 것이 강호 규칙에 맞지 않소. 그런데 나를 비난하니 우스운 일이 아니오?"

려사가 '흥'하고 소리치더니 말했다.

"지금 옳고 그름을 말할 때가 아니오. 당신이 먼저 나부터 상대해야 동화랑에게 단죄할 자격이 있소."

왕정산은 서릿발 같은 소리로 말했다.

"나는 개인의 생사를 마음에 두지 않는다고 말했소."

심우가 그의 말을 받았다.

"왕도장은 이런 하책을 행하지 마십시오. 당신이 비록 명을 받들어 사문의 악당을 징벌하지만 만약 동화랑과 동귀어진한다면 보람이 없습니다. 그러니 잠시 그만두고 더 좋은 계책을 세우는 것이 좋을 것입니다."

애림도 말했다.

"그래요. 도장은 출가지인으로 자기의 생명도 아끼지 않고 동화랑을 죽이려 하는데 이런 마음은 도교의 종지에 어긋나요!"

그녀는 다른 각도에서 왕정산을 음흉하고 악독하며 도교의 교의에 어긋난다고 질책하였는데 독창적인 방법이었다. 왕정산은 '흥'하고 소리치더니 말했다.

"당신들의 말에 일리가 없다고는 할 수 없지만 빈도가 이미 범 등에 탄 형세라 그만두려 해도 방법이 없소. 동화랑은 교활하고 기민하여 따라잡기가 힘든데 만약 이 기회를 놓친다면 그는 멀리 달아나 찾을 길이 없게 되오."

애림은 동화랑에게 확실히 호감이 있었다. 그러나 왕정산이 장검으로 동화랑을 겨누어 공력을 끌어올려 검으로 찌르면 그의 목숨을 빼앗아 갈 수 있었다. 비록 려사의 도기刀氣도 왕정산을 덮었지만 먼저 왕정산을 찍을 수 없는 것이 뚜렷했다. 려사가 출도하면 왕정산은 물론 죽음에서 벗어날 수 없지만 동화랑도 그 자리에서 피로 물들 운명을 피할 수 없었다. 이런 대치 상태는 매우 위험하다. 더욱이 그들의 대화는 모두 폭발성이 있어 안절부절못하게 했다. 그녀가 부드럽게 말했다.

"심우 말이 옳아요. 도장이 만약 동화랑과 동귀어진하면 너무나 가치 없는 죽음이라 할 수 있어요."

이 아름다운 소녀는 금사편을 흔들면서 그들을 향해 걸어갔다. 갑자기 마차의 휘장이 열리면서 사람 그림자 하나가 땅에 내려섰다. 모든 사람들이 사람 그림자가 묘령의 여승임을 알았다. 여승은 수중의 장검을 휘두르며 냉랭하게 말했다.

"애 낭자는 멈추시오."

애림의 눈빛이 번쩍하더니 의아해하며 말했다.

"당신, 청련사태가 아니에요?"

려사의 날카로운 눈길이 여승의 얼굴에 머물렀다. 려사는 여승이 매우 낯이 익었으나 어디에서 만났는지 떠오르지 않았다. 청련사태는 려사와 여러 번 만났지만 그때마다 속가의 차림이었다. 머리에 청두건을 썼고 몸에 맞는 밝은 의복을 입었는데다 연지분을 발라 예쁘고 매혹적이었다. 지금 얼굴이 비록 청수하지만 신분이 현저히 다른 까닭에 려사는 청청으로 변한 미녀를 알아보지 못했다. 청련사태는 밝고 냉정한 눈길로 려사를 쓸어보았으나 그가 자기를 알아보지 못하자 냉랭하게 말했다.

"그래요. 바로 나예요."

애림이 말했다.

"당신과 왕도장이 한패거리입니까?"

청련사태가 말했다.

"그래요. 만약 낭자가 앞으로 한 보 더 다가온다면 나는 부득불 왕도형을 돕겠어요."

심우가 말했다.

"애낭자가 손대지 않는다면 사태도 왕도장을 돕지 않겠다는 말입니까?"

청련사태는 담담하게 웃고 말했다.

"려사의 뜻을 보아야지요. 만약 내가 왕도형을 돕는 일에 그가 신경 쓰지 않는다면 나는 천하에 위명을 떨친 그의 마도를 견식하기를 원해요."

려사는 고개를 끄덕이면서 말했다.

"본인은 개의치 않겠소."

심우가 경고했다.

"려사의 마도는 여지껏 칼집을 벗어나면 사람을 상하게 했고 사람의 피가 묻지 않고는 절대 칼집으로 들어가지 않았습니다. 사태가 설사 무공이 뛰어나고 게다가 왕도장의 비할 바 없이 고강한 검술까지 해도 려사의 적수가 되지 못할 겁니다."

청련사태가 말했다.

"해보지 않고는 믿을 수가 없군요."

심우가 말했다.

"사태가 애낭자와 아는 사이이니 그녀에게 물어보십시오."

애림이 고개를 끄덕이고 말했다.

"심우의 말이 맞아요."

청련사태가 말했다.

"왕도형, 우리가 만약 연합하여 려사와 싸운다면 본래 이겨도 광채롭지 못해 동도들의 웃음을 자아낼 행동이에요. 그러나 지금 저 사람들의 말을 들어보면 매우 미련한 행동이라 하는데 빈도는 복종할 수 없군요."

왕정산이 말했다.

"사태의 뜻은……."

청련가 말했다.

"나의 뜻은 동화랑의 일을 잠시 제쳐놓고 우리가 연합하여 려사를 상대해도 만약 그를 이기지 못하고 또 동화랑이 그를 따른다면 우리는 동화랑에게 손을 쓰지 않는 것이에요."

왕정산이 망설이다가 말했다.

"우리가 연합하여 려대협을 대처하는 행동은 아마 천하 영웅들의 비웃음을 당할 것입니다."

려사는 하늘을 바라보며 길게 웃으며 말했다.

"당신들이 만약 나의 칼 아래에서 살아남는다면 향후에 꼭 강호를 뒤흔들 거요. 당신들은 그야말로 우물 안에 개구리와 같아 사천 땅의 당신들의 문파 세력 내에서 영웅으로 자처하는 것을 제외하고 또 무엇을 알겠소?"

왕정산이 이마를 찌푸리고 말했다.

"려대협은 사람의 마음을 상하게 하는 말을 하지 마시오. 우리가 설사 견문이 적지만 당신이 말하는 것 같은 사람은 아니오."

려사가 말했다.

"더 말해도 무익하니 당신들이 함께 덤벼보시오!"

왕정산은 생각하고 나서야 말했다.

"승부가 나기 전에 나는 동화랑의 문제를 생각하지 않을 수 없소. 그는 우리가 격투하는 틈을 타서 도망칠 수 있소."

려사는 그를 주시하면서 말했다.

"그럼 어떻게 하길 원하오?"

"그를 우리 쌍방이 모두 허락하는 사람이 관리한다면 마음을 놓을 수 있소."

"좋소. 그렇다면 동화랑을 심우에게 맡기면 어떻소?"

심우가 말했다.

"나를 끌어들이지 마시오."

려사가 냉랭하게 말했다.

"왜 그러는 거냐?"

심우가 말했다.

"나는 내 몸조차 보존하기 힘든데 당신들의 일에 관여할 마음이 없소."

왕정산이 물었다.

"심시주는 려대협과 한패거리 아니오?"

심우가 말했다.

"한패거리가 아닙니다. 나는 여러 가지 확실치 않은 관계로 새장에 갇힌 새요, 도마에 오른 고기가 되어 그들의 흉악한 기세에 목숨을 겨우 부지하고 있습니다."

왕정산이 말했다.

"내가 보니 당신은 인품이 정파답고 언어도 성실하니 거짓은 아닌 것 같소. 만약 심시주가 애써 어려운 일을 감당하려 한다면 나는 당신을 믿겠소."

애림이 말했다.

"좋아요. 그럼 이렇게 결정하지요. 심우, 당신이 가서 동화랑을 붙잡고 있어요. 그러나 그를 다치게 해서는 안 돼요."

심우가 말했다.

"내가 왜 그를 다치게 하겠소?"

애림이 대답하였다.

"당신이 그를 좋아하지 않잖아요."

심우가 어깨를 으쓱거리고 걸어갔다. 그는 조심해서 려사와 왕정산의 검세를 피해서 걸어갔다. 그는 동화랑의 뒤로 가서 오른손으로 동화랑의 팔을 잡고 잡아당겼다. 동화랑은 비칠거리면서 세 걸음이나 뒤로 물러났다.

려사는 먼저 출수하지 않았다. 첫째는 청련사태가 이미 왕정산의 곁으로 가서 검을 들고 어떤 사람이든 왕정산에 대한 공격을 받을 수 있는 자세를 취했기 때문이었고, 둘째는 려사가 가늠하기를 출가한 두 고수를 격패할 수 있다고 여겼기 때문이었다. 뿐만 아니라 려사는 격투를 할 수 있는 맞수를 찾지 못해 한스러웠는데 만약 이 두 사람과 격투를 한다면 이것은 좋은 기회였다.

그는 기품있게 몇 발자국 뒤로 물러섰지만 돌연 얼굴이 새하얗게 변하더니 눈으로는 흉악하고 무시무시한 빛을 발출하면서 오랫동안 두 적수를 뚫어지게 바라보았다. 왕정산과 청련사태는 약간 거리를 두고 서서 위치를 잡았다. 이미 서로 잘 이야기된 것으로 그들의 마음이 완전히 융합된 것 같이 조화로웠다. 왕정산은 천천히 머리를 숙이며 말했다.

"려대협의 살기가 강하고 기세가 사나운데 이런 것은 처음 봅니다."

청련사태가 그 말을 받았다.

"려대협이 만약 마음속으로 살기가 충만하지 않으면 마도의 위력이 많이 줄어든다고 여기지 않나요?"

려사가 말했다.

"그것은 비밀이라고 할 수 없소."

왕정산이 말했다.

"그렇다면 려대협이 연공하여 천하무적의 경지인 등봉조극登峰造極의 단계까지 오른다 해도 사람을 거리낌 없이 죽인다면, 후세에 누가 당신을 경모하고 숭배하겠소?"

려사가 말했다.

"내가 만약 무학의 성스러운 경지에 이르러 세상에 당할 자가 없다는 영예를 가지게 된다면 그것으로 만족이니 후세 사람들이 뭐라고 해도 상관할 것 없소."

청련사태가 말했다.

"그 말은 옳지 않소. 만약 냉혹하고 무정한 살기로 높은 경지에 이른다면 진정한 천하제일 고수라고 할 수 없어요."

려사가 말했다.

"당신들이 먼저 나의 삼초를 받은 뒤 말해도 늦지는 않을 것이오."

그는 보도를 한번 휘둘러 온통 빛을 그어냈다. 삽시간에 사방에서 폭풍이 일어났고, 잠재되어 있는 힘이 넘쳐났다. 이때 그 세력 안에 있거나 밖에 있는 사람을 물론하고 다시 발출될 그의 칼날이 누구를 향해 날아들을 지 짐작할 수 없었다. 왕정산과 청련사태는 위치를 서로 엇갈리게 바꾸었고, 쌍검을 뱉어낼 때 빽빽하기가 빠져나갈 틈이 없을 정도였다. 이 싸움을 구경하는 사람들 또한 조금도 그 빈틈을 찾아볼 수 없었다. 다만 도광이 무지개같이 거침없이 '휙'하는 거대한 소리를 내며 지나갔다.

도광이 지나간 곳에서 왕정산과 청련사태는 동시에 뒤로 두 보나 밀려났다. 사실상 청련사태는 직접 밀려난 것이 아니라, 그녀가 왕정산과 잘 융합된 것을 단적으로 잘 보여준 것이었다. 그런 까닭에 왕정산이 보도에 격중되어 물러났을 때, 그녀도 뒤따라 뒤로 물러선 것이다. 그들의 절묘한 합작 때문에 보기에는 동시에 그 일도에 밀려난 것 같은 느낌이 생겨났다.

려사는 또다시 눈부신 차가운 빛을 그어냈고 그의 수중의 보도는 마치 손목을 움직여 분별없이 초서를 써내려가는 듯 변화가 기이하고 오묘하여 마도라고 불리기에 손색이 없었다. 심우가 동화랑을 끌고 재빨리 뒤로 물러나자, 애림이 발견하고는 재빨리 가서 말했다.

"뭐하는 거죠?"

"그들의 도검의 위세를 피하려 할 뿐인데 내가 어쩐다고 그러는 거요?"

'쩡'하고 귀를 찢는 듯한 거대한 소리가 들려왔다. 왕정산과 청련사태가 다시 함께 두 보 물러나는 것이 보였다. 지금까지 려사는 두 초를 공격하였고 왕정산과 청련사태는 아직 패할 기미는 없었지만 연속 밀려났다는 것은 좋은 징조가 아니었다. 애림은 심우를 쳐다보면서 말했다.

"당신은 그를 해칠 건가요?"

심우는 어깨를 으쓱거리면서 말했다.

"그래도 려사가 무사하다면 내가 려사의 보복을 두려워하지 않겠소?"

애림이 말했다.

"나는 당신이 두려워하지 않는다는 것을 알고 있어요. 이 세상에 당신처럼 그를 대할 사람은 없으니까."

심우는 머리를 가로저으며 말했다.

"당신은 왜 이렇게 동가를 감싸는 거요?"

애림이 말하려고 할 때 결투가 벌어지는 곳에서 거대한 일성이 들려 왔다. 그녀가 눈길을 돌려 보았는데 왕정산과 청련사태가 연속 삼사 보나 밀려났다.

심우가 이맛살을 찌푸리고 말했다.

"려사와 싸우지 말라고 그렇게 일렀건만."

동화랑은 이제야 입을 열었다.

"그들이 설사 싸울 생각이 없어도 상황이 그렇게 되지 않았잖소. 려사가 어찌 그들을 쉽게 놓아주려 하겠소?"

심우는 불쾌해서 말했다.

"아까 당신 사형이 당신의 입을 검으로 찔러야 했소."

애림은 눈썹을 찡그렸고 근심이 있는 모습으로 말했다.

"나는 비록 려사를 돕고 있지만 이 두 사람이 려사의 칼에 죽는 것을 원하지 않아요."

다만 려사의 울부짖는 소리만 들렸고 칼을 휘둘러 연속 공격했는데 동쪽을 가리키면 동쪽을 치고, 서쪽을 가리키면 서쪽을 쳐서 두 적수를 핍박하며 뱅글뱅글 돌게 했다. 애림이 또다시 말했다.

"이상하군요. 심우, 당신은 려사를 격패하려고 하는데 왜 이 기회를 타서 그의 도법의 초식에 대해 연구하지 않나요?"

심우가 담담하게 웃고 나서 말했다.

"그의 마도는 내가 설사 정신을 가다듬고 살펴보아도 알 수가 없소."

애림이 말했다.

"그렇다면 당신은 왜 아직도 그를 격패하겠다는 망령된 생각을 버리지 않는 거죠?"

심우가 말했다.

"그가 지고무상한 경지에 도달하지 못한 이상 나에게는 그를 격패할 기회가 있소."

어둠이 짙어가는 가운데서 려사가 싸움에서 벗어나며 뛰어나오는 것이 보였다. 왕정산과 청련사태는 상처를 입지 않았지만 반격할 상태는 아니었다. 두 사람은 모두 헐떡거리면서 적당한 위치에 서서 려사를 주시하였다. 려사가 말했다.

"당신들은 이미 나의 삼초만 받은 것이 아니니 할 말이 있으면 어서 하시오."

그의 얼굴은 계속 창백하였으며 눈의 흉악한 빛은 처음 출수할 때와 같았다. 왕정산은 숨을 한 모금 들이마시고는 말했다.

"지금 려대협의 도법은 천하를 종횡해도 적수가 없을 것이요."

려사가 말했다.

"이 말에는 아미파 장문인 신검 호일기도 포함되는가?"

"그…… 그것은……."

왕정산은 대답할 수가 없었다. 청련사태가 말했다.

"려시주, 당신은 이미 당신을 건드릴 수 있는 사람이 없는 경지에 이르렀는데 왜 아직도 만족하지 않는 거죠?"

려사가 말했다.

"내 야심을 당신들은 알 수 없소."

청련사태가 말했다.

"들려줄 수 있나요?"

제18장

得秘圖少俠火燒身

비도를 얻고 소협은
고난을 당하다

려사가 말했다.

"나는 장차 무림 각대 문파의 대표들을 불러 모을 것이오. 그런 후 그들 모두가 나를 천하제일 고수로 인정하고, 무림의 지존인 맹주로 추대하게 하겠소."

이 말을 들은 애림은 홀린 듯 바라보고 있었고, 동화랑의 눈동자는 기이한 빛을 발출하였는데, 아마도 려사의 말에 애림과 동화랑은 놀란 것 같았다. 려사가 또 말했다.

"저항이 많을 것이라 생각하오. 하지만 모든 어려움을 극복하고 내 야심을 반드시 이룰 것이오."

심우는 앙천일소하고 말했다.

"려형의 야심은 물론 대장부가 가져야 할 도리요, 이치에 맞지 않는다고는 할 수 없소. 하지만 당신의 야심은 너무나 많은 명문 고수의 피와 명예를 바꾸어야 이루어질 수 있는 것이오. 그러기에는 그 대가가 너무 크오."

려사가 말했다.

"영원히 빛날 공훈과 업적은 언제나 큰 희생을 치루고 얻을 수 있지. 만일 그런 것을 따진다면 출가하여 중이나 도사가 되는 것이 나을 것이다.”

그의 목소리는 당당하고 힘이 있었다. 애림마저도 가볍게 고개를 끄덕였다. 심우가 나직하게 말하였다.

“하지만 지금 당신의 행동이 과연 천고에 빛날 공훈과 업적이라 할 수 있겠소? 만약 후세들이 안다면 당신이야말로 명예에 굶주린 폭군이라 여길 것이오. 당신은 자신의 야심을 채우기 위해 무고한 수많은 사람들의 생명과 명예를 아끼지 않고 있소. 당신은 그들을 무림을 웅패하는 디딤돌로 삼았다고 비난을 면치 못할 것이오.”

려사는 거만하게 말했다.

“네가 그렇게 생각하고 싶으면 계속 그렇게 생각해라. 내 결심은 절대 흔들리지 않는다. 인생은 짧고 흐르는 물과 같다. 나의 이승에서의 삶은 적어도 무림사에 족적을 남기게 될 것이다.”

심우가 말했다.

“역사 속 영웅들을 본다면 어떤 한 사람이든 이러한 주장을 한 사람이 있었소. 하지만 사실을 따지고 보면 이것은 개인만의 사심이었고, 개인만을 위한 생각일 뿐이며, 그것 때문에 희생된 사람들로 놓고 이야기한 것은 아니오. 그의 일생이야말로 바로 당신의 짧은 인생과 같고, 후세 또한 막막할 뿐이요. 그들의 생명은 왜 전혀 가치가 없으며, 가볍게 희생할 수 있다고 생각하오?”

그는 웃더니 평상심을 되찾으며 말했다.

“나는 당신과 더 이상 논쟁할 생각이 없소. 내가 아무리 말한들 당신의 뜻을 굽힐 수 없을 것이오. 나 역시 이상이 있고 어떠한 압력에서 굴하지 않을 것이오. 우리는 각자가 다 제 주장대로 하고, 만약 내가 당신이 계속

악한 짓을 하는 것을 제지할 수 있다면, 그것으로 나의 이상이 실현되기 때문에, 당신은 좌절하게 될 것이오. 다시 말해서 많은 사람들의 이익을 위해 당신 개인은 손해 보게 될 것이오."

려사는 하늘을 바라보고 웃음 짓더니 말했다.

"이런 쓸모없는 말은 귀에 거슬리니 그만두라."

다른 사람들은 말이 없었다. 다른 사람들은 이런 경우는 판단하기 힘들다고 여겼다. 왕정산과 청련사태마저도 궁지에 빠진 느낌이었다. 그들은 무지몽매하거나 처음으로 사회에 나온 사람들이 아니었다. 그들도 갖은 실패와 성공을 맛보았다. 그들의 관심사는 인생의 목표였다. 왕정산과 청련사태를 놓고 볼 때 그들은 인생의 허황함을 깊이 느꼈기 때문에 출가했던 것이다. 그들이 비록 출가하였지만 마음속에는 의혹과 충돌이 때때로 생겨났다. 그리고 다른 사람의 인생관에 대하여 전혀 무관심할 수는 없었다.

려사의 유아독존唯我獨尊식 영웅주의는 그들도 한때 지향했던 것이었다. 다만 대부분의 사람들이 자기의 능력을 깨달은 뒤에는 부득불 망령된 야심을 포기하지 않을 수 없었다. 하지만 려사는 이런 자격을 가지고 있는 사람이기에 모든 사람들은 그가 이런 생각을 하는 것이 도리를 등지는 일이라고는 할 수 없다고 느꼈다. 심우의 이상에 대해서도 비난할 수 없었다. 그는 생명의 위험도 무릅쓰고 일대 기인과 맞섬으로써 그에게 악한 짓과 사람을 해치지 못하게 하려는 것이다. 이런 포부를 어찌 비난할 수 있겠는가. 동화랑이 어색한 침묵을 깨었다.

"두 분의 무도에 대한 완벽한 견해는 모두 도리가 있습니다. 하지만 이런 것은 당신들과 같은 무공조예가 있는 사람들만이 이런 문제를 논할 자격이 있을 테지요.”

애림이 말했다.

“일리가 있는 말이에요. 만약 무공에 성과가 없는 자라면 끼어들 자격이 없어요.”

심우는 엄숙하게 말했다.

“하지만 누구나 옳고 그름에 대한 기준이 있을 것이오.”

려사는 손을 저으며 말했다.

“이 말은 나중에 하고 나는 먼저 왕정산과 청련사태가 어떤 무공이 있는지 보아야겠다.”

청련사태가 말했다.

“우리는 한 조의 연수검법聯手劍法이 있어요. 이 한조의 검법은 연마한 지 얼마 안 된 것인데 단금검법斷金劍法이라 우리가 명명하기로 결정했어요. 이 검법은 우정이 깊은 두 사람이 마음을 합해서 발출하는 것이죠. 비록 이 검법을 연마한 지 얼마 안되지만 의연히 당신의 위력을 막아낼 수 있다고 자신해요.”

려사가 말했다.

“그러기를 바라오. 지금까지 나의 칼 아래 삼초식을 넘긴 사람이 없어 심심했소. 하! 하!”

심우, 애림, 그리고 동화랑은 일제히 마차 안에서 횃불을 찾아들고 큰 길을 밝게 비추었다. 다행히 저녁에는 그다지 오가는 행인과 마차가 없었다. 심우가 손을 휘둘러 청련사태가 타고 온 마차를 뒤로 물렸고 애림과 동화랑도 옆으로 피해섰다. 횃불 아래에서 왕정산과 청련사태는 검을 들고 자세를 취했다. 퍼뜩 살펴보면 그들의 검식은 잘 들어맞지 않았다.

구려파의 연수지술聯手之術과 비교해볼 때 차이가 많았다. 동화랑은 이맛살 찌푸리고 말했다.

"정말 이해할 수 없군. 그들이 어째서 려사의 적수가 될 수 있다고 자신하는 거지? 내가 알기로는 사형이 어릴 때부터 청련사태와 알고 지냈다 하나 얼마나 헤어져 있었는데. 그들이 연수검법을 연마할 시간이라도 있었던가? 아닐 텐데."

심우는 냉랭하게 말했다.

"당신이 걱정할 게 뭐요? 려사가 이긴다면 당신은 아무런 일이 없을 텐데. 당신은 려사가 패하기를 원하시오?"

동화랑은 어깨를 으쓱거리면서 말했다.

"나야 살아날 길이 있으니 걱정하지 않소."

애림이 두 사람의 대화를 들었는데 애림이 보기에 두 사람은 말만 하면 으르렁거리는 것처럼 보였다. 애림이 두 사람의 대화를 끊으며 말했다.

"심우, 당신은 이번 싸움에 대해 어떤 견해가 있어요?"

심우가 말했다.

"왕정산과 청련사태가 려사의 마도를 당해내기 힘들 것이요. 만약 그들이 패하거나 전사한다면 틀림없이 무림인들에게 경종을 울릴 것이고, 각대 문파들이 침묵하지 않을 것이오. 그렇게 되면 일이 점점 더 커지게 될 것이오. 그들은 려사가 더 이상 제멋대로 횡포한 짓을 하도록 가만있지 않을 것이오."

애림이 말했다.

"하지만 문제는 지금 각대 문파 중 려사의 적수가 될 사람이 있나요?"

심우가 말했다.

"알 수 없지만 소림, 무당, 화산, 아미, 남해 등과 같은 많은 문파들은 모두 역사가 유구하고 자신의 문파의 비예를 가지고 있으니 절대의 기재가 있는지는 누구도 알 수 없소."

그들의 말소리는 려사의 도광에 의해서 끊어졌다. 도세의 변화에 차가운 한광이 타래치며 날렸고 왕정산과 청련사태의 신형은 마치 바람에 따라 흔들리는 버들강아지처럼 떠다니면서 진퇴하였다. 이 두 사람의 신법이 미묘하였지만 반격할 위력은 없었다.

려사는 내지르는 소리와 함께 신도합일身刀合一이 되어 눈부신 무지개 빛을 사처로 쏘아내며 단숨에 사, 오 초를 공격하였다. 왕정산과 청련사태는 도광 중에 진퇴하였다. 두 장검은 공격이 적고 수비가 많았다. 뿐만 아니라 검초도 기묘하다고 할 수 없었다. 다만 신법에 있어 그들 생각이 일치하여 진퇴할 때에는 코끼리가 강을 건너고 산양이 나뭇가지에 뿔을 걸 듯이 전혀 흔적을 찾을 수 없었다.

비록 이런 상황이었지만 심우의 얼굴에는 계속하여 금할 수 없이 근심하는 기색이 흘렀다. 그것은 왕정산과 청련사태가 이런 방법으로 지금까지 패하지 않은 것만 해도 쉽지 않지만 려사를 이긴다는 장담할 수 없었기 때문이다. 려사는 사오 초식을 공격하고 난 뒤 일초 일식씩 시전하였다. 따라서 전황은 돌연 일변하였다. 려사는 자신의 맹렬한 도기가 그들에게 더 이상 크게 위력이 없음을 알았다. 청련사태와 왕정산의 신묘한 신법에 허점을 찾을 수가 없어 려사는 자신의 초식을 변화시켰다. 왕정산이 말했다.

"려대협, 내가 겉옷을 벗게 잠시 기다릴 수 있겠소?"

려사는 보도를 거두면서 두 걸음 물러나며 말했다.

"그렇게 하시오."

애림이 이어서 말했다.

"려사, 당신도 겉옷을 벗는 게 좋겠어요."

애림의 목소리에 걱정이 묻어 있었다. 려사는 약간 놀랐다.

'애림이 오늘의 싸움이 내게 불리하다는 것을 짐작했는가. 그렇다면 그녀가 출수하여 날 도와줄 생각인가?'

그는 그녀를 생각을 비난할 생각이 없었다. 그것은 그가 어떤 사람이든 도움을 생각지 않았기 때문이다. 그러나 그의 기지가 문득 그에게 어떤 문제를 깨닫게 하였다. 려사는 계속해서 생각했다.

'만약 그녀가 나를 도울 수 없다면 그녀는 청련사태에게 넉넉히 나를 격패시킬 수 있는 특별한 무공이 있음을 알고 있는 것이 아닌가. 애림 자신이 청련사태와의 인연으로 떳떳하게 나를 도울 수 없어 이처럼 나더러 겉옷을 벗으라고 응원하는구나.'

이런 생각이 잠깐 그의 머리를 스쳤다. 심우는 놀란 기색으로 두 눈을 끄게 뜨고 려사의 장삼을 바라보았다. 려사는 몸을 한번 움직이더니 대범하고 자연스럽게 겉옷을 벗어 날렸는데 애림 앞에 떨어졌다. 심우는 하마터면 눈이 튀어나올 뻔했다. 이 겉옷은 그와 서너 척 되는 곳에 떨어졌고 심지어 녹색 비단 주머니가 삐져나온 것도 보였다. 이 주머니 안에는 마도의 비급이 들어 있었다. 손을 내밀면 이 도경을 손에 넣을 수 있어 긴장하지 않을 수 없었다.

려사와 왕정산, 청련사태는 이미 대치 상태를 갖추고 공격할 기회를 기다렸다. 때문에 려사는 이쪽의 상황에 신경 쓸 겨를이 없었다. 심우는 끝내 마음속의 갈망과 충동을 참고 려사의 겉옷 주머니에 있는 도경을 주

우러 가지 않았다. 그는 애림을 두려워한 것이 아니라 동화랑을 두려워했는데 이 사람은 확실히 미덥지 못했다. 비록 청련사태가 그를 이곳에 청해왔고 심우를 위하여 그 비급을 훔치는 것이지만 심우는 아무래도 그를 믿을 수 없었다. 심지어 동화랑이 돌연 려사에게 알려줄까 몹시 두려웠던 것이다.

싸움이 있는 곳에서 갑자기 도광이 일고 이어서 훅훅하는 바람소리가 들리더니 도검이 부딪치는 소리가 귀청을 진동했다. 동화랑이 돌연 앞으로 오더니 허리를 굽혀 려사의 겉옷을 주워들고 옷에 묻은 잡초와 먼지를 툭툭 턴 다음 손에 들었다. 심우는 정신을 가다듬고 그를 순간 살펴보았는데 그는 다만 목을 빼 들고 싸움판만 바라보고 있었다. 그가 도경을 훔칠 생각이 전혀 없음을 알 수 있었다. 애림은 이때 심우를 흘겨보는데 때마침 그의 분개한 기색을 발견하고는 저도 모르게 깜짝 놀랐다. 그녀는 심우에게 접근하여 팔꿈치로 그를 치면서 나직한 소리로 말했다.

"당신은 왜 저들의 격투를 보지 않나요?"

심우는 한숨을 쉬더니 냉정하게 말했다.

"보고 있소."

애림이 말했다.

"나는 이 싸움의 결과에 대한 당신의 견해를 물으려고 하였는데 당신이 계속해서 동화랑만 주시하고 있으니 무슨 일인가요?"

"나는 저 자식이 원망스러워 죽겠소."

"참 이상해요. 그가 어떻게 했기에 당신이 이다지도 그를 미워하죠?"

심우는 다만 머리를 가로저을 뿐 대답하지 않았다. 애림은 다시 결투하는 곳에 집중하였다. 왕정산과 청련사태는 려사의 더없이 맹렬한 도광

속에서 엇갈리면서 그 기세를 피했다. 그들의 검법은 비록 빈틈없이 영활하게 맴돌았지만 려사의 변화무쌍한 마도 아래에서는 기오정묘奇奧精妙하다고 할 수 없었다.

그런데 려사 역시 그들을 해치울 방법이 없었다. 비록 그의 도법은 초식마다 마술처럼 언제나 상상 밖의 묘함이 있었지만 왕정산과 청련사태는 매번마다 마치 한 몸인 양 미묘한 신법으로 공격하거나 수비하면서하면서 그의 날카로운 칼을 피했다. 심우는 침울한 기색을 노출하고 생각했다.

'왕정산과 청련사태는 비록 기묘한 신법을 쓰지만 계속 이렇게만 싸운다면 결코 이롭지 않다.'

려사는 걸음마다 압박을 가했고 초식은 점점 맹렬하여 흉악한 위력이 사방으로 퍼져나갔다. 려사의 기색은 더없이 냉혹하여 사신死神의 화신化身임을 방불케 했다. 애림은 돌연 탄식하고 심우를 바라보면서 말했다.

"지금은 누구도 곤경에서 벗어날 수 없겠군요."

심우는 머리를 끄덕이고 말했다.

"그렇소."

애림이 말했다.

"이 격전은 어느 한쪽이 쓰러지지 않고는 절대 끝날 수 없을 것 같아요."

심우는 또 머리를 끄덕이고 말했다.

"그렇소."

동화랑이 말했다.

"꼭 그렇다고는 할 수 없소."

이번에는 애림마저도 분개하여 냉랭하게 말했다.

"그렇다면 당신이 그들의 결투를 끝내게 할 수 있어요?"

동화랑은 그녀의 질책하는 말투에 대수롭지 않게 여기고 웃으면서 말했다.

"저야 당연히 안 되지요."

"그렇다면 아무 말 말아요."

애림은 한번 욕하고 나서 더는 그를 상대하지 않으려고 결심했다. 동화랑은 부드러운 목소리로 말했다.

"애낭자는 한 가지를 생각하지 못하는데 그것은 바로 그들 스스로 싸움을 그만두게 하는 것이죠."

이것이 유일하게 싸움을 그만둘 수 있게 하는 방법이었다. 만약 려사가 스스로 마도의 위력을 거둬들인다면 자연히 싸움은 끝날 것이다. 심우가 말했다.

"려사가 지금 일심전력하여 보도를 휘두르니 설사 그의 사부가 나타나서 끝내라고 소리 질러도 제지할 수 없을 터인데 그가 스스로 멈추려 하겠소?"

동화랑이 천천히 말했다.

"심형의 이 말은 크게 안하무인격이오."

심우는 동화랑의 말이 이상하였다. 애림도 아연실색하여 심우를 보았는데 그 순간 심우도 어안이 벙벙해져 있다가 말을 했다.

"안하무인이라? 그럼 내가 내 눈 아래 두고 있는 사람이 누구란 말이오?"

동화랑이 담담하게 말했다.

"심형은 자신에게 방법이 없으니 다른 사람에게도 방법이 없다고 생각한다면 그게 바로 안하무인이 아니겠소?"

심우가 말했다.

"그럼 말해 보시오. 제가 알지 못하고 이야기한 것으로 합시다. 그럼 당신이 한번 말해 보시오. 내가 정말 잘못 이야기한 것인지."

"심형이 비록 나의 사형이 눈에 차지 않고, 우리 아미파를 얕보아도 나는 논할 자격이 있소."

심우는 가까스로 가슴속의 노기를 참고 말했다.

"그렇다면 당신은 영사형이 곤경에서 벗어날 방법이 있다고 생각하오?"

동화랑은 조금도 주저 없이 머리를 끄덕이고 말했다.

"물론이오!"

그는 잠깐 멈췄다가 다시 말했다.

"사형은 지금까지 평생 재능과 칼끝을 감추고 살아왔소. 바보가 되기는 어렵다는 말을 아시오? 그는 마치 평범한 사람 같지만 사실상 그는 지혜가 많고 똑똑한 사람이오. 지혜로움을 치자면 나는 그의 손끝에도 미치지 못하오."

심우는 화를 내야 할지 말아야 할지 몰랐다. 하지만 기쁜 것은 그의 말이 사실이라면 왕정산과 청련사태 두 사람은 오늘의 싸움에서 탈 없이 물러설 수 있다는 것이다. 그는 잠깐 멈췄다가 말했다.

"좋소. 일단 지켜보겠소."

돌연 왕정산이 손을 휘젓더니 수중의 장검을 허공으로 육칠 척 되는 곳으로 던져버렸다. 이 일초는 기이하다고 할 수 없지만 상상할 수 없이 묘했다. 려사는 이때 비록 공격하여 승리할 수 있는 빈틈을 보았으나 상대방의 이 일초가 확실히 그로 하여금 흥미를 끌어내어 그가 왕정산을 죽일 기회를 잃더라도 그 진상을 알고 싶었다. 려사뿐만 아니라 그 외에 심우, 애림 및 동화랑은 입을 딱 벌리고 허공의 장검을 주시하였다. 모두 마음속으로는 왕정산의 이 일초가 천하에 둘도 없는 절학이고 매우 악독하고 포악한 검법에 속하기 때문에 비로소 자신의 안위도 돌보지 않고 장검을 던져버렸다고 믿었다.

려사가 계속하여 칼을 휘둘러 공격했다면 허공의 장검에서는 잠력이 발생하여 려사의 보도가 왕정산을 찍을 때 내리 꽂히면서 려사를 찔러 죽일 수 있을 것이라고 사람들은 생각했다. 려사는 굳어진 채 움직이지 않고 머리를 쳐들고 허공의 장검을 바라보았다. 왕정산과 청련사태는 일제히 물러났으므로 싸움권이 삽시간에 사방으로 흩어져 사라지고 말았다. 장검은 땅에 떨어졌고 가벼운 일성을 발출하였지만 조금도 신기한 현상이 없었다. 려사의 눈길은 상대를 향했고 이마를 잔뜩 찌푸렸다. 하지만 그가 입을 열기 전에 왕정산이 먼저 머리를 숙이면서 말했다.

"우리가 연합하여 당신과 격투를 하였고, 비록 전력을 다했지만 계속하여 빈틈을 찾을 수 없었기 때문에 수단을 부려 몸을 빠져나왔소."

려사는 '흥'하고 소리치더니 말했다.

"나는 출가인이 간계를 부리리라고는 생각지도 못했소."

애림이 그 말을 받았다.

"려사, 당신이 이겼으니 됐어요."

려사의 눈길은 계속해서 상대를 주시하기만 할뿐 대답을 하지 않았다. 왕정산과 청련사태는 이 백의의 도객이 확실히 형용하기 어려운 위력이 있다고 느꼈다. 려사의 눈길은 칼을 들고 접근하는 것 같이 기세가 맹렬하였다. 두 사람 사이의 거리가 비록 떨어져 있지만 려사의 보도 위력의 범위에서는 벗어나지 못했다.

심우는 려사의 마음에 살기가 가득 차 그만두려 하지 않는다는 것을 알았다. 만약 왕정산과 청련사태를 구하려면 앞으로 나서서 출전하는 사람이 있어야 했다. 그는 오른손을 내려 장화 속의 단도를 빼내려 하다가 그만두고 말았다. 만약 지금 출수하여 려사와 최후의 결전을 벌린다면 동귀어진의 소원도 허망하게 사라질 수 있다고 그는 생각했다.

려사는 손을 쓰지 않았으나 기세는 갈수록 강해졌다. 만약 그의 기세가 더없이 강하고 맹렬하게 이를 때까지 내버려두면 누구도 당해내지 못할 것이다. 심우가 보니 확실히 다른 방법이 없어 남몰래 이를 악물고 허리 굽혀 장화 속으로 손을 가져갔다. 바로 이때 동화랑이 웃으며 애림을 바라보았다. 애림은 노한 눈길로 그를 쏘아보면서 말했다.

"당신 사형이 몸을 빼낼 수가 없는데 웃어요?"

동화랑은 담담하게 웃고 머리를 가로저으면서 말했다.

"그렇다고 할 수 없습니다. 설사 사실이라 하더라도 나는 손실이 없지요."

그의 말은 배은망덕하였다. 그런 다음 그는 수중의 옷을 애림에게 재빨리 넘겨주면서 손짓을 하였다. 애림은 그의 손짓을 보고 문득 깨달았다. 그녀는 즉시 려사의 겉옷을 받아들고 려사의 신변으로 걸어가서 부드럽게 말했다.

"자, 입으세요."

그녀는 그에게 그만두라고 권고할 필요가 없었다. 다만 부드러운 목소리로 겉옷을 가져다주었다. 흔히 부드러운 감정의 힘이 천도만검보다도 효과가 더 있기도 한다. 려사의 강대하고 흉악한 위력은 돌연 흩어지고 사라졌다. 그는 애림을 바라보더니 겉옷을 받았는데 눈에는 유쾌한 기색이 떠올랐다.

왕정산과 청련사태는 겨우 위험한 지경에서 벗어났다. 청련사태는 애림이 자기를 구하기 위해서 이런 수를 썼다고 생각하고 즉시 고개를 숙여 감사의 뜻을 보냈다. 그리고는 한마디 말도 없어 왕정산과 함께 몸을 돌려 순식간에 어둠 속에 사라졌다. 동화랑은 즉시 마차 향하여 걸어가더니 말했다.

"여보쇼. 말몰이꾼! 방금 일어난 일을 어느 누구에게도 말하면 안 되오. 아시겠소?"

그는 큰걸음으로 마차에 접근해 말몰이꾼의 멱살을 덥석 잡았는데 눈에서는 흉악한 빛이 쏟아져 나왔다. 심우는 노해서 외쳤다.

"동가야, 대체 뭐 하는 것이야?"

외침소리와 함께 동화랑의 신변으로 뛰어가 한 손으로 동화랑의 맥문을 잡았다. 동화랑은 탄성을 지르며 비틀거렸다. 몸이 기울어 심우에게 기대자 겨우 멈춰 섰다. 동화랑이 다급히 말했다.

"심형, 나의 혈도가 제압당했고 아직 풀리지 않았는데, 그래 내가 그를 상하게 할 수 있겠소?"

"그럼 그게 뭐하는 짓이오?"

심우는 아마도 그 말도 맞다고 생각되었는지 목소리가 많이 온화해졌다. 동화랑이 말했다.

"나는 지금 그에게 경고를 주어 성에 돌아가서 함부로 입을 놀리지 말게 했을 뿐이요."

그가 또다시 몹시 아픈 소리를 지르는 것으로 보아도 아마 그의 상처가 닿았던 모양이었다. 그는 이어서 말했다.

"심형, 사정을 봐서 나의 혈도를 풀어 약을 바르고 치료해 주는 게 어떻겠소?"

심우는 '흥'하고 소리치고는 손을 놓고 장을 날려 동화랑의 혈도를 풀어 주었다. 동화랑은 말몰이꾼을 향해 눈을 부릅뜨더니 물었다.

"너, 이 자식! 감히 사람을 데려와 어른을 해쳐 상하게 하였지."

심우가 손을 흔들며 말했다.

"말몰이꾼, 이 사람을 상대하지 말고 어서 가시오."

말몰이꾼은 차비도 감히 받지 못하고 다급히 말을 끌고 돌아갔다. 심우는 횃불을 끄면서 말했다.

"저녁밥도 못 먹게 되었으니."

려사는 겉옷을 입고 주머니를 만졌다. 도경이 아직 있는 것을 알았다. 그가 가만히 도경을 만지는 거동은 이미 습관화되었으며, 그 누구를 의심하는 것은 아니었다. 그는 심우의 말을 받았다.

"앞에 가서 인가가 있는가를 보자."

동화랑이 옷을 벗고 약을 꺼내어 상처를 치료했다. 애림은 려사가 강변으로 물고기를 가지러 가는 것을 보고 동화랑 쪽으로 걸어와서 물었다.

"상처는 어때요?"

동화랑이 말했다.

"괜찮습니다. 조금 다쳤을 뿐입니다."

애림은 그가 쑥스러워서 그녀에게 자신의 몸을 보이지 않으려 하는 말투에 걸음을 멈췄다. 심우가 걸어왔고 귓가에 심우의 목소리가 전음으로 들려왔다.

"애림, 나를 좀 도와주시오. 나는 홀로 조용히 있고 싶으니 려사와 동화랑을 모두 다른 데로 데려가 줄 수 있겠소?"

애림은 머리를 가로저으며 전음으로 말했다.

"그건 쉬운 일이 아니에요."

심우가 이때 그녀 곁을 스쳐 려사 쪽으로 갔다. 그것은 그가 몇 장 밖에 있는 려사가 이미 이쪽을 주시하고 있는 것을 발견하였기 때문이었다. 심우는 걸음을 멈추지 않고 곧바로 걸어갔다.

희미한 등불을 달고 있는 고기잡이배는 강기슭에 그대로 있었다. 어부는 전전긍긍하면서 물고기 두 마리를 풀로 꿰매어 들고 있었지만 려사가 그를 보고 있지 않아도 불안과 공포에 떨면서 기다렸다. 심우는 걸어가면서 어부에게 말했다.

"물고기는 우리가 가지지 않겠지만 값이 얼마입니까? 돈을 드리겠습니다."

그 어부는 다급히 말했다.

"아니요, 괜찮습니다."

심우는 돌연 려사의 얼굴에 웃음이 떠오른 것을 보고 이상하다고 느꼈지만 즉시 그가 자기를 바라보고 있는 것이 아니라 애림 때문인 것을 알았다. 애림이 려사에게 걸어와 말했다.

"려사, 이 물고기 우리가 사요. 네?"

려사가 말했다.

"당신이 좋다면 우리가 끓여 먹을 곳을 찾아봅시다."

애림은 흔쾌히 말했다.

"좋아요. 그렇게 해요."

그들의 결정은 일부러 심우와 맞서는 것 같았다. 심우는 불쾌해서 말했다.

"시장은 이곳에서 꽤 먼데 어디 가서 물고기를 끓여 먹는단 말이요?"

애림은 려사를 향해 눈을 깜박이고 웃으면서 말했다.

"상관없어요. 당신이 이 배를 타고 가서 요리할 만한 도구를 구해 오세요. 만일 구해 오지 못하면 돌아올 생각도 말아요."

려사도 붙는 불에 키질을 하였다.

"그렇게 하면 되겠군. 심우가 이런 작은 일마저 해내지 못하겠소?"

심우는 마지못해 어부한테 다가갔다.

"노형, 우리에게 필요한 물건을 당신이 빌려주십시오. 돌아와서 수고비를 드리겠습니다."

그는 고깃배에 뛰어올랐고 그에게 고기를 받아 참대 광주리 안에 넣었다. 고깃배는 흔들거리며 떠났다. 려사와 애림은 모두 웃음소리를 발출했다. 심우는 어부와 같이 하안을 떠나 멀리 배를 저어갔다. 어부가 말했다.

"우리 집 가마와 화로는 모두 형편없이 낡은 겁니다."

심우가 말했다.

"괜찮습니다. 아무렴 어떻습니까."

그의 목소리에는 강열한 흥분과 유쾌한 기분이 노출되었는데, 그 어부도 어리둥절하였다. 이때 심우는 아래를 내려다보니 배는 이미 강의 중심에 있어 려사 일행과 상당히 멀리 떨어져 있었다. 그는 재빨리 물건을 꺼냈는데 녹색 비단으로 싼 주머니였다. 그는 비단 주머니를 열어 책을 꺼냈다. 희미한 등불 아래에서 심우는 가슴이 뛰었다. 책의 검은 앞표지에는 두 개의 하얀 해골이 있었다.

그는 깊게 숨을 들이마시고 나서 정신을 가다듬고 펼쳐 보았는데, 뒤표지에는 금색의 대도가 매우 정미하게 그려져 있었다. 심우는 한번 보고도 이 금빛찬연한 대도가 려사의 보도와 모양이 같은 것을 알았다. 하지만 려사의 보도는 금색이 아니었다. 심우는 더 생각할 겨를이 없이 책장을 넘겼다. 심우는 한 장 한 장을 넘길 때마다 각 초식의 주석을 읽지 않았다. 각각의 초식은 기묘하고 정심해 수양이 있는 무림 고수라도 미혹되기 마련이어서 시간이 걸리기 때문이었다.

심우는 마음을 다잡고 그 글들을 보지 않으려고 했다. 마지막 한 장은 과연 두 장을 붙여 두터웠다. 전설에 의하면 황금을 감춘 유골 무덤의 지도가 바로 이 사이에 있다고 하였다. 심우는 조심스럽게 겹쳐진 두 장을 뜯어내려고 두 번이나 시도했지만 모두 성공하지 못했다. 심우는 등불에 비춰 지도를 보고 기억해 두고자 하였으나 실패하였다. 그런데 지도를 보는 데는 실패하였지만 그곳에서 마지막 도법의 초식 도해와 주석을 기록한 문자를 발견하였다.

심우는 입을 딱 벌리고 말았다. 원래 이 일초는 더없이 뛰어나고 오묘한 것인데 복잡한 것을 간단하게 해주는 보배 중의 보배였다. 심우는 손이 떨렸다. 그는 불빛에 도경을 잘 비추고 다시 보았다. 이 도해는 분명 맨 마지막 장에 있어 누구나 볼 수 있었다. 려사 역시 지금까지 이 도경을 가지고 있었으므로 이 도경의 모든 도법을 관통한 마지막 일초를 볼 수 있었을 것이다.

즉 마도 우문등이 천하를 종횡한 더없이 뛰어난 심법은 아주 간단하고 소박하여 앞의 초식처럼 복잡하고 변화가 많지 않았던 것이다. 이론상으로는 려사는 이미 이 일초를 얻었다. 다만 공력을 상당한 경지에까지 넉넉히 쌓을 수 있다면 시전할 수 있는 일초였다. 때문에 그는 이 도경의 마지막 일초가 가짜가 아니라면 일부러 다른 도법을 찾을 필요가 없었다.

심우는 불안하였다.

'려사의 도법이 현재 더없이 뛰어난 것은 사실이다. 그러나 그의 이번 행동은 겉으로는 비록 신기자 서통 선배를 방문하고 서선배의 독룡창과 수라밀수 두 가지 절예를 빌려 자기의 도법을 연마하기 위한 거라지만 내가 알고 있는 바에 따르면 이런 것이 아니었다.'

고요한 강에서 심우는 생각에 깊이 잠겼다. 돌연 머릿속으로 어떤 영상이 스쳐 지나갔다. 그는 깊숙하고 어둠 컴컴한 석굴을 발견한 듯했다. 한 줄기 빛기둥이 왼쪽 석벽을 비추는 것을 보았다. 달빛이 오른쪽 높은 곳에 나있는 동굴 구멍을 뚫고 들어와 석벽을 비추었다. 석벽은 아주 매끄러웠다. 그는 여러 번이나 횃불로 석굴 안을 비추었으나 아무것도 발견하지 못하였다. 석벽은 매끄러울 뿐 다른 것은 없었다. 그런데 달빛이 비스듬히 비출 때 머리를 들고 쳐다보는데 벽에 쓰인 많은 글자를 발견하였다.

심우는 놀라움을 금치 못하였다. 이 매끄러운 석벽에서 글자의 흔적을 발견하였는데 어떤 특수한 수법으로 새겨 광선이 절사되어야만 글자가 나타나게 되어 있었다. 정면에서 횃불을 비추면 글자가 보이지 않았다. 심우는 석벽에 씌어 있는 글자를 읽은 뒤 우문등의 평생 은혜와 원한에 대해서 모두 명확하게 알 수 있게 되었다. 이 석벽에는 신기하게도 우문등의 신세, 행동 및 무공의 시작과 끝 등이 상세히 서술되어 있었다.

심우가 려사에게 패배하였기 때문에 노선배 마도 우문등의 모든 것에 물론 매우 흥미를 가지고 있었다. 그후 그는 거의 매일 아침에 한 번씩 그 벽에 새겨져 있는 글을 보았기 때문에 거꾸로 외울 정도로 익숙해졌다. 그 안에는 우문등의 마도에 대하여 언급되어 있는데 신기자 서통에게 관련된 것도 있었다. 신기자 서통은 우문등의 유일한 친구로 서통은 교묘한 재략으로 우문등으로 하여금 마도의 마지막 일초를 후세에 전수하지 않게 하였다. 그때부터 천하무적의 길로 통하는 이 일초인 마도의 도법을 그의 유골 무덤에서 찾아오지 않는다면 절대로 우문등과 같은 인물이 다시는 나타날 수는 없었던 것이다.

이것은 서통의 방책이었다. 우문등은 이미 더없이 뛰어난 경지에 이르렀고 천하무적이기 때문에 앞날에 이렇게 두려운 인물이 다시 나타나지 못하도록 했다. 심우는 사색 중에서 깨어났다. 고깃배가 기슭에 불이 있는 곳을 향해 가는 것을 보면 어부의 집에 이른 것이 뚜렷했다. 심우는 마지막 장을 보면서 생각했다.

'내가 설사 지금 마지막 장을 찢어버려도 소용이 없다. 려사가 이미 익숙하게 기억했을 테지. 혹시 이 일초가 려사로 하여금 기로에 잘못 들어서게 만든 가짜 초식이 아닐까?'

그는 즉시 이 생각을 부정하였다. 그것은 그가 대략 한번 보아도 이 일초는 정묘현오精妙玄奧하고 도법의 지극히 높은 도至道가 숨겨져 있어 결코 거짓 초식일 수 없었다. 고깃배는 점점 강기슭 등불이 있는 곳에 접근하였고, 심우는 마음을 잡고서 다시 겹층으로 되어있는 장을 자세히 살펴보았다. 끝내는 책등 가까이 조그마한 틈이 있는 것을 발견하였다. 그는 날카로운 단도를 뽑아들고 칼끝을 살짝 들이밀었다. 심우는 책장에 흔적이 남지 않도록 조심하였다.

예리한 칼이 겹층을 드디어 뜯어내었다. 한 장이 두 장으로 되는 순간이었다. 심우는 환호성을 지를 뻔했다. 더구나 이 한 장을 뜯으니 나머지 붙어 있던 한 장이 책과 붙어있지 않아 떨어졌다. 떨어진 이 장에는 지도가 그려져 있었다. 심우는 먼저 도경에 붙은 장을 살펴보았다. 두 장에서 한 장으로 얇아진 것 외에는 다른 상처나 흔적이 없어 비단 주머니에 잘 감싸 넣었다. 심우는 정밀한 지도를 살폈다. 주석 문자가 있었다. 그 밖에 다른 한쪽 모서리에 적지 않은 글자들을 있었다. 심우는 글자들을 다 읽어 본 다음에 도경의 원래 주인이 쓴 글임을 알았다.

옛 군주 오왕吳王이 패하였다. 오왕은 그 뒤 머리를 깎고 출가하여 불문에 귀의하고 피신하여 자취를 감추었다. 처음에는 다시 싸움터에 나가 주원장朱元璋을 죽여 복수하려 했으나 결국 부처의 취지를 깨닫고 응심이 모조리 사라졌다. 그래서 오왕의 은신처를 그림으로 그려, 가전家傳 칠살도경七殺刀經 속에 덧붙여 비단 주머니로 싸고 침향나무 상자에 담은 후 방장方丈 안에 감추어 산문의 보물로 삼았다.

아래에는 수결을 하였는데 이름은 없었으므로 이 도경의 옛주인이 누구인지는 알 길이 없었다. 심우는 신기자 서통이 이미 마도의 가장 관건인 일초가 유골 무덤 안에 감추어져 있다고 말했고, 이 도경 중에 또 유골 무덤의 지도가 덧붙여 있는 것으로 보아 서통이 이 지도를 본 것이 우연한 것이 아님을 마음속으로 알았다. 그렇지 않으면 서통도 유골 무덤이 있는 곳을 알 길이 없었다.

지금 심우는 이미 비도秘圖를 얻었으나 그는 오히려 미혹을 풀 길이 없었다. 그러나 급선무는 어떻게 이 도경을 어떻게 다시 려사의 주머니에 넣느냐였다. 물론 이건 동화랑의 문제지 심우가 걱정할 바가 아니었다. 하지만 려사가 도경을 잃어버린 것을 발견하거나 동화랑이 돌려놓을 때 그 자리에서 붙잡힌다면 동화랑은 모든 것을 실토할 것이고 심우도 끌어들일 것이다.

동화랑이 도경을 심우에게 밀어줄 때 심우는 믿어지지 않았다. 심우가 빈정거리고 조소해 온 그가 심우를 위해 가장 많은 힘을 썼다. 인생살이가 이렇듯 뒤엉켜 자주 은혜와 원한을 가리기 힘든 경우가 생긴다. 어부는 철가마와 난로 등의 물건들을 가져왔고 일부 양념까지 준비해서 가져왔다. 심우는 생각했다.

'어부는 내가 도경을 읽는 것을 보았으니 만약 말이 나가면 려사는 대번에 알 테지. 나는 아예 어부를 이용해서 어부더러 나를 대신해 도경을 동화랑에게 되돌려 주는 것이 낫겠다.'

그는 밧줄을 풀고 노를 저어 배가 기슭을 떠나 강심에 이른 뒤 두 냥되는 은덩어리 하나와 도경을 어부에게 주었다. 심우는 어부에게 도경을 동화랑에게 은밀히 건네주고 절대 입 밖에 내면 안 된다고 신신당부하였다. 어부는 흔연히 대답하였다. 어쨌든 어부는 감히 심우의 말대로 하지 않을 수 없기 때문에 이렇듯 많은 부수입을 즐겁게 받았다.

고깃배가 돌아오자 동화랑은 따로 떨어져 앉았고, 려사와 애림은 둘이서 웃으며 이야기를 나누고 있는 것이 보였다. 심우의 마음은 한결 가벼워졌다. 동화랑이 다가와 물건을 나르는 것을 거들었다. 심우가 려사와 애림이 없는 기회를 타서 나직한 소리로 물었다.

"동형은 어떻게 도경을 제 자리에 돌려놓을 생각이오?"

동화랑이 말했다.

"나에게 방법이 있으니 신경 쓰지 마시오."

심우가 말했다.

"동형에게 어떻게 보답해야 할지 모르겠소."

동화랑이 말했다.

"이 일은 당신을 위하여 한 것이 아니니 내게 감사할 필요가 없소."

심우가 흠칫하더니 말을 할 수 없었다. 동화랑이 다시 말하였다.

"당신은 계속 나를 미워하고 싫어하는 태도를 취하시오. 려사가 의심하는 날엔 모든 것이 수포로 돌아가고 말 것이오. 당신은 내게 어떤 빚도 지지 않았소. 만일 당신이 처음부터 나를 미워하고 싫어했다면 계속 그런 태도를 취하시오."

심우가 말했다.

"동형이 위험을 무릅쓰고 도경을 나에게 주어 감격할 뿐이요."

동화랑은 다 씻고 썰어놓은 물고기를 솥에 넣으면서 말했다.

"심형이 도경을 보니 승산이 있겠소?"

심우는 솔직하게 말했다.

"아직 없소."

동화랑이 말했다.

"왜 그렇소. 시간이 너무 촉박해서 깨우치는데 약간 문제가 있는 거요?"

심우가 말했다.

"그렇게 말할 수도 있소."

그는 결코 속이는 게 아니다. 만일 사실대로 말하자면 한 두 마디로 할 수 있는 게 아니라서 차라리 애매하게 대답한 것이다. 동화랑이 말했다.

"내가 미리 책 하나를 입수하여 려사의 도경과 바꿔치기 했으니 그가 아직 꺼내보기 전이어서 도난당한 걸 모르고 있으니 만일 다시 더 보고 싶다면 아직 시간적 여유가 좀 있소."

심우가 잠시 생각하더니 말했다.

"그럴 필요 없어요. 동형은 빨리 도경을 제자리로 돌려놓으세요."

동화랑이 물었다.

"심형은 이미 이 도경을 다 본거요?"

심우가 고개를 끄덕였다.

"그렇소. 대략 다 훑어 봤소."

동화랑이 시큰둥하게 말했다.

"심형이 본 도경이 가치가 별로 없는 거요? 내 말은 무학상으로 보아 가치가 없는 것이냐고 묻는 것이오."

"당연히 있소!"

심우가 대답했다.

"려사의 절세무공도 바로 이 도경에서 얻은 것이오."

동화랑이 말했다.

"반드시 그렇지 만도 않을 것이오."

심우는 의아하여 물었다.

"동형은 어찌 그렇게 의심하시오?"

동화랑이 말했다.

"생각해보면 마도와 같은 기이하고 오묘한 절세의 도법은 설사 명사의 가르침을 받아도 성과가 있다고 장담할 수 없소. 하물며 스승도 없이 스스로 도리를 깨닫는 것은 이만저만한 총명과 지혜가 아니면 불가능하오. 그래서 려사라는 자는 스승으로부터 가르침을 받은 것이라 생각하오."

심우가 말했다.

"려사에게도 아마 별도의 스승이 있을 수 있지만 절대 마도의 이런 무공을 전수하지는 않았을 게요."

동화랑이 머리를 끄덕이고 말했다.

"그 말은 일리가 있소. 만약 려사가 한평생 무공을 연마한 적이 없다면 내보기에는 그가 설사 열 권의 도경을 얻었다 해도 필요가 없을 것이오."

그들의 대화는 여기서 그쳤다. 왜냐하면 려사와 애림이 동화랑이 요리하는 것을 보려고 다가왔기 때문이었다. 심우는 도경에 대해 근심하지 않을 수 없었다. 비록 동화랑의 말은 매우 자신이 있는 듯했지만 심우가 보기에 도경을 려사의 주머니에 들키지 않고 다시 넣는다는 것은 훔쳐내는 것보다 더욱 힘들기 때문이었다. 그 뒤로부터 그는 줄곧 이 일이 신경이 쓰였다.

저녁을 먹고 모두가 길을 떠날 때까지 심우는 동화랑이 책을 되돌려 놓는 것을 보지 못했다. 그들이 봉안蓬安에 이르렀을 때 하늘가에는 여명이 밝았다. 네 필이 말발굽 소리가 작은 성에 울렸다. 거리는 조용하고 다니는 사람이 없었다. 동화랑이 말했다.

"우리가 영산營山을 마주보고 거현渠縣으로 달리면 강을 건너게 됩니다. 강을 건넌 뒤에는 모두 산길입니다. 가릉강의 풍경하고는 비할 수 없습니다."

려사가 말했다.

"우리가 언제까지나 가릉강을 따라서만은 갈 수가 없는 없지!"

동화랑이 말했다.

"맞습니다. 맞아요. 그런데 려형은 강을 건너간 다음 그냥 길을 가겠습니까? 아니면 이 강변의 성중에 잠깐 머무르겠습니까?"

려사가 말했다.

"뭐든 애림의 뜻에 따르기로 하지!"

애림이 웃으며 말했다.

"가면서 생각하죠."

이리하여 모든 이들은 채찍질하여 말을 달렸고, 성남城南 밖으로 나오니 강이 앞에 가로 놓여 있었다. 강에는 물안개가 피어오르고 있었고, 강가의 나무가 물안개 사이로 언뜻언뜻 보여 형용할 수 없을 만큼 아름다웠다. 애림은 말을 멈춰 세워 놓고 참탄을 금치 못했다. 려사는 즉시 결정하며 말했다.

"이곳에서 휴식하고 오후에 출발해도 늦지는 않소."

동화랑이 말했다.

"그럼 내가 조용하고 깨끗한 객점을 찾겠습니다."

모든 사람들이 객점에 들자 려사는 애림을 동반하여 강변으로 가서 거닐었다. 심우는 따라갈 수 없어 하는 수 없이 방에서 잠을 잤지만 마음은 더없이 씁쓸하였다. 려사와 애림은 얼마 돌아다니지 않고 돌아와 휴식하였다. 오후 신시가 가까워져 올 때 려사가 일어나 애림의 방문을 두드리고 그녀의 대답을 듣자 말했다.

"음식을 먹고 해가 떨어지기 전에 유람을 한 번 더하고 떠납시다."

애림은 흔연히 대답하였다.

"좋아요. 일어나 정리하겠어요."

심우의 방 안에서도 소리가 들려왔다. 려사가 방으로 돌아가려 할 때 돌연 이상한 느낌이 들어 동화랑의 방문 앞으로 가서 문을 두드렸다. 그런데 그가 한참 문을 두드렸는데도 동화랑은 대답이 없었다. 려사가 문을 밀고 보니 방 안은 텅 비어있었고 동화랑은 종적이 없었다. 그는 즉시 나와 심우의 방에 들에 갔는데 때마침 심우는 옷을 입고 머리를 빗을 준비를 하고 있었다. 그는 먼저 방 안을 한번 둘러보고 나서야 말했다.

"심우, 동화랑은?"

심우가 말했다.

"방에서 자고 있지 않소?"

려사가 말했다.

"그가 방에 있다면 내가 왜 시끄럽게 너에게 묻겠는가?"

심우는 어깨를 으쓱거리면서 말했다.

"그가 방에 없으면 산책하러 나갔겠지요."

려사는 불쾌한 듯 말했다.

"허튼소리. 이상한 소리를 들었거나 이상한 상황을 보지 못했는가?"

심우가 말했다.

"당신의 그에 대해 그렇게 관심을 두니 동화랑은 감격할 것이요. 당신은 왕정산 일행이 그놈을 해쳤다고 의심하는 것이요?"

"물론 그럴 가능성이 있다."

려사는 이마를 잔뜩 찌푸리고 말했다.

"그에게 일이 생기면 나는 잃는 것이 큰데!"

애림은 걸어와서 물었다.

"동화랑이 어떻게 되었어요?"

려사가 말했다.

"그가 없어졌소."

애림은 생각하고 나서 날카로운 눈길로 한동안 심우를 보고 나서야 말했다.

"당신이 남몰래 그를 처리한 것은 아닌가요?"

심우가 말했다.

"당신도 려사의 생각과 비슷하군. 려사도 그놈이 사라지자 날 다그쳤소."

려사가 말했다.

"정녕 네가 그를 처리한 일이 없는가?"

심우가 말했다.

"내가 그를 상대할 일이 뭐가 있소?"

애림이 말했다.

"그를 미워하고 싫어하잖아요."

심우가 말했다.

"그렇소. 나는 그를 미워하오. 만약 나더러 그를 죽이라 하면 흔쾌히 죽일 수도 있으나 나는 그의 털끝 하나도 건드리지 않았소."

애림이 말했다.

"정말이에요?"

려사가 말했다.

"심우는 거짓말을 한 적이 없소, 우리는 잠시 방으로 돌아가 떠날 준비를 합시다. 아마 동화랑이 거리에 나가 필요한 물건을 사고 있을 수도 있으니."

그들이 나간 뒤 심우는 한숨을 쉬고 생각했다.

'애림이 나를 믿지 못하는데 오히려 려사가…….'

그는 돌연 놀란 듯 후다닥 뛰어 일어났다. 생각이 그의 머리를 스쳤다.

'동화랑이 도망갔다면 도경을 가지고 갔단 말인가?'

그의 생각은 전혀 근거가 없는 것이 아니었다. 그것은 어제 저녁 그와 동화랑이 도경의 가치와 연마하는 문제에 대해 이야기하였다. 동화랑은 도경이 절세무학임을 알고 있는데다 또한 도안에 따라 연마하면 일대의 고수가 될 수 있으니 그가 도경을 가지고 도망갈 수도 있는 것이었다.

심우는 생각이 여기에 미치자 적이 기뻤다. 그것은 동화랑이 이렇게 도망갔으니 도경을 훔친 비밀이 영원히 밝혀지지 않을 것이기 때문이었다. 그러나 이어서 그는 근심으로 가득 찬 기색으로 생각했다.

'아니야. 만일 동화랑이 마도를 연마하면 그의 천성으로는 앞날에 우환이 려사보다 더 할 것이야. 하지만 내가 려사를 도와 그를 다시 잡아올 수는 없어. 그리고 그를 도와 도망치게 해야 되기 때문에 그가 잡혀 온다면 도경을 훔친 일이 드러날 수 있어 나까지 위험해져.'

이것이 바로 동화랑이 도망친 까닭이었다. 그는 겉으로는 온화한 사람임을 자처하며 지리地利적인 우세를 차지하여 몸을 숨기기 쉽고, 안으로는 심우가 도와주고 엄호하여 설사 단서가 발견되더라도 심우가 수단을 가리지 않고 파괴할 것이기 때문이었다. 려사는 아직도 도경을 잃어버린 것을 모르고 있었다. 려사는 옷을 정리하는 동안에도 동화랑이 돌아오지 않았다. 심우가 말했다.

"그자가 돌아오기를 기다리지 않으면 안 되는 것도 아니니 길을 가다 보면 그자가 나타날 수도 있을 것이오."

려사가 말했다.

"그를 기다리는 것을 원하지 않는 모양이지."

심우가 말했다.

"그와 같이 있는 것이 싫소."

애림이 말했다.

"왜 그를 그토록 미워하죠?"

심우가 말했다.

"그는 그의 사문에서 붙잡으려 하고 또 징벌을 받아야 할 죄인이오. 더구나 그의 모습은 보기만 해도 기슬리오. 내가 보기에는 그놈은 천성적인 나쁜 종자로 그와 가까이 지내는 사람은 운수가 사납게 될 것이요."

애림이 말했다.

"허튼소리. 당신이 눈에 거슬리는 사람은 꼭 그렇게 두려워요?"

려사가 말을 하지 않는 것으로 보아 그는 심우의 말을 인정하는 것 같았다. 그러나 그는 심우를 도와 애림의 말을 반박하려 하지 않았다. 그들은 더 이상 기다리지 않고 봉안 땅을 떠나 가릉강을 건너 영산을 향했다. 저녁밥은 영산에서 먹었다. 동화랑은 나타나지 않았고 려사도 도경을 읽어볼 겨를이 없었기 때문에 도경을 잃어버린 일을 모르고 있었다.

한밤이 되어서야 그들은 거현에 이르렀다. 그들은 거강渠江을 건너야 했는데 한밤중이어서 강 건널 배를 찾지 못했다. 그들의 날이 거의 밝을 무렵까지 기다려서야 강을 건널 수 있었다. 그 뒤 이틀은 말을 타고 대죽大竹을 거쳐 양산梁山에 이르렀다. 험난한 산길이었지만 몸에 절기를 지닌 이 세 사람에겐 큰 장애가 아니었다. 양산을 지나 만현萬縣에 이르렀고 다시 장강長江에 닿았다.

려사는 만현에서 배 한 척을 빌려 말까지 태워 동쪽으로 향했다. 봉절奉節에 이른 다음 곧 두려운 염예퇴灩預堆였고, 또 물을 따라 동으로 가면 삼협 중 하나인 구당협瞿塘峽이었다. 배는 구당협을 가로질러 갔다. 세차게 흐르는 물살은 거센데다 웅장한 풍경은 항상 오가는 사람이라도 찬탄을 금할 수 없는 풍광을 자랑하는 곳이었다.

무산현巫山縣에 거의 이를 무렵 심우는 려사의 기색이 음침하다는 것을 발견하고는 그가 도경을 잃어버린 것을 발견하였음을 알았다. 하지만 지금은 동화랑이 떠난 지 며칠이나 되었기 때문에 심우는 려사가 동화랑을 뒤따라 잡을 방법이 없다고 생각하고 한시름을 놓았다. 애림도 려사의 심통치 않은 기색을 발견하고 즉시 물었다.

"무슨 일 있어요? 왜요? 배멀미가 나세요?"

려사는 머리를 가로저으며 말했다.

"배멀미가 아니오."

그는 성격이 강경해서 손해 본 일은 다른 사람에게 알려주지 않았다. 애림이 말했다.

"하지만 당신의 기색이 좋은 않은데 무슨 일이 있는 게 아니에요?"

려사는 묵묵히 머리를 가로저을 뿐 대답하지 않았다. 애림은 돌아서서 심우에게 말했다.

"당신은 그가 왜 저러는지 알겠어요?"

심우가 말했다.

"무슨 까닭으로 저러는지 나도 모르겠소."

애림이 말했다.

"려사, 만약 몸이 안 좋으면 의원을 청해 치료해야지 절대로 무공에 의지해 억지로 지탱해서는 안 돼요. 평소에 앓지 않던 사람이라도 일단 병이 나면 크게 아프니까요."

심우가 말했다.

"애림, 걱정마시오. 내가 아무리 막다른 골목에 이르고 내가 그를 이기지 못한다 해도 병이 난 그런 틈을 타 려사를 공격하진 않을 테니."

애림이 화를 냈다.

"누가 당신이 려사를 암산할 거라 했어요?"

려사가 감동을 받은 듯 말했다.

"애림은 물론 심우가 나를 암산하다고 암시한 것이 아니다. 나도 네가 그럴 사람이 아님을 믿는다."

그의 조용한 한마디가 애림과 심우와의 불편한 감정을 가라앉혔다. 애림이 말했다.

"려사, 말해 보세요, 무슨 일이지요?"

려사는 그녀에게 대답하지 않을 수 없어 입을 열었다.

"내가 지닌 도경을 잃어버렸는데 동화랑의 짓이요."

애림은 심우가 그녀더러 자기를 도와달라던 일이 기억나서 마음속으로 의심이 생겨났다. 그러나 생각해보니 심우가 동화랑을 아주 미워했고 계속 좋은 말을 한마디도 하지 않았다. 게다가 동화랑은 확실히 나쁜 사람이니 아무런 증거가 없어도 천성적으로 나쁜 종자라고 느꼈다. 그녀는 심우와 동화랑이 절대 결탁하고 내통할 수 없다고 단정한 뒤 동화랑의 실종에 혐의가 크다고 생각했다. 려사가 또 말했다.

"우리가 이대로 무산에 가야 할 것인지 아니면 되돌아가서 동화랑을 찾아야 할 것인지……."

심우가 '오'하고 소리치며 말했다.

"당신은 무산으로 가려하는군?"

려사는 그에게 숨길 필요가 없다고 생각하고 말했다.

"그렇다. 청양궁青羊宮 현지도인玄智道人이 내게 신기자 서통이 있는 곳을 알려 주었다."

심우는 생각하고 나서 말했다.

"서노선배는 무공이 뛰어난데다 더욱 유명한 것은 그의 지혜와 계책이요. 그런 사람을 당신이 건드릴 필요가 있소?"

애림이 말했다.

"현지가 말하는데 서선배는 이미 돌아가셨다 하였소. 당신도 그가 돌아가셨다는 소식을 들은 적이 있나요?"

심우가 말했다.

"들어본 적 없지만 그가 세상에 살아있다면 지금은 아마 팔구십 세가 될 거요. 그는 마도 우문등의 친밀한 친구요."

려사가 말했다.

"그렇다, 바로 그렇기 때문에 오직 그만이 나의 마도의 더없이 정묘한 비밀을 알고 있을 것이다."

심우가 말했다.

"그가 알고 있다고 해도 그가 당신에게 전수해 주려 하지 않는다면 어떻게 하겠소?"

려사가 말했다.

"나는 물론 자신이 있다."

심우가 깊이 생각하고 말했다.

"당신의 말은 근거가 있겠지만 내 생각엔 그리 간단하지 않다고 보오. 비록 확실하진 않지만……."

려사는 도전적으로 말했다.

"그럼 우리 같이 가보자. 그럴 용기가 있는가?"

심우는 어깨를 으쓱거리면서 말했다.

"내가 따라가지 않을 수가 있소?"

려사는 대범하게 말했다.

"물론 된다. 나는 애림에게도 따라오지 말라고 할 생각이다."

애림은 항의했다.

"안 돼요. 나도 가보겠어요. 서노선배는 슬기로운 사람이어서 당신과 만나면 나는 그에게 무릎을 꿇겠어요."

심우가 권고했다.

"당신은 가지 마시오. 서노선배는 우문등의 전인이 반드시 살인죄악으로 가득찰 것이라 헤아렸기 때문에 려사가 이번에 가면 어쩌면 돌아오지 못할 수도 있소."

애림이 말했다.

"당신이 내게 충고할 자격이라도 되나요? 심우, 당신이 그의 도경을 훔쳤죠?"

심우가 머리를 가로젓자 애림은 경고하는 어조로 말했다.

"날 속일 생각하지 말아요. 날 속였다간 즉시 그 댓가를 치를 거예요."

심우가 단연히 말했다.

"나는 그의 도경을 훔치지 않았소."

애림이 말했다.

"좋아요. 우리가 당신 몸을 살피겠어요."

그녀는 려사의 말도 기다리지 않고 먼저 자기 주머니와 금낭 안의 물건을 모두 꺼내 놓았다. 또 그녀의 보따리와 상자를 헤쳤다. 려사가 말했다.

"왜 이러시오? 내가 당신을 의심하기라도 한단 말이오?"

애림은 잠시 보따리와 주머니의 물건을 뒤지던 동작을 멈추고 말했다.

"당신이 비록 나를 의심하지 않지만 나는 같이 있는 사람들 중의 하나일 테니 당연히 솔선수범하여야 심우도 원망이 없을 거예요."

심우는 담담하게 말했다.

"당신이 그렇게 하지 않아도 나는 당신을 원망하지 않소."

애림은 계속 상자 속의 물건을 뒤졌는데 돌연 그의 손이 굳어졌다. 마치 혈도를 짚인 것처럼 움직이지 않았다. 려사와 심우는 모두 이상한 일이 있음을 알았고 그 주머니를 바라보았다. 애림이 비단 주머니를 쥐었다. 그 모양을 보고도 비단 주머니 안에 책이 있음을 알 수 있었다. 려사는 크게 놀라면서 말했다.

"나의 도경이 아닌가?"

애림은 비단 주머니를 벗기니 한 권의 검은 그림책이 나타났고 앞표지의 흰색 유골이 눈을 자극했다. 그녀는 눈이 휘둥그레져 말했다.

"이 물건이 어떻게 나한테 와 있을까?"

려사는 생각하고 나서 말했다.

"당신은 이 일을 마음에 두지 마시오. 내가 모든 것을 알았소. 동화랑이 한 짓이요."

그가 비단 주머니에서 책을 꺼냈는데 조심하지 않아 두 세 장이 떨어졌다. 자세히 보니 도경 전권이 한 장 한 장씩으로 흩어져 있었다. 려사는 흠칫하였고 땅에 떨어진 낱장을 주워들고 한 장 한 장 검사하면서 정리하고는 비단 주머니에 넣었다. 심우가 말했다.

"동화랑이 이렇게 한데는 무슨 저의가 있다 보시오?"

애림도 말했다.

"그는 당신이 몰래 수색할 때 찾아내기를 바랐단 말인가요?"

려사가 말했다.

"그의 의도는 틀림없이 우리의 우정을 갈라놓으려는 것이요."

그는 홀가분한 심정으로 웃으며 말했다.

"하지만 도경이 이렇게 돌아왔으니 이제 됐소이다."

심우는 도경을 동화랑이 훔쳐간 줄 알고 있어 누가 애림의 보따리에 도경을 넣었는가 의심할 필요가 없었다. 하지만 심우는 려사의 해석이 뜻밖이라고 느끼지 않았다. 중요한 것은 애림이 미리 발견할 수 있었다면 려사에게 돌려줬을 것이다. 이렇게 되면 어떻게 그들의 감정을 이간질할 수 있겠는가? 하지만 그는 잠시동안 어떤 이유도 생각해내지 못하였다.

한창 생각에 몰두하고 있을 때 려사가 돌연 일지로 그의 허리를 찔렀다. 심우는 삽시간에 전신에 힘이 빠졌지만 입으로는 말을 할 수 있었다. 려사가 냉랭하게 말했다.

"심우, 네가 한 짓이지?"

애림은 의아해서 말했다.

"당신은 심우가 한 짓이라고 생각해요?"

려사는 화를 내면서 말했다.

"물론 심우가 한 짓이요. 홍, 이 며칠 같이 오면서 나는 심우에 대해 호감이 생겨 감히 친구로 사귈 수 있다고 생각했었소. 그런데 심우는 속이 좁고 악독하니 뜻밖이오."

심우는 소리를 내지 않았고 눈을 감고 있었다. 그 모습은 마치 이미 인정한 듯하였다. 애림은 려사가 갑자기 독수를 뻗칠까 두려워 다급히 그를 막은 다음 말했다.

"심우가 한 짓이란 걸 어떻게 알 수 있죠?"

"내가 당연히 증명해낼 수 있소."

심우는 이때에야 눈을 뜨고 냉랭하게 말했다.

"려사, 내가 알려주는데 나는 절대 거짓말을 하지 않소. 당신의 도경을 나는 훔치지도 않았고 애림의 짐 안에도 넣지도 않았소."

심우는 말한 뒤 배의 천정을 바라보았다. 그의 모습을 보면 이미 더 말할 생각이 없는 것 같았다. 려사는 이마를 찌푸리며 생각에 잠겼다. 애림이 물었다.

"방금 당신은 그가 한 짓이라고 증명할 수 있다고 하지 않았어요?"

려사는 머리를 끄덕이고 말했다.

"그렇소. 내 생각엔 심우가 동화랑을 이미 죽였고, 동시에 도경을 당신을 상자 속에 밀어 넣었소. 그의 이런 방법은 일거수득一擧數得의 계책으로 동화랑도 죽일 수 있고, 또 당신과 나 사이를 이간질할 수 있소. 중요한 것은 심우는 나의 도법을 격패할 수 있는 허점을 찾기 위해 이미 이 도경을 보았다는 것이오."

려사는 잠깐 멈췄다가 또다시 말했다.

"심우가 도경을 훔치기는 어렵지 않지만 되돌려 놓을 방법이 없었소. 이것이 물건을 되넘기는 유일한 방법일 테지."

애림이 말했다.

"그 말도 일리가 있지만 증거라고는 할 수 없어요!"

려사가 말했다.

"그렇소. 이것은 증거라고 할 수 없소. 그렇지만 당신 생각해 보오. 동화랑은 왜 하필 이렇게 했을까? 그에게 어떤 이점이 있을까?"

애림은 동의하며 말했다.

"그에게는 확실히 이점이 없지요."

려사는 강한 어조로 말했다.

"나는 지금 증거에 가까운 한 가지 사실을 말하겠소. 바로 내가 도경을 꺼낼 당시 몇 장을 떨어뜨렸는데, 그는 즉시 의아한 기색을 나타냈소. 그게 무슨 뜻이겠소."

애림이 말했다.

"속 시원하게 말해봐요. 그게 무슨 뜻인가요?"

려사가 말했다.

"이 뜻은 그가 이 도경을 읽어 보았다는 것이요. 이 도경은 원래 완전한 것이어서 흩어져 있지 않았소. 그러나 편리하게 보려고 한 장 한 장 뜯어서 틈틈히 꺼내보려고 한 것이요."

그는 여기까지 말하고 어깨를 으쓱거리더니 또 말했다.

"물론 내 말이 억지인 것 같지만 오히려 도경이 완전히 한 장씩 뜯겨져 있는 것에 놀라는 모습을 이해할 수 있는 유일한 방법이오."

애림은 주저하고 나서 말했다.

"다른 해석이 있는 것 같진 않군요."

그는 심우를 보고 부드러운 목소리로 말했다.

"심우, 당신은 어떤 해석이 있나요?"

그녀는 심우가 전력으로 려사를 상대하여 떠나지 하지는 않으리란 것을 잘 알고 있었다. 때문에 설사 심우가 도경을 읽어보았다 해도 그녀는 조금도 괴상하다고 느끼지 않았다. 그다음 려사는 이것은 유일하게 도경을 되돌리는 심우의 수단이라고 말했는데 역시 흠잡을 곳이 없어 사람으로 하여금 부득불 믿지 않을 수 없게 하였다.

그러나 심우는 단호하게 부인하였다. 그의 즉각적인 어투및 정황과 그의 명예와 인격으로 증명할 뿐이었다. 이 때문에 애림도 심히 곤혹스러워 도대체 무슨 일이 어떻게 돌아가는지 알 수 없었다. 심우는 려사를 보면서 말했다.

"방금 당신의 한 한마디 말에 내가 매우 감동되었기 때문에 나 역시 진상을 밝히기 위해 노력하겠소."

그는 어느 한마디에 감동되었다는 말은 하지 않았지만 려사와 애림은 모두 알고 있었다. 그것은 려사가 분노하며 말하기를 그는 이미 심우를 좋아하고 그와 친구로 사귀려고 하였다는 말이었다. 심우가 말했다.

"그럼 내가 먼저 당신들에게 묻겠는데 내가 이 일을 하지 않았다고 말하였는데 당신들은 그 말을 믿을 수 있겠소?"

려사가 들으니 심우가 그를 압박하여 자신의 패를 먼저 내놓으라는 것이었다. 만약 그들이 믿지 않는다고 하면 심우는 거절하고 말하지 않을 것이다. 그래서 그는 말했다.

"너의 말은 내가 믿는다."

심우는 얼굴에서 유쾌하고 홀가분한 기색이 떠오르더니 말을 이었다.

"이미 려형이 나의 인격을 믿어주니 나의 혈도를 풀어주시오."

려사는 매우 통쾌하게 말했다.

"좋다. 이미 너를 믿는 이상 당연히 혈도를 풀어줘야겠지."

그는 심우의 혈도에 연속 세 장을 날렸다. 심우의 몸이 한번 흔들 하더니 기력을 회복하였다. 그는 공수하고 말했다.

"려형의 기백을 보니 과연 더없이 뛰어난 무공의 경지를 바라는 지사의 자격이 있소. 나는 매우 탄복하오."

려사가 말했다.

"천만에. 이런 사소한 일을 말할 필요가 있는가."

애림은 미소 짓고 말했다.

"당신들의 이 대화를 다른 사람이 듣는다면 당신 둘의 관계를 알아맞히기 힘들 거예요."

심우가 말했다.

"사람의 관계는 수시로 변할 수 있소. 관건은 흔히 사람의 순간순간의 생각에 달려있을 뿐이오."

려사는 심우가 더없이 높은 경지의 도법을 연마하기 위해 더 이상 살인하지 말라고 자기에게 암시하고 있다는 것을 깊이 알고 있었지만 모르는 척하고 말했다.

"나는 심형의 해석을 듣고자 하는데, 만약 심형이 이 기이한 사건을 완벽하게 해석해 낸다면 나는 꼭 사례를 할 것이다."

심우가 말했다.

"사례한다는 말은 소제가 감당하기 힘드오. 려형이 방금 말하였는데 도경은 원래 완전하게 제본되어 있었다는 것이 아니오?"

려사가 말했다.

"그렇소, 어느 한 장도 뜯어진 것이 없었소."

심우가 말했다.

"소제가 이 말을 듣고, 나는 확실히 훔치지 않았고 애림의 짐 속에도 넣지 않았기 때문에 다른 방면을 생각하게 되었소."

애림이 말했다.

"당신은 어떤 이유를 생각해냈어요?"

심우가 말했다.

"나는 이 일을 하지 않았고 애림도 그렇게 하지 않을 것이므로 유일한 혐의는 동화랑 한 사람이오. 그래서 나는 즉시 생각하게 되었는데 만약 그가 이 도경을 위해서 우리에게 접근하려 하였다면 그가 도경을 훔친 행동은 이치에 맞소."

애림이 말했다.

"그러나 그는 왜 도경을 훔쳐가지 않았나요?"

려사가 말을 가로챘다.

"그렇지. 제아무리 천부적인 재능이 있는 사람이라도 한번 보고는 이 도경을 전부 기억하지 못해."

심우가 말했다.

"려형이 일깨워 줄 필요 없이 소제도 생각했는데 이런 더없이 뛰어난 상승의 도법은 아무리 강한 기억력에 의거해도 누구든 모두 기억하지는 못할 것이오. 소제의 화제는 또다시 동화랑에게로 가서 그날 저녁 무렵 왕정산의 출현은 알맞게 동화랑의 미리 짜여진 음모라는 것을 증명하오."

그는 려사와 애림의 눈을 보고 계속하여 말하였다.

"생각해보면 왕정산의 검법으로 동화랑을 습격하고 죽이려면 그 일검이 어찌 실수할 수가 있겠소? 실수를 한다고 하여도 동화랑의 상세가 응당 그렇게 가볍지 말아야 하므로 동화랑이 사문에 뒤쫓긴다는 것은 려형에게 접근하려는 구실에 불과하다는 것을 알 수 있소."

려사는 고개를 끄덕이면서 말했다.

"심형의 말이 타당하오."

심우가 말했다.

"왕정산이 와서 동화랑의 구실이 거짓이 아님을 증명하였을 뿐만 아니라 동시에 또한 당신과 싸울 때 당신이 겉옷을 벗을 수 있다는 것을 짐작하였소. 내 기억에 그날 동화랑이 당신의 겉옷을 주었소."

애림이 이 점을 증명하였다. 려사가 말했다.

"내 도경이 겉옷 주머니에 있었던 것은 틀림없다."

심우가 말했다.

"동화랑이 이 도경을 얻은 뒤 꼭 해결해야 할 두 가지 난제에 직면했소. 그 하나는 도경을 어떻게 려형에게 되돌려 주는가 하는 것이고 또 다른 하나는 어떻게 이 도경을 기억하는 가였소?"

려사가 말했다.

"처음 난제는 해결되었지만 두 번째 난제는 어떤 묘계를 써야 할지?"

애림이 말했다.

"내가 보기에는 그가 아예 도경을 가지고 도망가는 것이 더 통쾌하지 않았을까요?"

심우가 말했다.

"만약 당신이 일심전력으로 상승의 이 도법을 연마하려면 깨닫고 연마하는 기간에는 의심할 나위 없이 방해가 있어서는 되지 않을 것이오. 만약 그가 도경을 가지고 도망한다면 려형이 찾아갈까 밤낮 경계해야 하기 때문에 그가 이런 방법을 생각했다면 하책이라 할 수 있소."

애림이 말했다.

"하지만 또 무슨 방법이 있어요?"

심우가 말했다.

"처음에는 나도 줄곧 이 도경 몇 장이 뜯어져 있다는 것을 발견했을 때까지 의혹을 풀지 못했는데 려형이 그것을 땅에 떨어뜨린 것을 보고 아주 기이했기 때문에 크게 놀랐소. 려형의 위인됨을 보았을 때 뜻밖의 일이 아니라면 어찌 뜯어진 채 책을 땅에 떨어뜨릴 수 있었겠소? 이로 보아 도경은 원래 뜯어진 것이 아니요."

그는 잠시 멈추었다가 다시 말했다.

"그때 당시 나는 그저 이상하다고만 여겼을 뿐 많은 것을 생각지 않았소. 방금 돌연 깨달았는데 뜯겨진 이 도경의 겉면에 나타난 문장文章 때문일 것이오."

제19장

範鐵口巫山卜前程

범철구, 무산에서 앞날을 점치다

그가 여기까지 말했지만 애림과 려사는 알 수 없었다. 려사가 말했다.

"이 도경을 떼여놓아도 기억에 도움될 것이 없는데 무슨 소용이 있다는건가?"

심우가 말했다.

"기억하기에는 비록 도움을 줄 수 없지만 베껴 쓰는 데는 며칠 몇 시간이면 충분하오."

애림이 말했다.

"아, 정말 유일한 방법이에요. 동화랑이 몇십 명을 찾아서 함께 베끼고 그린다면 한 시진도 되지 않아 가능할 거예요."

심우가 말했다.

"동화랑과 같은 토박이를 제외하고는 그 누구도 이렇게 궁벽한 작은 읍에서 많은 사람의 도움을 받을 수 없소."

려사는 손을 저으면서 말했다.

"더 말할 필요는 없다. 방금 말한 것이면 족하다. 내 생각이 짧아 심형 탓을 했소."

심우가 말했다.

"려형도 이 일을 마음에 두지 마시오. 동화랑이 도경을 베껴간 것이 려형에게 어떤 영향이 있는지요?"

려사는 음침하게 웃으며 말했다.

"동화랑은 조만간 내 칼에 죽을 것이다."

애림이 말했다.

"이 곳 일을 끝내고 그를 찾을 건가요?"

려사는 머리를 가로저으면서 말했다.

"그가 만약 도법에 성과가 없으면 후환이 될 것 없소. 만일 성과가 있으면 훗날 나를 찾아와 고하를 가르려 할 것이요."

심우가 말했다.

"맞습니다. 그가 려형을 찾아 겨뤄보지 않는다면 자신이 어느 경지까지 연마하였는지 모를 것이오."

그들의 이야기는 여기에서 마쳤다. 이 곡절을 거치자 려사와 심우의 관계는 큰 호전을 가져왔다. 배가 무산현에 이르자 그들은 배를 버리고 기슭에 올랐다. 신녀봉神女峰 즉 조운봉朝雲峰은 장강의 북쪽 기슭에 우뚝 솟아 있었는데, 십이봉중에서 가장 수려했다. 봉우리 밑에는 한 채의 신녀묘神女廟가 있었다. 이 신녀묘에는 적제赤帝의 여인인 요희瑤姬가 죽은 뒤 무산의 양지 쪽에 안장한 까닭으로 무산지녀巫山之女가 되었다는 전설이 전해 내려오고 있다. 초회왕楚懷王이 고당高唐을 유람할 때 꿈에 신녀와 상봉하였는데 이 일 때문에 송옥宋玉은 한 편의 신녀부를 지어 천고에 전했다. 그리고 초회왕은 무당산 남쪽 기슭에 묘관을 짓고 조운이라 명한 것이다.

당조唐朝 시기에 와서 처음으로 신녀사神女詞를 세웠고 송대宋代에는 응

진관凝眞觀이라고 고쳐불렀으며 뒤에는 또 신녀묘로 원 이름을 되찾았다.

려사 등 세 사람은 성 안에서 휴식하고 점심 식사를 하였는데, 심우는 참지 못하고 물었다.

"려형, 우리 이대로 입산할 겁니까?"

려사가 말했다.

"심형의 눈에는 무산 십이봉이 험준하다 할 수 없겠지?"

심우가 말했다.

"기이하고 아름답지만 험준하다고는 할 수 없지요!"

려사가 말했다.

"무산을 오르는데 문제가 있는가?"

심우가 말했다.

"우리가 타고 온 말은 어떻게 할 겁니까?"

려사가 말했다.

"물론 함께 가야지. 애림이 오연표를 버리고 갈 것 같진 않은데."

애림은 즉시 말했다.

"당연히 내 말을 데리고 가겠어요."

심우는 웃으면서 말했다.

"려형도 주룡을 포기하지 않을 테지요?"

려사가 말했다.

"이번 걸음은 그리 오랜 시간이 걸리지 않을 것이다."

심우는 머리를 가로저으며 말했다.

"려형. 이번 걸음은 그만 두시오. 그만둔다면 이익이 있을 뿐 해는 없을 것이요."

려사가 말했다.

"심형은 지금까지도 나더러 계획을 바꾸라고 권하는군."

심우는 어깨를 으쓱거리면서 말했다.

"나는 려형이 내 말을 듣지 않을 거라는 걸 알고 있소. 하지만 혹시라도……"

심우가 일어서더니 말했다.

"잠시 둘러보고 돌아오겠소."

려사가 말했다.

"심형이 이곳에 남고 싶다면 원하는 대로 해도 좋소."

심우가 말했다.

"려형이 입산하려하는 이상 나 역시 따를 것이오. 서선배가 어떤 이해할 수 없는 일을 남겨 놓았는가를 보겠소."

심우가 음식점을 나서는데 려사는 줄곧 그의 뒷모습이 사라질 때까지 보고 나서야 애림에게 말했다.

"그의 말은 이번 걸음에 많은 위험이 도사리고 있음을 암시하고 있소."

애림이 말했다.

"나도 알고 있어요."

려사가 말했다.

"신기자 서통은 한평생 천하 무림의 존경을 받아왔는데 제 명을 살고 죽었다 해도 그 어떤 치욕도 받으려 하지 않을 것이오."

애림이 말했다.

"당신도 그럼?"

려사가 말했다.

"물론이요. 그가 보통 인물이 아닌 이상 나는 조금도 긴장을 늦출 수 없소."

애림이 말했다.

"그렇다면 당신은 왜 생각을 바꾸지 않나요?"

그녀는 이어서 또 머리를 가로저으며 말했다.

"당신이 어찌 생각을 바꾸겠어요."

려사가 말했다.

"나는 당신이 이곳에 남아서 기다리기를 바라오. 만약 우리에게 일이 생겼다 해도 알고 있는 사람이 있어야 하오. 심우는 당신과 틀려 그는 내가 어떻게 더없이 뛰어난 도법을 얻는 가를 직접 보려하기 때문이요."

애림은 억지로 웃음을 띠며 말했다.

"그래요. 심우가 당신을 따라갈 것은 의심할 나위가 없죠."

려사가 말했다.

"보시오. 심우가 나와 동행하는 이상 비록 겉으로는 나와 그는 친구라고 말할 수 없지만, 일단 위기에 부딪치면 우리는 순망치한唇亡齒寒의 느낌으로 부득불 곤란한 환경에서 서로 도와 힘을 합해 대처할 것이요. 그가 있으니 당신은 마음을 놓으시오."

애림이 말했다.

"나를 재촉하지 마세요. 생각해 보겠어요."

애림은 려사의 말에 생각에 잠겼다. 두 명의 고수와 그간에 있었던 모든 일들을 떠올렸다. 그녀는 문득 자기가 스스로 얽매인 누에처럼 누구의 말을 들어야 좋을지 모르는 미혹 속에 빠진 것을 발견했다. 그녀는 심우나 려사를 막론하고 모두 자기와 진정한 감정을 나눌 수 없다고 생각했다. 그것은 심우가 애가와 피맺힌 원한이 있기 때문에 그와 결합할 수 없었기 때문이다. 려사는 온 몸에 피비린내 나는 마두로서 조만간 생사 결투에 임해야 하는 입장으로 그에게 종신을 맡긴다는 것은 논의할 바가 아니었기 때문이었다.

그런데 이런 상황이 모두 급격한 변화를 가져왔다. 심우는 애가와 원한이 생기게 된 또 다른 가능성을 제시하면서 두 가문의 피맺힌 원한이 제 삼의 인물에 있다고 하였다. 려사에 대해서도 지금까지 같이 다니면서 려사가 다만 무도의 더없이 뛰어난 경지를 추구하기 위해 살인과 혈사를 발생시킨 것이지 천성적으로 잔혹하고 악독한 사람이 아님을 알게 되었다.

심우와의 일은 예측할 수 없었다. 심우가 조사한 결과는 애가의 억울한 원한이 결국 심씨 가문이 책임질 수도 있고 또 그렇지 않을 수도 있다는 것이다. 려사는 비록 그가 무도의 최고 경지를 추구하기 위해서라 하지만 그의 방법 또한 용납될 수 없는 것이 있었다. 이런 원인으로 전도가 유망한 두 고수는 그녀의 마음속에서 서로 나눠지고 대치되어 있으면서도 모두 그녀의 깊은 관심을 받고 있었다.

려사는 웃고는 밖으로 나갔다. 그는 이미 첫 회합의 승리를 알고 있었다. 그것은 심우와 그녀는 소꿉시절 친구이기 때문에 애림이 마음속으로 자기를 심우와 평등하게 여긴다는 것이 바로 초보적인 승리라는 것을 알 수 있었다. 그는 홀가분한 기분으로 발길이 닿는 대로 걸었다. 생각이 심우에게 이르자 의혹이 생겼다.

'이 녀석이 홀로 나가서 대체 무엇을 하는거지?'

지나가는 사람들은 려사에게 의아한 눈길을 던졌다. 그것은 그의 용모가 영준하고 일신에 흰 옷을 걸쳤으며 허리에 보도를 찼는데 대범한 기운과 영웅적 기개가 풍겼기 때문이었다. 이런 늠름한 풍채는 확실히 드물었다. 려사는 조금도 개의치 않고 한가하고 편안하게 거리를 배회했다. 가로로 난 골목에서 회색 두루마기를 걸친 장님이 있었는데 왼손에는 댓가지를 쥐고 오른손에는 하나의 징을 치며 골목을 나오고 있었다. 려사는 먼저 조심하지 않고 한번 쳐다 본 후에 생각을 고쳐 즉시 다시 주의해서 살펴보고는 마음속으로 생각했다.

'이 소경은 소경이라고 하기에 심상치 않게 깨끗하구나. 손톱 정리마저 잘 되어 있다. 나이는 사십이 정도 되었을까. 천부적으로 잔폐가 되었으니 분명 가련한 바가 있다.'

이런 생각을 하고 있는데 소경이 려사를 향해 재빨리 다가오고 있다고 느꼈다. 려사의 미간이 움찔했다. 려사는 물론 조금도 두렵지 않았고 괴상하지도 않았다. 그것은 그가 이 몇 년 동안 이미 적지 않은 명문 고수들을 죽였는데, 그중의 과반수가 강호상에서 만난 고수들이었다. 비록 매번 그의 거동이 주도면밀하여 흔적을 남기지 않았지만 최근에 그가 공개적으로 모습을 나타내어, 이전에 려사에게 죽임을 당한 사람의 친척이나 친우들이 복수하려는 일도 있을 것이다. 아니나 다를까 점쟁이 소경은 려사 앞에 와서 걸음을 멈추었다. 려사는 그를 훑어보면서 말했다.

"매우 좋군. 나는 아직 실명 고수를 만나보지 못했는데 바란건대 당신의 무공이 나를 실망시키지 말았으면 좋겠다."

그 소경은 기침소리를 내고 말했다.

"소생은 범철구範鐵口요. 선생의 성함은?"

려사는 냉랭하게 말했다.

"당신이 내 이름을 모른다면 이만 물러나시오."

범철구는 머리를 끄덕이고 말했다.

"소생은 삼가 명을 받들겠소."

그는 몸을 돌리더니 조금도 주저하지 않고 걸어갔다. 려사는 조금도 움직이지 않고 산과 같이 거연히 서서 조용하게 그 사람의 뒷모습을 줄곧 응시하였는데 그가 십여보를 가서야 려사는 신형을 날려 아무런 소리도 없이 소경의 앞 몇치되는 곳에 내려섰다. 범철구는 갑자기 멈춰서서 귀를 기울였다. 이때 려사는 숨을 죽였는데 만약 이 사람이 정말 실명했다면 그 어떤 것도 보지 못할 것이다.

려사는 그가 계속 걸어오리라고 생각했다. 그것은 그가 정말 실명했다면 보지 못하기에 계속 앞으로 걸을 것이기 때문이었다. 만약 그가 소경이라면 려사와 부딪칠 때까지 걸을 것이다. 려사는 주저없이 칼집에서 칼을 뽑아 칼 끝을 가만히 상대방의 명치를 가리켰다. 그의 칼날은 더없이 날카로와 보통 병기를 모두 끊을 수 있으며 몸이 슬쩍 닿기만 해도 중상을 입을 정도였다. 려사의 기색은 보도처럼 차가웠다. 려사는 이 사람이 곧장 걸어온다면 그의 실명이 진짜건 가짜건 그를 칼 끝에 부딪치게 하려 하였다.

부딪치게 되면 심장을 찌르게 될 것이다. 만약 진정한 소경이 아니라고 한다면 정말 잔인하다고 하지 않을 수 없었다. 소경은 앞으로 한 보 내딛다가 멈추어섰다. 소경의 얼굴에 미소가 떠올렸다. 려사의 표정에 무시무시한 살기가 떠올랐다. 소경의 냉정하고 비정상적인 말소리가 들렸다.

"소생은 다만 토계목견土雞木犬과 같은 존재일 뿐인데 어찌 선생의 보도를 더럽히겠소?"

려사는 한마디 말도 없이 냉랭하게 그 사람을 주시했다. 소경이 또 말했다.

"선생에게서 나오는 살기는 감각이 영민한 사람이라면 십장 밖에서도 감각해 낼 수 있소이다."

이 말은 매우 뜻이 있는 말이어서 려사의 기색은 조금 변하였다.

"선생의 몸에서 나오는 싸늘한 기운은 소생이 십보 안에서도 느낄 수 있겠소이다. 믿지 않으십니까?"

려사는 아무 소리도 없이 앞으로 몇 치 앞으로 나갔고, 칼 끝은 이미 소경의 명치를 거의 찔렀다. 소경은 몸을 한번 떨고 나서 말했다.

"아. 정말 차구만."

려사는 그 사람의 눈을 보았는데 두 눈동자에는 모두 흰 막이 한층 씌여 있었다. 이런 눈동자는 앞을 볼 수 없다. 그는 전혀 소리가 없는 동작으로 보도를 거두었다. 소경은 크게 숨을 쉬더니 물었다.

"보도를 거두었소?"

려사는 냉랭하게 말했다.

"당신이 다시 말을 하면 당신의 혀를 끊어 버리겠소. 또한 당신이 온 뜻을 말하지 않아도 혀를 잘라버리겠소."

소경은 이런 난제를 듣고도 기색 하나 변하지 않았고 미소를 띠고 생각하고 나서 즉시 하늘을 우러러 크게 세 번 웃었다. 이어서 공수하고 읍하고 난 뒤 잠시 지나서 또 발을 구르면서 울음 소리를 세 번 냈다. 려사가 말했다.

"당신의 뜻인 즉 먼저 축하하고 후에 조문한다는 것인데 애석하게도 당신이 내개 뚜렷하게 알려주지 못해서 어떤 일에 축하하고 어떤 일에 조문하는지 알 수 없었소. 그러니 대답했다고 할 수 없소."

려사의 목소리는 호된 말투가 아니었다. 그러나 음성 속에는 살기가 들어 있어 그가 마음을 먹으면 마음 먹은 대로 하는 사람임을 알 수 있었다. 려사는 난생 처음 본 모르는 사람에게도 이런 방법으로 대처하였다. 그는 이 소경이 오늘 혀를 잘리는 액운을 면치 못할 것이라고 생각했다. 범철구는 쌀쌀하게 웃으면서 왼손을 들었는데 그 징이 "땡"하고 울렸다. 려사는 이 놈이 신호를 보내 사람을 찾아 도움을 받는다면 스스로 죽는 길을 자초하는 것이라 생각했다.그런데 범철구는 입을 벌리더니 노래를 불렀다.

"자연의 농락은 우리를 곤경에 빠뜨렸으나, 뜻대로 되지 않는 일이 오히려 많다네. 굳은 마음 마천장魔千丈이나 항복시켰으니, 지금의 나는 결국 예전의 나보다 나은 것이지."

그가 노래를 불렀는데 억양의 흥이 있어 듣는 맛이 좋았다. 려사는 생각했다.

'이 네 구절의 노래에서 나에게 먼저 근심이 있고 뒤에는 기쁨이 있다는 뜻이지만, 결국은 두리뭉실하니 명백하게 해석할 수 없다.'

범철구는 또 노래를 불렀다.

"이전 인연 돌연 좁은 길에서 만났으니, 범철구範鐵口는 그대가 이치를 알아내길 바라지. 온갖 고통을 겪다보니 비천함이 개미나 벌레와 같았지만, 오늘 보도를 찬 모습을 보니 마음이나 기운은 호걸일세."

그가 부른 것은 유수쾌반流水快板의 절주로서 마디마디가 뚜렷해서 말로 모든 것을 서술하는 것보다 듣기가 더욱 좋았다. 려사는 저도 모르게 소경의 지혜에 탄복하였다. 그는 상대방에게 말하지 말고 해석하라고 하였는데 노래를 부르는 외에는 아마 다른 도리가 없었을 것이다. 범철구는 계속 노래를 불렀다.

"그대, 이 한 마디는 듣고 마음속에 기억하기를, 이번에 떠나가면 난산亂山에는 고생스러움이 가득가득 할 것을."

유수쾌반의 노래는 그쳤다. 범철구는 머리를 돌렸는데 엄숙한 기색으로 기다리는 것 같았다. 과연 려사가 말했다.

"범선생 이야기 하시오."

범철구는 어깨를 으쓱거리고는 대답하지 않았다. 려사가 말했다.

"범선생이 만약 가르쳐 줄 일이 있다면 듣고 싶소."

범철구는 비로소 말했다.

"선생은 평범한 지사가 아닌데 소생이 명을 어길 수 없으니 선생이 말한 명을 거두기 전에는 불재가 절대 입을 열 수 없소이다."

려사가 말했다.

"나는 려사라고 하오. 무례를 범했소. 부디 용서하시오."

범철구가 말했다.

"천만에, 소생은 강호에서 떠돌아 다니는 불구로 려선생의 절개를 굽히는 말에 오히려 황송할 따름이외다."

려사가 말했다.

"범선생이 가르침이 있다면 려모는 세이공청하겠소."

범철구가 말했다.

"소생이 려선생에게 할 말이 있소이다."

려사가 말했다.

"범선생의 가르침을 받은 뒤 려모가 어떻게 보답해야 하오?"

범철구가 말했다.

"려선생은 무슨 말씀이오. 보답이라니요. 당치 않소이다."

려사가 말했다.

"범선생이 려모를 찾은 것라고 물었는데, 왜 그렇습니까?"

범철구는 말했다.

"재주없는 저는 평생에 심명학心命學에 대한 학설을 연구하였는데 매번 훌륭한 인재와 재주가 뛰어난 사람들을 보면 꼭 방법을 찾아서 알려고 합니다."

려사는 그의 이 말에 대해서는 의심하지 않았으며 범철구가 인재이자 재주가 뛰어난 사람이라 느꼈다. 상대방이 보답을 받지 않겠다는 것에 대해서도 이상하지 않다고 느꼈다. 그는 생각해 보고 말했다.

"범선생께서는 어떤 가르침이 있으십니까?"

범철구는 말했다.

"이곳에서는 말씀드리기 불편하니 다른 곳으로 옮기는 것이 낫겠소이다."

려사가 말했다.

"려모는 신변에 일이 있어 많은 이야기를 나눌 수 없습니다."

범철구가 말했다.

"이야기 시간이 길고 짧고는 분부에 따르겠소이다."

려사는 동의하며 말했다.

"좋습니다. 다관으로 다리를 옮깁시다."

두 사람은 부근의 작은 다관을 찾았다. 그곳은 조용하고 깨끗하였다. 그들은 편안히 앉았다. 범철구가 입을 열었다.

"려선생, 재주없는 제가 내키는 대로 말해서 이상하게 생각했을 것이오. 기실 저는 선생을 단지 가까이 하려는 것뿐이오."

려사는 만약 이 실명자가 분량이 있는 말을 못한다면 자리에서 일어나려고 했다. 려사가 말했다.

"범선생, 천하에서 한가닥하는 인물과 친하다고 합시다. 그게 무슨 소용이 있소이까?"

범철구가 말했다.

"말하자면 선생이 웃을 것이오. 재주없는 저는 명리학을 연구하였소. 명리학을 연구하면서 야심이 생겼는데 이 분야에 깊고 묘한 경계에 이르기를 바라게 되었소."

범철구의 말에 려사는 자신의 야심을 떠올렸다. 이러한 마음은 범철구와 자신이 같다고 느꼈다. 그렇지 않다면 자신의 이전 성과에 만족하고 말았을 것이다. 그는 머리를 끄덕이며 말했다.

"그런 일이었군요. 려모가 실례했소이다."

범철구가 말했다.

"만약 려선생이 불편하지 않으시다면 사주를 알려줄 수 있겠소이까?"

려사가 말했다.

"범선생은 려모의 이름을 듣지 전에 어떻게 내가 당신의 마음속 인물의 하나라고 여겼는지요?"

범철구가 말했다.

"말하자면 려선생의 용같은 행동과 범같은 걸음에서 자연히 굳세고 강한 기세가 나오는데, 재주없는 저마저도 몇 장 밖에서 그를 감각할 수 있었지요. 려선생이 나무라지 않는다면 단도직입적으로 말하겠소."

려사가 말했다.

"말씀하시오."

범철구가 말했다.

"제가 려선생에게 접근할 때 바로 음산한 살기가 침습해 오는 것을 느꼈는데 속으로 잘못되었음을 알았소. 마음같아서는 정말로 잠시 물러나 당신을 거슬리지 않으려 했소이다."

려사가 말했다.

"려모가 아무리 살기등등하다 해도 범선생과 무슨 관계가 있습니까?"

범철구가 말했다.

"재주없는 저는 무림의 이름있는 인사들을 많이 알고 있는데, 바른 인물이건 그른 인물이건 려선생처럼 냉혹한 기운을 지니고 있지는 않지요."

려사가 말했다.

"그리 틀린 말은 아닙니다."

범철구가 말했다.

"제가 려선생의 목소리 듣고 당신의 이런 냉혹한 기운 때문에 사람을 물건처럼 여기고 긍휼히 여기지 않는 것을 짐작했습니다. 제 말이 틀리지 않지요?"

려사가 말했다.

"틀리지 않습니다. 려모는 세상 만물을 똑같이 대합니다."

범철구가 말했다.

"려선생은 근심이 겹겹히 쌓여 있는데, 당신이 사람을 대하는 것을 볼 때 이런 근심을 해결하기 위해 입산할 일이 있음을 짐작했습니다. 길흉을 점쳐보면 대개 먼저는 편안하고 중간에는 흉할 것이며 마지막에는 중상의 운이 될 운명일 것입니다. 소위 영허盈虛의 소식은 선기先機가 있는데, 이를 이수理數로 보면 일주천一晝天이 됩니다. 고로 '룡이 절로 흙에 묻혀 죽으니, 불시에 풍뢰가 하늘에 오르다.' 바로 이것이 점괘입니다."

려사는 미약하게 웃으며 한 사람이 운명은 흉하지 않으면 길한 것이니 범철구가 길흉지간에서 흉하지도 길하지도 않게 말하니 물론 맞추었지 하고 속으로 생각했다. 유일하게 범철구에게 조금 도리가 있는 것이라면 즉 려사가 입산할 것이란 것이다. 만약 그가 이것마저 말하지 않았다면 려사는 그와 더 말하지 않을 참이었다. 려사 역시 강호에서 경험이 풍부한 사람으로 점을 치는 사람들을 잘 알고 있었는데 대부분 상대방에게서 말을 얻어내는 방법을 쓰는 것이다. 그러므로 제일 좋은 방법은 입을 다물고 말을 하지 않고 그의 말을 조용히 듣는 것이다. 범철구는 상대방의 반응을 얻지 못하자 려사가 쉽게 상대할 사람이 아니란 것을 알았다. 범철구가 말했다.

"려선생. 왼손을 주시겠소이까?"

범철구는 앞이 보이지 않기에 말만 듣고 상대방이 운명을 예측할 수 없기 때문에 손금을 보려는 것이었다. 려사는 왼손을 내밀었다. 범철구는 한참 만지고 난 후 또 그의 맥박을 들었다. 범철구는 가볍게 떨면서 말했다.

"려선생은 역시 깨끗하고 고귀한 자격을 가졌습니다. 천하가 아무리 크다 해도 려선생은 으뜸이지 버금가는 사람이 되지 않을 것입니다. 려선생은 제가 만난 최고의 사람이외다."

려사는 이 말이 대단히 마음에 들었다. 그러나 입으로는 되려 다음과

172

같이 말했다.

"범선생이 잘못보셨소."

범철구의 목소리에 힘이 들어갔다.

"비록 저의 재주가 미천하다 한들 한 마디도 고칠 수 없습니다. 려선생은 곧 일류의 인물이 될 것입니다. 반년이 되지 않아 큰 고비를 넘긴 후 하늘 아래 제일가는 깨끗하고 귀한 사람이 될 것입니다."

려사가 말했다.

"범선생께서는 또 어떤 가르침이 있소이까?"

범철구가 말했다.

"려선생은 일마다 성공할 것입니다. 이것은 그 어떤 사람도 비할 수 없습니다. 하지만 한 가지만은 예외입니다."

려사가 말했다.

"그게 무엇입니까?"

범철구가 말했다.

"남녀지간의 정입니다. 당신의 운명은 반복적으로 변화하는 고통을 맛볼 것이며 결국에는 뜻대로 되지 않을 것입니다."

려사는 신음소리를 내며 말했다.

"이 점 만은 려모가 믿기 어렵습니다."

범철구는 고개를 가로저으며 말했다.

"저의 말은 한 마디도 고치지 못합니다."

려사는 눈썹을 찌푸리며 마음속으로 불쾌하였다. 이 말을 들은 후 마음속이 개운하지 못했다. 범철구가 또 말했다.

"운명은 이미 지워진 것이지만 미리 대비해 둔다면 어느 정도 막을 수는 있을 것인데 당신이 믿을지 모르겠소이다."

려사가 말했다.

"만약 운명을 변화시킬 수 있다면 범선생의 말을 고쳐야 되지 않습니까?"

범철구가 말했다.

"두려운 것은 제가 비록 양책을 올렸으나, 이를 받아들이지 않는다면 헛된 것이 될 뿐이라는 것이지요."

려사가 말했다.

"범선생 어떤 가르침이 있습니까?"

범철구가 말했다.

"재주없는 제가 보건데 려선생은 지금 사랑에 빠져 있군요. 더 알고 싶으면 려선생의 사주를 알려 주시오."

려사는 생진을 알려주어도 나쁠 건 없다 싶어 알려 주었다. 범철구는 중얼거리며 뭐라 말하는데 마치 그의 운명을 계산하는 듯 했다. 려사는 애림을 꽤 오랫동안 기다리게 했다는 생각이 들었다. 범철구는 한참이나 중얼거리더니 말했다.

"이상하군, 이상해."

려사가 흥미를 느끼며 물었다.

"무엇이 이상하단 말입니까?"

범철구가 말했다.

"여러 모로 계산해 보았는데 애정 방면에 운룡봉호雲龍風虎가 있는데 중원에서 지위를 다툰다는 점입니다. 이것이 크게 기이하고 매우 이상한 일이 아닙니까?"

려사가 말했다.

"정말 그렇다 해도 이상할 것이 없습니다."

범철구가 말했다.

"그렇지 않으면 려선생이 뛰어난 조건으로 볼 때 세상에 어떤 사람이 마땅히 당신과 사랑의 적수가 되겠습니까?"

려사가 말했다.

"그 중에 다른 인연이 원인인지 모르지요."

범철구가 말했다.

"그렇게 해석할 수밖에 없겠소. 그러나 감히 단언하는데 려선생은 비록 일대 영웅 인재이나 이 적수는 당신의 마음속의 우환일 것이요."

려사가 말했다.

"그렇다 해도 방법이 없는 일이오. 그렇지 않습니까?"

범철구는 머뭇거리다가 말했다.

"고대에 이르는 말이 끊을 것을 끊지 않으면 자기가 저지른 일로 혼란에 빠진다고 하였지요. 참, 재주없는 제가 이런 말로 려선생의 심기를 어지럽혔소이다."

려사는 속으로 생각했다.

'저 사람의 말에 따르면 일찌감치 심우를 죽여 후환을 없애라는 것이구나.'

이런 일념이 서자 그의 얼굴은 불시에 사람을 놀라게 하는 살기가 드리워졌다. 범철구가 말했다.

"재주없는 제가 려선생에게 한마디 더 하자면 지금부터 당신은 절대 동남 방향으로 가지 마시오. 만약 어길 시에는 반드시 거대한 재앙을 만날 것이오.”

그가 한 말 가운데 이 몇 마디가 제일 구체적이었다. 려사는 생각을 돌리고 말했다.

“만약 려모가 다른 방향으로 간다면 무사하단 말입니까?”

범철구는 긍정적으로 말했다.

“그렇소이다. 잠깐 논하자면 명상학 중에는 작은 한계와 큰 한계가 있습니다. 려선생께서 바로 방향을 바꾸어 그저 육육 삼십육리를 간다면 재난을 면할 것입니다. 그러나 려선생은 내 말을 믿지 않을 것이외다.”

려사가 말했다.

“그렇지 않습니다.”

두 사람의 이야기는 잠시 중단되었다. 려사는 한참 생각한 후 암암리에 웃었다.

‘정말 귀신에 홀린 것 같네. 내가 어찌 이러한 기괴한 말을 믿을까? 나는 어떤 것도 무서워 하지 않을 뿐더러 그런 재난도 믿지 않아. 재난과는 상관없이 나는 동남으로 갈 수밖에 없어. 애림이 지금 동남방에 있고 무산도 동남 방향인데 내가 다시 애림을 만나려 하지 않는다면 무산으로 가는 것이 아닐테지.’

그는 웃으며 물었다.

“범선생은 무슨 재난인지 아십니까?”

범철구가 말했다.

“재난이란 것은 다양하오. 칼도 있고, 혈광도 있고, 눈물도 있고 대체 어떻게 된 것인지……. 더는 말씀드리지 못함을 용서하시오.”

려사가 말했다.

"려모가 목숨을 잃습니까?"

범철구는 머리를 흔들며 말했다.

"목숨까지는 잃지 않으나 목숨을 잃는 것과 다름이 없소이다."

려사는 하늘을 쳐다보며 길게 한번 웃었는데 려사의 웃음소리에 기와가 흔들렸고 다른 자리에 있던 손님들이 그에게 의아한 눈길을 보냈다. 그러나 이 백의 검객은 다른 사람들이 주목하는 데는 아무렇지도 않게 여기며 일어서서 두 손을 맞잡고 말했다.

"범선생의 가르침이 진짜인지 가짜인지 시간이 가면 알 것입니다."

그리고는 또 말했다.

"려모는 되려 그 누가 재앙을 내 몸에 내리는가 볼 것입니다."

그는 범철구에게 감사하다는 말도 하지 않았는데 그것은 그가 범철구의 말을 신임하지 않는다는 것을 강력하게 암시했다. 범철구는 몸을 일으키며 말했다.

"려선생이 만약 재주없는 저를 찾아 이야기하시려면 이곳에 와서 찾으시오."

려사는 몸을 돌려 다관에서 나왔는데 범철구의 경고를 비록 믿지 않았지만 그러나 마음속에는 어느 정도 영향이 있었다. 려사는 애림이 기다리고 있는 음식점으로 향했다. 그가 음식점에 들어서기도 전에 마음속으로부터 심상치 않은 기운을 느꼈다. 그것은 음식점 내 사람들이 웅성거리며 말하고 있었는데 그가 음식점에 들어서자 말소리가 뚝 그치고 조용했기 때문이다. 음식점 주인과 심부름꾼 그리고 부엌의 요리사들이 한 곳에 모여 있었고 손님들은 무엇인가 담론하고 있었다.

려사가 둘러보니 애림은 보이지 않았고 그들이 원래 앉았던 자리에는 크고 작은 물건이 쌓여있었는데 그중에는 그들 세 사람의 간단한 짐도 있었다. 음식점 주인은 웃음 지으며 건너와 말했다.

"려어르신. 소인이 상세한 정황을 알려드리겠습니다."

려사는 냉담하게 그를 바라보았는데 두 눈빛이 삼엄하고도 차가웠다. 음식점 주인은 비록 다양한 사람을 보는데 습관이 되었으나 려사의 눈길은 그로 하여금 심장과 담을 서늘하게 했다. 음식점 주인은 려사의 눈빛에 전신이 떨려 마치 얼음 구멍에 빠진 듯 느껴졌다. 려사가 묻는 소리만 들렸다.

"당신은 내 성이 려가라는 것을 어떻게 아시오?"

음식점 주인이 황망히 말했다.

"처음에는 어떤 사람이 말했는데 나중에는 성이 심가라는 어르신이 말해주었습니다."

려사가 말했다.

"그렇다면 두 사람이 당신에게 알려주었단 말이오?"

주인이 말했다.

"그렇습니다. 심나으리가 떠날 때 저더러 나리께 두 마디 말을 전하라 했습죠."

려사는 냉랭하게 말했다.

"말하라."

주인은 황망히 대답했다.

"심나리는 '여러 사람이 제가끔 솜씨를 보인다.'라는 말씀을 하셨는데 소인은 감히 더 묻지 못했습죠."

려사는 '흥'하고는 물었다.

"그 낭자는?"

주인은 정신을 가다듬고 말했다.

"이 말을 하려면 처음부터 말해야 합니다. 심나리가 먼저 나가지 않았습니까? 후에 나리께서도 나갔는데 조금 후 애림 낭자의 탁자에 언제인지 한 사람이 더 있었습니다. 우리는 그가 어느 때 들어왔는지 전혀 모르고 있었는데 그저 이상하다고만 생각했습죠."

려사가 말했다.

"쓸데없는 말은 말고 필요한 말만 하라."

점주인은 황망히 말했다.

"애림 낭자는 그때 그 사람을 응대도 하지 않았습죠. 후에 그 사람이 말하기를 려나리와 심나리가 한테 뒤엉켜서 갈라놓을 수 없다고 하자. 그제야, 애림 처녀가 그를 쳐다 보았습죠."

려사가 말했다.

"애림이 그 사람을 따라갔단 말인가?"

점주인이 말했다.

"그렇습니다. 애림 낭자가 생각하는 것 같더니 냉소하고는 그를 따라 나섰습니다. 여기 있는 사람들이 증인입죠."

려사가 말했다.

"그러면 심우가 왔을 때는 또 어찌 했나?"

점주인이 말했다.

"심나리는 나리께서 먼저 가시고 난 연후에 또 어떤 이가 어떻게 애림 낭자를 데리고 갔다는 말을 듣자 급히 얼굴색이 변하더니 식탁을 한번 내리쳤는데 탁자가 다 박살이 났습죠."

려사는 음식점이 사람들이 그래서 이들을 무서워함을 알았다. 그는 그 때 도리어 부드러운 목소리로 말했다.

"그 후에 또 무슨 일은 없었나?"

점주인이 말했다.

"심나리는 사온 물건을 여기에 놓고는 금방 얘기한 말씀을 당부한 후에 려나리가 성미가 좋지 않으니 언행에 각별히 조심할 것을 당부했습죠. 이제 모든 상황을 나리께 알려드렸습니다……."

려사가 말했다.

"나는 성미가 안좋은 것이 아니라 성미가 급할 뿐이다. 심우는 어느 방향으로 갔는가? 혹시 애림 낭자가 떠날 때 무슨 말을 남기지 않았는가?"

주인이 말했다.

"나리가 이렇게 제시해 주시니 소인이 이제 생각나는데 애림 낭자가 떠날 때 소인에게 짐을 잘 돌보라 했습죠. 또 나리의 자리를 치우지 못하게 했습니다요."

려사는 자리에 다가가서 예리한 눈길로 탁자 위를 살폈으나 아무것도 발견하지 못했다.

"애림의 이 한마디는 반드시 깊은 뜻이 있을 것이다."

그는 다시 물었다.

"심우도 애림이 떠날 때 한 말을 아는가?"

점주인이 말했다.

"아닙니다요. 심나리는 급히 떠나 소인이 미처 알려드리지 못했습죠."

려사는 생각했다.

'심우가 애림의 분부를 듣지 못했다하니 그가 흔적을 없애진 않았을 것

이다.'

려사는 애림이 앉았던 자리에 가서 먼저 탁자 위를 살폈다. 아무것도 발견하지 못하자 이번에는 상 위의 찻잔을 들었다. 상 위에 두 글자가 보였다. 그것은 손톱으로 새긴 글자였는데 구일九一이라는 두 글자였다. 그 외에 다른 흔적이란 없었다. 그러나 려사는 충분하다고 여겼다. 오직 이 두 글자의 뜻을 알아낸다면 모든 것을 알 수 있을 것이기 때문이었다. 주인은 그가 생각에 잠긴 것을 보고 감히 소리를 내지 못하고 조용히 옆에 서 있었다.

려사는 좌우로 이 두 글자를 생각해 보았다. 글자의 획수를 생각해보았다. 연, 월, 일로부터 길이, 거리수 혹은 부근 몇 집의 뜻인지 궁리했다. 그의 머리는 매우 빠르게 돌아갔는데 마무가내로 소뿔로 뚫고 들어가는 사람이 아니었다. 그는 여러 가지로 숫자를 생각해보고 통하지 않으면 바로 다른 곳으로 머리를 돌렸다. 주인은 그냥 옆에 서 있었다. 려사가 물었다.

"애림을 데리고 간 사람의 인상착의가 어떠했는가?"

점주인이 말했다.

"그 사람은 대개 사십 세 정도이고 의복이나 외모는 특별한 것이 없었습죠. 소인은 그가 무엇을 하는 사람인지 모르겠습니다요."

려사가 말했다.

"그의 말씨는 어느 지방의 말씨였는가?"

음식점 주인은 웃음을 띠며 말했다.

"심나리도 이렇게 물었습죠. 그 사람의 말씨는 비록 본 성의 어조인데, 그러나 소인이 들은 즉 외지 사람인 것 같았습죠. 대체 어느 성인지 소인은 모르겠습니다요."

려사의 얼굴에 처음으로 웃음이 나타났다. 손을 흔들며 말했다.

"좋다. 가서 쉬라."

원래 그는 외지인이란 말을 듣자 바로 성도 주루에서 심우와 사고가 발생했던 때가 떠올랐다. 그때 본 성의 흑도인들과 싸우고 있었는데, 그 중의 한패는 무림의 고수의 도움을 청하기도 하였다. 당시 인마스馬들은 바로 무림에서 제일 높은 무공심법을 갖고 있는 문파의 하나였는데, 바로 구려파의 고수들이었다.

애림이 남겨놓은 '구일'이라는 두 글자는 글자가 구려와 같지 않지만 발음에서는 크게 차이가 없었다. 하물며 려자란 획이 너무 많아 쓰기 불편했다. 그래서 그녀는 '구일'로 대체 했는데 이것을 알아 맞추는 것은 힘들지 않았다. 려사는 마음을 놓고 이 단서라면 이미 충족하리라고 속으로 생각했다.

려사가 몸을 일으키자 음식점에 있던 사람들은 려사가 음식점을 떠나려는 줄 알고 안심을 하며 려사가 어서 이 곳을 떠나주기를 바랐다. 하지만 려사는 되려 자리에 앉아 아무 일 없는 듯이 크고 작은 보따리들을 살펴보았다. 려사는 본래 빨리 나가서 조사하려 하였지만, 무산현은 크지 않은 곳이라 조금이라도 동정이 있으면 바로 전언이 구석까지 알려질 것이었다. 그러나 생각을 돌려 우선 먼저 심우가 무엇을 사왔는가를 보려했다. 그래야 심우가 구려파의 이번 음모에 한 몫을 했는지 하지 않았는지 판단할 수 있었다. 그는 크고 작은 보따리들을 풀어 자세히 살펴보았는데 매우 재미있다고 여겼다. 우선 약물이었는데 려사는 이를 연구해보고는 속으로 막연해 하였다.

'나도 의술을 좀 아는데 이 약을 배합하면 천만가지 변화가 있을 것인데 나로서는 정확한 용도를 알 수 없구나. 심우는 약물 상 나보다 앞서는구나.'

다음은 몇 묶음의 부드러운 질 좋은 삼줄이 있었는데 실한 것과 약한 것이 다 있었다. 또 철갈고리 등 자질구레한 도구들이 있었다. 그는 배합해 놓은 회약 한 봉지, 불 켤 때 쓰는 염석鐮石, 초, 바늘, 실, 천, 묵과 붓, 종이, 몇 권이 책 등을 발견했다. 그 외에 마른 음식, 소금, 작은 주머니, 소금 한 자루, 두 개의 새로 산 작은 솥이 있었다. 려사는 놀라며 생각했다.

'그가 준비한 걸 보면 산 속에 오랫동안 머물러 있어도 될 만하군. 비록 신기자 서통을 얕보지 말라 하였지만 심우의 이런 안배를 보면 무엇이 있을 것을 아는 것 같군. 대체 그가 얼마나 알고 있는지 모를 일이야.'

지금 그는 모든 의심을 다 풀었다. 그것은 이렇게 종류가 많은 자질구레한 물건과 식품을 사려면 많은 시간을 들여야 다 마련할 수 있기 때문이다. 그는 일어서서 음식점을 걸어나왔다. 마음속에 소경 범철구가 떠올랐다. 먼저 그 범철구의 많은 수작과 실제와 맞지 않는 영문을 알 수 없는 많은 말들의 이유를 명확하게 알 수 있었다. 그것은 갖은 방법으로 그를 붙잡아 시간을 벌고자 했던 것이다. 그렇기 않으면 그가 돌아갈 때 마침 애림을 데리고 가려는 행동과 맞부딪칠 것이기 때문이었다. 그는 재빨리 다관에서 나왔다. 범철구는 려사가 예상한 대로 그림자도 보이지 않았다. 려사는 다관 일꾼에게 물었다. 일꾼이 말했다.

"그 소경은 여기 사람이 아닙니다. 저는 오늘 처음 보는 사람입니다."

려사는 고개를 끄떡이며 걸상에 걸터 앉아 호주머니에서 은덩이를 꺼냈는데 대략 네댓 냥은 갔다. 그는 은덩이를 상 위에 놓으며 삼엄하게 말했다.

"이 은을 네가 가질 수 있다."

일꾼은 황망히 말했다.

"소인은 욕심이 많은 사람이 아닙니다. 나리께서 저를 잘못 보셨습니다."

말은 그렇게 했지만 그의 눈은 찬란한 빛을 내는 은덩이에서 떨어지지 않았다. 려사가 말했다.

"가서 소식을 알아보아라. 너는 이곳 사람이라 쉬울 것이다."

심부름꾼은 기쁜 표정으로 말했다.

"소식을 탐문하는 것은 소인이 제일 잘 하는 일입니다. 지금 가서 알아오겠습니다."

그는 서둘러 다관을 뛰어 나갔다. 려사는 황당했다.

'이런 놈을 봤나. 무엇을 알아오라는 것도 묻지 않고 나가다니.'

아나나 다를까 달려 나갔던 심부름꾼이 헐레벌떡 다시 돌아와 쑥쓰럽게 말했다.

"어른신께서 소인에게 알아올 일을 말하지 않았습니다."

려사가 말했다.

"네가 단번에 달려나가는데 내가 언제 말해 줄 기회가 있었느냐. 너는 외지에서 온 한 무리 사람들이 있는가 확인하라. 그 무리 중 한 사람이 한 낭자를 데리고 갔다. 지금 그 낭자가 그들과 싸우고 있는 지도 모르겠다."

그는 애림의 생김새를 말해 주면서 심우의 생김새도 말해주었다. 그와 애림은 한패이며 그 밖의 무리는 모두 외지에서 온 사람라고 말해주었다. 구려파에 대해서는 려사는 특징을 말할 수 없어 그저 심부름꾼 더러 이 무리의 사람들이 모두 거만하고 횡포하며 음산한 기가 있어 정상적인

184

사람과 크게 다르다고 알려주었다. 심부름꾼은 문을 나선지 반시간 가량 되어 돌아왔다. 려사가 그의 모습을 보니 수확이 있음을 알았다. 과연 그 심부름꾼이 말했다.

"나리께서 알아오라는 일을 소인이 알아왔습니다."

려사는 그가 쓸데없는 말을 더 할까봐 바로 말했다.

"그들은 몇 사람이더냐?"

심부름꾼이 말했다.

"모두 다섯 명인데 소경도 그 중의 하나입니다."

려사가 말했다.

"그들이 지금 어디에 있느냐?"

심부름꾼은 흠칫하며 말했다.

"그건 소인도 모릅니다."

려사가 불쾌한 듯 말했다.

"무슨 소릴 하는 거지? 너는 도대체 무엇을 알아온 거지?"

심부름꾼은 급히 말했다.

"그들은 어떤 한 집에서 잠시 머물다가 그 중 한 사람이 낭자를 성 밖에 데리고 나기기를 기다렸다가 모두 가버렸습니다."

려사가 물었다.

"그들이 간 방향은 봤느냐?"

심부름꾼이 말했다.

"예. 예. 그들은 서북쪽으로 갔습니다."

려사가 말했다.

"그밖에 다른 소식이 없느냐?"

심부름꾼이 말했다.

"그들이 잠시 쉬었던 곳이 누구 집인지 어르신께서 맞춰보세요."

려사가 눈썹을 찌푸리며 말했다.

"내가 은을 내놓은 것은 네가 낸 문제를 맞추려고 한 것이 아니다."

심부름꾼이 들으니 도리가 있기에 웃으며 말했다.

"나리 말씀이 맞습니다. 그 집은 본 성에서 누구든 감히 건드리지 못하는 류삼아劉三爺의 집인데, 그 집에는 항상 많은 식객들이 오갑니다."

려사는 일어나 곧장 나갔다. 뒤에 있는 심부름꾼은 상 위의 은전을 멍하니 처다 볼 뿐이었다. 구려패가 갔던 서북 방향은 그들 셋이 온 길이었다. 려사의 마음속에 범철구가 한 얘기가 떠올랐다. 그에게 절대로 동남 방향으로 가지 말라고 경고했는데, 지금 생각해보니 사람을 다른 길로 들게 하려는 꾀였던 것이다. 만약 그가 다점 심부름꾼의 소식을 듣지 못했다면 그는 범철구의 말에 속아 동남 방향로 갔으리라 의심하고 그곳으로 쫓아갔을 것이다. 그렇게 된다면 틀렸음을 알게 되었을 때는 이미 늦었을 것이다. 려사는 성 밖에 이르렀다.

그런데 돌연 몸을 돌려 음식점으로 돌아왔다. 음식점에 도착하니 두 사람은 아직 그림자도 보이지 않았다. 그는 음식점 사람들에게 짐을 잘 보살피라 하고는 애림의 오연표을 끌어내고 훌쩍 뛰어 오른 후에 다시 성 밖으로 나왔다. 이 명마는 대단히 빨라 삽시간에 십여리를 달렸다. 려사는 고삐를 꽉 틀어쥐고 사방을 둘러보았다.

'여기까지 쫓아 왔는데도 흔적이 없으니 지나온 것은 아닐까?'

그는 즉시 고삐를 늦추고 손을 내밀어 말의 목을 두드리면서 말했다.

"소흑小黑, 걸어가라. 가서 너의 주인을 찾아라."

그가 몇 번 거듭 말을 하자 말고삐를 놓은 때문인지 말이 과연 그의 뜻을 알아들은 것처럼 홀연 몸을 돌려 나는 듯이 달렸다. 되돌아 몇 리를 가자 오연표는 조금 섰다가 다시 왼쪽 방향의 작은 길로 달렸다. 수풀을 건너자 이번에는 험준하고 가파른 산 언덕으로 올랐다. 려사는 말 위에 앉아 말이 가는 대로 가만 있었다. 이윽고 평탄하고 넓은 산언덕에 들어섰다. 그러나 아직도 사람의 그림자는 보이지 않았다. 오연표는 언덕의 작은 길을 향해 달려갔다. 려사는 고삐를 꽉 틀어 쥐고는 뛰어내렸다. 려사가 말했다.

"물러 가거라. 내가 부르면 다시 오너라."

려사는 말 엉덩이를 툭툭 쳤다. 오연표는 수풀 속으로 들어갔다. 려사는 오연표의 흥분하는 동작으로 봐서 그의 주인이 여기서 멀지 않은 곳에 있다는 것을 알았다. 그래서 타초경사打草驚蛇할까봐 말을 버리고 걸어갔다. 그는 산길로 올라 갔는데 정세가 매우 엄중함을 느꼈다. 구려파 사람들이 이 위에 있다면 산길이 시작되는 곳에 보초를 설 것이다. 하지만 보초를 서는 요지에 사람 그림자가 없으니 위에서 싸움이 더없이 격렬하다는 것을 알 수 있었다. 아마도 적들이 모두 싸움에 뛰어 든 모양이라고 려사는 짐작했다.

구려파의 장점이란 연합진을 하는데 독보적이라는 것이다. 참여하는 사람이 많을수록 연합진은 더욱 강해졌다. 그러므로 정황이 긴장될 땐 사람들을 모두 쓸 만한 곳에 배치하는 것이다. 려사는 진기를 들이켜고는 신속히 산으로 뛰어 올라갔다. 산길 두 구비를 돌자 위에서 격투하는 소리와 꾸짖는 소리가 어슴푸레 들려왔다. 려사는 자기가 예측한 것이 옳다고 더욱 확신했다. 그것은 상대방이 긴급하기 때문에 사람들을 불러

간 것이었다. 려사는 몸을 은폐할 타산을 버리고 '쏴쏴쏴' 일곱 여덟 장을 뛰었다. 불시에 눈앞이 트이더니 낭떠러지 위 평평한 곳이 올랐다. 크기는 얼마되지 않은 곳이었으며 왼쪽 앞방향 낭떠러지 가까이에서 도광과 검광이 여기저기에서 일어났다. 보아하니 사람이 적지 않았다.

려사는 놀라움을 금치 못했다. 적들은 모두 일곱 명이였는데 한 개 진을 형성해 한 사람의 적을 대적하고 있었다. 그 맹렬한 공격을 받는 사람은 애림이 아니라 심우였다. 려사가 놀라움을 금치 못한 원인이 바로 여기에 있었다. 심우를 보니 그는 낭떠러지 면에 서서 긴 검을 휘두르며 적들의 삼각三角 진세를 막고 있었다. 그러나 그는 매우 불리했다. 그는 강한 압력을 받고 있어 물러나려 해도 물러날 수 없었다. 려사의 마음속에 갑자기 생각이 떠올랐다.

'내가 먼저 손을 내밀어 그를 구하지 않고 있다가 그가 낭떠러지에 떨어진 후 이 놈들을 죽여 버리자.'

그러나 다른 생각이 맘속에 스쳤다.

'심우는 그렇게 고집스럽고 완고한 사람이 아닌 데도 어찌 옆으로 비키면 적진의 가장 강한 위력을 피할 수 있는 것을 알면서도 움직이지 않는 거지?'

려사는 이 상황 속에서 수상쩍은 점을 발견했다. 심우의 두 발이 땅에 붙어 있지 않은 이상 어찌할 할 수 없는 고충이 있어 그렇게 하지 못하는 것이리라 짐작하였다. 려사가 자세히 살펴보고 놀라움을 감추지 못했다. 심우의 한쪽 발이 한가닥 끈을 디디고 섰는데 끈의 다른 끝은 낭떠러지 밖에 가 있었다. 려사는 그 끈에 무엇을 매달려 있는지 볼 수 없었다. 그러나 심우가 목숨을 걸고 그 상황을 유지하는 것을 볼 때 십장팔구는 애림이 낭떠러지 밖에 떨어져 그 끈에 매달려 있다고 추측했다. 만약 심우가 발을 움직이면 애림은 떨어져 분신쇄골粉身碎骨이 될 것이었다. 려사는 애림이 어떻게 낭떠러지에 떨어졌는지 원인을 찾을 시간이 없었다. 시간이 있다해도 그 도리를 생각해내기 힘들었다. 심우의 고통스러워하는 소리가 들렸다. 적의 검 끝에 왼쪽 소매가 찢어졌는데 피를 흘리고 있었다. 려사는 떨리는 목소리로 말했다.

"심우! 조금만 참게. 내가 이 한 무리 쓰레기 같은 놈들을 처단하겠네."

려사의 목소리에는 살기가 등등하였다. 적들의 삼각진이 흐트러졌다. 심우는 이 기회를 이용해 검을 휘둘러 적들을 두어 걸음 물러서게 하였다. 려사는 그가 이처럼 용맹한 것을 보자 저도 모르게 눈살을 찌푸리지 않을 수 없었다. 그러나 더 말할 시간이 없었다. 그는 큰 걸음으로 칼을 들고 육박했다. 그가 매번 지면을 디딜 때마다 펑하는 소리가 났는데, 비록 칼과 검이 어울리는 소리가 있어도 그 소리는 똑똑히 울려 퍼졌다. 희한한 것은 그의 발자국 소리가 연속 예닐곱 번이나 울린 후에는 강한 절주로 변했는데 그의 기세가 무한하다는 위력을 보여주는 것이었다.

그는 적진과 십오륙보 사이에 있었다. 려사는 이 한가닥 기세가 이상하게도 순조롭게 통하는 것을 느꼈으며, 단김에 끝낼 수 있다는 감이 들었다. 만약 그가 계속해서 열대여섯 발을 더 간다면 그때는 신도합일身刀合一의 경계에 이르러 그 어떠한 곤란도 다 이겨내는 위력을 발휘하여 꼭 한꺼번에 적진을 부실 수 있을 것 같았다. 그는 그 어느 순간에도 마도의 가장 높은 경계를 잊지 않는데, 지금 의도하든 의도하지 않든 그 염원에 도달하는 것을 볼 수 있어 마음속의 기쁜 심정은 말로 표현할 수 없었다.

적진에서 황의 청년이 돌연 "죽여라!"하고 크게 소리를 쳤다. 그러자 그

외 여섯 명도 선후로 죽이자는 소리를 질렀다. 한 무리 사람들은 기세가 충천하여 소리가 귀청을 찌르는 듯 했다. 죽여라는 소리가 골짜기 마다 메아리쳤다. 그 기세가 마치 산에 홍수가 터진 듯하였다.

려사는 분노하여 황의 청년을 바라보았다. 그는 키가 컸으며 낯빛은 창백하였는데 마치 오랫동안 햇빛을 못 본 듯 했다. 그러나 영웅의 기질이 있었고 두 눈은 번개처럼 빛났다. 한 눈에 그가 내외로 수련한 지사라는 것을 알 수 있었다.

그 외 나머지 세 사람을 알아 볼 수 있었는데 성도에 있을 때 그의 마도에 상한 여섯째 류기, 일곱째 전비, 여덟째 선대홍이었다. 황의 청년은 그들 중 연배가 제일 어렸고 동시에 무공이 제일 고명한 사람이었다. 류기 그들이 이전에 누설한 바에 의하면 노구 상담桑湛은 역시 형산衡山 구려파 중에서 일류 고수였다. 이 청년이 바로 아홉째 상담 임에 틀림없었다. 심우는 상대방이 정신 역량을 분산해 려사를 대처하는 틈을 타서 신속히 허리를 돌려 낭떠러지 밖을 보았다. 그리고는 높은 목소리로 외쳤다.

"려형! 애림이 지금도 밑에 매달려 있습니다."

려사는 발길을 멈추었다.

"조심하라. 상담이 만약 유리한 위치를 바꾸면 형세가 크게 달라질 것이다."

황의 청년이 흠칫하더니 말했다.

"려대협께서 어떻게 비천한 사람이 이름을 아십니까?"

려사가 말했다.

"상형은 형산 구려파에서 둘도 없는 고수로서 당대 각대 문파를 대표하는 인물들과 비길 수 있는데 당신의 대명을 어찌 모르겠소?"

이때 구려파 삼각진은 비록 심우에 대해 공격을 멈추었으나, 압력은 여전하여 심우로 하여금 허리를 굽혀 끈을 잡을 수가 없게 하였다. 이러고 보니 자연히 발을 뗄 수가 없었다. 상담이 말했다.

"려대협, 천만에 말씀입니다. 저는 재간이나 기교가 깊지 못합니다. 우리파에서 그저 두 번째 가는 축입니다. 려대협께서 들으신 소식이 정확하지 못합니다."

려사가 말했다.

"상형은 그렇게 겸손할 필요가 없소. 조금 전 '죽여라'는 고함소리는 산을 뒤흔들었소. 본인은 절대 사람을 잘못 보지 않았소."

그의 눈길이 다른 사람들을 보았는데 상담 옆에 나란히 서 있는 사람은 검고 여윈 여인이었는데 짙은 눈썹 아래에는 삼각 눈이 음흉한 빛을 뿜고 있었다. 려사가 물었다.

"귀파에 각 밖에 여류 고수가 있소이다. 그는 항렬로 몇 번 째인지, 또 이름이 무엇인지요?"

그 검은 옷의 마른 여인이 냉랭하게 말했다.

"이 할미는 원계남袁繼男이고 항렬로는 넷째다."

려사는 여인의 무례한 말투에 화을 내지 않고 말했다.

"원사저袁四姐였군요. 당신의 이름을 오래전부터 듣고 있었소."

그는 계속해 삼각진 제일 앞에 있는 키 작은 장한에게 말했다.

"이 형은 앞에서 먼저 공격하는 것을 보니 용맹하다는 것을 알겠소. 그런데 아직 당신의 대명을 모르오."

키 작은 장한은 말했다.

"나는 항렬로 다섯 번째인데 성은 조祖고, 이름은 횡橫이요."

려사는 머리를 끄덕이며 말했다.

"조오형祖五兄이 쓰는 무기는 넉자되는 강모鋼矛인데 장익덕張翼德의 장판교長坂橋의 위엄이 넘치시오. 지금 일곱명 중에서 아마 상담 바로 아래의 고수라고 생각되고, 또 원사저도 사람을 놀라게 하는 절예가 있을 것이라고 보오. 그 외에는 특수한 재간을 가진 자들이 없으니 가르침을 받지 않는 것을 양해해 주시오."

려사의 말에 모두들 안색이 변했다. 려가의 뛰어난 식견은 그들로 하여금 굴복하게 하였다. 심우가 끼어들었다.

"려형, 이미 이 곳에 도착한 지 꽤 되었는데 아직도 손을 쓰지 않습니까. 설마 애림이 떨어져 분신쇄골이 되는 걸 보고 싶은 건 아니겠지요?"

려사가 말했다.

"심형은 절세의 무공을 지녔고, 또 나보다 먼저 이곳에 도착했으니 애림의 안위는 당신이 책임지시오."

심우가 말했다.

"려형이 이 말은 어디서부터 하는 이야기입니까? 그래 당신은 애림이 어떻게 되어도 상관이 없다는 말입니까?"

려사가 말했다.

"물론 나도 애림의 안위가 중요하다. 그러나 당신이 그를 도와줄 방도가 있는데 나는 끼어들지 않겠다."

심우가 말했다.

"소제가 언제 방안이 있다는 말을 했습니까?"

려사는 쌀쌀하게 웃으며 말했다.

"너는 행동 가운데 이미 그렇게 표했다. 매사마다 다 말할 수는 없는 일이다. 그렇지 않느냐?"

구려파의 사람들은 그들의 대화 가운데 이 두 청년 고수들 간에 매우 큰 모순이 있다는 것과 그것이 쉽게 해결되지 않음을 보아냈다. 그리하여 그들은 끼어들어 방해하지 않았을 뿐더러 공격도 하지 않았다. 그것은 압력 하에 심우가 위태해지면 려사가 돌연간 손을 내밀어 그를 도와줄 것이기 때문이었다. 심우가 말했다.

"동생이 급급히 달려와 제 때에 이 끈을 잡았기에 애림이 분신쇄골이 되는 것을 막을 수 있었소. 그러니 려형의 질책을 동생이 절대 못받아 들이소."

려사는 냉랭하게 말했다.

"네가 애림이 납치된 것을 나보다 먼저 알았는데 무엇 때문에 흔적이나 말 한마디도 남기지 않았느냐?"

심우가 말했다.

"동생이 음식점을 나와 조사하려 할 때 애림에게 무슨 일이 있었으며 어떤 사람들에게 납치되었는지 전혀 몰랐소."

려사가 말했다.

"내가 보건대 구려파의 연합 진세는 사람이 너무 많다. 그들이 시작할 때 몇 사람이 너와 대처하였는가?"

심우가 말했다.

"최초에는 넷이었소."

려사는 눈길을 상담에게 돌리더니 말했다.

"상형은 제일 마지막에 참전하였소?"

상담은 어깨를 으쓱하고는 말했다.

"려대협께서 이것을 묻는 의도는 무엇입니까?"

려사가 말했다.

"나는 누가 제일 마지막에 싸움을 도왔는가 알려고 그럴 뿐이다."

상담은 말했다.

"려대협께서는 이 말에 의거해 우리 파의 진세를 격파할 답안을 얻으려는 것이 아닙니까?"

려사가 말했다.

"당신은 먼저 내가 묻은 말에 대하라."

상담이 말했다.

"마지막에 참가한 사람은 대자평戴子平인데 행렬로 둘째입니다."

려사는 대자평을 눈여겨 보았다. 그것은 상대방의 일곱 가운데 셋은 성도에서 본 적 있는 여섯째, 일곱째, 여덟째였다. 나머지는 아홉째 상담을 제외하고는 하나는 네째 원계남이고 하나는 다섯째 조횡이었다. 오직 이 사람만을 알지 못했다. 그 사람을 보니 얼굴빛이 누렇고 표정은 무뚝뚝했으며 짧은 옷을 입었고 손에는 길이가 다섯자 되는 몽둥이를 들었는데 어떤 재료로 만들었는지 알 수 없었다. 둘째 대자평은 삼각진의 왼쪽 각에 섰는데 려사와 거리가 제일 가까웠다. 두 사람의 눈빛이 마주 쳤는데 려사가 말했다.

"대이가戴二哥의 눈에서는 신광이 밖으로 흘러나오는 군. 나는 그대를 알고 있다."

대자평이 말했다.

"려대협께서는 어느 때 이 동생을 보았습니까?"

그의 말은 상음湘音으로 어조가 낮고 무거웠다. 듣기만 해도 그는 대략 사십 세 전후의 나이라는 것을 알 수 있었다. 려사가 말했다.

"그대의 변장술이 비록 절묘하나 여러가지 형세를 살펴본 결과 내가 알아낼 수 있었다."

대자평이 말했다.

"려대협의 말은 증거가 충분하지 못하니 탄복할 수 없습니다."

려사가 말했다.

"만약 대형이 먼저 입었던 두루마기를 입고 얼굴에 쓴 가면을 벗겨버리고, 또 왼손에 징을 들고 오른손에 막대기를 든 다음, 얼굴에 내리웠던 씌우개를 다시 쓴다면 그때는 나와 이야기를 나눴던 범철구가 될 테지."

비록 그의 말은 가정한 것으로, 사실상 긴 두루마기도 없었고, 징 등 증거로 할 물건이 없었다. 그러나 그의 추측에는 매우 중요한 공통점이 있었는데, 그것인 즉 일련의 가설은 매우 편리했다는 것이다. 곧바로 말해서 긴 두루마기를 없애버리고, 가면구를 쓰고, 겉에 입은 옷을 버리고 징을 없애는 것 등인데, 모든 것을 삽시간에 완성할 수 있다는 것이다. 이러한 정황을 대자평은 모두 구비하였는데, 다른 사람에게는 확실히 이런 조건이 없었다. 그래서 려사가 이렇게 말했는 데도 여러 사람들이 들은 것만으로도 증거가 확실한 것으로 생각하게 되었다. 대자평은 웃으며 말했다.

"려대협의 안력은 확실히 세상에서 드물다고 할 수 있소. 저는 매우 탄복하오."

그는 한편으로 말하면서, 한편으로는 인면피구를 벗었다. 과연 범철구의 형상이 드러났다. 유일하게 다른 것이라면 범철구의 눈동자에 끼어 있었던 흰 막이었는데, 아무런 광채도 없었던 것이다. 원사저가 냉랭하게 말했다.

"우리는 둘째가 참가하지 않아도 심우를 해치우는데 힘들지 않다."

려사가 말했다.

"그렇지 않을 것이다. 내가 이곳을 올 때 보초를 서는 사람이 보이지 않았다. 너희들은 전력을 집중하지 않으면 심우를 대적하기 곤란하기에 그런 것이 아니냐?"

심우는 삼각진에서 제일 앞에 서 있는 다섯째 조횡이 호시탐탐 노리며 자기를 감시하는 것을 보았다. 그는 이 자가 강하게 공격하며 마구 잡이로 싸우는 위력을 체험하였기에 손을 내밀어 낭떠러지에 있는 애림을 끌어 올릴 수가 없어 마음속으로 매우 조급하였다. 그의 형세는 대단히 불리하였다. 그의 팔에 상처는 비록 큰 방해는 되지 않아도 진통을 느꼈는데 결국은 큰 영향이 미치고 있었다. 려사의 말소리가 또 들렸다.

"상형은 천리길을 와서는 먼저 손을 써 상대방을 제압해 애림 낭자를 대처했는데 목적은 내게 있는 게 아닌가?"

상담이 말했다.

"려대협께서 한 말이 맞습니다. 그러나 제가 한 가지 말씀드리자면 우리들은 단순히 당신만을 보고 온 것이 아닙니다. 심형과 애림 낭자도 우리는 만만히 보지 않습니다."

려사가 말했다.

"그렇다면 만약 우리 셋이 함께 있을 땐 당신들은 절대 손을 쓰지 않는다는 것인가?"

상담이 말했다.

"그렇습니다."

196

려사가 말했다.

"내가 한 가지 의견을 제시하겠다. 상담이 받아들일지 모르겠군."

상담이 말했다.

"려대협의 높은 견해는 보통이 아닐 것이니 잘 듣겠습니다."

려사가 말했다.

"나는 심우와 손을 잡고 너희들을 대처하고 싶지 않다. 뿐만 아니라 내가 바라는 것은 너희들의 힘을 빌어 나와 그가 둘 중 누가 강하고 누가 약한가 시험해 보고 싶다. 만일 상형이 내게 흥미가 있다면 먼저 건너와 인증해보라. 너희들의 진세에서 비록 한 사람이 빠진다 한들 지금의 형세를 유지할 것이 아닌가. 또한 심우도 몸을 뺄 수는 없을 것이다."

상담은 고개를 끄덕이며 말했다.

"려대협의 이 방법을 고려해 볼 가치가 있습니다."

원사저가 엄하게 말했다.

"저자가 아홉째를 유도하려 하는 것이니 아홉째는 그의 꾀에 넘어가지 마시요."

상담이 말했다.

"사저의 말씀이 옳습니다."

려사가 냉소하면서 말했다.

"너희들은 상담이 없으면 심우의 반격을 제지하지도 못하는구만. 그렇다면 다른 방법도 있다."

상담은 조금도 성내지 않고 말했다.

"려대협에게 또 무슨 고견이 있습니까?"

려사는 속으로 중얼거렸다.

'이 자의 수양이 매우 깊구나. 정말 강한 적이다. 절대 만만히 봐서는 안 되겠다.'

그는 바로 말했다.

"또 한 가지 방법이 있는데 그것은 나를 심우의 위치에 놓고 너희들의 연합 진세가 나를 낭떠러지 밖으로 밀어내는가 보는 것이다."

그의 말투는 호기에 찼고 자신심으로 가득 차 있었다. 구려파의 사람들이 아직 입을 열지 않았는데 심우가 다급히 말했다.

"려형 지금 한 말을 거두시오. 이 끈에 애림이 매달려 있고 낭떠러지 높이가 이삼백 자인데 사람이 떨어지면 죽습니다. 제발 방법을 바꾸시오."

려사가 말했다.

"심형은 한 가지 일을 지금 모르고 있군."

심우는 놀라며 말했다.

"무슨 말이오?"

려사가 말했다.

"그것은 나의 애림에 대한 관심이 너를 초과는 못할지라도 너와 그리 차이가 없을 것이다. 그러니 나는 절대 애림의 목숨을 가지고 장난을 하지 않는다."

심우는 놀라며 말했다.

"물론……, 물론입니다. 나는 려형이 그녀의 목숨을 가지고 장난치지 않는다는 것을 믿습니다. 그러나 이들의 연합 진세는 확실히 위력이 강대해서 하는 말입니다. 오직 려형이 믿지 않을까 겁이 납니다."

려사가 말했다.

"만에 하나 애림이 떨어진다면 나는 그녀의 목숨을 배상하겠다고 맹세한다.”

심우가 말했다.

“그러나 이것은 또 무엇이 안타까워서입니까?”

려사가 말했다.

“그러면 심형이 이야기를 해보시오. 만약 내가 당신의 위치를 대신하지 않는다면 당신이 몸을 빼낼 수 있는 방법이 있습니까?”

심우가 말했다.

“소제가 만일 몸을 뺄 수 있는 방법이 있다면 절대 이곳에서 있지 않을 것이오.”

“그렇다.”

려사는 냉소를 지으며 말했다.

“당신은 어쨌든 다른 방도가 없으니 내가 시험해 볼 것이다.”

제20장

九黎派施布連環陣

구려파가 연환진을 펼치다

원사저가 말했다.

"저 성씨가 려가인 사람은 좋은 사람이 아니다. 그의 말을 섣불리 믿어서는 안 될 것이야."

그녀의 이 말은 동문들에게 들으라고 한 말이었다. 하지만 상담은 생각에 잠겼다. 상담은 항렬로는 제일 어리지만, 동문 중엔 영수 인물이었다. 려사는 냉소하고 말했다.

"이 말은 정말 가소롭다. 려모가 정말로 심가와 결합하여 그대들과 대적할 수 없단 말인가?"

상담이 말했다.

"그렇습니다. 려대사는 무엇 때문에 그렇게 하지 않으셨소?"

려사가 말했다.

"내가 이미 말하지 않았는가. 나는 이 기회를 빌어 심우와 승부를 겨루고 싶다. 만일 내가 적수가 되지 않아 절벽으로 떨어지면 그 때는 심우 혼자 독패무림할 수 있을 것이다. 만약 반대로 내가 패배를 승리로 바꾸고 위험에서 벗어나 안전하게 되면 심우는 어쩔 수 없이 순순히 패배를 인정해야 할 것이다. 심형, 내 말이 맞지 않은가?"

심우는 이마를 찌푸리고 말했다.

"맞소. 다만……."

려사가 말을 이었다.

"그렇다면, 자네도 자네 자리를 내게 양보하는 걸 동의한다는 건가?"

심우가 되물었다.

"아직 승낙하지 않았소. 내가 승낙을 한다고 해도 소용이 없을 것이……."

그는 한편으로는 대답하고, 다른 한편으로는 생각하면서 말했다.

'만일 구려파 사람들이 그의 이 미치광이 같은 주의를 승낙해준다면, 위치를 바꿀 때 기회를 타서 애림을 끌어올리려고 준비하고 있는 것이 아닌가?'

하지만 구려파에서는 반드시 이러한 점을 예방하고 있을 것이다. 만일 목전에 애림이 그를 방해하고 있지 않았다면 려사가 오지 않았어도 심우 혼자의 힘으로 맞서야 할 것이다. 결국 이길 수가 없겠지만, 틀림없이 쉽게 패하지는 않을 것이다. 려사가 말하는 것을 들을 수밖에 없었다.

"심형이 허락하면 구려파는 반대하지 않을 것이다. 상담형, 내 말이 맞는가?"

상담은 한참 동안을 망설이다가 말했다.

"들어보니 그럴 듯도 한데 소생은 반대하지 않겠습니다."

상담은 반대하지 않았지만 다른 사람들은 반대했다. 원사저는 소리치며 말했다.

"아홉째, 이 사람들은 수작을 부리는 것이오. 그들은 믿어서는 안되오."

려사는 말했다.

"그대는 남자들을 이해하지 못하고 있군. 이런 일에 려모가 어찌 속임수를 부리겠는가?"

그가 말한 것은 의심할 바 없이 그녀의 의견은 아녀자의 견해라는 것이다. 원계남은 인정할 수 없어 말을 이었다.

"말이 통하지 않는군. 설령 자네가 비열한 수단을 쓰지 않는다 해도, 기껏해야 얻을 수 있는 것은 두 가지 이득일 뿐이네. 가까스로 하나를 더 얻어보았자 세 가지를 얻을 뿐이니 어떻게 네 가지를 얻을 수 있다는 건가?"

앞서 범철구로 분장했던 둘째 대자평이 입을 열었다.

"사매의 말이 틀리지 않습니다. 려대협이 어찌 네 가지 이득을 얻을 수 있겠습니까?"

려사가 눈을 돌려 바라보니, 구려파의 사람들은 모두 의혹의 기색을 띠고 있었으며, 그들 모두 이해할 수 없다는 표정을 지었다. 려사가 말했다.

"만일 나와 심형이 자리를 바꾼다면 내가 얻는 첫번째 이득은 내가 마음 놓고 너희들을 격파할 기회를 얻는 것이다. 두번째 이득은 내가 구려파를 이긴다면 애림을 구할 수 있다는 것이다. 세번째는 심우를 압도하여 항복시킬 수 있다."

그는 잠시 말을 멈추었는데 보아하니 구려파 사람들은 잠자코 려사의 말을 듣고 있었다. 아직까지 려사가 얻을 네번째 이득이 무엇인지 알 수 있는 사람이 없는 것을 두고 려사는 암중으로 득의양양해하며 말을 이었다.

"네번째 얻을 것은 애림의 마음이다. 이건 미처 생각지도 못했던 것이 아니었나?"

상담이 말했다.

"려대협의 뜻은, 애림의 마음을 얻을 수 있다는 말이오?"

려사가 의연히 말했다.

"그렇다."

상담이 결연히 말했다.

"좋습니다. 그렇다면 려대사와 심형이 자리를 바꾸십시오."

원계남 말했다.

"잠깐 기다리시오."

상담이 마음을 가라 앉히고 말했다.

"사저 아우의 결정에 동의하지 않으십니까?"

원계남 말했다.

"나는 비록 동의하지 않지만 아우님의 말을 따라야겠지요."

상담은 그제서야 얼굴에 미소를 머금고 말했다.

"사저께서는 지금까지 이 아우를 아껴오셨지요. 지금 이 일로 아우를 난처하게 만들지 않으시리라 믿습니다."

원계남이 말했다.

"그러나 려사가 심우와 자리를 바꿀 때 우리가 아무런 조치를 취하지 않을 수 없소. 예를 들어 려사에게 확답을 받아야 할 것이 있지 않겠소?"

그녀의 이 말은 도리가 있었다. 다른 동문들도 분분이 머리를 끄덕이며 찬동하였다. 상담은 살며시 웃음을 띠고 말했다.

"사저께서도 이미 아시는 것과 같이 본파의 연합 진세는 기묘하고 오묘하기가 짝이 없습니다. 려대협도 전문가인데 만일 진퇴양난에 빠진다면 그는 반드시 심우와 합력하여 우리의 진세를 격파할 법을 찾아낼 것입니다."

상담이 이 말을 하자 구려파의 사람들뿐만 아니라 모두들 놀라움을 금치 못해 정신을 집중하며 공손히 듣고 있었다. 연이나 심우 또한 크게 관심을 가지게 되었고, 눈을 들어 황의 청년 고수를 바라보았다. 원계남이 말했다.

"아홉째 아우의 뜻을 아둔한 나는 알지 못하겠소이다."

상담이 말했다.

"려대협은 지금까지 솜씨를 보여주지 않았는데, 사저는 이것이 무슨 뜻인지 생각해 보았습니까? 이것은 바로 려대협이 이미 본파 진세의 오묘함을 파악하고 있는 것입니다. 일단 려사가 공격을 시작하면 본파 진세는 려사에게 압력을 가하는 동시에 려사의 공격이 심우의 몸에까지 미치기 때문이지요. 다시 말하면 그가 우리를 공격하면 심형을 공격하는 것과 마찬가지여서 그가 지금까지 공격을 하지 않았던 것입니다."

심우는 문득 크게 깨달았다. 려사가 적진의 오묘함을 짐작해 내다니. 이제서야 왜 그가 끊임없이 얘기를 하면서 공격하지 않았는지 알게 되었다. 이 외에도 그는 또 한 가지를 알고 있었다. 그것은 지금까지 려사가 나타난 후로 언행을 상당히 자제하고 겸허한 자세로 온화함을 견지하였다. 이 점은 평상시의 오만한 그와는 사뭇 달랐다.

심우는 왜 려사의 태도가 바뀌었는가에 대해 알 수가 없었는데 이제야 알게 되었다. 려사가 상대방을 섣불리 자극하여 그들과 려사가 덮어놓고 격투하는 것을 미연에 방지하고자 함이었다. 려사는 하늘을 바라보며 길게 웃었다. 려사의 옷자락이 바람에 휘날렸다. 려사의 호기로서 사람들을 압박하면서 말했다.

"상담은 역시 지혜가 출중하오. 그 심기가 고명하니 감탄할 수밖에 없소."

상담은 려사에게 출발하라는 자세를 취하여 말했다.

"려대협께서 만일 한번 시험하고픈 욕구가 견고하시다면, 그럼 지나가 보시죠."

려사는 아무런 제지도 받지 않고 심우의 곁으로 다가가 말했다.

"심형, 상세가 엄중한가?"

심우는 어깨를 으쓱이며 말했다.

"괜찮소. 소제의 배움이 뛰어나지 못해 애림을 구할 능력이 없었는데, 이번에는 려형에게 맡기오."

려사가 말했다.

"내게 맡기시오. 틀림없을 것이다."

심우가 말했다.

"만일 려형이 구려파의 공격을 막는 동안 아우가 애림을 끌어올리면 어떻겠소?"

삽시간에 긴장감이 감돌았다. 심우의 말뜻은 려사에게 약속을 저버리고 먼저 사람을 구하고 보자는 것이었기 때문이다. 실제로 애림을 구한다면 그들의 금기는 없어지고 승리를 손에 쥔 것과 마찬가지였다. 원사저의 날카로운 목소리가 울렸다.

"심가야. 부끄럽지 않느냐?"

심우가 담담하게 말했다.

"속담에 이르기를 사람의 목숨이 귀중하다고, 지금은 체면을 차릴 문제가 아니라고 봅니다."

려사가 말했다.

"남자 대장부가 되어 입 밖에 낸 말은 죽어도 후회하지 않소. 심형 어찌 거리낌없이 말을 하는 것이오?"

심우가 말했다.

"그럼 이렇게 많은 사람들이 연합하여 우리와 맞서는 것은 체면이 서는 일이란 말이오?"

려사가 말했다.

"심형이 이렇게 말하는 것을 들어보니 실제로 그들이 도리에 어긋난 듯싶네."

그들은 분명 배신할 작정이었다. 구려파 사람들은 당황했다. 원계남은 속 좁은 마음으로 원망스럽게 말했다.

"이건 모두 아홉째 아우가 그들의 말을 믿었기 때문이야. 흥. 흥. 내가 처음부터 쉽게 믿으면 안 된다고 말하지 않았는가."

상담은 호탕하게 웃으며 말했다.

"사저, 마음을 놓으십시오. 려대협이 정말로 마음을 바꾸었다면 심형이 지금이라도 애 낭자를 끌어 당기지 않았겠습니까?"

주횡이 놀라며 물었다.

"그건 또 무슨 말이오?"

그는 상담과 제일 가까운 사람이다. 그래서 상담의 말이 도리가 있다는 걸 느꼈다. 그러나 지금의 형세는 미묘난측하여 자세히 파악하기가 어려웠다. 상담이 해석하여 말하였다.

"려대협과 심형 사이에는 상호 모순이 있는 것을 알아야 합니다. 심형이 려대사의 직접적인 동의를 얻기 전에 멋대로 사람을 끌어올린다면 려대협의 중한 벌을 면할 수가 없을 것입니다."

주횡은 경솔하게 물었다.

"려대협, 그런 것이오?"

려사가 머리를 끄덕이며 말했다.

"틀림없다. 심형이 만일 경거망동해서 애 낭자를 구해낸다면 그도 죽음을 면할 수가 없을 것이다."

원계남은 그들의 대화를 듣고 경악을 금지 못하였다. 구려파 사람들이 더욱 놀란 것은 려사와 심우가 뜻밖에 동시에 크게 웃는 것이었다. 두 사람의 웃음소리엔 통쾌한 정이 드러났다. 원계남 놀랍기도 하고 궁금하였다.

"아홉째 아우, 그들이 왜 웃는 거지요?"

상담이 말했다.

"이건 아우도 알 방법이 없습니다."

려사가 말했다.

"내가 알려주겠다."

상담이 말했다.

"좋습니다. 알려주면 감사하겠습니다."

려사가 말했다.

"나와 심형은 상형이 재지와 무공으로 적수가 될 수 있음을 발견하고 기쁘고 위안이 되어 서로 크게 웃었다."

상담이 몸을 굽혀 인사하고 말했다.

"과찬입니다. 소생이 어찌 감히 사귈 수 있겠습니까?"

그는 말을 멈췄다가 다시 말했다.

"소생이 스스로를 생각하면 두 분과 어깨를 나란히 해서 승부를 다툴

정도가 못됩니다. 때문에 필히 동문사형의 힘을 빌고 종종 지혜를 더해야만이 비로소 간신히 이런 형세를 만들 수 있습니다."

려사가 말했다.

"이렇게 말하자면, 자네는 이러한 조력자들을 얻어야지만 서로 상대해 보겠다는 것인가?"

상담은 공손하게 말했다.

"맞습니다. 소생이 이런 조력자의 허가를 얻는다면 어디 한 번 두 분과 손을 써도 무방하리라 생각합니다."

려사는 왼쪽 발을 뻗어 땅의 밧줄을 밟고 말했다.

"좋다. 심형 뒤로 물러서게. 내가 그들과 싸우는 것을 잘 봐두게."

심우가 말했다.

"려형. 부디 신중하시오."

려사가 말했다.

"심형. 내 걱정은 마시오."

심우는 달갑지 않게 옮기기 싫었던 발을 치웠다. 한숨을 쉬며 말했다.

"려형. 쉽지 않을 것이오. 이제 애림의 목숨까지 려형에게 달렸으니 이 대가가 너무 크오."

려사가 마음을 가라앉히고 말했다.

"심형은 자신이 당해낼 수 없으니까 나도 가능하지 않다고 하니 가소롭군."

심우가 말했다.

"금방 그들의 연수대진은 아직 제일 강한 위력을 발휘하지 않았소. 소제의 생각으로는 상담형이 아직 정면으로 공격하지 않았소. 이제 려형이 대적하게 되었으니 그들은 반드시 다른 모습으로 공격해 들어올 겁니다."

려사가 말했다.

"상담형이 비록 구려파 중의 출중한 인물이지만 일단 합력해서 대오를 조직하면 개인은 단체의 제약을 받아 어떤 위력은 오히려 발휘하지 못할 수가 있다. 심형은 그가 나를 특별히 편애하여 혹여 공격을 다하지 않을 거라 생각하나?"

심우는 몸을 돌려 적진의 날카로운 공격 범위를 벗어 나왔다. 하지만 그는 근심스런 얼굴 빛을 가릴 수가 없었다. 그는 상대방의 진세의 위력을 맛보았고 고생을 한 터라 애림의 안위가 걱정되었다. 구려파 사람들은 상담의 호령 아래 려사에게 집중하였다. 그들의 자리는 바뀌지 않았다. 삼각진세가 펼쳐졌다. 려사를 정면으로 공격하는 것은 여전히 노오 주횡이었다. 그의 손아귀에서는 사척 길이의 강모가 날카로운 빛을 내고 있었다.

려사는 먼저 낭떠러지 아래를 보았다. 위에서 바라보니 낭떠러지는 이백여 자가 됨직한 깊이였는데 애림이 허공에 떠 있었다. 려사는 애림을 흘깃 쳐다보고는 다시 구려파를 향했다. 려사가 보기에 애림은 의식을 잃었고 밧줄이 허리에 묶여 있었는데 움직임이 없었다. 려사는 마음속에서 의혹이 들었다.

'그녀가 식당을 떠날 때 그녀를 찾는 자가 구려파인 것을 알았기에 상 위에 글을 남기지 않았는가. 그런데 무엇 때문에 애림은 전혀 방비도 하지 않고 이렇게 속수무책으로 적들에게 이용당하고 이 지경에 이르렀단 말인가?'

210

그는 손을 흔들며 상대방이 진공해 오는 것을 저지하였다. 려사가 말했다.

"려모가 먼저 한 가지 물을 것이 있네. 애 낭자는 살아있는 건가?"

상담이 대답하였다.

"애 낭자는 살아 있습니다."

려사가 말했다.

"조사할 여가가 없으니 부득불 그대의 말을 믿을 수밖에."

심우가 옆에서 한마디 했다.

"잠깐만요. 소제 역시 조사한 바가 없소. 조사할 겨를이 없다고 하지만 그래도 이 문제를 먼저 분명히 하는 것이 좋을 듯싶소."

려사가 말했다.

"만일 애 낭자가 이미 숨을 거두었다면 나는 이 끈을 밟고 있을 필요가 없네. 자유의 몸으로 구려파 그대들과 맞설 수가 있을 것이다."

상담이 말했다.

"아우가 이미 말씀드렸듯이 애 낭자는 살아 있습니다."

려사가 말했다.

"그녀를 끌어올려 사실을 확인하고 싶지만 그대들이 동의하지 못할 것이라 생각한다."

심우가 말했다.

"그들의 동의 여부가 뭐가 중요하오? 려형. 잠시 그들을 막고 있으시오. 내가 애림을 끌어올리겠소."

구려파 사람들은 이 말을 듣고 조금도 미동이 없었다. 려사는 곧 큰 일이 닥칠 것이라는 것을 짐작하였다. 그렇지 않다면 구려파가 어찌 이렇게 침착할 수 있는가 싶었다. 려사는 손을 흔들어 심우를 제지하였다.

"심형 잠시 거동을 멈추어라. 상형의 생각을 들어봐야 할 것이야."

상담이 응하며 말했다.

"아우가 권하는데 두 분은 그대로 계십시오. 두 분이 애 낭자를 끌어올린다면 여기 있는 우리도 부득불 가만 있지 않을 것입니다."

심우가 말했다.

"상형의 말은 지금까지는 나에게 전력을 다해 응전한 것이 아니란 말이오?"

이 점은 바로 려사가 묻고 싶었던 것이었다. 단지 말을 꺼내기가 불편하였던 것이다. 상담이 대답하였다.

"중요한 것은 두 분께서 약속을 어기고 애 낭자를 구하려 한다면 구려파도 가만히 두고 보진 않겠습니다."

심우는 한숨을 쉬면서 말을 하지 않았다. 려사가 말했다.

"좋다. 만일 우리가 감행을 한다면 어떻게 되는 거지?"

상담이 말했다.

"감히 말씀드리지만 애 낭자는 죽음을 피할 수가 없을 것입니다. 그리고 두 분 역시 어떤 일이 생길지 장담할 수 없습니다."

려사는 어리둥절해서 물었다.

"그대가 이렇게까지 말하니 믿지 않으면 안될 것 같군."

상담이 말했다.

"부디 제 말씀을 들으십시오."

려사가 말했다.

"우리 역시 그대들의 속임수에 넘어가지 않을 것이네. 한 가지 알고 싶은 것이 있다. 애 낭자가 어떻게 해서 그대들 손아귀에 들어갔는가? 애 낭자의 재능과 무공으로 그대가 그녀를 생포했다면 어떤 수단으로 가능하였는가?"

원사저가 냉랭하게 말했다.

"손을 쓰려면 쓰던가! 무슨 말이 그렇게 많은 거요?"

려사가 말했다.

"그럼 그대부터 공격해라."

원사저가 분노하여 말했다.

"누가 그대를 두려워할 줄 알고?"

려사가 꿋꿋하게 말했다.

"그대가 나와 단독으로 결투한다면 몇 초식을 쓰지 않고도 그대를 도살할 수 있다."

려사의 자만하는 태도는 상대방으로 하여금 참을 수 없게 하였다. 원사저는 극도로 흥분하여 말했다.

"믿을 수 없다."

이 두 사람을 보아하니 자칫하면 일이 벌어질 것 같았다. 상담이 급하게 끼어들며 말했다.

"잠깐 기다리십시오. 분명하게 할 것이 있습니다."

둘째 대자평이 말을 이었다.

"만일 중요한 것이라면 아홉째 아우, 어서 말하시게. 더 이상 시간을 낭비하지 맙시다."

그들이 이렇게 일을 막아버리니 과연 정세를 누그러졌다. 상담이 말했다.

"려형이 만일 저희 파의 이 진을 이길 수 있다면 저희 파는 금일 비록 장문인이 현장에 있다 해도 려형이 천하제일 고수라는 것을 승인하겠습니다. 어느 누구라도 이 말에 복종하지 않으면 형산에 와서 우선 저희 파를 찾아 한차례 증명하면 될 것입니다."

려사가 말했다.

"좋다. 그대의 이 말을 기억하겠다."

"그리고 또 한 가지가 있습니다."

상담이 이어서 말했다.

"그것은 바로 려형이 만일 이긴다면 저희 파가 담보하여 애 낭자를 돌려 드릴 것입니다."

려사가 고개를 끄덕이며 말했다.

"알겠다."

상담이 말했다.

"자. 제가 드릴 말씀은 여기까지 입니다. 그럼 시작하겠습니다."

려사는 칼을 빼들고 말했다.

"자. 덤벼라."

쌍방은 즉시 검을 뽑아 초식을 사용하여 발출하였다. 순식간에 살기가 가득찼고 형세는 긴장으로 가득찼다. 심우는 이미 려사의 도법도 보았고, 또한 구려파의 연환대전의 위력도 맛보았으니 이번 한차례 결투의 결과에 관심이 있을 뿐 그들 각자의 도법에 대해서는 관심이 없었다. 그는 한편으로 생각을 하며 또 한편으로는 주위의 나무 한 그루를 잡고 머릿속으로 그렸다.

'상담은 두 가지 일을 약속했다. 려사가 이긴다면 첫째로는 려사가 천하제일 고수임을 승인하고, 둘째로는 애림을 돌려줄 것이라 했다. 이 두 가지를 지키는 것은 어려운 것이 아니다. 하지만 그가 혼자 결정으로 한

말이라면 반드시 문제가 생길 것이다.'

그의 생각이 여기까지 미치자 마음속에서는 은근히 답안을 얻어내고자 하는 마음이 꿈틀거렸다. 따라서 쌍방이 결투하는 정세는 알고 싶지가 않았다. 오히려 사고력을 집중시켜 조금 전의 상담의 말을 곱씹어 보았다. 심우의 머릿속에서 퍼뜩 떠 오른 하나의 답안이 있었다. 뜻밖에도 저 상담이 달콤한 말로 허락한 것은 바로 한 가지 이유였다. 그것은 려사를 유혹하여 전심 전력으로 그들의 무공을 격패시키는 방법을 얻어내고자 하는 것이라 할 수 있었다. 이는 려사로 하여금 외부의 도움을 받지 않도록 하였고, 한쪽에 서있는 심우가 만일 도우고자 한다고 해도 오히려 려사에게 죽음을 당할 지도 모르게 하였다. 심우는 속으로 해괴해 하며 놀라서 생각했다.

'만일 이 작전이 상담의 생각이라면, 이 사람의 지모가 매우 높다고 할 수 있다.'

두 번의 칼날이 교차하는 소리에 심우는 현장으로 눈을 돌렸다. 형산 구려파의 연환 대전 공세가 지나치게 세찼다. 심우는 국외자의 몸이라 형세를 잘 살필 수 있었다. 제 일선에서 공격을 맡은 다섯째 조횡은 강모를 사용하여 치열한 공격을 하였다. 제 이선의 상담과 원사저는 려사를 직접 공격하지는 않았으나, 그들은 양측으로 위협하고 있었다. 려사와 같은 고강한 인물도 도세에 역량을 남겨 그들과 맞설 것을 준비하지 않으면 안되었다.

이러하면 려사는 자연히 오륙성의 힘으로 주횡과 맞서야 한다. 실은 그렇게 많은 것은 아니었다. 그것은 적의 삼각진의 전선에서 네 사람이 수시로 공격할 것 같았기 때문이다. 려사의 도법은 잔인하기 그지 없으며 내공이 강하여 상대방이 감히 함부로 공격하지 못하게 하였다. 구려파는 수시로 진법을 바꾸어 가며 정세를 유리한 쪽으로 이끌었다. 심우는 마음속으로 생각했다.

'려사가 아직까지 칠살마도의 독초를 사용하지 않은 걸로 봐서는 분명 유리한 정세를 노리면서 한 번에 적진을 격파시키려는 것이 틀림없다. 다만 그의 두 손이 움직일 수 없게 된 바엔 설령 기회가 있다 할지라도 기껏해서 맨 앞의 사람이 부상을 입히는 것에 그칠 것인데 어떻게 그들을 격파한단 말인가?'

상담은 만족한 기색이었다. 손엔 장검을 거머쥐고 온 정신을 려사에게 집중하였다. 상담이 비록 진지하게 려사를 향해 공격하지는 않았지만 그의 강대한 기세는 일류 고수라는 것을 말해 주었다.

심우의 머리에 번개같은 생각이 떠올랐다. 가만히 보니 두 필의 인마에 대해서는 주의하는 이가 하나도 없음을 알았다. 이 시각 려사는 방어를 한 상태에서 일곱 번의 회합을 하는 동안 적들에 대하여 생각을 하고 있었다. 그는 마음속으로 조횡과 상담만 죽인다면 구려파를 패배시킨것과 같음을 알게 되었다.

려사는 구려파의 전세 앞에 자신이 있는 기세였다. 려사는 자신의 흉악한 도법이 심우보다 유리한 조건이라는 것을 알았다. 심우의 경우 다만 상대에게 상처를 입히는데 그쳤지만 려사 자신의 도세는 상대를 무차별적으로 죽일 수가 있다는 것이다. 지금 구려파의 실력을 짐작한 후 려사의 이러한 믿음은 더 증가했다. 단지 어떻게 손을 써야 하는 지 일시적으로 그 초안을 완성하지 못하였을 뿐이었다.

그런데 그들이 지금 벌이는 생사 결투는 그 정세가 매우 기괴했다. 쌍방이 모두 격렬한 동작이 없었다. 동시에 갈 날이 우연히 서로 부딪쳐서 나는 소리가 들릴 뿐 대체적으로 아주 조용했다. 려사의 기세는 점점 세어갔다. 보아하니 구려파의 진세도 점점 복잡하고 기묘해졌다. 하지만 실제로 그들의 위치는 아주 조금 바뀌었을 뿐이었다. 날씨가 청명하였고, 태양은 그들을 비추고 있었다. 하지만 강한 바람은 끊임없이 불어 열기를 식혀주고 있었다. 려사가 쥔 보도는 시시각각으로 천백의 광망을 뿜어냈는데 그런 려사는 마치 격파할 수 없는 거인과 같았다.

구려파의 연환 진세 또한 사람으로 하여금 굳건하기로는 강철 같은 난공불락과 같이 느껴졌다. 조횡도 강모를 들고 큰 소리로 외치며 아홉 번의 공격을 가하였다. 려사가 이제서야 비로소 좋은 기회라는 것을 발견하고 큰 소리로 외치며 보도를 들어 번개같이 쓸어 치더니 창 그림자 안으로 공격해 들었갔다. 조횡의 강모가 려사가 내버려 둔 사이 옷을 투과하여 들어갈 때 려사의 보도는 이미 그의 인후를 찔러 들러갔다. 이 칼은 날카롭기 그지 없어 금철같은 물건이라 할지라도 찍어 쪼개내는데 하물며 사람의 피와 살은 말해 무엇하겠는가?

조횡이 생사즉발의 시기에 오른쪽 뒤편에서 한 자루의 섬광같은 장검이 불연듯 들이닥치더니 마침 려사의 도세를 가로 막는 바람에 조횡은 다행히도 목숨을 건졌다. 뿐만 아니라 왼쪽에도 검이 려사의 왼쪽 팔목을 향해 날아들었다. 순간 려사의 마음속엔 얼떨떨한 생각이 스쳤다. 그검의 형체 변화가 다양해서 약점이 없는 괴물과 맞서는 것 같았다. 이와 같은 느낌은 려사에게 놀라움을 주었다. 그는 분명 자신이 한치만 앞으로 다가가면 조횡을 베어 죽일 수 있다는 걸 알고 있었다. 하지만 려사가 움직인다면 벼랑에 매달려 있는 애림은 필연코 추락하여 분신쇄골할 것이다.

그러므로 애림의 생사를 려사의 한 부분으로 여긴다면, 그는 비록 한명의 적을 죽일 테지만 자신도 또한 큰 상처를 입게 되는 것이 된다. 그리고 적진으로 말하자면 조횡의 죽음도 전진에 상처를 입힌 것일 뿐 와해시킨 것은 아니기 때문이다. 려사도 어찌할 방법이 없으니 도세를 철회시켰다. 그러자 쌍방의 위기가 모두 사라졌다. 상담이 말했다.

"려대협 과연 절묘한 무공입니다. 저는 탄복할 따름입니다."

려사는 냉담하게 답하였다.

"만일 애 낭자가 아니였다면 그대가 어찌 평안무사했겠나."

상담이 말했다.

"만일 애 낭자가 이런 형세에 처하지 않았다면 저희 파의 진법 또한 더욱 변화가 많을 것입니다. 려대협이 믿으실지 모르겠습니다."

려사는 짐작했다.

'이 사람은 실력이 제일 강하지만 가장 앞에서 전투에 응하지도 않았다. 공교롭게도 그가 말하며 전진을 지휘하는 것이 아마도 이 진에서 심장부에 해당하는 것이라 볼 수 있다.'

그는 한편으로 관찰하면서 한편으로는 말을 이었다.

"그렇다고 해도 려모는 이 전투에서 승리를 얻을 자신이 있다."

상담이 말했다.

"려대협께서는 말씀을 함부로 하십니다."

려사가 말했다.

"그대가 믿고 믿지 않고는 중요하지 않다. 사실을 이야기할 뿐이다."

려사의 말이 끝남과 동시에 적진의 양 쪽 끝을 맡던 사람들이 올라오더니 좌우 양쪽으로 갈라져 중심을 향하여 협공하기 시작하였다. 이 두 사람 중 한 사람은 여덟째 선대홍이었고 다른 한 사람은 소경으로 분장했던 둘째 대자평이었다. 선대홍은 칼날이 빠른 장검을 사용하였고, 대자평은 가늘지만 긴 막대기 하나를 사용하였다. 대자평의 막대기는 금빛찬란하였는데 무엇으로 만들어졌는지 알 수가 없다. 그 중 려사를 정면으로 마주한 다섯째 조횡은 오히려 움직이는 것을 거부했다.

려사는 계속하여 조횡의 압력을 제일 크게 느꼈다. 하지만 려사는 더 큰 압력을 감당할 수 있다고 자신하고 있었다. 잠시 가운데의 적을 아랑곳하지 않고 칼을 그어 마치 비룡봉무龍飛鳳舞하듯이 초서 한 자를 써내려갔다. 이때 려사는 이미 칠살마도의 일초 살수를 사용했다. 좌우 양방으로 공격해 오는 적 모두를 동시에 적의 칼이 천변만화 무궁한 변화가 있다는 것을 느끼게 했다. 또한 그 종적을 찾을 수가 없었고, 그가 어느 곳에서 공격해 들어올지 짐작할 수 없었다. 선대홍과 대자평은 이를 물리칠 방도가 없어 급급히 후퇴하자 려사의 도보가 번개같이 공격을 가했다. 그러자 가을 낙엽이 바스라지 듯 땅바닥에 선대홍의 몸이 찢겨 바닥에 떨어졌다. 그의 도법은 실로 기괴하고 기세가 흉악해 상담도 대경실색하였다. 물론 나머지 사람들도 마찬가지였다.

원사저는 날카로운 소리를 외치며 칼을 휘두르고 모습을 드러냈다. 이와 동시에 왼쪽 손에서 검은 빛이 나더니 려사의 얼굴에 격사하였다. 려사의 보도가 번개같이 내려 찍더니, 창하고 소리를 내고 정면으로 날아오는 검은 빛을 찍어 땅에 떨어뜨렸다. 원사저가 던진 것은 흑색의 강철로 만든 단전短箭이었다. 이때 원사저의 장검은 다시 공격해 들어왔고, 조횡의 강모도 옆구리의 급소를 공격했다. 두 무기의 위력은 강하지 그지 없었다. 그때 구려파 사람들뿐만 아니라 려사 자신도 위기를 넘길 힘이 없음을 느꼈다. 려사가 지금까지 겪은 수많은 격투 중에 이런 위험한 형세를 만난 것은 실로 처음이었다.

순간 려사는 마치 생각과 감각이 혼합하여 급격히 흐르는 듯한 이상한 기분을 느꼈다. 기이한 경험이었다. 이어지는 생각과 감각이 함께 혼합되어 있는 것은 뜻밖이었다. 려사의 마음속에 이런 것들이 떠돌 때 생각과 감각이 모두 선명하고 뚜렷했다. 이것은 필연코 또한 보통을 뛰어넘는 일종의 능력임이 틀림없었다. 만일 천부적인 재능이 아닌 다음에야 훈련과 뛰어난 믿음이 없다면 이런 일을 경험할 수가 없을 것이다.

려사가 이때 몸을 솟구친다면 목숨을 잃을 겁난을 피할 수가 있을 것이다. 하지만 려사가 그렇게 한다면 애림이 위험해진다. 려사는 절대로 피할 수 없었다. 단지 상대의 공격에 용감하게 맞서는 수밖에 없었다. 려사는 보도를 한번 휘두르고 강렬하고 높고 멀며 깊은 기운을 방출하였다. 비단 그의 도식뿐만 아니라 그의 표정과 몸 동작 모두 높고 멀며 깊은 기운을 발출하고 있었다. 눈 깜짝할 사이에 다섯째 조횡의 강모와 원사저 계남의 장검이 모두 다 마치 보이지 않는 벽에 부딪힌 것처럼 구려파 사람들이 일제히 물러섰다.

상담은 얼굴색이 크게 변하였다. 상담이 왼손을 들더니 한 줄기 검은 빛이 방출되어 번개같이 려사를 급습하였다. 이 한 줄기 검은 빛은 바로 형산 구려파 보물 중의 하나였던 것이다. 이 짧은 오흑강전烏黑鋼箭은 대단한 위력이 있었다. 강전에는 강모鋼母가 포함되어, 속도와 위력은 예기치 못할 정도로 세었다. 이럴 때 려사는 자신의 보검으로 지금까지 보지 못했던 무시무시한 힘을 끌어올려 상담이 날린 검은 빛의 공격을 막아야

했다.

그러나 상담이 신수 공력으로 발출한 이 화살은 려사 보검의 세력권 내에서 돌연 땅바닥으로 추락하였다. 상담이 호령을 내리자 모든 진세가 눈 깜빡할 사이에 뒤로 물러났다. 원래 위치에는 이미 사망한 선대홍 만이 남아 있었다. 려사는 하늘을 향해 오래도록 장소를 질렀다. 려사의 웃음으로 생긴 진동이 구려파 사람들의 고막을 계속하여 울렸다. 바람소리가 멈추자 상담이 큰소리로 말했다.

"려대협. 구려파는 기꺼이 항복하겠소. 그리고 이전에 제시했던 조건을 시행하겠습니다."

높은 절벽에는 소리없이 고요했다. 알고보니 뜻밖에 려사와 같은 교만한 자도 이 수확이 실은 대단하다는 것을 느꼈다. 한참이 지나 심우가 상담을 무섭게 쳐다보며 끼어들었다.

"상형은 이 한마디 말이 얼마나 많은 위험을 끌어들일지 알고 있소?"

상담이 말했다.

"물론 알고 있습니다. 어쨌든 구려파에서는 실패를 인정합니다."

심우가 말했다.

"아무래도 상형은 조금 전의 절묘한 일도—끼를 너무 중시한 것 같소이다."

상담이 말했다.

"수십 년 전 구려파의 구대고수들은 마도 우문 선배를 찾아 구자연환진九子連環陣을 펼쳤습니다. 또한 구지추혼전九支追魂箭을 보태 맞섰는데 하루종일 계속 되었지요. 이 하루 동안 쌍방은 한가지 수법도 발하지 않았습니다. 그러나 최후에 우문 선배가 단지 한 칼을 사용해서 구려파의 구자연환대진을 파했습니다.”

심우는 ‘아!’하고 말했다.

“그렇게 말한다면 마도 우문 선배의 그 일도가 방금 려형의 일도와 같다는 거요?”

“그렇습니다.”

상담은 고개를 끄덕였다.

“수십 년 전의 전투 중 구려파에는 오직 세 사람만이 생환하였고 모두 심한 부상을 입었습니다. 세 분 선배들의 말씀에 의하면 마도 우문 선배의 그 일도 중에는 생사의 오묘함이 포함되어 있어 사람으로 하여금 삶은 즉, 죽음에서 오는 걸 알게 하였고, 그 삶 중에도 또한 죽음의 본질이 포함되어 있다는 걸 알게 한다고 했습니다. 그러므로 그들 아홉 사람들에겐 삶과 죽음이 있었던 것입니다.”

상담의 말에 심우의 눈앞이 캄캄했다. 상담은 또 말을 이었다.

“려대협의 이 일도는 충분히 생사지묘生死之妙를 갖췄소. 우리는 우리가 끌어낼 수 있는 공력을 다해 공격을 했소.”

려사는 이 말을 듣고 마음속에 기쁨이 끓어 넘쳤다. 심우는 중얼거렸다.

‘이렇게 되면 려사의 마도는 그 본의를 터득하여 도의 경지에 이르렀으니 나는 평생토록 려사를 이기려는 생각은 하지도 말아야 하는 거구나.’

생각이 아직 끝나지 않았을 때 돌연간 큰 폭발 소리가 들리더니 지면도 같이 흔들렸다. 려사가 서 있던 그 곳엔 먼지가 흩날리고 높은 절벽은 크게 파괴되어 있었다. 려사도 자취를 감추었는데 절벽이 폭파될 때 낭떠러지에 추락한 것 같았다. 구려파의 몇 사람들은 폭파 발생 시에 나는 듯이 도망쳤다. 따라서 눈깜짝할 사이에 절벽 위에는 심우 혼자만 남게 되었다. 심우는 려사가 서 있던 곳을 아연실색하며 바라보았다.

'알고보니 구려파 사람들의 감언이설은 절벽이 폭파가 되기를 기다리고 있었던 거였구나. 그들은 내가 필사적으로 맞서는 것이 두려워 서둘러 도피하였는데 그것도 전혀 모르고……'

그는 고개를 떨구어 발 아래의 밧줄을 바라보았다. 심우는 허리를 굽혀 밧줄을 쥐었다. 잠깐 사이 그는 애림을 끌어 올렸다. 그녀의 형색은 몸엔 흙과 먼지투성이였고 옷은 이미 여러 군데가 찢어져 있었다. 원래 려사와 구려파가 치열한 격투를 벌리고 있을 때 심우는 기회를 타서 자신의 비조飛抓를 사용해 애림을 잡고 있었다. 심우가 감히 그녀를 끌어 올리지 못했던 이유는 그들이 연합하여 자신과 맞설 것을 피하기 위해서 였다.

그는 남몰래 비조의 다른 한쪽을 발끝으로 밟고 있었다. 만일 려사가 대적할 수 없어서 보폭이 조금이라도 움직이면 애림은 절벽 아래 추락하여 죽을 것이다. 조금 전의 강력한 폭발은 구려파에서 미리 설치해 놓은 폭약이었다. 이것은 그들이 온갖 방법으로 애림의 안위를 이용해 려사를 꾀여 폭발이 미치는 범위 내로 몰아서 처치하기 위한 수법이었다. 심우는 애림을 안아 올리며 말했다.

"이제는 괜찮소. 두려워 마시오. 구려파 사람들은 사라졌소."

애림은 기이한 표정으로 심우를 바라보았다. 심우는 그녀의 뜻을 알고 있어서 눈을 돌려 주위를 살피고 한숨을 내쉬고는 말했다.

"려사도 종적이 없소. 아마 부서진 바위와 함께 낭떠러지에 추락했을 것이오. 아마도 그는 사망했을지도 모르겠소."

애림의 눈에서는 구슬같은 눈물이 흘러 내렸다. 애림이 려사를 위해 슬픈 것은 당연한 일이겠으나 심우의 마음은 말이 아니었다. 그는 애림의 몸에 감긴 밧줄을 풀었다. 그녀의 몸은 여러 군데 상처를 입었지만 무엇보다도 다행인 것은 다른 큰 상처는 없다는 것이었다. 심우는 목소리를 가라앉히고 말했다.

"구려파에 의해 혈도가 짚힌 이상 움직이기 어려울 테니 어떻게 한담."

애림은 머리를 절레절레 젓고는 천천히 일어서서 허리를 폈다. 심우는 의아하여 말했다.

"당신 움직일 수 있소?"

애림은 천천히 머리를 끄덕였으나 소리를 내어 대답하지는 않았다. 심우가 말했다.

"당신, 말을 못하오? 그런 거요?"

애림은 또 고개를 끄덕였다. 심우가 물었다.

"아! 거동은 할 수 있지만 기력을 잃었군. 무공 절반을 잃은 것과 같게 되었소."

애림은 다시 고개를 끄덕이고 한숨을 내뱉었다. 심우가 말했다.

"이것이 사실이라면 우리는 반드시 이곳을 빨리 벗어나야 하오. 구려파가 돌아오기 전에 말이오. 그렇지 않으면 우리는 목숨을 잃게 될 것이오."

그는 신속하게 먼지가 자욱한 곳으로 다가가 붕괴된 곳을 통해 아래를 살펴보았다. 이삼백척이나 되는 아래쪽으로 붕괴된 암석과 진흙들이 이미 작은 구릉을 형성하고 있었다. 심우는 주변을 살폈지만 려사의 시체는 보이지도 않았다. 그가 고개를 돌려 바라보니 애림은 하늘을 바라보았다. 애림의 두 눈에서는 기이한 허전함과 당황함이 가득하였다. 심우역시 얼이 빠져 얼굴에는 쓴 웃음을 띠우고 있었다.

'후, 애림의 려사에 대한 감정이 생각 밖으로 이미 이렇게 깊었구나. 이 일로 그녀가 입은 마음의 상처는 결코 한 해 쯤으로는 완쾌될 수는 없을 것이다.'

구려파의 악독한 자들의 그림자가 여전히 심우의 마음속에 뒤덮혀 그로 하여금 조급하게 만들었다. 려사의 시체를 찾기 위해 더 머무를 수는 없었다. 그는 애림의 곁으로 가 자신의 감정을 억제하고 부드러운 소리로 말했다.

"애림. 려사를 찾을 수 없소. 만일 그가 폭발로 낭떠러지에 떨어졌는데 그가 오직 살아있기만을 바랄 수밖에 없소."

애림은 한숨을 내쉬었고 다른 표현을 하지 않았다. 심우는 또 말을 이었다.

"만일 그가 바위 아래 묻혔다면 우리가 손을 쓸 수가 없소. 여길 떠납시다. 구려파 그 자들이 다시 돌아오지 전에 말이오."

애림은 발을 떼지 않았다. 심우는 그녀의 가는 허리를 감싸고 함께 떠났다. 심우는 한편으로는 걸으면서 또 한편으로는 애림을 어디로 바래다 줘야할 지를 생각했다. 그녀는 특히 혈도에 금제를 입었으니 방법을 찾아 한시라도 이를 빨리 해결해야 했다. 제일 걱정스러운 것은 구려파와 다시 맞닥뜨리는 것이다. 애림은 심우의 부축을 받으며 산길을 내려갔다.

심우는 돌연 놀랐다. 그것은 이상한 소리를 들었기 때문이었다. 재빨리 애림을 안아 나무 숲 안에 내려놓았다. 눈 깜짝할 사이 산길 한 쪽에서 그림자가 나타났다. 정신을 가다듬고 보니 애림이 타던 오연표였다. 심우는 한시름 놓고 몸을 돌려 애림을 안아서 밖으로 나왔다. 오연표가 달려

왔다. 심우는 애림을 안고 몸을 솟구쳐 말에 올랐다. 오연표는 즉시 달려 산을 내려왔다. 이 시각 그는 그렇게 바라던 온향연옥溫香軟玉을 가슴에 안고 있지만, 그를 느낄 겨를도 없었다. 오로지 구려파의 그림자를 멀리서 바라보고 있었다.

만일 애림이 장애가 되지 않았다면 심우는 그자들을 무서워할 사람이 아닌데다 심지어는 구려파를 오히려 찾아갔을 것이다. 지금은 애림의 안전을 생각해 될수록 먼 곳으로 가는 것이 좋았다. 심우는 애림을 안정시킨 후 다시 구려파를 찾을 생각을 하였다. 오연표는 두 사람을 태우고도 산비탈을 안정되게 재빨리 달렸다. 시간이 얼마 지나지 않아 평지에 도착했다. 심우는 사방을 바라보고 구려파의 종적이 보이지 않자 안심하면서도 의문이 가득해서 중얼거렸다.

'그 독한 인간들이 왜 서둘러 도망을 쳤지? 도리대로 말하면 그들은 응당 돌아와서 전력으로 나와 맞서야 할 텐데 말이다. 만일 나와 애림을 죽였다면 오늘 이일은 영원히 세상에 파묻혀 우리 셋은 어떻게 실종되었는지 세상에 아는 사람이 없게 될 것이다.'

심우는 비록 애림과 무사히 성 안의 음식점에 돌아 왔지만 마음속으론 변함없이 매우 경계하는 바가 있었다. 음식점의 사람들은 그들이 돌아온 것을 보았으나 애림의 상태를 보고 다들 이상하게 여겼지만 감히 입을 열어 물어보지 못하였다. 심우는 짐을 정리하고 려사의 물건을 함께 챙겼다. 이번에는 그가 려사가 타던 주룡에 올라타고 애림은 혼자 오연표에 올라 장강 주변의 산성을 나섰다. 그들은 말 힘에 의지해 동쪽으로 행하였다. 도로는 비록 힘들었으나 그런대로 견딜만했다. 그날 밤 그들은 야영을 한다거나 객점에 들 때 가능한 은밀히 해서 구려파의 추적을 피하려고 하였다.

애림은 말을 하지 못하고 예전보다 동작이 느리고 힘이 없는 것 외에는 괜찮았다. 여러 날 동안 그들은 전혀 어떤 의견도 교환하지 않았다. 그것은 심우가 아직 위기가 있다고 생각하기 때문에 조심스럽게 대처하느라 그녀와 말할 틈이 없었기 때문이다. 동정호洞庭湖에 이르자 심우는 두세번 조사한 후, 이제는 아무런 위험이 없다는 것을 믿고 안심하였다. 그날 밤 그들은 악양성岳陽城의 한 객점에 묵었다. 두 사람은 저녁 식사를 마치고 선후로 목욕을 하고 의복을 갈아입고 난 다음 심우는 애림의 방에 들었다. 불빛 아래 애림은 이미 여행 중의 초췌했던 안색을 씻어버리고 다시 원래의 아름다움을 되찾았다. 심우는 애림이 매우 아름다워 저도 모르게 바라보며 생각했다.

'이 며칠 동안 애림을 제대로 보지도 못했는데, 그녀가 이번 변고를 겪은 후, 오히려 사람을 움직이는 기질이 더욱 생겨나다니.'

애림은 어두운 기색을 띠었다. 심우는 저도 모르게 쓴 웃음을 짓고 의자에 앉아 말했다.

"또 려사를 생각하고 있소?"

애림은 준비하고 있던 붓을 들고 종이 위에 글을 쓰지는 않고 단지 머리만 끄덕였다. 심우가 말했다.

"려사를 그리워해도 좋고 마음속으로 비통한다 해도 반대하지 않소. 그러나 당신이 계속 이런 모습을 하고 있으면 나는 어찌해야 좋을지 모르겠소."

애림은 잠시 주저하다 붓을 휘둘러 글을 썼다.

"당신의 양해를 바래요. 저도 어떻게 해야 할지 모르겠어요."

심우는 수려한 애림의 필체를 보고 마음이 약해졌다.

"그걸 해명할 필요는 없고 내 생각에 만약 우리 세 명이 신녀봉神女峰까지 간다면 반드시 죽음이 있을 뿐이며, 삶을 잃을 것이오. 려사가 구려파를 만나지 않았다 하더라도 결과는 같을 것이오."

애림이 글을 썼다.

"당신 말이 맞아요."

심우가 물었다.

"애림은 이제 어떻게 할 생각이오?"

애림은 머리를 절레절레 저으며 글을 써 내려갔다.

"시간이 지나면 난 반드시 완쾌되어 건강을 회복할 수가 있어요."

심우가 말했다.

"구려파의 이런 혈도 금제법은 정말로 기이해서 정말 알 수가 없소."

애림이 글을 썼다.

"안심하세요, 아무 일 없을 거예요."

심우가 말했다.

"나는 당신과 함께 머물 곳을 찾겠소. 당신이 완쾌한 다음 나는 내가 하려는 일을 하겠소."

애림이 글을 썼다.

"당신은 내 시중들 필요가 없어요. 나는 나를 돌볼 수 있어요."

심우가 화를 내며 말했다.

"당신은 무공을 잃고 게다가 말도 할 수 없는데……."

심우는 애림이 안타까워 말을 이을 수가 없었다. 애림은 백지에 계속해서 글을 썼다.

"괜찮아요. 제가 있을 곳이 있어요. 비구니 절이 하나 있는데 주지는 저의 동문사제예요. 한양漢陽 부근에 있어요."

심우는 머리를 끄덕이면서 말했다.

"만일 동문사제라면 물론 안심할 수 있겠소."

애림이 붓을 쥔 손에 힘이 들어갔다.

"려사는 정말로 죽었나요?"

심우는 머리를 가로로 저으며 말했다.

"그의 시체를 보지 못했소. 그러나 암석이 무너진 상황을 판단하면 사망했을 가능성이 크오."

사실 그는 려사가 죽었다고 알고 있었다. 다만 말하기가 쉽지 않았을 뿐이었다. 애림이 다시 글을 썼다.

"그의 원대한 포부가 실현되지 않았는데 죽은 것이 너무 안타까워요."

심우는 마음을 가라앉히고 침착하게 말을 했다.

"그의 죽음은 무림의 큰 손실이오. 하지만 만일 그가 계속해서 제 멋대로 사람을 죽인다면 차라리 이런 결말을 얻는 편이 낫소."

그는 잠깐 쉬고 다시 말을 이었다.

"려사 개인을 놓고 말하면 그는 무림 대도를 추구하기 위하여 어떠한 희생도 아끼지 않았소. 그가 비록 화약 폭발로 인해 죽었으나 엄격하게 말하자면 그는 이미 심원을 이루었소. 왜냐하면 그가 최후에 구려파를 패배시킨 그의 일도는 바로 마도의 최고의 경지였소."

애림은 한 동안 눈동자도 움직이지 않고 곰곰이 생각하더니 다시 글을 썼다.

"그가 드디어 무림 대도를 탐구하다가 목숨을 바쳤군요. 공과득실에 관한 것은 더 말할 필요가 없어요. 다만 마도 일맥이 아직 끊어지지 않았어요. 동화랑이 아직 있습니다. 당신은 기억하나요?"

일이 이렇게 되니 심우는 더 숨길 필요가 없었다. 그러나 자백할 필요도 역시 없었다. 그러므로 그는 그녀에게 사실을 말하지 않았다.

"동화랑은 근심할 가치가 없소. 내게 맡기시오. 그러나 먼저 우리 가문의 불행을 살피고 수수께끼를 풀어야겠소."

애림이 글을 썼다.

"내가 지금 이 일에 대해 어떤 생각인지 알아 맞춰 볼래요?"

심우는 속으로 희망이 솟아올라 물었다.

"어떤 생각이오?"

애림은 글을 써 내려갔다.

"저는 지난 날을 회상하고 앞날을 여러 모로 생각해 봤어요. 정말 믿을 수 없는 건 심백부가 우리 가문의 원수라는 것이에요. 이 살인 사건 중에는 반드시 커다란 비밀이 숨겨져 있을 거에요."

심우는 감격하면서 말했다.

"고맙소. 마음을 열어줘서. 내가 반드시 기간 내에 그 사정을 밝혀 내겠소."

그들은 여기까지 이야기하고 더 할 말이 없었다. 그리하여 각자 취침하고 날이 밝자 떠났다. 이틀째 되는 날 한양 땅에 도착했다. 애림은 성 밖에서 말을 멈추고 심우를 바라보았다. 애림의 아름다운 눈동자는 지극히 형용하기 어려운 빛을 띠고 있었다. 심우는 알고 있다는 듯 고개를 끄덕이고 말했다.

"알겠소. 떠나겠소. 그대가 이곳 어디엔가 있다는 것만 알면 되었으니."

애림은 천천히 섬섬옥수를 내밀어 그와 작별 인사를 나누었다. 두 사람

마음속엔 두터운 석별의 정이 가득 찼다. 게다가 그들이 제일 서러움을 느끼는 것은 이렇게 떠난다면 대체 장래에 결말이 어떠한지 알지 못한다는 것이다. 심우는 결국 쓴 웃음을 짓고 한숨을 내쉬면서 말을 채찍질하여 떠났다. 그의 뒷모습과 말발굽소리는 오래지 않아 성문 밖 한 점으로 사라졌다.

제21장

斃四凶刀法名屠龍

사흉을 제압하는 도법의
이름은 도룡이다

『무도연지겁』은 1부 『무도武道』와 2부 『연지겁胭脂劫』으로 구성되어 있습니다.
1부 『무도武道』가 완결되고, 이 장부터 2부 『연지겁胭脂劫』이 시작됩니다.

하늘이 황혼으로 물들어 가고 있었다. 뉘엿뉘엿 넘어가는 서양에 산봉우리들은 자줏빛으로 물들었다.

심우는 발걸음을 멈추고 사방을 둘러보았다. 계속해서 이어지는 논밭에는 사람 그림자 하나 보이지 않았다. 들새만이 깃들 곳을 찾아 부지런히 오가고 있었다. 심우의 얼굴은 노을을 가득 받고 있었다. 산을 향해 불던 바람과 산에서 내려오던 바람이 심우를 감쌌다. 이런 낮과 밤이 만나는 시간에는 사람을 때때로 고독하게 만들기도 한다. 심우는 고독감에 사로잡혔다.

심우가 한양을 떠난 지 두 날이 되었지만, 애림의 모습이 그의 가슴에 생생하게 남아 있었다. 주변에는 농부 한 사람도 없고 심지어 길가는 사람이나 방목하는 목동조차 보이지 않았다. 아무도 없는 조용한 곳이 심우는 차라리 낫다 싶었다. 심우는 다른 사람의 시선에서 놓여 있다는 것이 편했다. 심우는 해가 기울수록 애림의 생각에 북받쳤다. 심우는 중얼거렸다.

"내가 그녀를 정말 사랑하는 것일까?"

이런 생각에 심우는 마음이 무거웠다. 그는 애림에 대한 생각을 떨쳐버리고 싶었다. 약 반 리 정도를 걸어가니 길 옆으로 자그마한 촌막이 보였다. 사오십 호 정도 되는 곳이었다. 그런데 그 곳을 바라보니 가가호호 모두 문과 창문을 걸어 닫고 있었으며, 사람 그림자가 보이지 않으며 역시 사람 소리도 들리지 않았다.

심우는 놀라서 그 마을 앞에 다가가 홀연히 좌측의 세 번째 집 문에 무엇인가 새겨져 있는 것이 보였다. 심우가 걸어가서 살펴보니 문짝에는 주먹만한 네 개의 쇠구슬이 걸려져 있었다. 쇠구슬에는 뾰족한 가시가 보이고, 금빛이 번쩍이는 듯하니 특별히 제작된 암기같았다. 그는 검미를 찡그리며, 생각했다.

'이 네 매의 가시가 달린 쇠구슬을 대체 어떤 사람이 이런 황막한 시골에다 걸어놓은 것일까? 어떻게 이런 강호의 암살 기호가 이곳에 있는 것인가?'

강호에 관한 일이라면 심우도 잘 아는 터였다. 이런 표기는 강호 사람이 복수를 위해 일부러 남긴 경고다. 그는 문을 열었다. 문은 쉽게 열렸다. 방 안에 두 사람이 누워있었는데 피 비린 내가 코를 찔렀다. 실내는 어두웠으나 두 구의 시체는 백발이 성성한 노인임을 알 수 있었다.

심우가 좀 더 사방을 둘러보았다. 다른 시체는 보이지 않았다. 실내의 모든 기물은 모두가 촌민들이 사용하지 않는 것이 없었다. 그렇다면 이 두명의 노인은 이 시골의 촌민임을 의심할 바 없었다. 두 명의 늙은 부부의 몸에는 깊은 칼자국이 있었다. 이들을 죽인 사람은 한 칼에 죽인 것이 틀림없다.

그런데 노인의 하얀 머리 한 군데가 가죽까지 땅에 벗겨진 걸 보아 폭력에 의해 떨어진 것이다. 이 머리카락에서 잔혹하고 흉폭한 사태가 벌어졌음을 짐작할 수 있었다. 심우는 머리를 저으며 중얼거렸다.

"어떤 자가 이토록 잔혹한 것일까?"

그는 방을 나와 다른 사람의 집도 돌아보았지만 촌락에는 한 사람도 볼 수가 없었다. 문에 걸려있는 가시가 달린 네 개의 쇠구슬은 여전히 기기 묘묘한 빛을 뿜고 있었다. 심우가 문을 치자 네 개의 구슬이 땅에 후두둑 떨어졌다. 그는 구슬을 집어 자세히 보고 냄새를 맡아 보고 손수건을 꺼내 조심스레 담았다. 심우는 이 작은 마을에서 벌어진 기이한 사건에 대해 알고 싶었다. 심우는 사람이 오기를 기다렸다.

해가 서산을 완전히 넘어가기 전에 심우는 촌막의 형세를 살펴보았다. 촌막을 한 바퀴 돌아 보았다. 촌막 주변의 나무는 앙상하였다. 작은 오솔길이 보였는데 수풀 속으로 뻗어 있었다. 심우는 오솔길이 뻗어 있는 수풀을 쳐다보았다. 어두컴컴했다. 순간 멀리에서 여자 그림자가 보였고 바쁜 걸음으로 수풀 쪽으로 향했다. 심우가 황급히 불렀다.

"아가씨, 아가씨……. 잠깐만 기다리세요."

그 여자의 그림자가 보이지 않았다. 심우가 어깨를 들썩이며 중얼거렸다.

'저 여인은 구슬을 사용한 사람이 아닐 것이다. 구슬은 무거웠지. 팔 힘이 강하지 않으면 사용할 수 없는 것이다. 여인은 이 곳 촌막 사람일 것이다. 저 여인을 찾아 물어봐야겠다. 대체 마을에서 어떤 일이 있었는지.'

심우는 여인이 사라진 곳을 향해 걸어갔다. 숲 속에는 새들도 어느새 잠이 들었는지 심우의 발자국 소리만이 울렸다. 대략 육칠 장이나 걸었을까, 숲은 더욱 어두컴컴했다. 순간 향기가 풍겼다. 심우는 조금 전에 보았던 여인이 생각났다. 그는 발걸음을 멈추고 생각하였다.

'이 향기는 틀림없이 그 여자의 몸에서 나는 것일 테지. 아, 이 부근에

숨어 있는 모양이다.'

　그는 그녀를 놀라게 하고 싶지 않았다. 그는 사방을 둘러보았다. 그의 심우의 얼굴은 아직도 의식적으로 미소를 띠고 있었다. 심우는 그 여자가 심우의 악의 없는 표정을 보고 나타날 거라고 생각하였다. 하지만 십여 보를 더 걸어도, 여전히 동정이 없었다. 순간 심우는 현기증이 나면서 가슴이 답답해왔다. 심우는 발걸음을 멈추고 생각하였다.

　'이 향기가 그 여자의 몸에서 나는 것이라면 이렇게 진하진 않을 테지. 냄새가 너무 강하다. 아. 현기증이 나는 게 이상하다.'

　심우는 숨을 멈추고 체내의 진기를 정렬하였다. 순간 머리가 맑아지고 가슴속의 답답함이 사라졌다. 심우는 웃으면서 생각하였다.

　'이 향기를 쓴 사람은 내가 쓰러지지 않은 것을 보고 놀랄 것이다.'

　심우가 발걸음을 떼려는 순간 문득 한가지 일이 생각나서 멈추어 섰다. 원래 그는 바로 두 갈래 갈림길을 바라보고 있었다. 물론 나무가 빼곡히 자라난 돌밭길이었는데 아주 좁은 길이었다. 심우는 생각하였다.

　'내 기억에는 계속 앞으로 향해서 한 길을 걸었는데 왜 갑자기 갈림 길에 온 것일까? 내가 소홀해서 길을 못 본 것일까? 아니면 그 향기에 미혹되었기 때문일까?'

　심우는 이렇게 생각하면서도 얼굴에 이상한 표정 하나 짓지 않고 갈림길을 향해 걸었다. 대여섯 걸음을 갔을까. 심우는 길 옆의 돌 색깔이 다르다는 것을 보았다. 그가 주의력을 높이지 않았다면 그냥 지나쳤을 것이다.

　심우는 발 밑에 힘을 넣고 발을 굴렀다. 그러자 노면이 깨지면서 입구가 들어났다. 대략 일 장 정도의 네모난 입구였다. 심우가 눈여겨 보니 노면에는 두 개의 백색 목판이 보였다. 만약 멋도 모르고 걸었다면 틀림없이 이 함정에 빠졌을 것이다. 이 두 개의 목판은 상당한 무게를 실을 수 있었다. 한 사람의 체중이 실렸을 때 비로소 문이 열렸다. 만약 한 다리만 딛고 있을 때에는 밑으로 떨어지지 않을 것이다.

이것은 정교하고 고급스러운 매복 장치였다. 아마도 명장이 제작하지 않았다면 이러한 형태의 함정을 만들 수 없었을 것이다. 그는 발을 들어 함정을 미끄러지듯이 건너다가 불현듯 머리에 스치는 바람 소리를 느꼈다. 심우는 그곳을 비록 속도는 빠르지만 평범한 길을 걷는 것처럼 걸었다. 뒤에서 어떤 소리가 들렸는데 심우는 돌아보지 않고도 지면에서 나는 소리임을 알았다.

심우는 더욱 경계하였다. 왜냐하면 이 두 개의 매복은 생포하려는 의미로 설계된 것이지만, 계속 더 나아가다 보면 더 살상력이 있는 매복이 있을 것이라 생각했기 때문이다. 그가 얼마나 갔을까. 오른쪽 길에 회백색의 여자 그림자가 나무 옆에서 꼼짝 않고 있는 것이 보였다.

심우는 몸을 날려 그 여자 뒤에 내려섰다. 그와 그 여자의 거리는 두어 걸음 차이었다. 그녀의 길다란 머리카락이 휘날리면서 심우의 몸에 닿을 듯 말 듯 했다. 심우는 여자의 등에 긴 화살이 꼽혀 있는 것이 보았다. 옷에는 핏자국이 낭자하였다. 심우는 놀랐다.

그 여자는 나무를 마주 보고 섰는데 화살이 그의 몸을 꿰뚫고 나무에 박혀 있었다. 이렇게 잔혹한 정경을 본 심우는 화가 나 소리를 쳤지만 사방에는 사람이 없었다. 심우는 그 여자를 움직여 어떤 화살인지 보려고 하였다.

그의 손이 여자의 어깨에 닿는 순간 그를 둘러싼 곳에서 이상한 소리가 나더니 몸을 움직일 수 없게 되었다. 이때 거대한 그물이 떨어져 그를 감쌌다. 심우의 손이 여자의 어깨에 닿는 순간 일이 잘못된 것임을 알았다. 그 여자의 신체는 혈육으로 이루어진 것이 아니라 나무로 만든 가짜였으며, 어두운 수풀에 가려져 있어 언뜻 보고 그를 가늠하기란 어려웠다.

커다란 그물이 그를 옆으로 감싸고 이어서 또 하나의 그물이 반대쪽에서 그를 감쌌다. 이렇게 되고보니 그는 완전히 그물에 감싸여 몸부림칠 수 없게 되었다. 심우는 이 두 층의 그물은 안에 작은 갈고리가 붙어 있어 갇힌 사람이 몸부림치면 칠수록 더 좁혀져, 심지어는 살까지 파고 드는 것으로 매우 무서운 것임을 알았다. 하지만 아직 그물 안에 여유 공간이 있어 심우는 두 손을 펼칠 수가 있었다. 그는 서서 움직이지 않았지만, 아직은 조금씩 움직일 여지가 있었다.

잠시 시간이 흐른 후, 세 개의 횃불이 나타나더니 사오 명의 인영이 심우를 향해 다가왔다. 가까이에서 보니 정확히 다섯 명으로 모두 도검을 들고 있었고 얼굴에는 검은 천을 둘러서 그들의 얼굴을 알아 볼 수가 없었다. 그러나 그들의 체구를 보아 모두 청년 남자들로 보였다. 그 중의 둘은 횃불을 들지 않았고 칼을 들고 심우를 겨누었는데 칼을 든 동작이 경계심으로 가득 차 있었다. 이 사람들은 당장이라도 심우를 공격할 듯하였다. 심우는 이 사람들을 안심시키기 위해 말을 했다.

"저는 단지 길가던 행인입니다."

그들 중의 한 사람이 차갑게 말했다.

"나는 명을 받들어 너를 끌고가야 한다. 죽고 싶지 않으면 꼼짝하지 마라!"

심우가 말했다.

"나를 어디로 데려가는 거요?"

그 대한이 말했다.

"네가 알 바가 아니다. 친구, 내가 다시 경고하겠는데 허튼 짓을 하면 이 칼로 찌를 것이다."

그는 이어서 다른 사람에게 말했다.

"이 사람을 땅에 내려 놓아라."

심우가 말했다.

"잠깐만, 그물에 갈고리가 있소. 나는 이 갈고리에 상처 입기 싫소."

그 대한이 말했다.

"그것은 네가 걱정할 일이 아니야."

심우가 말했다.

"만약 당신들이 앞뒤로 칼을 사용해 내 급소를 겨누고 있고, 다음에 다른 사람에게 그물을 내려놓게 한 다음 나를 내려 놓는다면 수고를 덜 할 수 있겠지."

그 대한은 낮은 소리로 말했다.

"좋다. 그렇게 하지. 그러나 도망할 생각은 하지 마라. 내가 죽을 지라도 너를 놓아두지는 않겠다."

심우가 말했다.

"알았다. 그럼 손을 쓰시오."

두 사람은 앞뒤에서 칼로 심우의 급소를 겨누고 있었고, 다른 한 사람이 와서 그물을 조심조심 풀어주었다. 그물에서 나온 횃불을 비추자 심우의 얼굴과 표정이 정확히 보였다. 그들은 침묵을 지켰다. 칼로 그를 겨누던 사람이 심우를 보고 다른 사람에게 말했다.

"형제들, 저 그물들을 정리하시오."

원래 그 사람은 심우의 몸에서 그물을 벗겨낸 후 움직이지 않았던 것이다. 그는 "알았소."하고 소리를 내더니 손을 쓰면서 말을 이었다.

"장이숙張二叔, 자네는 이 자의 말을 믿는가?"

칼을 든 대한이 말했다.

"그래 이 친구는 기개가 당당한데다 제 입으로 도망하지 않는다 했으니 틀림없을 걸세."

심우가 말했다.

"장이숙, 당신이 저를 믿는다니 상당히 모험이라 생각됩니다."

장이숙이 말했다.

"그렇지만 친구, 당신의 두 손이 아직 결박되어 있지 않소. 아직도 폐를 끼칠 일이 많으니 양해하게."

심우가 말했다.

"장이숙이 하라는 바대로 저는 따르겠소."

이번에 그물을 벗긴 것은 상당히 많은 노력이 필요한 일이었다. 작은 갈고리들이 모두 심우의 몸에 붙어 파고들고 있었기 때문에 그 대한의 수법이 정교하고 영활하지 않았다면 아직도 벗길 수 없었을 것이다. 장이숙은 심우의 손이 묶인 것을 보고 긴장을 늦추며 말했다.

"친구, 자네는 이런 일에 정통한 사람이군. 그물이 자네 몸을 감쌀 때 저항하지 않았지. 만약 저항했다면 아마도 자네 얼굴에 반드시 상처가 적지 않았을 것이야."

그는 그에게 걸어가라고 하는 자세를 취하며 또 말했다.

"자네는 이 길을 잘못 접어들었다고 했지. 우리 촌주께서 납득할 만한 이유를 낸다면 그 때는 자연히 용서를 빌고 자네를 석방할 것이다."

심우는 고개를 끄덕이며 말했다.

"나 역시 당신들과 충돌할 일을 만들고 싶지 않소."

장이숙은 하명하여 두 그물을 원래 위치로 돌려놓게 하며 말했다.

"빨리 일을 처리하라."

그들이 심우를 데리고 계속 앞으로 백여 보를 걸어갔다. 그들이 길을 계속가자 점차 오르막으로 오르더니 열댓 발자국 앞에 누추한 한 칸의 목옥木屋이 나타났다. 심우가 짐짓 놀라며 중얼거렸다.

'이 길로 보았을 때 그 기운이 범상치 않았는데 그냥 이렇게 작은 집 한 칸 밖에 없다니.'

그 목옥 주위를 무성한 나무들이 감싸고 있었다. 막상 보기에는 무성해 보이지만 음산하기 그지 없었다. 그들이 한 계단씩 올라 목옥의 문 앞에 다다르자, 횃불을 든 대한이 먼저 문을 빌고 사람들을 인도했다. 심우는 뒤편에서 따라 들어갔다. 집 안에는 탁자 하나가 보였고, 탁자 위에는 기름 등잔이 하나 있었으며, 그 외에는 아무것도 찾아볼 수 었었다. 심우가 양미간을 찌푸리며 장이숙을 바라보며 말했다.

"이것이 바로 촌주의 집인가요?"

장이숙이 대답했다.

"촌주의 집이 아니다. 하지만 촌주가 여기에 계시다."

문 밖에서 말소리가 들리더니 잇따라 세 사람이 들어왔다. 앞에 두 명은 일남 일녀로 백색 옷을 입었는데 젊어 보였다. 여인은 상당한 미모를 가지고 있었고, 얼핏 보아도 총명하며 영리한 여자임을 알 수 있었다. 남자는 신체가 건장한 젊은이로 살기 가득한 눈빛을 하고 있었다.

이 일남 일녀는 작은 칼을 들고 있었고 옆구리에 또 칼을 차고 있었다.

그들을 들어와서 칼을 꺼내 들고 앞을 가로 막았다. 세 번째 사람은 쉰 살쯤 되어 보였는데 수염이 있는 중년 노인으로 어떤 옷 입었는지는 잘 보이지 않았다.

두 명의 백색 옷을 입은 남녀는 심우를 보더니 놀랐다. 오관이 단정한 것을 보아 나쁜 사람으로는 보이지 않았던 것이다. 심우는 이 두 일남일녀 뒤에 있는 노인을 보고 그 사람이 촌주임을 알았다. 장이숙이 말했다.

"촌주께 보고드립니다. 이 친구는 양극망兩極罔에 사로 잡혔는데, 속하가 나타나기 전까지 반항하지 않았다고 합니다."

그 노인은 고개를 끄떡이며 말했다.

"좋다. 그래 너는 그 현교근玄絞筋으로 두 손을 묶었겠지?"

장이숙이 말했다.

"그렇습니다. 속하가 어찌 명을 거역하겠습니까요."

촌주는 고개를 끄덕이며 말했다.

"그렇다면 좋다. 그 현교근은 노부가 특별히 제작한 것이다. 일단 손을 묶으면 칼로도 끊어지지 않지, 이 친구 역시 암중으로 아마 시험해 봤을 테지?"

심우는 태평하게 말했다.

"아니요. 시험하지 않았소."

촌주가 말했다.

"자네가 반항하지 않았다 해도 뭐 희한한 일은 아닐세. 자넨 내가 누군지 모르는가?"

심우가 말했다.

"제가 원래 촌주의 내력을 몰랐는데, 여기 와서 겪은 일들에서 짐작되는 바가 있습니다."

촌주가 말했다.

"잠깐 그 일은 놔두세. 노부가 먼저 물어볼 것이 있다. 자네 이름은 뭔가?"

심우가 말했다.

"저는 심우라 하는데 강북에 사는 사람입니다. 며칠 전에 사천에 일보러 갔다가 금릉金陵으로 돌아가려는 중입니다."

촌주가 말했다.

"잘됐군. 역시 통쾌한 사람일세. 많은 질문을 덜었군. 그런데 금릉으로 가는데 어째서 이런 편벽한 길을 택했는가?"

심우가 어깨를 들썩이며 말했다.

"한 눈을 팔다가 길을 잘못 들어서 이 마을까지 오게 되었습니다."

촌주가 천천히 말했다.

"자네 말을 지금 나더러 믿으라는 건가?"

심우가 말했다.

"아까 이곳 촌에서 두 사람이 살해된 것을 봤습니다. 문에 표기가 있던 걸로 봐서는 강호의 복수극일 듯한데 이것을 촌주가 믿지 않는다 해도 사실입니다."

촌주는 그의 태도가 신중한 것을 보아 과연 마음이 태연자약한 사람이라는 것을 알았다. 그는 미간을 찌푸리면서 생각에 잠겼다. 이때 미모의 여인이 입을 열었다.

"심선생님. 조금 전에 촌주에 대한 내력을 짐작하신다 했는데 말해 주시겠어요?"

심우가 말했다.

"따르지요. 제가 아는 바에 따르면 이십 여 년 동안 강호에 은거한 명문으로서 아마도 제약우諸若愚일 겁니다. 그때 천하 각 도읍의 부호들이 앞다투어 그를 초빙하여 가내에 기관 매복 및 설치하였다고 합니다. 그러나 몇 년 후, 그 대장인의 소식이 사라졌다고 합니다. 저는 조금 전의 비밀스러운 매복으로부터 그 장인이 바로 제 눈앞에 계신 촌주임을 알았소."

그의 앞에 앉아있는 미모의 여자가 아무 말도 하지 않고 앉아있는 것을 보아 심우의 말이 정확한 모양이었다. 촌주 제약우가 기침하며 말했다.

"맞네. 내가 바로 그 사람일세."

심우가 말했다.

"이렇게 만나 뵙게 되어 영광입니다."

제약우는 긴 수염을 쓰다듬으면서 말했다.

"하지만 사실은 오늘 나를 만난 건 불행일세."

심우가 놀라며 말했다.

"촌주 말씀은 그렇다면 우리 사이에 아무런 은원관계가 없는데도 나를 석방하지 않겠다는 것입니까?"

제약우가 말했다.

"그렇네."

그는 심우가 아무 표정이 없는 것을 보고 말을 이었다.

"자네 말투를 보아 여기서 빠져 나가겠다는 생각인가 본데, 그렇지 않은가?"

심우는 대답하지 않았다. 그 표범같이 생긴 둥근 눈의 소년이 오만한 기세로 말했다.

"뭐라고. 그렇게 쉽게 빠져 나갈 수는 없을 게다."

미모의 여자는 부드럽게 말했다.

"이랑二郎, 더 말하지 말하라."

백의 소년은 화가 풀리지 않는 듯 '흥'하고 소리치더니 입을 다물고 말았다. 심우가 말했다.

"이랑이 믿으시기에는 어렵다고 봅니다."

그는 눈을 제약우에게 돌리며 물었다.

"이 두 분은 모두 촌주의 후배일 것입니다. 그렇지 않습니까?"

제약우가 말했다.

"나의 내질들일세. 누이는 왕옥령이고, 남동생은 왕이령일세. 모두 이곳 사람들이지."

심우가 말했다.

"그렇다면, 촌주는 지금까지 부인의 고향에 계셨습니까?"

제약우가 고개를 끄덕이며 말했다.

"그렇네. 자넨 총명하군."

왕이령이 기분 나쁘다는 듯이 말했다.

"쳇! 사람은 총명할수록 빨리 죽는 법이지."

왕옥령이 이어서 말했다.

"이랑. 촌주 앞에서 자꾸 말하지마."

제약우가 천천히 말했다.

"심형. 솔직히 털어놓고 말하게. 나는 자네가 실수로 이곳에 왔다는 걸 믿지 않네. 자네가 강호 사람일진데 왜 속사정을 솔직히 말하지 않는가?"

그는 긴 수염을 쓰다듬으며 또 말했다.

"자네가 만약 사실대로 말한다면 당연히 좋은 점이 있을 것일세."

심우가 말했다.

"다시 말씀드립니다만 저는 정말로 길을 잃어 이 마을에 들어선 것입니다. 그런데 만일 제가 이 마을의 적이라면 사실대로 말해도 저를 석방할 것입니까?"

제약우가 말했다.

"음. 적어도 살아날 기회는 줄 것이다. 예를 들어 자네가 내 손에 붙잡히지 않게끔 먼 곳으로 도망을 치게 만들든가, 혹은 공평하게 결투할 수 있도록 기회를 준다든지 하는 것 말이지."

심우가 말했다.

"촌주. 저는 확실히 길을 잘못 들어선 것입니다. 촌주가 믿지 않는다면 저로서는 방법이 없습니다."

제약우가 머리를 저으며 말했다.

"근데 길을 잃었다고 한다면 너무 공교롭지 않은가."

심우가 성실한 태도로 말했다.

"촌주께서 분명 의심을 할 수 있다고 생각합니다. 제가 굳이 촌주에게 거짓을 알리겠습니까."

이때 왕옥령이 끼어들며 말했다.

"촌주. 혹시 이 사람을 한번 믿어보는 것이 어때요?"

심우는 그녀에게 감격스러운 눈길을 보냈다. 왕옥령은 역시 심우를 향해 미소를 지었는데 웃는 모습이 더욱 아름다웠다. 제약우가 말했다.

"왕옥령, 기억해라. 이 세상 사람들은 생사의 갈림 길 앞에서는 어떤 말이라도 지껄일 수 있지. 만일 외모만 보고 판단한다면 십중팔구 꼭 후회할 것이야."

왕옥령이 부드럽게 말했다.

"하지만 이 분은 확실히 거짓말 하는 것 같지 않아요."

제약우가 말했다.

"결국에 너는 외모로 사람을 판단하는 거냐? 사람의 마음을 읽어낼 수 없다는 것이냐. 그가 도적질을 하는 자라도 그의 외모로는 그 일을 할 수 없다는 것이냐."

왕옥령이 웃으면서 말했다.

"촌주, 화내지 마세요. 전 그냥 그런 생각이 들었을 뿐이에요."

제약우가 말했다.

"노부가 너를 책망하지 않겠다. 천하의 남자들은 믿을 수 없어. 어떠한 말이거나 표정이라도 다 믿어서는 안된다. 내가 이렇게 나이를 먹어서 얻은 결론이지."

왕옥령이 말했다.

"촌주의 말씀, 기억하겠습니다."

심우는 내키지 않았지만 변론할 시기를 찾아 침묵을 지키고 있었다. 이때 밖에서 다급한 발자국 소리가 들리더니 한 사람이 촌주를 부르는 소리가 들렸다.

"촌주, 촌주."

제약우가 몸을 돌려 밖으로 나가며 물었다.

"무슨 일이냐."

그 사람이 급히 말했다.

"또 적들이 침입했습니다."

제약우가 말했다.

"좋다. 지금 그들은 어디에 있는가?"

그 사람이 말했다.

"지금 여기로 오고 있는 중입니다."

제약우의 표정이 굳어지며 말했다.

"뭐라고? 어찌 그럴 수가."

그 사람이 급히 말했다.

"그 매복들을 원래대로 복원하기 전에 적들이 이미……."

소식을 전하는 자의 말이 끝나기 전에 밖에서 우루루 소리가 들리더니 한 사람이 소리쳤다.

"좋다. 제약우, 네 목숨을 가지러 왔다."

실내에 있던 왕씨 남매는 크게 놀랐다. 순간 왕이랑이 먼저 밖을 나갔다. 왕옥령이 심우를 보는데 아름다운 눈동자에는 원망의 눈길이 가득하였다. 심우가 말했다.

"미안하오. 당신에게 폐를 끼쳤소."

왕옥령이 말했다.

"촌주가 오래 동안 설치하여 놓은 이 석로가 허사로 돌아가게 되었어요."

이때 밖에는 칠곱 여덟 개나 되는 횃불이 다가오니 목옥 앞 열 계단이 명확히 드러났으며, 연이어 십 여보 밖에 적들이 있음도 십분 명확해 졌다. 이때 찾아온 적을 살펴보니 키는 크고 몸집이 있으며 나이는 쉰 좌우로 보였는데 흉악하게 생겼고 손에는 커다란 톱니 모양의 이빨을 가진 거치도鋸齒刀까지 들고 있었다. 제약우가 말했다.

"내가 이렇게 오래 숨어 있었는데 결국에는 찾아냈구나."

그 흉악한 대한이 말했다.

"천하에서 내가 찾지 못할 곳은 지옥밖에 없다."

그가 큰 소리로 웃으며 말했다.

"이십여 년 간에 빚을 이제서야 해결할 수 있겠구나. 이자까지 붙여 백여 명의 목숨을 내어놓아라."

안에 있던 심우가 이것을 듣고 눈썹을 찌푸리며 말했다.

"왕낭자, 촌주하고 저 흉악한 사람 사이에 무슨 일이 있습니까."

왕옥령이 나가려 하다가 멈추고 이상하다는 듯 말했다.

"정말 모르세요?"

심우가 머리를 저으며 말했다.

"모릅니다. 그러나 당신께서 제가 알고있다고 여겨도 한번 말해주신다면 큰 손실은 아닐 듯싶습니다."

왕옥령 말했다.

"저 흉악한 사람은 아주 유명한 악독한 강도였어요. 촌주의 매복에 나포되어 감옥에 갇혀서 오년 동안 있다가 탈옥을 했어요. 저 사람이 촌주에게 복수한다는 것을 알고 촌주가 이곳에 숨어 있었던 거예요."

심우가 말했다.

"아. 그 사람들 정말 악랄하군요. 그 많은 목숨을 죽이려 하다니."

왕옥령은 아무 대답없이 밖으로 나갔다. 왕옥령이 나가자 흉악한 남자가 음침한 눈으로 왕옥령을 훑어 보며 말했다.

"이 아가씨는 누구지?"

제약우가 말했다.

"그는 노부의 후배일 뿐이다."

흉악한 남자가 거드름을 피우며 말했다.

"음. 이 아가씨는 죽이지 않겠다."

제약우가 말했다.

"다른 세 사람도 이곳에 왔는가?"

흉악한 남자가 말했다.

"그럼 한 사람도 빠짐없이 모두 왔다."

세 사람이 앞으로 달려왔다. 그들은 손에 흉기를 들고 있었는데 생김새가 모두 흉악하였다. 제약우가 말했다.

"노부가 당신들과 몇 번 면식은 있지만 너무 오래되어 누가 누구인지 모르겠다."

그러자 한 사람이 나서서 말했다.

"노부가 첫째 위규魏逵다."

그가 손에 강장鋼杖을 쥔 다른 대한을 가리키며 말했다.

"둘째 소영蘇嶸이다."

이어서 쌍구雙鉤를 쥔 사람을 가리키며 말했다.

"셋째 형도荊溜다."

마지막으로 날카로운 도끼를 든 사람을 소개하며 말했다.

"넷째 사일규沙一圭다."

제약우는 일일이 고개를 숙여 예를 갖추며 말했다.

"자네들은 용모가 비슷하여 누가 누구인지 분간하기 어렵군."

이흉二凶 소영이 날카롭게 소리를 지르며 말했다.

"항상 너는 재를 뿌리는군. 나는 다 알아볼 수 있다."

제약우가 이어서 말했다.

"좋다. 자네들이 오년 동안 감옥에서 고생하고 나를 원망했겠지. 자네들의 무술이 고강하여 내 매복에 잡히지 않았더라면 관부에 잡혀갔을 것이야.”

삼흥三兄 형도가 말했다.

“무슨 귀신 씨나락 까먹는 소리냐. 빨리 그만두고 죽음을 받아라.”

제약우가 말했다.

“네 분이 먼 곳에서 왔는데 하물며 지금 몇 발자국에 인색한가. 어찌 친히 올라오지 않고 노부에게 복수할 수 있는가.”

사흥四兄 사일규가 말했다.

“이 늙은 놈의 태도가 천하태평이군. 아마도 계단 위에 무슨 기괴한 장치를 했음이 틀림없군.”

대흥大兄 위규가 괴이한 웃음을 지으며 말했다.

“제약우, 네가 내려와라. 셋째, 넷째 너희들이 먼저 가서 저 어린 놈들을 끌고 내려와라. 한번 손을 봐줘야겠다.”

그가 죽이려는 사람은 제약우가 길을 지키도록 했던 수하였다. 셋째 형도와 넷째 사일규는 몸을 돌려 수림 속으로 들어가 일순간에 다섯 명을 붙잡아 와 땅에 던져 버렸다. 제약우가 황급히 말했다.

“잠깐, 할 말이 있소.”

사일규가 흉물스럽게 웃더니 말했다.

“말할 것이 있으면 말해봐라.”

말하는 중에 한 명이 대한을 발로 찼다. 그 사람은 한 번 구르더니 바로 ‘훙’하는 소리를 내며 힘을 들이며 기어 일어났다. 아마도 혈도가 이미 풀린 듯 했다. 사일규는 날카롭게 소리쳤다.

“쓰러져라.”

다시 한 발로 바로 일어나려고 하던 그 사람의 굽은 등을 밟자 '투둑!'하는 소리가 들리더니 그 사람이 땅에 엎어지며 비참한 소리를 내었다. 뼈가 끊어진 것이 틀림없었다. 사일규는 그를 놓아주지 않고 다시 다리로 그의 머리를 밟고 움직이지 힘을 주었다. 그 사람이 끔찍한 비명소리와 고통스러워하는 소리가 들리더니 그 소리가 멎었다. 아마도 그의 머리가 부숴졌을 것이다. 이러한 모습을 본 주변에 있던 사람들은 모두 경악하며 몸을 떨었다. 제약우가 분노하며 말했다.

"이 악독한 도적놈아. 노부와 대화하자고 하면서, 또 다른 쪽으로 우리 촌사람을 살해하다니. 내가 나서지 않으면 우리 촌민들은 모두 화를 당하겠군."

이흉 형도가 이어서 말했다.

"그렇다. 우리에게 사람 죽이는 일은 식은죽 먹기지."

그는 말하면서 다른 사람을 끌어와 혈도를 풀고 그를 또 내팽개쳤다. 그 사람은 미친 듯이 도망쳤다. 귓가에 잔혹한 웃음소리가 들리더니 그의 목이 차가워짐을 느꼈다. 형도의 날카로운 갈고리가 그의 목에 이미 도달한 것이다. 예리한 고리는 도망가는 그의 인후를 감아버렸다. 제약우가 노해서 말했다.

"형도 독수를 멈춰라. 노부가."

그의 말이 끝나기 전에 형도의 건장한 팔이 움츠리더니 그 도망치던 대한은 선혈을 토하더니 쓰러지고 말았다. 이흉 소영이 기괴하게 웃으며 말했다.

"통쾌하군. 나도 한번 해보지."

이때 왕이랑이 노기등등해 하며 날카롭게 외쳤다.

"이 만악萬惡한 광도狂徒들아. 내가 오늘 너희들을 쇄시만단碎屍萬段하겠다."

그가 막 나가려고 할때 제약우의 소매 안에서 은색 실이 나오더니 그의 팔을 감고 제지시켰다. 상성사흉商城四凶은 모두 미친듯이 웃었다. 넷째 사일규가 말했다.

"아이야. 네 어르신이 너보고 나가라고 하지 않는 구나. 아마 너보고 조금 더 살라고 하는 구나. 너는 괜히 화내지 말거라."

왕이랑은 화가나서 크게 욕설을 퍼부었지만 목숨까지 내걸며 싸우기는 싫었다. 이흉 소영은 바닥에 쓰러져 있는 사람들의 혈도를 모두 풀어주었다. 이어서 그는 그들에게 말했다.

"들어라! 내가 셋을 셀 때까지 달아나되, 열 발자국 이상 도망가면 살려줄 것이다."

붙잡혀 온 세 사람은 얼어붙었지만 정신은 멀쩡했다. 그들은 두 명의 동료가 비참하게 죽은 것을 보았기 때문에 모두 알 수 있었다. 이 흉악한 사람에게는 두려움을 가질 수밖에 없었다. 그들은 이흉 소영의 소리를 들었지만 모두 움직일 수 없었다. 하지만 그들은 결국 평소 훈련을 받았던 사람들이라 모두 각기 다른 방향으로 달음박질하려고 하였다. 소영이 음흉하게 웃으며 외쳤다.

"하나, 둘, 셋."

펑하는 소리와 함께 세 사람이 모두 쓰러졌다. 그는 최후의 세 자를 외치는 것 보다 더 빨리 수중에 있던 강장을 발출하였다. 세 사람이 아직 걸음을 떼기도 전에 강장은 그들의 급소를 잔인하게 관통했다. 네 흉수는 큰소리로 웃으며 제약우를 바라보았다. 그곳에 있던 횃불을 들고 있던 수하들은 모두 얼굴에는 분노의 기색이 띠었으며, 앞서 가졌던 공포와 두려움의 기색은 모두 사라져 있었다.

소영이 한 행위는 그들 스스로에게 있어서 재미있게 느껴졌겠지만, 제약우 부하들의 눈에는 신용을 지키지 않는 비열한 행위로 비쳐 크게 격노하게 되었으며, 두려움의 마음이 크게 사라지게 된 것이다. 왕이랑이 노해서 욕하는 소리가 끊임없이 들렸다. 왕옥령이 처음으로 입을 열었다.

"일찍이 상성사흉이 인간성이 전혀 없다는 말이 들었는데, 과연 거짓이 아니었다."

그녀의 매력적이며 귀를 즐겁게 하는 소리에 네 명의 흉수가 웃음소리를 모두 거두었다. 네 쌍의 음흉한 눈초리가 모두 그녀를 게걸스럽게 바라보았다. 왕옥령이 또 말했다.

"촌민들밖에 업신여길 줄 모르는 너희들이 대체 무슨 인물들이냐?"

사일규는 빈정거리면서 말했다.

"하, 하. 네가 보기에 우리가 아무렴 그들을 놓아줄 것 같으냐?"

형도가 이어서 말했다.

"놓아줘도 되지. 너만 우리를 따라 간다면야."

그들 모두 음흉하게 웃자 왕옥령이 말했다.

"만약 나 한 사람으로 저 많은 사람들의 생명을 구할 수 있다면 말하거라. 응할 것이다."

왕옥령은 진지했다. 듣기만해도 자기를 희생하더라도 많은 생명을 구하자는 태도가 분명했다. 대흉 위규가 손짓을 하며 다른 사람의 입을 막고서 말했다.

"네 이름이 무엇이지?"

왕옥령 말했다.

"왕옥령이다."

위규가 말했다.

"좋다, 왕옥령. 잘 들어라. 거래를 하자."

왕옥령은 모두를 보고 머리를 끄덕였다.

"좋다. 여기에 아직 많은 목숨이 있다."

위규가 말했다.

"내가 한마디만 한다면 너 한 사람의 목숨으로 전 촌민들의 생명을 바꿀 수 있다. 연이나 집이나 재산 등 모두를 우리가 건드리지 않겠다. 하지만 제약우는 포함할 수 없다. 생각해 보아라."

왕옥령이 말했다.

"촌주는 자기를 보호하는 방법을 알고 있으니, 내가 근심할 필요는 없다."

위규가 의아해하고 또 기뻐하며 말했다.

"그래 너는 조건에 응하는 것이냐."

왕옥령이 머리를 끄덕이며 말했다.

"그렇다. 나는 응하겠다."

이흥 소영이 바로 말했다.

"이 자식은 그 안에 넣지 말아라."

왕옥령이 말했다.

"이 사람은 나의 동생 왕이랑이다."

소영이 어깨를 들먹이며 말했다.

"네 동생이면 그냥 욕설을 퍼붓고 말자."

위규가 말했다.

"이상하군. 제 늙은이가 한 마디도 하지 않는군. 혹시 제 늙은이가 이미 동의했다는 말인가."

왕옥령이 말했다.

"촌주는 이런 거래가 어떤 것이라는 걸 잘 알고 있지. 성공하기 쉽지 않는 것이니 더 이야기해서 입술만 아플 뿐이다."

위규는 경력이 풍부한 악적이지만 왕옥령의 말을 듣고 의아해할 수밖에 없었다.

"무슨 말이지?"

왕옥령이 말했다.

"내가 이런 종류의 교역은 성공하기는 어렵다고 했다."

위규가 머리를 흔들며 말했다.

"네가 감히 우리를 농락하는 것이냐?"

왕옥령은 머리를 흔들며 말했다.

"무시하는 것이 아니다. 생각해보아라 아까 저 사람의 행동 말이다. 신용도 안 지키는데 너희들이 거래에 순순히 따른다고 어떻게 보장하지?"

위규의 안색이 어두워졌으며, 입을 열지 않았다. 사일규가 말했다.

"그만 떠들어라. 우리 형제는 한 말을 지킨다."

왕옥령이 말했다.

"나는 너희들에게 속아 넘어가는 것 보다, 모두의 목숨을 보존할 수 없다면 오히려 함께 힘을 합쳐 목숨걸고 너희들과 싸우려고 한다."

형도는 노하면서 말했다.

"이 계집아이가 우리를 아주 우습게 여기는구나. 얘들아! 손을 써라!"

위규가 말했다.

"잠깐. 그녀의 말은 일리가 있다."

위규는 왕옥령을 바라보며 말했다.

"왕낭자, 우리가 어떻게 보장한다면 마음을 놓을 수 있겠소?"

왕옥령이 말했다.

"나는 아직도 모르겠다."

그녀는 읊조리듯 말했다.

"이렇게 하면 어떠냐? 당신들은 먼저 신의를 저버리지 않았던 일을 나에게 들려줘라. 당신들 설마 신의를 지킨 적이 없는 것 아니냐?"

사성사흉은 그녀의 요구를 듣고 마음적으로 비교적 가벼워진 것 같았다. 위규가 응대하며 말했다.

"물론 있지."

그는 나머지 삼흉三兇을 바라보며 말했다.

"너희들이 한 가지씩 말해보거라."

그러나 삼흉의 안색이 갑자기 안색이 어두워지더니 아무도 입을 열지 못했다. 아마도 그들은 생각했지만 신의를 지켰던 일이 한 건도 떠오르지 않았다. 이런 것은 그들이 실제로 거짓말을 할 줄 몰라서가 당연히 아닌 것이다. 이런 종류의 거짓말은 쉽게 만들어낼 수 없는 것이었다. 그들과 같은 신분으로 어디 신의를 지킨 자잘한 일들을 입밖으로 낼 수 없었다. 하지만 큰 일에 있어서는 달리 날조해서 말하기가 어려웠던 것이다.

그들이 아무리 궁리를 해도 한 가지 일조차 그럴싸하게 지어낼 수 없었다. 그들은 막연하게 아마 자신들이 이 미녀의 올가미에 걸려드는 것 같은 느낌이 들었다. 비록 목하 이러한 올가미가 그들에게 어떤 작용을 할지 알 수 없었지만, 이미 이러한 일은 그들에게 수치심을 느끼게 했다. 만약 쭉 입을 벌리지 않고 있는 촌주 제약우는 긴 수염을 쓰다듬으면서 말했다.

"위형 등 네 분만이 이 작은 마을에 왕림하셨습니까? 혹시 다른 분들은 오시지 않았나요?"

위교는 이마를 크게 찌푸리며 말했다.

"상성사흉이 언제 사람을 청한 것을 보았더냐?"

집 안에서 심우의 말소리가 들렸다.

"촌주! 지금은 저의 말을 믿을 수 있겠지요?"

제약우가 말했다.

"만약 평상시라면 상성사흉 저들의 말을 믿지 않는다. 하지만 지금 신의에 대해 논의하는 이때 그들은 지금 이 자리에서 우리들에게 거짓말을 하지는 못할 것이다. 그렇다면 심형 당신은 확실히 저들과 한 패가 아니라는 것이 증명된다."

위규가 말했다.

"집 안에 있는 사람은 누구지?"

제약우가 말했다.

"그는 길을 잃은 사람인데 만약 그가 우리 촌에 잘못 들어와서 비밀 기관이 발동되지 않았다면, 흥. 아마도 당신들은 이곳에 도착도 하지 못했을 것이다."

위규가 말했다.

"그렇다면 저 사람이 온 것이 너무도 절묘하게 시기가 맞지 않은가?"

제약우가 말했다.

"자네 말투를 보면 빨리 나보고 그를 죽여 후환을 없애라는 뜻이 아닌가?"

위규은 차갑게 웃으며 말이 없었다. 제약우가 결심한 듯 말했다.

"옥령, 들어가서 그 자의 목숨을 취하라."

왕옥령은 응답하고 몸을 돌려 목옥으로 들어갔다. 이때 횃불을 비춰 심우를 보니, 심우는 그 자리에서 꼼짝 않고 있는 것이 분명했다. 그는 호랑이 같은 눈으로 아름다운 여인을 보며 낮은 소리로 말했다.

"낭자, 정말로 저에게 손을 쓸 작정이오?"

왕옥령은 고개를 흔들며 소리를 낮추고 말했다.

"아닙니다. 촌주가 비밀리에 명하여 당신을 안전한 곳으로 모시라 하셨습니다."

심우가 가볍게 웃으면서 말했다.

"낭자께서 영리하시지만 사람을 속이시지 않는 것을 저는 믿습니다. 그런데 어느 곳이 안전한 곳인지 모르겠습니다."

왕옥령은 바삐 가장 안쪽의 담장 쪽으로 달려가더니 손을 뻗어 어느 곳을 눌렀다. 그러자 담장에서 홀연히 거대한 문이 나타났다. 왕옥령이 다급하게 말했다.

"빨리 이곳에 숨으세요."

심우는 몸을 돌려 살펴볼 사이도 없이 안으로 뛰어 들어갔다. 한 가락의 향기가 풍기더니 왕옥령도 따라 들어왔다. 하마터면 그들은 부딪칠 뻔하였다. 그녀가 오른쪽 모서리에 있는 철간鐵杆을 잡아당기자 밖에서 즉시 화락하고 거대한 소리가 났다. 그 소리의 기세는 사람을 놀라게 하기에 충분했다.

심우가 머리를 밖으로 돌려 동정을 살피자 목옥 밖에 있던 작은 목옥은 물론 담장까지도 모두 순식간에 그림자 조자 사라져 버렸다. 그 커다란 소리는 기관이 작동하여 바로 목옥과 담장이 사라지는 소리였다. 상성사흉이 커다란 소리를 듣고는 제약우의 계책에 빠진 것이 아닐까 매우 두려웠으며, 모두 동시에 뒤로 물러났다. 제약우 및 그들 수하 중 살아있는 사람들은 모두 신속하게 목옥의 안으로 후퇴했다. 외부에는 칠팔 개의 횃불만이 밖을 밝히고 있었다.

이때에 상성사흉의 눈에 거대한 목옥이 들어왔다. 하지만 시선의 제약으로 계단 위에 높게 서있는 목옥이 명확히 어느 정도로 크고 넓은지 알 수는 없었다. 사일규가 말했다.

"큰 형님, 이 곳에 불을 놓읍시다."

제약우는 크게 웃으면서 말했다.

"그 계획은 고명하구나. 당신들은 뭘 망설이는 거지? 밖에 이렇게 횃불도 있는데."

상성사흉이 바라보니 과연 칠팔개의 횃불이 활활 타오르고 있었다. 그들 횃불은 모두 계단 위에 꽂혀져 있었다. 그들이 이미 이 십여 개되는 계단에 분명 어떤 기괴한 장치가 되어 있을 것이라 꺼리는 바가 있었기에 지금 감히 가볍게 그 횃불을 집어들 수 없었다. 위규가 잠시 생각하더니 비로소 말했다.

"넷째, 너무 성급히 움직이지 말아라. 이 늙은이가 숨은 장소를 반드시 찾아내고 말 테다. 중 놈이 숨어봐야 절간이지. 날개를 달아도 도망치지 못할 것이다."

심우가 사방을 둘러보니 왕이랑이 몇 사람을 인솔해서 활을 쏠 준비를 하고 있었다. 그들은 벽에 난 구멍에서 감시하고 있었다. 심우가 암중으로 모색하며 생각했다.

'제약우가 상대방이 가져온 화기를 두려워하지 않는다면 왕이랑은 필경 활의 명수이기 때문에 적들의 화기를 맞아 공격할 수 있고, 화공을 막아낼 수 있을 것이다.'

밖의 사흉 중 소영은 주머니를 뒤져 계란 만한 크기의 탄환을 꺼냈다. 그러나 말을 꺼내기도 전에 활줄의 소리가 들렸는데, 한 매의 철환이 번개같이 자신이 들고 있는 물건을 향해 날아들었다.

소영은 섬전과 같이 피해냈지만 전신에는 식은땀이 흘러 내렸다. 소리는 늦게 들렸지만 날아드는 것은 빨랐다. 활줄의 소리가 떨어지기가 무섭게 탄환들이 빗발치듯이 소영을 향해 집중되었다. 소영은 한편으로는 피하면서 한편으로는 철장을 가지고 그를 막아냈다. 그러나 비처럼 쏟아지는 탄환은 계속해서 멈추지 않았고, 매 탄환 하나하나가 모두 그의 수중에 있는 물건을 향해 쏟아졌다.

이들 흉인들이 급히 크게 소리를 지르며 도움을 주고자 할 때 지면에서 '펑'하고 소리가 나더니 화염이 분출되었다. 비같이 쏟아지던 탄환 중에 화탄이 있었고 이 화탄은 지면을 향해 날아갔던 것이다. 소영은 수 장이나 뛰어올라 큰 폭발의 강력한 화기를 가까스로 피했다. 제약우가 말했다.

"소형이 무기를 거둔다면, 아무 일 없는 것 아니겠소?"

소영이 이 말을 듣고는 일리가 있다고 생각하고, 다급히 그 탄환을 거두었다. 왕이랑 등이 사격을 정지하고 보니 상성사흉은 모두 등 뒤에서 원형의 방패를 꺼내어 한 곳으로 모은 후 진세를 정렬하여 놓고 있었다.

이처럼 형세가 극렬히 변하자 소영은 나머지 사람 뒤로 피했고, 화기를 사용하여 발사할 시간이 충분히 있었다. 이어서 활줄 소리가 들리더니 사흥이 서있던 곳에서 거대한 불꽃이 터졌다. 그러자 그들은 각기 놀라서 사방으로 흩어졌다. 심우는 그들 상호간의 공수를 보고 비로소 흥미를 느꼈다. 이때 홀연히 왕옥령이 그의 신변으로 다가오며 나지막히 말했다.

"심우, 당신은 빨리 저와 함께 가세요."

심우가 의아해하며 말했다.

"적들이 일시지간에 이곳으로 공격해 들어올 수 없을 텐데 왜 피하자는 거지요?"

왕옥령은 다리를 구르며 말했다.

"묻지 마세요."

심우의 눈을 날카롭게 뜨고 밖을 바라보니 많은 대한들은 모두 실내로 들어오고 밖에는 왕이랑과 네 명의 탄궁수彈弓手만이 지키고 있었다. 이어 순식간에 네 명의 탄궁수마저 어디론가 철수하고, 실내 거실에는 제약우와 왕가 남매, 그리고 심우가 있게 되었다. 이런 정황 하에서 심우는 길하지 못하다는 느낌이 들어, 순간적으로 왕옥령을 붙잡아 움직이지 못하게 하고 자그마한 소리로 물었다.

"왕낭자, 촌주는 저 흉악한 놈들과 동귀어진하려고 하는 것이 아니오?"

왕옥령은 갑자기 온 몸이 맥이 빠지고 마음속으로 크게 놀랄 수밖에 없었다. 심우는 분명히 두 손이 묶여 있으며, 사용한 것이 현교근玄絞筋으로 칼로 끊기 힘든 것인데 어떻게 이런 일이 있을 수 있는가 싶었다. 다음으로 그의 질문이 그녀를 매우 놀라게 했다. 그는 한마디로 촌주의 마음을 꿰뚫어 보았던 것이다. 이와같이 총명한 사람은 실제로 그녀가 만나 본 적이 없었다. 유일하게 안심이 되는 것은 심우의 말에 조금도 악의가 없 는 것이었다. 비록 이 생각에 어떤 근거가 없지만, 그녀는 확실하게 이러 한 느낌을 받을 수 있었다. 그녀는 황급히 머리를 끄덕였다.

"그래요."

왕이랑은 급격히 후퇴하였다. 그들은 모두 명령을 받아 행동하였다. 하 지만 그는 왕옥령은 아직도 철수하지 않은 것을 모르고 있었다. 아울러 촌주도 그녀에게 명령을 내리지 않았는데, 그것은 몸이 자유롭지 않았기 때문이었다. 왕옥령은 놀라서 급해 말했다.

"빨리 갑시다. 그렇지 않으면 우리 모두가 분신쇄골당할 겁니다."

심우가 그녀의 손을 놓고 단전으로부터 큰 웃음소리를 발출하니 지붕 의 기와가 요동치며 그 기세가 호탕하기 이를 데 없어 사람의 마음을 모 두 놀라게 하였다. 제약우가 놀라서 돌아보니 왕옥령이 아직 퇴각하지 않았고, 또 심우를 바라보니 그의 수중에는 날카로운 칼이 쥐여져 있었 다. 심우가 문을 향해 걸어갔다. 그들은 심우의 모습을 보고 놀랐다. 어떻 게 그의 몸에 묶인 끈을 끊을 수 있었는지, 또 그가 칼을 들고 밖으로 나가 무엇을 하려는 것인지 알 수가 없었다. 제약우가 입을 열기 전에 심우는 이미 문밖을 나섰다.

"나는 심우라고 하는데 당신들과 한번 겨루고 싶소."

위규는 손을 들어 다른 사람들이 경거망동하지 못하게 하고 사납게 말 했다.

"잘됐다. 싸울 사람이 나왔구나, 내려오라."

심우가 머리를 돌리고 말했다.

"제 촌주. 제가 만약에 적수가 되지 못한다면 편하신 대로 일을 처리하시면 됩니다. 주저하실 필요가 없습니다."

제약우가 어떤 인물인가. 그는 심우의 말을 듣자마자 그가 견뎌낼 수 없을 때까지 기다려 달라는 말임을 알 수 있었다. 왕옥령는 다급히 문 쪽에 와서 심우를 돌아오게 하려고 하였다. 그러나 심우의 기세를 보고 그만 두었다. 다만 왕옥령은 손가락으로 나무문을 꼭 쥘 수밖에 없었다. 심우는 계단을 걸어 내려온 후 평지에 섰다. 칼을 들어 위규를 가리키며 냉랭하게 말했다.

"제가 공을 세워 죗값을 갚으려 합니다. 잘못 이곳을 접어들어 이런 일이 벌어졌군요. 더 길게 말할 필요없이 칼을 뽑으시오."

상성사흉의 네 쌍의 눈길은 모두 이 청년을 바라보았다. 위규가 사흉의 수장으로 두 보 앞으로 걸어나와 사납게 말했다.

"너 혼자 싸울 수 있다고 생각하느냐?"

심우가 말했다.

"그렇다. 나 혼자로도 충분하다."

위규가 말했다.

"하룻강아지 범 무서운 줄 모른다더니. 그러나 노부는 속지 않는다. 너는 분명 도망치는데 장기가 있겠지. 흐흐흐, 그런 수법은 다른 곳에 가서 써먹어라."

심우가 말했다.

"어쨌든 당신들 네 분 모두 강호의 규칙대로 먼저 약속합시다. 만약 내가 적수가 되지 못하고 도망친다면 오늘 일은 촌주를 찾아가서 해결하시오. 만약 당신들이 지게 된다면 어떤 사람이든지 목숨을 부지한 이는 나를 찾아와서 복수하시오. 어떻소?"

위규가 말했다.

"그렇다면 뭐 다를 게 있겠느냐! 좋다. 우리 상성사흉은 먼저 너부터 끝 장내겠다."

그가 먼저 움직이자 나머지 세 명도 잇따라 심우를 포위하였다. 심우가 자세히 이 자들을 자세히 관찰하니 심지면에서 강호 중의 일반 강도들과 비할 바 못되었다. 깊이 숨을 크게 들이쉬고는 말했다.

"체면 차리지 말고 어서 빨리 공격하라."

위규가 큰 소리로 거치도를 들고 정면에서 공격해 들어갔다. 동시에 삼 흉이 모두 협공하며 들어갔다. 소영의 철장도 맹렬하였고, 형도의 쌍구雙 鉤는 좌측에서 공격해 들어갔다. 사일규의 단도는 우측에서 찍어 들어갔 다. 심우는 네 명의 무차별적인 공격 속에서 의연히 칼을 휘둘렀다. 병장 기들이 부딪치는 금속성 소리가 쩌렁쩌렁 울렸다. 상성사흉의 공세가 점 점 무너지고 얻은 것 없이 후퇴하기 시작했다. 위규는 도를 들어 자세를 잡고 무섭게 심우를 노려보며 말했다.

"원래 심우 그대는 소림少林 고수였군. 이 팔방풍우八方風雨 한 초는 명불 허전이다. 그대가 그렇게 대범했던 것이 이상한 일은 아니었군."

심우가 말했다.

"위형의 안력은 과연 고명하여 감탄할 만하오. 하지만 한 가지 일을 당 신들이 모를 것이오."

위규가 놀라며 물었다.

"무엇을 말이오?"

심우가 말했다.

"내가 소림심법少林心法에 정통했을 뿐만 아니라 가전 절학을 물려받았다는 것이오. 만약 시전한다고 해도 당신들이 알아볼 수 있을지 모르겠소."

사일규가 말했다.

"심형은 사전에 경고하는 것이오. 무슨 뜻으로 말한 것인가?"

심우가 말했다.

"나는 그대들이 패배했다고 인정받는 것 외에 다른 의미는 없소."

형도가 노하며 말했다.

"심가야. 헛소리마라. 지금 일 초식으로 감히 승패를 논할 수 있느냐."

소영이 이어서 물었다.

"심형의 가전 절학을 지금 시전할 겁니까?"

심우는 웃으면서 말했다.

"그렇소, 그대들은 조심하는 편이 나을 것이오."

그는 뒤로 물러서서 삼엄한 기운을 가지고 있는 날카로운 칼을 들어 위규를 향했다. 위규는 그 기운에 압도되었다. 만약 후퇴하지 않으면 먼저 공격할 수밖에 없었다. 그는 마음이 흉악하여, 고려할 사이도 없이 새도 없이 성급하게 칼을 들어 먼저 공격에 나섰다. 그러자 남은 세 명도 이어서 신속하여 협력하여 공격해 갔다. 심우가 칼을 들어 번개처럼 공격하자 빛이 번뜩이며 쇠들이 부딪치는 소리들이 들렸다. 이 상성사흉과 함께 격렬한 결투가 시작되었다. 목옥 안에 있던 왕옥령은 눈앞이 아찔하였다. 그녀는 냉기를 떨치며 제약우 옆으로 가서 촌주의 손을 잡고 급히 물었다.

"촌주, 심우가 놈들을 이길 수 있을까요?"

제약우가 머리를 흔들자, 왕옥령은 실망하는 듯 놀라며 말했다.

"심우가 이길 수 없다는 건가요?"

제약우가 말했다.

"그런 뜻이 아니라, 그들의 승패 수를 짐작하지 못하겠다는 것이다."

왕옥령은 이 말을 듣고 내심 긴장하고 초조하여 말을 다시 이었다.

"그렇다면, 이 결투에서 이길 수 있다는 것인가요. 아닌가요."

제약우가 말했다.

"나도 모르겠다. 다만 알고 있는 것은 심우의 믿음이 더 굳건하다는 것이다. 자신감으로는 능히 상성사흉을 이길 수 있다. 그들이 일 초식을 겨루고 몇 마디 나눈 후의 그의 자신감은 더욱 굳어졌다. 이 점은 매우 신기한 일이다."

왕옥령이 말했다.

"우리가 나가서 도울까요?"

제약우가 급히 말했다.

"절대로 불가하다."

이때 왕이랑 등이 안으로 들어와서 밖의 싸움을 지켜보았다. 왕옥령이 말했다.

"남은 우리를 위하여 이렇게 목숨 걸고 싸우는데, 우리가 이렇게 수수 방관만 할 수 있나요?"

왕이랑이 끼어들며 말했다.

"촌주, 심우가 왜 우리를 도와주는 것일까요?"

제약우가 말했다.

"나도 모른다."

왕이랑이 말했다.

"심우. 네 놈은 상성사흉 중 한 사람도 상대할 수 없을 것이다. 이럴 줄 알았더라면 우리가 나가서 싸울 걸 그랬다!"

제약우는 코웃음을 치고 나서 말했다.

"너는 무술하는 사람으로 다른 사람의 깊은 뜻을 몰라준다는 것이 되겠느냐. 네가 만약 나가서 싸운다면 상성사흉의 검 일초도 받아내지 못할 것이다."

이때 심우는 사흉의 포위 공격 아래에서 검법을 시전하니 삼엄하고 고아한 기상의 십사오 초의 공격이 연달아 펼쳐졌다. 네 명의 흉수는 전혀 심우를 공격할 수 없었으며 그 도기가 펼쳐진 범위 내로 접근조차 할 수 없었다. 하지만 그가 적을 맞아 여유가 있다고 하지만 정묘하고 날카로운 공격을 하지 않았다. 그러자 사흉은 급해져서 빠르게 공격을 감행하니 밖에서 보기에는 기세가 등등하게 보였다. 왕옥령이 이 형세를 보고 나서 걱정하며 말했다.

"계속 이렇게 싸워나가면 심우가 중과부적으로 손해를 보게 될 것이에요."

제약우가 말했다.

"심우의 도법은 소림의 육합도법六合刀法으로 세간의 일반적인 도법과는 다른 도법과는 다른 데가 있다. 이 도법이 그의 손에서 발출된다는 것이 정말로 감탄할 만하다."

원래 소림사는 천하 무술의 본산으로, 강호 중의 수많은 문파들이 모두 먼저 소림사의 절예를 배운 후 개파開派한 것이라 볼 수 있었다. 따라서 소림사의 무공 초식은 외부로 널리 알려져 많은 사람들이 그를 알아볼 수 있었다. 이 육합도법도 널리 알려진 것으로 무공을 익히는 사람이라면 모두가 수련해보았던 도법으로 모두 본 적이 있었다. 이 도법은 그냥 보기에는 평범해 보일 뿐 특이한 점이라고는 없었다. 그러나 심우가 이 시각 발출한 그 도법은 위력이 강하여 네 명의 상성사흉이 협공을 가해도 전혀 우세를 점할 수 없었다. 왕이랑은 문득 깨닫는 바가 있어 말했다.

"촌주의 말씀이 맞습니다. 그의 육합도법은 평시에 보던 것과 조금 다릅니다. 하지만 누이의 말처럼 이렇게 진행이 된다면 심우가 필시 불리해 질 겁니다."

제약우가 이 말에 대응하지 않으며 말을 이었다.

"이랑, 네가 보기에 저 상성사흉 가운데 어떤 놈이 제일 약해 보이느냐?"

왕이랑이 말했다.

"다 비슷해 보입니다."

제약우가 또 물었다.

"이것이 바로 고수와 아닌 자를 구별할 수가 있는 것이다. 네가 알아내지 못한다면 어떻게 싸움에서 이길 수 있겠느냐?"

왕이랑이 의아해하며 물었다.

"그렇다면 심우는 그런 것을 이미 알아차렸다는 것입니까?"

제약우가 고개를 끄덕이며 말했다.

"심우는 싸우기 전에 놈들의 약점을 관찰했다."

그는 여기까지 말하고 나서 무언가 깨달았다는 듯이 말했다.

"옥령, 내가 심우의 자신감에 대해서 말한 것을 기억하느냐?"

왕옥령이 대답했다.

"기억해요."

제약우가 말했다.

"그가 최초에 한 초를 겨루고 나서, 반드시 놈들의 약점을 찾아냈을 것이다. 때문에 그의 자신감이 더 증가 되었다."

왕옥령은 기뻐하며 말했다.

"아. 그렇다면 심우는 꼭 이길 것입니다."

제약우는 말했다.

"놈의 약점을 알아차릴 수 있다는 점과 그것을 이용하는가 못하는가 하는 것은 다른 문제이다. 나는 심우가 반드시 이긴다고는 아직 말하지 못하겠다."

왕옥령은 다시 긴장과 근심에 쌓였다. 그녀는 아름다운 두 눈썹을 찌푸렸다. 심우의 이 육합도법은 거의 막바지에 도달한 듯했다. 쌍방이 대략 서른 두어 번 회합하자 이미 두 개의 향을 다 태울 정도가 되었다. 순간 그의 도법이 변하더니 그의 칼이 위규를 향해 내리 삼초를 공격했다. 순간 금속성의 소리가 귀를 진동하더니 돌연 심우가 위규를 낚아채고, 좌수로 소영의 철장을 쪼개버렸으며, 우수에 든 칼로 사일규를 벼락같이 찔러 들어갔다. 그가 내지르는 소리가 점점 거세졌다. 이렇듯 위력이 큰 초식은 그가 처음으로 발출하는 것이었다. 사일규가 도끼를 들어 급히 막았지만 도끼는 단번에 절단나 버리고 날카로운 칼이 그의 인후의 급소에 닿았다.

이때 형도의 쌍구가 질풍처럼 돌아들더니 적수의 어깨를 찍었다. 옆에서 보고 있던 사람은 형도가 질풍처럼 나머지를 구하러 빠르자 들어오자 마음속으로 심우가 성공하지 못할 것이라는 아쉬움이 일어났다. 그러나 이 생각이 끝나기도 전에 심우가 칼을 휘두르니 한줄기 빛이 신속히 나가더니 형도는 급히 물러나며 말이 없었고, 그의 쌍구는 절단되어 버렸다.

심우가 다시 장소성을 내며 번개처럼 칼을 들어 사일규의 목을 찔러 들어갔다. 이번에는 아무런 제지도 받지 않고 날카로운 칼날이 사일규의 인후를 관통하여 선혈이 뿜어져 나왔다. 그 사일규의 몸은 방향을 잡지 못하도 심하게 흔들렸다. 심우의 칼은 형도를 향했다. 차가운 한기가 형도를 급습하자 위규와 소영이 그를 구하고자 거치도와 철장을 들고 심우를 함께 공격했다.

그들의 이러한 반응을 심우가 일찍이 예상한 것이었다. 그가 형도를 공격한 것은 허초였으며 이는 적들을 유도하고자 발출한 것이었다. 그는 두 사람이 성을 내며 달려들어오는 것을 보자 몸을 선풍처럼 신속하게 돌려 반대로 위규와 소영 두 사람을 공격하였다. 도광이 섬출한 곳에서 난 소영의 울부짖음이 칠팔 장 밖에서도 들렸다. 위규 또한 간신히 액을 면하려 몸을 돌렸지만 어쩔 수 없이 땅바닥으로 쓰러질 수밖에 없었다.

심우는 눈깜짝할 사이에 세 명을 죽여버렸다. 남은 것은 형도 한 사람이었다. 비록 상처를 입지 않았지만 그의 쌍구는 이미 절단나 버렸고, 빈손과 마찬가지로 저항할 수 없었다. 정도가 놀라서 멍청하게 있으며 도망치는 것을 잊고 있었다. 심우가 그의 앞으로 다가오자 이때는 도망치려 해도 도망칠 수가 없었다. 심우가 칼을 거두고 냉랭하게 말했다.

"자결해라."

형도는 손에 들려있던 잘려진 쌍구를 버리고는 날카롭게 웃더니 말했다.

"좋다. 좋아. 이 어르신에게 네가 손 쓸 필요가 없다."

그는 단화 속에서 짧은 단도 하나를 꺼내 들고 말했다.

"심우! 죽기 전에 한 가지 물어볼 것이 있다."

심우가 말했다.

"내가 대답할 수 있는 것이면 대답하겠다."

형도가 말했다.

"네가 마지막에 쓴 도법은 초식이나 기세를 놓고 볼 때 소림의 것이 아니다. 아마도 너의 가전 절학이라 의심할 바 없는데, 너는 어느 문파의 절예를 쓴 것이냐?"

심우가 호기롭게 말했다.

"이것은 우리 가문의 도룡도법屠龍刀法이다. 나의 부친은 심목령沈木齡이시고, 외호는 칠해도룡七海屠龍이라 하셨다. 그 이름을 들어 본 적이 있느냐?"

형도의 입이 딱 벌어졌다.

"아니, 그럼 네가 바로 칠해도룡 심목령의 아들이란 말이냐? 그렇다면 그렇게 높은 실력을 갖추고 있으면서도 왜 처음부터 공격하지 않고 이렇게 많은 힘과 시간을 낭비한 것이냐?"

제22장

賣梨女贏夜借奇禍

배를 파는 여인이 밤을 틈타
기화검을 빌리려하다

심우가 말했다.

"당신들 네 사람은 무림에 잘 알려져 있지 않으나 무공은 과연 고수라 할 수 있소. 만일 내가 지혜를 쓰지 않았다면 단숨에 당신들 세 사람을 죽일 수 없었소. 그래서 나는 먼저 당신들의 약점을 살펴보았고, 이어서 사문의 육합도법에 의거해서 한사코 수비만 하였소. 당신들이 공격이 헛으로 돌아가고, 예기가 크게 꺾인 후에서야 출수하여 반격할 수 있었기 때문이오."

왕이랑은 여기까지 들은 뒤 제약우의 견해에 탄복하지 않을 수 없었다. 형도가 말했다.

"나는 아직도 두 가지 의문이 있소. 첫째는 당신이 어떻게 우리 형제들의 무공이 어느 정도인지 정확하게 파악할 수 있었소? 둘째는 우리 형제들의 무공이 어디에 약점이 있었소?"

심우가 말했다.

"잘 물었소. 첫째는 여러분이 말할 때 우렁찬 기세가 내포되어 있는 것을 듣고 모두 내공이 심후한 지사임을 알았소. 그리고 당신들이 시골 사람들을 살해하는 수단이 잔혹한 것을 보고 알았소. 당신들은 그간 강호에서 원수를 찾아다닌 시간이 이십 여 년이 되는데 지금까지 무사하게 살아있는 것으로 보아 무공이 높을 것이라 생각했소. 이로부터 나는 당신들을 쉽게 대해서는 안된다고 판단하였소."

그의 말이 끝나자 형도가 말했다.

"이런 미세한 점에서 많은 걸 짐작해 내다니 확실히 그대의 지혜에 탄복하오."

심우가 말했다.

"그리고 당신들 네 분의 약점은 먼저 피살된 사일규에게 있었소."

형도는 의아해 하며 말하였다.

"그의 무공은 우리들 가운데서 누구 못지 않게 뛰어나오."

심우가 말했다.

"무공과 담력은 또 다른 문제요. 사일규는 당신들 중에서 담력이 가장 작았소."

형도가 말했다.

"아! 나는 지금까지 그의 담력이 우리보다 작다는 것을 몰랐소. 그런데 당신은 어떻게 그가 담력이 작음을 알게 되었소?"

심우가 말했다.

"그가 하는 말 한 마디에서 알 수 있었소."

형도가 다급히 물었다.

"어떤 한 마디였소?"

이때 제약우와 왕씨 남매 등 사람들은 집을 나와 계단에 서서 그들이 하는 이야기를 듣고 있었다. 심우가 말했다.

"내가 출수해 당신들의 맹렬한 초식을 막아내자 사일규가 내게 가전 절학이 있느냐고 물었던 것을 기억하시오? 그때 그의 목소리는 겁에 질려 있었소. 그러나 당신들 세 사람은 이 문제에 주의를 돌리지 않은 것에 견주어 본다면 그의 담력이 가장 작음을 알 수 있소. 그것이 모두의 약점으로 파악되었소."

심우가 여기까지 말하자 형도는 진심으로 탄복하며 단도를 들고 말했다. "우리들이 심형의 칼에 패했지만 조금도 억울하지 않소이다. 제약우가 명이 길다고 할 수밖에 없소. 이 원한은 내세에 가서 다시 봅시다."

소리를 내는 사람은 하나도 없었다. 모든 눈길이 형도의 손에 들려 있는 단도에 집중되었다. 그가 팔목을 굽히자 단도가 그의 왼쪽 가슴에 깊숙이 박혔다. 이때 왕옥령은 참지 못하고 날카로운 소리를 지르며 손으로 눈을 가렸다. 그 곳에 있는 모든 사람들 모두 어떤 소리든 낼 수 없었다. 다만 왕옥령이 지른 소리의 여운이 사람들의 귓전에서 맴돌았다.

심우는 머리를 돌려 보았는데 사람들의 기색이 장엄하고 경건하여 심우는 이해할 수 없었다. 그러나 지금은 물어볼 시기가 아닌 것 같아 장도를 거두고 계단을 따라 올라갔다. 제약우는 몸을 굽히고 손짓으로 그를 집안으로 들어오라고 하였다. 그들은 뒤쪽에 위치한 협소한 객실에 들었다. 객실 안은 멋지게 꾸며져 있었다. 이곳은 평소 제약우가 거처하는 곳이었다.

심우가 거듭 사양하였지만 제약우는 그를 상좌에 앉게 했다. 왕옥령은 옷을 갈아입고 돌아와서 차를 올리며 손님의 시중을 들었다. 왕옥령은 긴 머리에 비녀를 꽂아 소탈하면서도 우아하였다. 그녀는 몸에 딱 붙는 복장이 아니라 소매가 긴 치마를 걸쳤는데도 날씬한 자태가 나타나 여성의 매력을 더욱 돋보이게 하였다. 그는 애림, 호옥진, 남빙심, 심지어 이미 머리를 깎고 출가한 청련사태 등 적지 않은 절색 미인들을 보아 왔다. 용모로 논한다면 왕옥령은 그들에 비해 손색이 있었지만 그녀의 귀엽고 아름다운 자태는 사람의 마음을 움직이고도 남음이 있었다.

심우는 차를 받아 들고 연신 감사하다고 말했는데 태도가 각별히 장중하여 평소에 크게 구속받지 않았던 거동과는 달랐다. 심우는 이 소녀가 자신의 심정을 혼란스럽게 할 수 있다고 느꼈기 때문에 엄중하고도 정중한 태도로 그녀로 하여금 자기에게 접근하지 못하게 하였다. 심우는 남녀 사이의 일에 대해서 경험이 풍부하고 관찰력도 예민하다고 할 수 있었다. 그래서 그는 이 소녀가 즉시 옷을 갈아 입고 나타나 차를 따라 손님에게 권하는 두가지 일에서 그녀가 자기에 대해 인상이 좋을 뿐만 아니라 더욱이 자기에게 마음이 쏠리고 있음을 알았다. 제약우의 말이 심우의 생각을 깨웠다.

"심은공은 절을 받아 주시오……."

그가 말할 때 두 무릎은 이미 땅에 닿아 있었다. 심우는 얼른 그를 잡아당기며 말했다.

"촌주, 절대 이러시면 안됩니다."

제약우가 말했다.

"오늘 만약 은공의 도움으로 사흉을 처단하지 않았다면 우리 마을의 수백호 인가는 살아 남은 사람이 없었을 것이오."

심우가 말했다.

"만약 내가 잘못 들어오지 않고 촌주가 정성들여 설계한 기관이 작동하였다면 사흉은 벌써 붙잡혔을 뿐만 아니라 귀촌의 몇 사람도 재난을 당하지 않았을 것이라 생각합니다."

그의 말은 듣는 사람으로 하여금 그가 마음속으로 부끄럽고 불안해하는 것으로 결코 입에 발린 말이 아님을 알 수 있었다. 왕이랑은 한 쪽에서 무릎을 꿇고 꾸벅꾸벅 머리를 조아리고 큰 소리로 말했다.

"촌주, 제가 당신을 대신하여 심은공에게 절하겠습니다."

이렇게 되어서야 은혜에 감사를 드리는 일이 끝났다. 심우와 제약우는 자리에 앉았다. 심우가 말했다.

"왕형제, 당신이 예를 올려 수고를 하다니 내가 몸 둘 바를 모르겠소."

왕이랑이 말했다.

"은공이 이렇게 말하신다면 제가 몇번 절을 더 해야겠습니다."

심우는 다급히 말했다.

"됐소, 됐소."

제약우는 수염을 쓰다듬고 웃으면서 말했다.

"이랑의 방법이 과연 효과가 있구나. 심은공이 이렇듯 우연히 이곳을 지나게 된 것은 하늘이 우리 마을을 가엾이 여겨 구제하기 위함이었어."

심우는 정색하며 말했다.

"촌주의 말씀대로 길을 잘못 들어 이곳에 온 것은 하늘의 뜻입니다."

그들이 여기까지 이야기하였을 때 한 사나이가 들어오더니 허리 굽혀 심우에게 예를 올리고서야 제약우에게 말했다.

"모든 시체들을 관에 넣었는데 지금 묻을지 아니면 내일 묻을지요? 촌주, 말씀을 주십시오."

제약우는 일어서서 말했다.

"이 참사는 빨리 처리할수록 좋으니 지금 묻어 버리시오."

그는 이어서 심우를 보고 말했다.

"상성사흉은 비록 우리 마을의 원수지만 관에 넣어 묻겠소. 은공이 괜찮다면 함께 가서 보는 것이 어떻소?"

심우는 고개를 끄덕이고 일어나더니 그의 뒤를 따라갔다. 집 밖 계단 밑의 빈터에 관이 일곱 개가 있었다. 주위에는 사람들로 꽉 찼는데 거의 남자들이었다. 그들의 복색으로 보아 마을의 장정들임을 알 수 있었다. 모든 사람들은 이번 흉살의 시말을 들었기 때문에 묻거나 의논하는 사람이 없었다.

심우는 이렇듯 순박한 마을 사람들의 침묵을 지키는 모습이 엄숙하고 장엄하게 느껴졌다. 심우는 방금 전에 형도가 자살한 상황이 떠올랐다. 당시 그 자리에는 사람이 많지 않았지만 이와 같이 장엄하고 경건한 분위기로 넘쳐 났다. 대낮같이 밝은 횃불 아래에서 무수한 눈길이 심우에게 집중되었다. 심우를 보는 백수십 쌍의 눈길에는 악의를 품은 눈길이 한 쌍도 없었다. 제약우가 말했다.

"심은공, 당신이 우리를 위해 원수를 주살하였다는 것을 우리 마을 사람들 모두 알고 있소이다. 심은공 덕분에 다년간의 걱정이 사라져 우리모두 감격에 차 있는데다 심은공을 존경하오. 그리고 우리 마을 사람들은 우리 마을 사람이든 원수든 막론하고 죽은 자 모두에게 애도와 경의를 표하오."

심우는 머리를 끄덕였을 뿐 어떻게 대답해야 좋을지 몰랐다. 하지만 심우의 마음속에는 이러한 장면이 깊이 새겨졌고 영원히 잊지 못하리라는 것을 알았다. 관이 들려 나가자 마을 사람들은 묵묵히 그 뒤를 따라갔다. 긴 행렬의 횃불은 또 다른 한 폭의 기이한 정경을 이루었다. 심우는 사색에 빠졌다. 심우 마음속에 아득한 우주의 심오하고 현묘한 부분이 돌연 마음속에 닿는 것만 같았다.

다시 그들은 대청으로 올랐다. 대청에는 술좌석이 마련되어 있었다. 손님은 심우 혼자였고 접대하는 사람은 제약우와 왕씨 남매였다. 심우가 요리를 먹고 술을 마시자 마음이 가뿐해졌다. 더욱이 왕옥령이 심우에게 간절하게 술을 권했고 제약우의 말이 재미가 있어 분위기는 점점 무르익었다. 제약우가 화제를 돌려 말했다.

"제가 참견할 일은 아니지만 은인의 일에 관심을 두지않을 수 없소. 은공은 금릉으로 가려 하는데 어떤 일로 가려하오?"

심우가 말했다.

"솔직히 말해 나 자신도 모릅니다. 무엇을 하려 하는지?"

제약우가 말했다.

"옳구만. 내가 은공의 눈동자에서 은공이 해결하기 어려운 번민에 쌓여있다는 것을 읽었소."

심우는 참지 못하고 말했다.

"해결하기 쉽지 않은 것만이 아니라 아마 영원히 해결하지 못할 것입니다."

왕옥령이 부드럽게 말했다.

"꼭 그렇다고는 할 수 없지요? 도대체 무슨 일인가요? 은공이 알려줄 수는 없는지요?"

심우가 말했다.

"나의 비밀은 이미 몇 사람이 알고 있소."

그는 가문의 불행과 그 뒤에 려사를 만난 일 등을 요약해서 그들에게 말하였다. 그리고 덧붙이며 말했다.

"려사가 죽었다면 더 이상 걱정할 일이 없기 때문에, 돌아가신 부친의 비밀을 풀지 않을 수 없소."

왕이랑이 돌연 끼어들며 말했다.

"은공은 하루빨리 그 원인을 찾아야지 안 그러면 답답해서 어찌 견디겠소?"

제약우가 말했다.

"이랑, 이런 일은 함부로 얘기하는 것이 아니다."

심우가 말했다.

"그의 말이 맞습니다. 가슴이 답답한 것 보다 빨리 조사하여 원인을 알아내야 합니다."

왕옥령은 나직하게 말했다.

"만약 은공이 자신이 없다면 그래도 많이 생각하는 것이 좋아요. 만약 애낭자가 추궁하지 않는다면 일이 지난 지도 오래니 은공도 옛날의 은혜와 원한을 조사하여 추궁할 필요는 없겠지요."

왕이랑은 말을 하려다가 돌연 촌주의 당부가 생각났던지 말을 되삼켰지만 의연히 저도 모르게 고개를 가로저으면서 반대한다는 뜻을 노출하였다. 제약우는 기침 소리를 내고 말했다.

"옥령은 비록 좋은 뜻이지만 세상의 어떤 일은 시간이 지난다고 잊혀질 수 없는 것이 있다. 그건 심은공이 더 잘 알테지."

심우가 말했다.

"촌주의 말씀이 지당합니다. 시간이 흐를수록 잊어 버릴 수 없을 뿐만 아니라 도리어 고통이 더욱 깊어져 살고 싶은 생각마저 없습니다. 만약 려사를 만나지 않았고 거듭 일들이 발생하지 않았다면 저는 벌써 인간 세상을 떠났을 겁니다."

왕옥령은 동정하는 눈길로 이 청년을 바라보았다. 심우에게 이처럼 큰 고통이 있었음을 알자 왕옥령은 연민의 정이 더욱 생겼다. 하지만 심우는 비록 갖은 고초를 다 겪었고 도탄에 깊이 빠진 적이 있지만 그는 굳세고 끈기있게 난관을 헤쳐왔다. 심우의 성실하고 착한 모습은 사람들의 오해를 낳지만 사실상 그는 강자이고 매우 끈질긴 힘이 있었다. 비록 잔혹한 운명이라도 심우를 쉽게 무너뜨릴 수 없었다. 심우는 아름다운 소녀의 눈에 눈물이 고여 있는 것을 보았다. 심우는 그녀에게 마음을 줄 수 없었기 때문에 그녀의 눈길과 마주치지 않고 피하려고 했다. 제약우가 말했다.

"은공의 이런 조우는 생각 밖이에요. 지금 우리가 려사가 죽었다고 가정하면 다음에 해야 할 일은 지난 일을 조사하고 증명하는 것이겠지요."

심우가 말했다.

"내가 보기에 려사는 틀림없이 죽었소. 나는 한곳에 들러 려사를 제압할 수 있는 방법을 찾으려 했으나 이제 갈 필요가 없게 되었소."

제약우가 말했다.

"내가 만약 심은공이라면 그의 시체를 직접 보기 전까지는 려사의 죽음을 인정하지 않겠소."

심우는 가볍게 "오"하고 소리를 내더니 골몰히 생각하였다. 제약우는 지혜가 뛰어날 뿐만 아니라 경험이 풍부하였다. 그래서 심우는 제약우의 말을 등한시 할 수 없었다. 제약우가 또 말했다.

"려사의 일은 잠시 접어두고 은공 가문의 불행한 일의 원인을 밝히는 일에 모든 힘을 다해야 할 것이오."

282

심우가 말했다.

"이 일은 이미 발생한지 오래되어 마음은 급해도 서두를 수 없는 일입니다."

제약우가 말했다.

"내 말은 즉시 행동을 하여야 하고 다른 일은 마음에 둘 필요가 없다는 말이오."

왕이랑은 참지 못하고 말했다.

"촌주의 말씀이 옳습니다. 은공은 빨리 손쓰는 것이 좋겠습니다."

심우는 고개를 끄덕였지만 얼굴에는 쓴 웃음을 떠올렸다. 가문에서 발생한 불행에 대해 그는 갈피를 잡을 수 없었다. 그리고 어디서부터 착수해야 할지 알 수 없었다. 제약우가 천천히 말했다.

"은공이 행동하자면 더없이 큰 곤란에 부딪힐테요."

심우는 몹시 놀랐다.

'아직 마음속에 어떻게 시작하겠다는 계획도 서지도 않았는데 제약우 촌주는 벌써 상황을 헤아리고 있단 말인가.'

심우가 즉시 물었다.

"곤란이라니요? 무슨 곤란을 말하는지요? 그리고 또 해결할 수 있는 건지요?"

제약우가 말했다.

"영존은 생전에 의협심으로 명성을 날렸고 또한 의리를 중히 여기고 재물을 천시한 까닭으로 은공의 가문은 비록 가난하지는 않지만 부유하지도 않을 것이오."

심우가 말했다.

"그렇소. 비록 집과 논밭이 조금 있었지만 그 수량이 많지 않고 또한 사고가 발생한 뒤 그 것들을 모두 팔아버렸소."

제약우가 말했다.

"그것이 곤란인 것이오. 내 짐작에 은공이 주밀하고 은밀한 조사를 하려면 우리 마을의 재력을 전부 밀어넣는다 해도 부족하오."

왕옥령은 부드러운 소리로 물었다.

"조사하는 일은 자기의 힘으로 하는 행위인데 왜 재물을 허비해야 하나요?"

제약우는 되려 물었다.

"혼자 힘으로 조사하려면 시간이 얼마나 걸릴 지 모르지. 또 당년에 심노선생이 친구를 죽인 행동은 원인이 있거나 다른 사람의 간계에 빠졌을 수가 있고 아니면 애씨 가문이 다른 사람의 지배 하에 오해가 발생할 수 있는데 그 막후의 사람은 어찌 있는 힘을 다하여 죄를 덮어 감추려 하지 않겠는가? 그러니 조사를 할 때 절대 공개적으로 조사할 수 없이 은밀히 탐문해야겠지."

그는 잠깐 멈췄다가 또 다시 말했다.

"은밀하게 탐문해야 하는 동시에 사건이 일어난 지도 오래 되었고 또 그만큼 환경도 많이 변했을테니 이전에 관계가 있는 모든 인물 그러니까 심노선생 부근의 인가와 내왕한 적이 있는 가게나 애씨 가문의 모든 친우와 이웃과 접촉한 적이 있는 모든 사람을 모두 찾아 물어봐야겠지."

왕이랑은 제약우의 말을 듣고 막막해졌다.

"일이 너무 많습니다. 그 많은 사람들을 모두 찾아 물어야 한다는 겁니까?"

제약우가 말했다.

"그뿐만이 아니다. 심노선생의 평생 사적을 일일이 알아봐야겠지. 무 릇 그가 가본 적이 있는 곳을 한 곳도 빠뜨려서는 안 되겠지."

심우가 말했다.

"아. 그러하다면 제게 많은 재물이 있다고 해도 할 수가 없습니다."

제약우는 정색하고 엄숙하게 말했다.

"하지만 걱정 마시오. 지금은 상황이 달라져서 은공은 이 일을 할 수 있 을 것이오."

심우는 알 수 없어 말했다.

"어째서 지금은 할 수 있다는 겁니까?"

그는 문득 깨닫고 머리를 끄덕이고 말했다.

"혹시 촌주께서 나를 도와주시려 합니까? 하지만……."

왕옥령이 끼어들며 말했다.

"심은공은 거절할 필요가 없어요. 생각해 보세요. 지금 우리 마을은 은 공의 은혜를 입었는데 어찌 은공의 일에 무심할 수 있겠어요."

심우가 말했다.

"만일 이 기화에 배우의 인물이 있다면 귀촌이 말려 들지 않는 것이 좋소."

제약우가 말했다.

"은공은 이런 문제에 대해 신경쓰지 마시오. 우리 마을은 옥령이 말한 것과 같이 이 일을 그냥 간과할 수만은 없소이다. 설사 심은공이 이곳을 떠난다 해도 우리는 모든 힘을 동원하여 조사할 것이오."

심우는 어깨를 으쓱거리면서 말하였다.

"좋습니다. 나는 더 말하지 않겠습니다. 비록 귀촌에서 돕는다면 내게 도움이 되겠지만 홀로 행동하더라도 폐를 끼치거나 연루되지 않도록 할 것입니다."

제약우가 말했다.

"우리 마을엔 능력이 있는 수하가 이십 명 정도가 있소. 나는 아직 계속하여 사람들을 훈련시킬 힘이 있어 적어도 백명 정도 준비시킬 것이오. 그밖에 나도 한 가지 임무를 맡겠소. 그것은 바로 각지에서 수집한 정보를 정리하고 분석한 다음 각 사람들을 조사하겠소. 이 임무를 능히 감당할 수 있는 사람으로 나 이상의 적임자는 없을 것이오."

심우는 그 말을 듣고 눈이 휘둥그레지더니 말했다.

"촌주가 하시려는 일은 너무도 큰일입니다. 하지만 이렇게 많은 인력을 쓰면 적을 놀라게 하고 강호를 소란시키는 일이 되어 오히려 좋지 않을 것입니다."

제약우는 수염을 쓰다듬고 웃으면서 말했다.

"은공은 시름을 놓으시오. 사람 수가 너무 적어도 역량을 전면적으로 발휘할 수 없으며, 소문이 누설되긴 쉽소. 만약 일손을 넉넉히 동원할 수 있다면 더욱 안전이 보장될 것이오."

그는 잠깐 멈췄다가 또 말하였다.

"예를 들어 이웃을 포함하여 그 당시 일과 관련 있는 자들을 네댓 명이 조사한다면, 이 사람들이 어떤 일을 하는지 즉시 표가 날 것이오. 하지만 몇십 명이라면 신분이 모두 틀려 장사꾼, 길손, 중과 도사, 관가의 포두 등 이런 사람들이 한 가지씩 조사한다면 누가 짐작을 하겠소? 이렇듯 그들이 보내온 자료에서 우리는 알고 싶은 정보를 무사히 얻을 수 있을 것이오."

왕옥령이 말했다.

"그렇다면 몇십 명이면 넉넉하겠군요!"

그녀는 촌주가 거금이 들 것이라는 말을 들은 터라 인원이 너무 많을 필요가 없다고 생각했다. 제약우는 머리를 가로젓고 말했다.

"안된다. 이런 조사에는 적어도 백명 이상의 정통한 사람이 있어야 한다. 그 외에도 연락하는 사람, 각종 잡일을 하는 사람, 또 전문적으로 신분을 엄호하는 사람 등 모두 합치면 적어도 이삼백 명은 있어야 한다."

왕옥령이 말했다.

"이삼백 명이라 해도 많은 돈을 쓸 필요는 없잖아요?"

제약우는 이마를 찌푸리고 말했다.

"네가 어찌 조사 시 상황을 알 수 있겠느냐. 너에게 알려주는데 이것은 가장 돈이 많이 쓰는 일이다. 한 사람을 만나기 위해 백 냥에 이르는 은자가 들 것이야. 게다가 사람이 이렇게 많고 아득히 떨어져 있는 먼 곳까지 도처로 다녀야 하니 생각해 보아라. 매일 얼마나 많은 돈을 써야 하겠나."

왕옥령은 생각했다.

'만약 이렇게 셈하면 매일 적어도 천냥에 이르는 은자가 들테지. 삼, 오 일이면 그런대로 버틸 수 있으나 사오 개월이라면 설사 큰 물주라도 견디기 힘들 텐데.'

그녀는 머리를 가로저으면서 실망을 느꼈고 심우를 위해 괴로워했다. 심우는 생각하고 나서 말했다.

"돈에 대해서는 해결할 방법이 있소."

여러 사람들은 그 말을 들은 뒤 모두 놀라고 의아해 하였다. 왕이랑이 시원스럽고 솔직하게 말했다.

"은공은 무슨 말씀이오? 우리가 도둑질을 한다 해도 이렇게 많은 은자를 빼앗을 수 없을 것이오. 그리고 우리는 절대 남의 재물을 강탈하는 일을 할 수 없소."

제약우는 대뜸 말했다.

"허튼 소리 하지 마라. 이랑, 은공은 당대 대협이다."

왕옥령이 말했다.

"은공, 돈을 어디서 구할 수 있다는 거죠? 우리에게 알려줄 수 없나요?"

심우가 말했다.

"내게 한 폭의 지도가 있소. 옛날 오왕吳王 장사성張士誠의 보물을 감춘 지도로 투절문偷竊門의 대 비밀 전설 중의 하나요. 그들은 이를 백골총白骨塚이라 부르는데, 실제로는 황금굴이고 발굴을 하게 되면 충분한 돈을 댈 수 있을 것이오."

이 이야기를 듣고 세 사람은 멍해졌다. 왕이랑이 말했다.

"그렇다면 은공은 빨리 그 곳으로 가야 할 것입니다."

제약우는 진정하고 생각했다.

"은공은 비록 보통사람이 아니고 말에도 무게가 있지만 이런 장보도의 전설은 흔히 가짜가 많고 실제적인 근거를 찾지 못하오. 나는 많은 사람들이 이런 보물을 파내기 위하여 가산을 탕진하는 것을 많이 보았소. 다 믿을 수 없는 것들이었소."

왕옥령도 아무 말이 없는 것으로 보아 그녀도 심우의 말을 믿지 않는 것 같았다. 심우는 픽 웃으며 말했다.

"촌주인의 말이 지당하오. 보통 이치대로 논하면 황금굴의 이야기는 황당하고 근거 없으나 오왕 장사성의 보물은 도리어 보통 전설과는 달라

신빙성이 있을 뿐만 아니라 그곳을 다녀온 사람도 있소."

왕이랑은 기뻐하며 말했다.

"만약 그곳을 다녀온 사람이 있다면 필시 허무맹랑한 거짓은 아닐 것이오. 은공은 빨리 그곳을 가시오."

이때 여러 사람이 술과 밥을 배불리 먹고 옆에 자리잡고 앉았다. 왕옥령은 직접 향차로 시중을 들었다. 그들은 계속해서 조금 전의 화제를 이야기했는데 제약우가 말했다.

"이미 이 황금굴에 다녀온 사람이 있는 이상 이 전설은 믿을 만하오. 하지만 한 가지 일은 알 수가 없소."

심우가 말했다.

"촌주가 알 수 없다는 것이 무엇이오?"

제약우가 말했다.

"그 황금굴에 다녀온 사람이 있다면 왜 금은을 자기 소유로 만들지 않았소? 만약 자기 소유로 만들었다면 심은공이 설사 그 곳을 알아내도 소용이 없지 않소?"

왕옥령이 촌주인의 말을 듣고는 일리가 있다고 느껴 근심에 쌓인 기색으로 나직하게 말했다.

"그래요, 세상에 어찌 보물산에 들어갔다 빈손으로 돌아올 사람이 있겠는지요?"

심우가 말했다.

"당신들은 걱정마시오. 황금굴에 다녀온 사람은 평범한 사람이 아니요. 그는 신분이 높고 명성이 천하에 널리 알려진 분으로 조용하고 욕심이 없는 불문의 연기지사煉幾之士요."

심우는 제약우의 기색을 보고 세상의 갖은 시름을 다 겪은 이 사람이 아직 자기의 말에 설득되지 않았음을 알고는 또 다시 말했다.

"물론 출가지인도 꼭 대량의 재물을 먼지처럼 본다고는 할 수 없소. 하지만 이 분은 덕행이 있는 지사일 뿐만 아니라 세상에 둘도 없는 지혜로운 사람이기 때문에 나는 그분이 황금을 돌처럼 볼 수 있는 분임을 믿소."

제약우는 정신이 번쩍 들면서 말했다.

"그 지혜로운 그 분은 누구요?"

심우가 말했다.

"촌주도 들었을 것입니다. 그는 신기자 서통 노선배입니다."

제약우는 "아!"하고는 말했다.

"알고보니 서진인이군. 그러면 보물에 대해 마음이 전혀 움직이지 않을 것이오."

심우는 마도의 마지막 절초도 그 보장지처에 있다는 일은 말하지 않았다. 그가 일부러 속이려 한 것이 아니라 이 일을 언급하면 또 설득하느라 많은 말을 해야 하고 또 그만큼 시간을 허비하기 때문이었다. 제약우가 말했다.

"만약 그 황금굴이 정말 장사성이 보물을 숨긴 곳이라면 이번 행동에 쓰려는 재물을 넉넉하게 대고도 남을 것이라 생각하오. 만약 정말 그 재물을 얻는다면 우리는 바로 행동을 전개할 수 있소."

그는 직접 눈으로 보고 또한 그 재물을 얻어야 진실이라 할 수 있다고 암시했다. 심우가 말했다.

"좋습니다. 다른 일은 향후에 말하고 나는 내일 보물을 찾으러 떠날 것입니다. 확실한 소식이 있으면 돌아와서 촌주의 도움을 청하겠습니다."

제약우가 말했다.

"심은공은 절대 경솔하게 행동하지 마시오. 당신의 일거수 일투족이 려사와 애낭자 등의 사람들과 내왕한 뒤부터 이미 무림이 주목하는 대상이 되었소. 더욱이 음모를 계획한 막후의 그 자는 당신이 세상을 놀라게 하는 재능이 있음을 알고 미리 싹을 제거하고자 하는 악독한 생각을 가지게 될 것이오. 그러니 심은공은 겉으로는 애림을 제외하고는 달리 꺼리는 것이 없는 것처럼 행동해야 할 것이오. 사실상 도처에 위험이 숨겨져 있는데다 그 막후인은 갖은 수단을 다 써서 당신을 음해하려할 지도 모르오."

제약우는 태연하고도 침착하게 말했다. 그의 분석과 설명은 사람으로 하여금 탄복하지 않을 수 없게 했다. 왕옥령이 다급히 말했다.

"그렇다면 심은공이 숨는 것이 가장 좋지 않나요?"

왕이랑이 말했다.

"그래요. 그 막후인이 먼저 도처에서 심은공을 찾기를 기다리는 것이 더 낫지 않을까요?"

심우는 머리를 끄덕이고 말했다.

"왕형제의 말에도 도리가 있소. 그것도 적을 유인하는 책략이오."

제약우는 머리를 가로저으며 말했다.

"아니오, 심은공이 만약 돌연 종적을 감춘다면 비록 안전하기는 하나 좋은 방법이 아니오. 가장 좋은 방법은 그들의 공격을 보아가며 수비를 하는 것이오. 다시 말해서 안전을 돌보는 동시에 반격할 수 있는 힘을 갖춰야 한다는 것이오. 심은공 생각은 어떠하오?"

심우가 말했다.

"물론 좋지만 어떤 계책을 말하는 것인지요?"

제약우가 말했다.

"심은공은 이제부터 강호에 모습을 드러낼 때 반드시 예전처럼 소침하고 의욕을 상실한 그런 모습으로 위장하시오. 그밖에도 인정과 이치에 어긋나도 좋으니 당신의 종적을 사람마다 인식시키시오."

심우가 말했다.

"의욕을 상실한 모습은 막후의 사람으로 하여금 경계심을 늦추게 함이라는 것은 이해할 수 있지만 왜 인정과 이치에 어긋나는 행위로 사람들에게 종적을 알도록 해야 하지요?"

제약우가 말했다.

"이것은 적을 유인하는 계책이오. 만약 그 막후인이 생각이 매우 세밀하고 좀처럼 마음을 주지 않는 사람이라 해도 이런 상황에서는 경계를 늦출 수 있기 때문이오. 남몰래 당신을 살펴보고 조사할 때 가리우는 수법이 꼭 매우 거칠고 경솔해야 할 것이오. 이러면 심은공은 그들의 음모를 간파할 기회가 있지 않소?"

제약우는 잠깐 멈추었고 심사숙고한 뒤 느릿하게 말했다.

"그러므로 많은 사람들이 당신을 주의하기 때문에 막후인이 그 중에 뒤섞여 있어 발견하기 쉽지 않겠지만 사실상 심은공이 내가 말한 바 대로 행동한다면 오히려 상대방을 방심시켜 그 틈을 노릴 수 있소. 이 점은 상대방이 절대 생각하지 못할 것이요."

그의 계책은 정말 종횡으로 늘리기도 하고 넓히기도 하여 심우는 아주 탄복해 하며 말했다.

"촌주의 뛰어난 지혜는 과연 탄복할 만합니다."

제약우는 수염을 쓰다듬고 웃으면서 말했다.

"아. 성명과 모습도 모르는 대가를 적수로 하자니 나 또한 모험에 뛰어들게 되었소. 이왕 시작한 모험이니 우리 쪽에 승산이 있도록 해야지 않겠소?"

이튿날 아침 심우는 왕가 남매와 함께 부근을 한 바퀴 돌았다. 논밭의 농민들이 즐겁게 경작하는 것이 보였다. 어제 올 때의 황량하고 정막한 모습과는 전혀 달랐다. 그들은 제약우의 가택에서 행동할 세부 사항을 상의하였다. 제약우는 간 밤에 치밀하게 생각해 둔 것을 말했다.

"천하에 그 어떤 죄행도 반드시 동기가 있소."

심우는 고개를 숙이고 말했다.

"옳습니다."

제약우가 말했다.

"심노선생이 올가미에 빠져 비정상적인 행위로 의형제를 살해하고 심지어는 그의 친 아들인 심은공 마저도 위협을 받은 적이 있소. 그러므로 이 음모를 획책한 사람은 안하무인의 인물일 것이오. 현재로서는 그의 이런 작법에 어떤 목적이 있는지 알아낼 길이 없는 게 사실이오."

심우가 말했다.

"찾아야지요. 반드시 찾아야 할 것이오."

제약우가 말했다.

"그렇소. 우리는 반드시 주도면밀하게 방대한 조사망을 마련해야 할 것이오. 심노선생의 일생의 사적과 알고 있던 모든 사람들을 조사한 다음 그 자료에 근거해서 추측하고 판단해야 할 것이오. 거기에서 반드시 단서를 찾을 수 있을 것이라 믿소."

왕옥령이 때맞추어 중요한 문제를 말했다.

"조사를 하자면 얼마만한 시간이 걸릴까요?"

제약우가 말했다.

"말하기 어렵다. 아마 이삼 개월이면 될 것이고 순조롭지 못하면 아마 사오 년도 끌 수 있다."

심우가 말했다.

"아. 내겐 그리 많은 시간이 없습니다."

제약우가 말했다.

"알고 있소. 우리는 당신을 몰래 살피는 모든 사람들을 엄밀히 조사하겠소. 이 일은 실마리를 찾는 일이고 결과를 얻으려는 것이 아니오."

왕옥령은 알 수 없어 말했다.

"실마리를 찾는 것과 결과를 얻는 것이 어떤 차이점이 있죠?"

제약우가 말했다.

"예를 들면 금광을 채굴할 때 한 더미의 모래흙에서 오직 금질이 함유되어 있는 광사礦砂를 발견하면 곧 실마리를 찾은 셈이지. 만약 한 더미의 모래흙에 황금이 모두 얼마나 들어 있는가를 알려면 반드시 채로 치고 제련해야 하는데 이런 작업이 바로 결과를 얻는 것이라 할 수 있겠지."

여러 사람들이 깨달았다. 왕옥령이 말했다.

"그렇다면 실마리를 찾는 것은 쉽겠군요."

제약우가 말했다.

"확실히 쉽긴 쉬울 것이다. 그러나 우리가 찾으려는 실마리는 모래흙에서 찾는 금질이 함유된 광석처럼 많지 않아. 마치 전체 모래 흙더미에서 한 알의 광석을 찾는 것이기 때문에 운에 달렸다고 할 수 있어. 혹시 제일 처음 더미에서 발견할 수 있지만 어쩌면 제일 마지막 더미에서 찾게 될 수도 있지."

심우는 제약우의 말에서 왜 이렇게 많은 돈이 필요한지 알았다. 이러한 일은 금전을 제외하고도 믿음직한 사람이 많이 필요함을 알았다. 만약 제약우를 만나지 않았다면 무한한 재부가 있다고 해도 적합한 일손의 도움을 찾기 어려웠을 것이다. 그 뒤 연속 이틀은 제약우가 모든 일을 빈틈없이 계획하였는데 심우에게서 들은 말을 참고하여 대체적인 윤곽을 구상하였다.

세 번째 되는 날 아침, 심우는 주룡을 타고 제약우와 왕씨 남매, 그리고 이곳의 한 무리의 사람들과 작별하였다. 이 며칠 동안 그는 약 이삼십 명의 마을 사람들을 완전히 알게 되었고 이 사람들은 바로 심우를 도울 인물들이었고 그 외에 필요한 사람도 제약우가 모아서 훈련시킬 것이다. 심우는 속력을 내어 남경南京에 이르렀다. 그의 옷은 더러워졌으며 수염도 깎지 않아 보기에는 그가 전날의 의기소침한 형세보다 더욱 심한 몰골이었다. 그는 남경에서 비결과 방법을 알아내고는 술을 마시고 도박을 시작했다. 도박장 중에는 부유한 상인과 부유한 집의 자제들이 많았다. 또한 지방의 건달과 강호의 도박꾼들도 많았다.

며칠 지난 뒤 심우를 남경 땅에서 모르는 사람이 없게 되었다. 남경에 머무는 며칠 사이에 심우는 여러 번이나 싸웠고 그 중 두 적수는 매우 이름있는 무림 인물이었기 때문에 심우의 이름이 급속도로 퍼졌던 것이다. 사람들은 이제 심우가 성격이 아주 나쁘다는 것을 알았다. 그러나 그는 다만 술을 마신 뒤에야 성깔을 부렸고 평소에는 그렇지 않았다. 심우가 거주하는 여관에는 늘 적지 않은 손님이 찾아왔고 모두 도박 친구거나 술 친구였다. 그는 취기가 없을 때에는 그 어떤 사람의 논의가 길고 재미가 없어도 모두 조용하게 듣고만 있었다. 이렇기 때문에 말하기 좋아하는 녀석들은 늘 그를 찾아 털어놓고 말했다.

이 날도 심우는 곤드레만드레 취해서 한 주먹에 술집의 상을 부셔 버려 사람마다 그를 피했고 심우가 제멋대로 하는 것을 내버려 두었다. 심우의 술주정은 절반은 진짜였다. 그는 마음속의 울분과 죽은 아버지에 대한 애도 및 개인적인 외로움을 술주정을 빌어서 해소하였다. 이렇게 함으로써 심우는 속에 찼던 울분이 점점 술의 힘을 빌어 해소되어 심정은 점점 좋아졌다. 심우는 비틀거리면서 밖으로 나왔는데 그의 길을 막는 자가 있다면 그가 주먹을 날릴 셈이었다.

심우는 큰 길에서 흔들거리면서 걸어갔는데 큰 길 모퉁이를 돌자 예닐곱 명 더 되는 사람들과 부딪쳤다. 물론 취기가 있었지만 심우의 무공이 심후하여 결국 그 사람들을 두들겨 팼다. 심우에게 두들겨 맞은 사람들은 심우에게 더 이상 따지지 않았다. 심우는 길모퉁이를 돌아 오후의 햇빛을 마주하고 벽에 기대어 앉았다. 길손들은 심우가 술에 많이 취한 것을 알고 심우를 주의하지 않았다.

약 반시진이 지나서 심우는 천천히 머리를 쳐들었다. 그가 눈을 깜빡이면서 정신을 차리고 보니 자기가 길가의 벽 밑에 앉아 있는것을 발견하고 저도 모르게 쓴 웃음을 짓고 천천히 일어섰다. 이때 그는 머리가 어지럽고 목이 말라 즉시 건너편 옆 쪽 가게에 들러 신선한 배를 몇 개 샀다. 심우는 문 앞에 서서 단숨에 먹었다. 신선한 배는 가격이 비쌌지만 많은 사람들이 이용하는 곳인데 유명한 상점이었다.

그는 마지막 남은 배를 만지며 지금 한창 바삐 저울질하고 값을 매기는 중년의 사람을 쳐다보면서 또 몇 개 더 살까하고 궁리했다. 그 중년의 사람은 바빴다. 심우는 이맛살을 찌푸리고 눈길을 돌려 다른 가게로 가려 했다. 심우가 발걸음을 옮기려던 찰나 유명한 상점 안의 진렬대 뒤에 대개 십팔구 세에 즈음의 한 소녀가 긴 머리를 빗고 있었다. 소녀는 물찬 제비와도 같이 매우 예뻤다. 심우는 마음속으로 생각했다.

'장사가 이렇게 잘되는 것이 원래는 과일이 신선한 외에도 또 다른 흡인력이 있어 손님을 끌어들이고 있었군.'

그는 가게 안으로 들어 가서 아름다운 소녀에게 말했다.

"방금 배 일곱 개를 먹었는데 모두 얼마요?"

그 소녀는 방긋 웃으면서 말했다.

"모두 은자 사전이에요."

심우는 머리를 끄덕이면서 손을 주머니에 넣어 돈을 꺼내려 했다. 그 소녀는 흠칫했는데 심우의 기색이 돌연 꼴사납게 변했으므로 그녀가 약간 놀랐던 것이었다. 심우는 한참 주머니에 손을 넣었다가 즉시 다른 주머니를 뒤졌다. 이때에야 그 소녀는 어찌된 일임을 알아차리고 기색이 원상태로 회복되었다. 소녀의 얼굴에 귀여운 웃음을 떠올랐다.

심우는 모든 주머니를 다 뒤졌지만 십 몇 푼의 돈밖에 없었고 은자와 은표는 모두 없어졌다. 그는 절망을 느끼고는 할 수 없이 주머니를 뒤지지 않았다. 하지만 그는 그 소녀를 똑바로 쳐다보지 못했고 만약 상대방이 그 중년의 사람이라면 비록 면구스럽지만 그래도 좀 괜찮았을 것이라 생각했다. 아름다운 소녀 앞에서 심우는 더없이 거북했다. 차라리 쥐구멍이라도 있으면 당장 들어가고 싶었다.

심우는 그 소녀를 감히 쳐다보지도 못하고 또 어떻게 말해야 좋을지 몰랐다. 하지만 문제는 어쨌든 해결해야 했고 목석처럼 그냥 서있을 수는 없었다. 그는 끝내 머리를 쳐들고 소녀를 바라보았는데 진열대의 소녀도 수줍은 기색이었으므로 한번 보고도 그녀가 심우가 쑥쓰러워 하기 때문에 심우를 위해 그녀도 얼굴에 홍조가 생긴 것이었다.

이렇게 되니 심우는 더욱 거북하였고 다른 사람의 칼에 몇 번 찍히는 것보다도 더욱 고통스러웠다. 심우는 다른 사람들이 자기가 돈을 추릴 수 없는 일을 발견할까봐 두려웠다. 모든 사람들이 보는 앞에서 관가에 붙잡혀 가는 것은 물론이고 그 중년의 사람에게 몇 마디 말을 듣는 일도 고역이었다. 이렇듯 매우 고통스럽고 거북한 상황에서 심우는 돌연 생각했다.

'알고보니 인생살이에 있어 과연 어떤 일들은 무공으로 해결할 수 없구나. 지금 설사 려사가 최고의 마도를 연마했다고 해도 려사 역시 이런 상황에서는 조금도 쓸모가 없을 것이다.'

그러나 이론은 이론이고 현실은 또한 현실인 것이다. 심우가 비록 더없이 오묘한 도리를 깨달았지만 눈앞의 곤경에 대해서는 전혀 도움이 되지 않았다. 그는 하는 수 없이 체면을 무릅쓰고 낮은 소리로 말했다.

"나는 돈을 잃어버렸소!"

그 소녀는 아무 말도 없었고 오직 어쩔 바를 몰라 하다가 "아"라고 소리를 냈다. 심우는 잠시 어떻게 말했으면 좋을지 몰라 더듬거리면서 말했다.

"나……나의 돈이 방금 없어졌소……나……."

그 소녀는 그가 까닭을 말하지 못한 것을 보고 돌연 진정하더니 픽 웃고 말했다.

"나는 들었는데요!"

심우는 깜짝 놀라 말했다.

"아, 그렇군. 당신이 들었지만 나……."

그 소녀가 말했다.

"당신은 집에 가서 돈을 가져오겠다는 것이지요?"

심우는 또 한번 깜짝 놀랐고 그는 돌아갈 집도 없고 여관에도 은자를 두지 않았다. 그 소녀는 또 말했다.

"당신이 왔다 갔다 할 필요 없고 내가 한사람을 시켜 당신을 따라가서 돈을 가져오게 하면 어떤가요?"

심우는 당대의 영웅으로 한 소녀를 기만할 수 없었다. 그는 즉시 본능적으로 머리를 가로저을 뿐이었다. 그 소녀도 멍해졌다. 그녀는 확실히 왜 자신의 건의를 거절했는지 이해가 되지 않았다. 두 사람은 모두 말이 없었다. 심우는 급한 가운데도 갑자기 장화 속에 있는 단도가 생각났다. 철을 흙 베는 듯한 이 보도는 배 값을 치르기에 넉넉하였다. 이런 생각이 들자 그는 삽시간에 구원을 받은 듯 허리를 굽혀 칼을 꺼냈다. 그 소녀는 그가 허리를 굽힌 것을 보고 그가 무엇을 하려는지 알 수 없었다. 한참 지나도 그가 몸을 일으키지 않으니 그녀는 저도 모르게 매우 의아하다고 여겼고 머리를 내밀고 진열대 밖을 보았다. 심우는 장화 속의 단도 손잡이를 쥐었을 때 돌연 그 단도의 이름이 기화임이 떠올랐고 저도 모르게 걱정되었다.

'어찌 이렇듯 불길한 칼을 아름답고 사랑스러운 이 소녀에게 줄 것인가.'

심우는 차마 칼을 꺼낼 수 없었다. 그렇지 않으면 이 소녀가 칼을 보고 놀라서 날카로운 소리를 지를 것인데 그렇게 되면 배를 공짜로 먹었다는 죄명 외에 폭행죄까지 가중되어 일이 더 꼬이게 될 것이었다. 그래서 그는 허리를 굽힌 채로 일어나지 않았고 그 소녀의 부드러운 말소리가 들려왔다.

"뭐 하는 거예요? 배가 아파요?"

심우는 자기가 다만 그 기회에 배가 아프다고 소리를 지르기만 하면 이 궁지에서 벗어날 수 있다는 것을 당연히 알고 있었지만 그는 영웅인물로서 한 여인을 기만하기 싫었다. 그는 머리를 가로 젓고 허리를 폈는데 소녀의 허리 아래 부분의 치마를 보았다. 만약 그녀가 진열대에 엎드리지 않았다면 그는 소녀의 이 부위를 볼 수 없었을 것이다. 심우는 비록 치마만 보았지만 이것 때문에 돌연 눈이 밝아지더니 말했다.

"내가 방금 체면을 잃은 까닭을 낭자는 정말 알고 싶소?"

그는 돌연 유창한 말투를 회복했고 그 소녀도 머리를 끄덕이고 웃으면서 말했다.

"그래요. 어떤 사정이지요?"

심우가 말했다.

"나는 돈을 잃어버렸고 남경에 친척도 없으니 돈을 가져올 곳이 없소. 그런데 돌연 한 가지 값가는 물건이 피뜩 떠올랐는데 아마 빚을 갚을 수 있을 것이오."

소녀는 연신 머리를 끄덕이면서 말했다.

"그런데? 아, 그래 그것마저 잃어버렸나요?"

심우는 머리를 가로저으며 말했다.

"잃어버리지는 않았지만 내가 꺼내지 못하는 것은 낭자가 질겁할까봐 두려웠기 때문이오."

소녀가 말했다.

"무엇인데요? 그것이 사람을 물 수가 있나요?"

심우가 말했다.

"그것은 한 자루의 좋은 단도인데 아주 날카로워 다섯 가지 금속과 옥석마저도 끊을 수 있소."

소녀는 놀라지 않고 도리어 흥미 있어 하며 말했다.

"정말요? 내게 보여줄 수 있어요?"

심우가 물었다.

"당신, 정말 두렵지 않소?"

소녀는 머리를 가로저으며 말했다.

"네, 두렵지 않아요."

그녀는 심우가 의심하는 기색을 띠자 말했다.

"마음 놓으세요. 당신의 칼을 요구하진 않을 거예요."

심우는 그제야 장화 속에서 단도를 꺼냈는데 다행히 칼집 채로 여서 사람들의 주목을 끌지 않았다. 소녀는 그 칼을 받자마자 칼도 꺼내 보지 않았는데 연신 머리를 끄덕이면서 말했다.

"좋은 칼이다……. 좋은 칼."

심우가 말했다.

"당신이 어떻게 좋은 칼인 걸 알지요?"

소녀가 말했다.

"이 단도는 보통 칼보다 더 무거우니 당연히 좋은 칼이에요. 또한 이 칼집은 모양이 옛 빛을 띠고 우아한 것으로 보아 꼭 이름있는 사람의 솜씨임을 알 수 있어요."

심우가 말했다.

"이것은 머리카락도 쉽게 자를 수 있는 보도요. 낭자의 안력은 사람을 놀라게 하오."

소녀가 말했다.

"손님 말투가 유창하고 태도가 침착한데 이제 취기가 없어졌나요?"

그녀는 화제를 바꾸어 칼을 제쳐 놓고 심우에 대해 물었다. 심우는 미처 어쩔 사이가 없어 솔직하게 대답했다.

"조금 남아있던 취기가 놀라서 벌써 없어졌소. 아, 낭자는 어떻게 나에게 취기가 있는 것을 알았소? 그래 나의 몸에 아직도 술냄새가 있단 말이요?"

소녀는 머리를 가로저으며 말했다.

"당신의 몸에 술 냄새가 있는 것이 아니라 당신이 맞은 편 벽에 기대어 오래 앉아 있는 것을 보았는데요!"

심우가 문득 말했다.

"그랬구만."

그는 돈을 지불하지 못하는 일을 걱정하여 말했다.

"지금은 이 칼을 귀 가게에 저당잡힐 수가 없소. 지금은 돈이 없어 빚을 갚을 수 없는데 정말 어떻게 낭자에게 말해야 좋을지 모르겠소."

소녀는 달콤한 웃음을 떠 올렸는데 더욱 맑고 아름다워보였다. 그녀는 나직한 소리로 대답했다.

"괜찮아요. 걱정 말아요. 요만한 돈은 괜찮아요."

심우는 기뻐하며 물었다.

"내가 돈을 물지 않아도 된다는 말이요?"

소녀가 말했다.

"당신이 돈이 없는데 할 수 없잖아요."

심우는 몹시 감격하여 성실하게 말했다.

"이 빚은 꼭 갚겠소. 그리고 낭자의 은덕을 영원히 잊지 않겠소."

심우가 이런 말을 한 뒤에는 이치대로라면 소녀는 기화奇禍를 그에게 돌려줘야 하지만 소녀는 보도를 돌려주지 않고 물끄러미 바라보면서 생각에 잠긴 듯 했다. 한참 지나서 그녀가 말했다.

"나는 범옥진이라고 해요. 당신은요?"

심우가 말했다.

"나는 심우요."

범옥진이 말했다.

"심선생과 한 가지 일을 의논하려는데 괜찮겠어요?"

심우가 말했다.

"어떤 일인지……."

갑자기 그 중년의 사람이 그들의 이야기를 끊어 버렸다. 그는 그녀를 보고 도와달라고 하였다. 범옥진은 대답하면서 진열대 안에서 몇 덩이 부스러기 은자를 진열대 위에 놓고 이어서 소리를 낮추고 다급하게 물었다.

"당신은 어디에 투숙하나요?"

심우는 더 묻기 불편하여 할 수 없이 투숙하고 있는 여관을 그녀에게 알려주었다. 범옥진은 돈과 칼을 그의 앞으로 밀어 놓으면서 말했다.

"가져가요. 내가 저녁에 찾아가겠어요."

범옥진은 중년의 사람에게 달려갔다. 심우는 가슴이 두근거렸다. 은자

를 가지지 말아야 했지만 지금 자기에게 돈이 없었고 몹시 어려운 처지
에 있었으므로 생각을 돌려 은자와 단도를 가지고는 큰 걸음으로 가게를
나섰다. 범옥진은 그가 떠날 때 눈길 한번 주지 않았다. 심우는 의심이 가
득한 채 객점으로 돌아 왔다.

제23장

大浪子放蕩招陰魔

대낭자의 방탕이
음마를 부르다

심우는 홀로 방에 누워 오후를 나태하게 보냈다. 날이 어두워지자 그는 오히려 초조했다. 그것은 범옥진이 언제 올지 몰랐기 때문이었다. 또 그녀가 밤 늦게 온다면 소녀의 몸으로 야밤 삼경에 객점에 와서 홀몸인 남자를 만나는 게 소문이라도 난다면 설사 아무 일이 없다 해도 그녀에게는 결국 씻을 수 없는 추문이 될 것이다. 밤은 깊어 갔지만 심우는 불을 켜지 않았다.

돌연 가벼운 발걸음 소리가 방문 앞에서 멎었다. 이어서 방문이 살며시 열리더니 여인이 비껴 들어왔다. 심우는 한번 보고도 그 그림자가 범옥진임을 알았다. 비록 그녀는 머리에 두건을 둘러서 멀리서 보면 남자같았다. 하지만 심우는 그녀가 온 것임을 알았고, 또 그녀의 신체의 굴곡을 보고 더욱 온 사람이 여인임을 명확히 알 수 있었다. 심우는 이불을 박차고 일어나 앉으면서 말했다.

"범낭자요?"

"그래요. 심선생은 혼자 있나요?"

심우가 말했다.

"나 혼자요. 불을 켜겠소."

범옥진은 재빨리 방에 들어왔다. 침대가에 이르렀는데 침대 밖에 드리운 심우의 무릎에 거의 부딪쳐서야 걸음을 멈추었다. 그녀가 말했다.

"불을 켜지 마세요, 다만 몇 마디만 하겠어요."

심우가 말했다.

"불을 켜지 않아도 좋소. 이런 객점은 엿보는 눈이 많소. 범낭자는 혹시 낮에 하지 못한 말을 하려는 것이요?"

범옥진이 말했다.

"그래요, 어떤 일을 아버지에게는 알릴 수 없어 이곳에서 당신한테 말해야 해서요."

심우는 픽 웃었다. 그는 어둠 속에서도 의연히 그녀의 장엄한 기색을 뚜렷이 볼 수 있었고 그녀의 목소리는 낮고 엄숙했다. 심우는 그녀가 왜 이러는지 알고 있었다. 그것은 외로운 남자와 아름다운 여자가 암실에서 서로 불미스러운 일을 일으킬 수 있기 때문에 그녀가 그런 우스꽝스러운 태도를 취했던 것이다. 범옥진의 반짝이고 영활한 눈길에서 그녀가 방 안의 사람과 사물을 볼 수 있다는것을 추측할 수 있었다. 심우는 나직하게 물었다.

"범낭자는 어떤 일을 영존이 모르게 하려는 것이오? 그럼 진열대 안에 있는 그 장검도 영존이 모르고 있소?"

범옥진은 놀라고 의아한 눈길로 그를 쳐다보면서 말했다.

"그래요, 당신은 이미 보았나요?"

심우가 말했다.

"당신이 진열대에 엎드려 나를 볼 때 치마 한 쪽이 들리는 바람에 우연히 발견했소. 그러나 내가 일부러 당신의 비밀을 조사한 건 아니요."

범옥진은 한동안 생각하고 나서야 말했다.

"나는 당신의 말이 진실하다는 걸 믿겠어요. 만약 당신이 다른 종류의 사람이라면 당신이 주머니 돈이 없어졌을 때 절대로 그렇게 쑥스러워하지 않았을 것이에요."

심우는 그녀가 두뇌가 세밀하고 영활하여 보통 십팔구 세의 소녀하고는 비할 수 없음을 발견하고 즉시 말했다.

"범낭자가 나를 믿는 이상 말하겠는데 솔직히 말하면 나는 범낭자가 검을 감추고 있는 것을 발견했기 때문에 당신이 무공을 연마한 사람임을 알 수 있었소. 나도 무림지사이기 때문에 돌연 친근감이 생겼소. 그래서 당신이 나의 곤란한 처지를 이해할 수 있다고 여겨 말할 수 있었던 것이오."

범옥진이 말했다.

"그렇군요, 나는 줄곧 당신이 왜 갑자기 유창하게 말하게 되었는지 이상하게 여겼지요."

심우는 손을 가로저으면서 물었다.

"낭자가 이곳에 온 것이 혹시 내가 낭자를 위해 어떤 할 일이 있기 때문이오?"

범옥진이 말했다.

"솔직히 말하겠어요. 나는 심선생에게서 한 가지 물건을 빌리려고 하는데 그건 바로 그 보도예요."

심우는 낯빛하나 변하지 않고 말했다.

"얼마나 빌려 쓰려 하오?"

범옥진이 말했다.

“오래야 닷새고 빠르면 이틀이에요.”

심우가 말했다.

“당신은 아직 이 보도를 잘 보지 못했구만…….”

그는 칼집 채로 그녀에게 넘겨주면서 또 말했다.

“비록 불빛이 없지만 도신에서 비치는 빛이면 넉넉하게 잘 볼 수 있을 거요.”

범옥진은 칼집에서 칼을 뽑고 자세히 살펴본 뒤 칼을 도로 칼집에 꽂았지만 심우에게 돌려주지 않고 말했다.

“내가 보았는데 도신의 한 끝에 글자가 새겨져 있지만 나는 전자체를 볼 줄 몰라요.”

심우가 말했다.

“그것은 기화奇禍란 두 글자인데 그 뜻을 당신은 알겠소?”

범옥진이 말했다.

“이것도 칼의 이름이라고 할 수 있어요? 왜 이렇게 불길해요?”

심우가 말했다.

“이 칼을 소유할 수 있는 사람은 반드시 무공이 뛰어난 사람이라야 하오. 그렇지 아니면 삼일 내에 다른 사람에게 빼앗기고 마오. 내가 알기로는 무공이 뛰어난 지사는 대부분 미신을 믿지 않기 때문이오.”

범옥진이 웃으면서 말했다.

“그렇다면 당신은 무공이 뛰어남과 아울러 미신을 믿지 않는 사람이겠군요.”

심우는 생각했다.

‘그녀가 비록 나이는 어리지만 두뇌가 영활하고 말하는 것도 노련하다.

이런 특징은 여자에게서만 찾아볼 수 있어. 만약 그녀와 같은 나이의 남자라면 절대 이런 노련한 표현이 있을 수 없지.'

그는 다른 생각을 하면서도 대답은 이렇게 했다.

"내 무공은 그런대로 쓸 만할 뿐이고 미신은 믿지 않소. 어쨌든 나는 이미 기화를 지니고 있으나 지금까지 재난이 없어 두려운 것이 없소. 하지만 당신은 나와 다르니 당신에게 이 칼을 빌려줄 생각이 없소."

범옥진은 "아"하고 탄식하고는 화제를 돌려 물었다.

"심선생은 내가 칼을 빌리려는 일에 대하여 조금도 놀라지 않는데 당신은 내가 온 뜻을 이미 짐작했어요?"

심우가 말했다.

"아니오. 당신이 온 뜻을 짐작하지 못했지만 나는 기이하고 괴상한 사정을 많이 겪어 쉽게 놀라지 않소. 또한 당신이 가게에서 장사를 돕는데 장검을 진열대 안에 숨겨 놓는 것으로 보아 꼭 비상한 일이 있을 것이요."

범옥진은 머리를 끄덕이고 침대에 앉았다. 이렇게 되니 심우와의 거리가 더욱 가까워졌고 심우는 심지어 그녀의 몸에서 발산되는 그윽한 향기를 맡을 수 있었다. 그녀는 나직하게 말했다.

"그래요. 만약 내 예상대로 일이 발생하면 아버지는 놀라서 죽을 거예요."

심우는 자신의 일도 석자라 그녀의 일을 관계할 여유가 없었기에 더 알고 싶지 않았다. 그러나 아름다운 소녀는 그의 배 값을 받지 않은 은혜가 있을 뿐만 아니라 아울러 약간의 은자를 주기까지 하였는 바 비록 얼마 되지는 않았으나 이런 풍도는 넉넉히 사람을 감동시키기에 충분했다. 때문에 그는 그녀의 일에 관심을 두지 않을 수 없어 물었다.

"혹시 당신 가게에 찾아가 복수를 하려는 사람이 있소? 그렇다면 큰 싸움을 피할 수 없겠는데!"

범옥진이 말했다.

"그래요. 나는 상대방을 죽일 수 있지만 인명과 관련된 관사官司는 매우 번거롭고 시끄러워요."

그녀의 말에는 귀찮고 걱정하는 뜻이 담겨 있었다. 심우가 말했다.

"당신이 그를 죽이지 않는다면 그가 당신을 죽일 수 있소?"

범옥진이 말했다.

"물론이지요. 그렇지 않다면 내가 사람을 죽일 필요가 있나요?"

방 안에는 한동안 침묵이 흘렀고 이어서 갑자기 방문이 활짝 열렸다 닫히면서 한 갈래의 빛이 방안으로 흘러 들어왔다. 범옥진은 여전히 그 자리에 앉아 있었으나 심우는 이미 침대에서 일어났다. 그 소녀는 의아하여 방문 쪽을 바라보았고 심우의 기이한 신법에 매우 뜻밖이라고 느끼는 것이 뚜렷했다. 한동안 지나자 방문이 또 다시 열렸다가 닫혔고 이어서 심우는 침대가로 되돌아와서 나직하게 말했다.

"괴상하군, 밖에는 사람이 없는데 분명 문밖에서 나는 이상한 소리를 들었소."

범옥진이 말했다.

"당신이 잘못 듣지는 않았나요?"

심우가 말했다.

"아니오. 만약 이런 상황에서 제 때에 도망갈 수 있는 사람이라면 그 사람의 무공은 이미 헤아릴 수 없는 경지에 이르렀소."

범옥진은 돌연 웃으면서 그의 팔을 잡아당기면서 말했다.

"긴장하지 말고 앉으세요."

심우는 그의 말에 특별한 뜻이 들어 있음을 알고는 그녀의 말에 따라 앉았다. 범옥진이 말했다.

"그 소리는 분명 내 개가 낸 것이에요. 나는 그에서 흑오공黑娛蚣이라고 이름 지어주었는데, 키는 고양이처럼 작은데 길이는 아주 길지요. 그 개는 오공蜈처럼 발이 많지는 않지만 보기에는 정말 한마리 흑오공과 같지요."

심우는 "아"하고 소리치고는 말했다.

"키가 작은 개라면 내가 못 볼 수 있소."

범옥진이 말했다.

"그 개는 아주 기민하고 소리를 내지 않았는데 이번에는 어떻게 되어 당신이 소리를 들었는지?"

심우가 말했다.

"흑오공 얘기는 잠시 제쳐 두고 대체 범낭자의 원수는 어떤 사람이오?"

범옥진이 말했다.

"실은 나의 원수가 아니라 나의 스승의 원수지요."

심우가 말했다.

"당신 스승의 원수라."

그 말은 비교적 일리가 있었다. 이처럼 나이어린 젊은 여자에게 원수가 있다는 것은 조금 이상한 일이었다. 범옥진이 말했다.

"내가 여자라서 일어난 번거로움입니다."

심우가 말했다.

"무슨 뜻이오?"

범옥진이 말했다.

"간단하게 말해 이 원수는 원래 나의 스승을 좋아했는데 뒤에 무슨 영문인지 몰라도 두 분은 사이가 벌어졌지요. 그 사람은 심지어 나의 스승에게 애인이 생기면 그 애인을 죽여버리겠다고 맹세를 했어요."

심우가 급히 말했다.

"잠깐만, 당신 스승은 도대체 남자요 아니면 여자요?"

범옥진이 말했다.

"남자예요."

심우는 탄식하고 말했다.

"그렇다면 그 원수가 여자란 말이요?"

그는 이 말을 할 때 골치 아픈 일이란 것을 직감적으로 느꼈다. 범옥진이 말했다.

"내 스승이 남자니까 그녀는 당연히 여자이겠지요."

심우는 어깨를 으쓱거리면서 말했다.

"좋소. 계속 말하시오. 그 원수는 당신이 무공을 배우는 일을 알았고 당신과 당신 스승의 관계를 오해한 것이 아니요?"

범옥진이 말했다.

"예. 맞아요. 이전에 이미 세 여자가 그녀에게 죽었다는 것을 나는 알고 있어요. 이번에 스승은 남경에 은거했는데도 의연히 그녀에게 발견되었으니 정말 방법이 없어요."

심우가 말했다.

"당신은 그녀를 죽여 스승의 끊임없는 후환을 없애 버릴 생각이오?"

범옥진은 머리를 가로저으며 말했다.

"내가 그녀를 죽이지 않으면 그녀가 나를 죽여요. 그러니 내가 선택할 여지가 없어요."

소녀의 말투는 심우로 하여금 의심할 나위 없는 진실성이 함유되어 있어 다른 세부적인 것에 대해 물을 필요를 없게 만들었다. 적수가 자기를 죽이려 한다는 걸 알고 있는 이상 가능한 수단을 취해 그에 대처하려는 일은 당연한 것이었다. 심우가 말했다.

"그런 일이였구만. 아. 정말 골치 아프군."

범옥진은 나직한 소리로 기쁨과 안위되는 뜻을 나타내면서 말했다.

"심형이 믿어 주니 나의 고독감이 사라졌어요."

심우가 말했다.

"낭자의 말투를 들어보니 스승은 아직 이런 일이 있는 걸 모르고 있는 것 같소?"

범옥진이 말했다.

"그래요. 그 어른은 모르고 있어요. 그가 알아봤자 어쩔 수 없잖아요. 그리고 나의 스승은 지금 폐관 수련 중이여서 아직도 한 달이 있어야 수련이 끝나요. 내가 이 일을 스승님께 알려드리면 공연히 그에게 방해만 될 거예요."

심우가 말했다.

"아. 그래서 낭자가 고독을 느끼는군. 설사 매우 노련한 사람이라도 당신의 처지에 놓인다면 다른 사람과 상의하기를 바랄 것인데 당신은 마음을 털어놓고 말할 사람이 하나도 없소."

범옥진이 말했다.

"심형은 이미 나의 처지를 알고 있는 이상 틀림없이 보도를 빌려주겠다고 대답하겠지요?"

심우는 머리를 가로 젓고 말했다.

"그래도 이 칼을 빌려줄 수 없소."

범옥진은 자신의 귀를 의심하였다. 심우가 고개를 저었다는 것은 그가 거절했음을 증명했다. 그녀의 마음속에는 강렬한 분노가 떠올랐고 이 사람은 매우 고집이 세고 아울러 인정머리가 없다고 느꼈다. 하지만 그녀는 겉으로는 별다른 기색없이 오히려 미소를 짓고 말했다.

"좋아요. 우리 잠시 보도를 빌릴 문제를 제쳐놓고 나의 문제에 대해 이야기하지 말아요. 다행히 삼오 일 내에는 걱정할 필요가 없으니깐요."

심우가 말했다.

"만약 삼오일 충돌을 완화할 시간이 있다면."

범옥진은 손을 저으면서 말했다.

"잠깐. 잠시 골치 아픈 문제는 말하지 말아요."

심우는 즉시 동의하고 말했다.

"옳소. 당신이 이미 오랫동안 속을 썩어 왔는데 응당 기분이 상쾌해야지."

심우는 상대방이 자기에 대한 분개가 극도에 달했다는 것을 발견하지 못하고 오히려 그녀의 말을 성심성의로 믿었고 이 문제를 말하지 않는 까닭을 그녀를 위해 해석했다. 범옥진은 그 기회에 말했다.

"마음속의 고민을 말하고 나니 많이 편안해 졌어요. 돌아가겠어요. 내가 마땅한 계책을 생각하지 못하면 다시 심형을 찾아 도움을 구하겠어요."

심우는 동의하고 말했다.

"옳소. 당신은 우선 돌아가서 휴식하시오. 이 일은 반드시 원만한 해결 방법이 있을 것이니 지나친 근심은 마시오."

범옥진은 애써 원 상태를 유지하려 했고 상대방이 자기 마음속의 분노를 간파하지 못하도록 하였다. 그것은 심우가 만약 자기의 진정한 뜻을 간파하면 그녀를 돕겠다고 표한다는 것을 그녀는 알고 있었다. 이 점이 바로 그녀가 가장 증오하는 동시에 결단코 피하려는 것이었다. 마치 하나의 자존심이 강한 사람이 굶어 죽을지언정 밥을 빌어먹으려 하지 않는 것과 같았다. 이렇듯 인정머리 없는 사람에 대해 범옥진은 그의 도움을 청하지 않으리라고 결심을 내렸다. 만약 심우가 그녀의 속마음을 발견하고 그녀에게 칼을 빌려주겠다고 해도 그녀가 거절한다면 그는 꼭 이 문제를 둘러싸고 그녀로 하여금 즉시 빠져나가지 못하게 할 것이다. 때문에 그녀는 꼭 아무런 일도 없는 듯 떠나야 했고 이러면 심우도 자기를 찾아보지 않을 것이다.

그녀가 조용히 떠난 뒤 심우는 마음이 매우 편안하여 비스듬히 침대에 누웠고 범옥진의 일을 완전히 잊어버렸다. 범옥진은 방을 나선 뒤 영견 흑오공을 안고 담장을 뛰여 넘어 골목길에 들어섰다. 골목은 어두웠지만 골목 다른 한쪽 끝은 번화하여 흥청거리는 가게의 등불이 휘황찬란했고, 행인들의 웃음소리, 말소리가 들려와서 한적하지는 않았다.

그녀는 골목길 다른 한 쪽을 택해 북적이는 거리로 지나가지 않았다. 그것은 그녀가 수시로 가게에서 도왔으므로 본 성 중에서 꽤나 이름이 있어 그녀를 알고 있는 사람이 많았기 때문이었다. 만약 큰 거리로 지나가면 그녀가 어떤 사람인가하고 주의하여 알아보는 사람이 있을 지도 모른다. 그녀는 십육칠 보를 지나서 으슥하고 어두운 골목길로 발길을 돌렸는데 돌연 발걸음을 멈추었다.

그녀의 앞 육칠 보되는 곳에 늘씬한 그림자가 서 있었다. 날이 어두웠기 때문에 그림자는 황색 옷을 입었다는 것 밖에 보이지 않았다. 흰 머리는 많이 빠져 소슬거렸고 손에는 지팡이를 들었는데 키가 큰 부인이었다. 그녀가 얼굴을 면사포로 가렸기 때문에 범옥진은 그녀의 용모를 볼 수 없었다. 범옥진은 흠칫하고 난 뒤 의연히 모르는 척 했고 발걸음을 멈추지 않고 다른 방향으로 돌아갔다. 황색 옷의 노부인은 지팡이로 땅을 한번 두드렸는데 무거운 소리가 났다. 이어서 그녀가 말했다.

"게 섯거라."

범옥진은 걸음을 멈추고 머리를 옆으로 돌리고 말했다.

"내게 한 말인가요?"

황색 옷의 노부인이 냉랭하게 말했다.

"당연히 너다. 이 나쁜 계집애야."

범옥진은 화난 척하면서 말했다.

"왜 생면부지의 사람에게 욕을 하죠? 당신 도대체 뭐하는 사람이죠?"

황색 옷의 노부인이 말했다.

"난 부적을 파는 사람이다."

범옥진은 정말 알아듣지 못하고 말했다.

"부적요? 그게 뭔데요?"

황색 옷의 노부인이 말했다.

"나는 전문적으로 죽음을 재촉하는 부적을 파는데 오늘 고객을 찾았으니 꼭 팔아야겠다!"

범옥진은 화내며 말했다.

"당신 말투를 들어보면 장사를 하는 사람같지만 당신의 말은 너무 도리가 없어요. 만약 당신이 물러서지 않으면……."

황색 옷의 노부인은 냉소하고 말했다.

"그래 너도 죽음을 재촉하는 부적을 나에게 팔기라도 하겠느냐?"

범옥진이 말했다.

"당신 진짜 정체가 뭐예요? 한가하게 허튼소리에 답할 시간이 없어요."

황색 옷의 노부인이 말했다.

"나도 너같은 화냥년과 말할 시간이 없다. 만약 네가 길손들을 보게 하려면 이곳에서 싸우고 만약 네가 용기가 있다면 저 쪽 마당에서 겨루자."

범옥진이 말했다.

"우리가 왜 싸워야 하죠?"

황색 옷의 노부인은 악독한 욕설을 퍼부었다.

"너, 이 파렴치한 계집년아. 너는 천성이 음탕하고 비천하여 남자하고 붙어 먹기를 잘하지."

범옥진은 울화가 치밀어서 노부인이 사모師母라고 해도 그만둘 수 없다고 생각했다. 하물며 그녀가 이미 스승과 부부간에 화목하지 못하여 사이가 벌어졌고 사모의 신분을 잃었는데 공손하게 대할 필요가 없다고 느껴졌다. 범옥진은 분노하여 "흥"하고 일성하고 말했다.

"이 악독한 여편네야, 꼭 제명대로 살지 못할 것이다. 싸우자. 누가 너를 두려워할 줄 아는가?"

범옥진이 장검을 뽑아 들었다. 범옥진의 장검은 어둠속에서 서릿발같은 빛이 번쩍거렸다. 황색 옷의 노부인이 말했다.

"저쪽 마당으로 가서 싸우자……."

범옥진은 이상해서 말했다.

"왜 그러지?"

황색 옷의 노부인이 말했다.

"마당에서 싸우면 다른 사람의 영향을 받지 않는다. 하지만 네가 이곳을 원한다면 이곳도 괜찮다."

범옥진도 그 말이 옳다고 생각했다. 만약 거리에서 싸우면 비록 이곳이 으슥하지만 사람이 지나가는 것을 피할 수 없다. 또한 자기는 이곳에 알고 있는 사람이 많아 차라리 저쪽 마당에 가서 그녀와 생사 결투를 하는 것이 좋았다. 그녀는 말없이 몸을 솟구쳐 담장에 뛰어오르더니 담장 저쪽의 마당을 살펴보았다. 황색 옷의 노부인은 그녀의 의도를 알고 있었기 때문에 그 자리에서 한발짝도 움직이지 않았다.

범옥진은 주위를 둘러보았고 의심스러운 상황이 없자 즉시 뜨락에 뛰어내려 평탄한 풀밭으로 달려갔다. 황색 옷의 노부인도 잇따라 풀밭 마당으로 뛰어 들어왔다. 먼저 기름종이로 포장된 꾸러미를 꺼내더니 안에 있는 물건을 꺼내 세대의 나뭇가지를 얻어 횃불을 만들고 불을 달았는데 매우 밝았다. 그리고는 횃불을 세 곳에 나누어 꽂았다. 불빛은 범옥진을 뚜렷이 비추었다. 황색 옷의 노부인는 지팡이를 흔들면서 말했다.

"빌어먹을 것이 눈은 높구만. 과연 예쁘군. 하지만 애석하게도 그 늙다리가 너를 만족시킬 수 없기 때문에 너는 또 다른 남자를 찾는 거야. 안 그래?"

범옥진은 비록 소녀지만 어려서부터 부친을 도와 장사를 해왔기 때문에 응석받이로 자란 규중의 여자아이들과 비할 수 없었다. 노부인의 말을 그녀는 알아들었으므로 저도 모르게 욕설을 퍼부었다.

"이 악독한 여편네야, 입 조심하라."

황색 옷의 노부인은 냉랭하게 말했다.

"감히 나를 욕해. 너의 혀를 베어 버리겠다."

범옥진이 말했다.

"너는 도대체 누구야?"

황색 옷의 노부인이 말했다.

"너의 정부가 알려주지 않더냐?"

범옥진은 "쏴"하고 일검을 찔러가면서 분노하며 외쳤다.

"그만 지껄여라."

황색 옷의 노부인은 지팡이를 휘둘러 막았는데 조금도 힘들이지 않고 적의 검을 쳐버렸다. 범옥진은 그녀의 지팡이가 매우 무거울 뿐 아니라 강대한 점착력이 내포되어 있는 것으로 보아 그녀의 내공 조예가 매우 깊다고 느꼈다. 그녀는 미모의 소녀로서 비록 무공을 연마했지만 쓸 기회가 없어 경험이 전혀 없다고 말할 수 있었다. 황색 옷의 노부인은 반격하지 않고 말했다.

"너의 일검을 보면 그 늙다리의 진전을 받은 것을 알 수 있는데 이건 정말 쉬운 일이 아니다. 이것을 보아 나의 내력을 너에게 알려주겠다."

그녀는 잠깐 멈췄다가 말했다.

"나는 그 늙다리 저왜자楮矮子의 철천지 원수다. 네가 이미 그와 쳐박혀 있는 이상 너를 죽여버린 다음 그를 찾아 울분을 풀겠다."

범옥진이 말했다.

"너는 아직 이름과 내력을 밝히지 않았어!"

황색 옷의 노부인이 말했다.

"나의 성은 계씨인데 이름은 말할 필요없다. 나는 왕년의 미리비궁迷離秘宮의 금동옥녀金童玉女 중의 하나이고 미리비궁 이대 호법 중의 한 사람이다."

범옥진이 말했다.

"나는 여태 그런 곳과 문파에 대해 들어본 적이 없다."

황색 옷의 노부인이 말했다.

"물론이지, 그것은 이미 사오십년 전의 일이니까."

범옥진은 적의로 가득 찼지만 호기심을 누를 길 없어 물었다.

"그러면 너의 출신인 미리비궁은 이미 없어졌단 말이냐? 무슨 까닭으로?"

황색 옷의 노부인이 말했다.

"너에게 말해봤자 필요없다."

말하면서 앞으로 크게 한 걸음 내디뎠는데 맹공격을 할 기세였다. 범옥진은 속으로 황의 노부인의 성격이 안정적이지 못함을 느꼈다. 그것은 그녀가 방금 자기의 출신을 언급할 필요가 있다고 범옥진에게 알려주었지만 지금 갑자기 돌변하여 그런 일은 말할 필요가 없다고 하는 것으로 보아 그녀는 언행이 일치하는 사람이 아니었다.

만약 한 사람이 자기가 한 말을 뒤엎는다면, 이 사람은 이기적인 마음이 극도에 이르렀으며, 이것은 아마도 성격 분열의 한 현상이라 볼 수 있다. 물론 이렇듯 변덕스러운 사람을 친구로 사귀여도 매우 힘들 것이고 부부가 된다면 더욱 참을 수 없을 것이다. 단 이 일면으로도 스승이 그녀와 왜 떨어졌는지 그 까닭을 범옥진은 알 수 있었다. 황의 노부인이 지팡이를 발출하려 할 때 범옥진은 자기도 모르게 한마디를 내뱉었다.

"당신의 위인됨은 비록 악독하지만 분명 당신이 예쁘게 생겼다는 것을 나는 알고 있어요."

황의 노부인은 깜짝 놀라 말했다.

"뭐라고?"

범옥진은 돌연 이런 말을 했다고 자기를 탓하면서 즉시 머리를 가로저으며 말했다.

"아무일도 아니에요."

면사포에 뒤에 숨겨진 황의 노부인의 눈에서는 예리한 빛이 발출되면서 아리따운 소녀를 주시했는데 반나절이나 지나서야 말했다.

"그것을 그 색마가 알려주던?"

범옥진은 화를 내면서 말했다.

"당신이 입이 깨끗하지 못하니 말하지 않겠어요."

황의 노부인은 하늘을 보고 차갑게 웃어 제끼더니 말했다.

"싫으면 그만두어라. 틀림없는 사실인데 더 물을 필요가 없어. 너는 그 노색마의 이전의 외호를 알고나 있나?"

범옥진은 날카로운 소리로 말했다.

"몰라요. 알려고도 하지 않아요."

황의 노부인이 말했다.

"좋다, 좋아. 알기 싫으면 그만 두어라."

범옥진은 괴상하다고 느꼈다. 그것은 상대방의 태도가 자기가 화를 낼까봐 두려워하는 것 같았다. 그 즉시 황의 노부인의 귀를 째는 듯한 소리가 들려왔다.

"애석하게도 너는 너무 늦게 태어났다. 그렇지 않으면 너는 진정 강호에 이름이 자자한 대낭자大浪子 향상여向相如의 풍채를 알 수 있었겠는데!"

그녀는 범옥진 스승의 외호와 이름을 말했다. 원래 그녀는 고의로 일부러 이런 자태를 나타내어 범옥진으로 하여금 귀를 틀어막거나 검을 뽑아 공격하지 않게 하여 태연스럽게 말할 수 있었다. 범옥진은 이때 격동되지 않았다.

"당신 혹시 사람을 잘못 찾지 않았나요? 나의 스승은 향씨가 아니에요."

황색 옷의 노부인은 조금도 놀라지 않고 물었다.

"이번에는 그의 성이 무엇이냐?"

그녀의 말은 범옥진의 스승이 성명을 고친 것이 이번이 처음이 아니라는 것 같았다. 범옥진이 말했다.

"나는 당신에게 알려주지 않겠어요."

황색 옷의 노부인이 말했다.

"양심적으로 말해라. 향상여가 비록 나이는 많지만 대범하고 자연스러워 풍채가 의젓하다고 말할 수 있다. 뿐만 아니라 언변이 좋아 나무에 앉은 새도 속일 수 있지. 어서 양심적으로 말해라."

범옥진은 인정도 부인도 하지 않았다. 이로 보아 그녀의 인상 속에 확실히 그런 것 같았다. 황색 옷의 노부인이 또 말했다.

"당년에 그가 대낭자의 외호를 가지고 거만했지만 사실상 그도 천성적인 색마였고, 오직 자색이 있는 여인이 그의 눈에 들었다면 그는 꼭 천방백계로 자기 손에 넣었지. 지금까지 그의 악마같은 손아귀를 벗어난 여인이 없었다."

범옥진은 양미간을 찌푸리고 말했다.

"만약 그의 악명을 사람마다 알고 있다면 간계에 빠질 여인이 어디 있겠어요?"

황색 옷의 노부인이 노하여 말했다.

"너는 정말 사리를 전혀 모르는 계집아이구나."

범옥진은 냉랭하게 말했다.

"나는 당신과 논쟁하고 싶지 않지만 나이가 많아야 사리를 안다고는 할 수 없어요. 흔히 어떤 사람은 늙을수록 어리석지요. 젊은 사람이라고 함부로 얕잡아 보지 말아요."

황색 옷의 노부인은 "흥"하고 소리치더니 말했다.

"이런 말투는 완전히 대낭자 향상여와 같은데 네가 사실상 무얼 알고 있겠느냐? 여인의 심리는 모두 나이가 들면서 변하기 때문에 원래는 단정하고 예절이 바르던 여인도 어느 정도의 나이에 이르면 돌연 음탕하게 변해 담장 밖의 붉은 살구 같은 기녀처럼 된다. 그녀가 그런 일을 하지 않았다고 해도 마음속에는 이런 강렬한 충동이 있는데 이것은 나이의 영향으로 세상 일을 많이 보면 어떤 생각은 변화된다. 원래는 절대 안된다고 생각하던 일도 아랑곳하지 않는 일로 변해 버리지."

그녀는 강직하게 말했어도 말투는 온화하여 이런 정황을 모르는 사람은 늙은 여자와 젊은 여자가 인생에 대해 친밀하게 토론한다고 여길 것이다. 범옥진은 의심을 나타내면서 머리를 가로젓고 말했다.

"그렇게 엄중하나요?"

황색 옷의 노부인이 말했다.

"이건 화제 밖의 말이니 잠시 제쳐 놓자. 향상여의 악명에 대해 말하면 다른 여인들이 경계심이 생겨 그가 목적을 이룰 수 없다고 했는데 어떤 뜻으로 하는 말이냐?"

범옥진이 말했다.

"그래요. 내 말이 그른가요?"

황색 옷의 노부인이 말했다.

"물론 그르지. 여자는 남자와 다르다. 남자는 만약 한 여인이 매우 음탕한 것을 알면 곧 마음속에 비천한 생각을 하지. 그는 그녀를 즐기려고 하지만 그녀를 아내로 맞아들이거나 점유할 생각은 전혀 없어. 하지만 여자는 달라서 그 색마가 자기 품속에서 만족을 얻고는 개과천선할 수 있다고 생각하지. 이런 자아도취의 생각이 바로 영원히 돌아올 수 없는 함정에 빠지는 지름길이야."

범옥진은 이 말을 듣고 눈이 휘둥그레졌고 그녀의 말에 일리가 있을 뿐만 아니라 아울러 그녀의 분석이 자기에게 익숙한 감각이라고 느꼈다. 황색 옷의 노부인은 범옥진의 기색을 보고는 그 까닭을 알았으므로 저도 모르게 득의하여 말했다.

"내 말이 케케묵은 말이라 생각하나?"

범옥진은 부득불 승인하지 않을 수 없어 말했다.

"일리가 있군요."

황색 옷의 노부인이 말했다.

"너에게 알려주는데 대낭자 향상여의 위인은 그 어떤 미모의 여자애 하나라도 놓아주려 하지 않았어. 그는 어떤 명의도 물론하고 다만 그의 친딸이 아니면 그 어떤 여인도 요행을 바랄 수 없었다."

범옥진이 말했다.

"당신은 그가 몇 살인지나 알아요?"

황색 옷의 노부인이 냉랭하게 말했다.

"나이? 그것은 다만 보통사람에 대해 제한이 있지만 향상여에게 어떤 영향이 있겠니? 하물며 그는 사문邪門의 내공을 익혔는데 음양을 수집하여 보충하는 것을 중시하는데 젊고 건강한 소녀가 가장 적합하지. 물론 그의 비위가 줄곧 매우 높아 만약 용모가 아름답지 않으면 그는 절대 받아들이지 않아."

범옥진은 뜻밖에도 반박을 하지 않았고 그녀의 말에 묵인하는 것 같았다. 황색 옷의 노부인의 목소리가 삽시간에 매우 악독하게 변하였다.

"내가 그를 노색마라고 부르는 걸 너는 반대하겠나?"

범옥진은 대답하지 않고 반문했다.

"한 가지 묻겠는데 향상여는 미리비궁의 사람인가요? 당신은 옥녀라고 말했는데 그는 금동인가요?"

황색 옷의 노부인이 말했다.

"그는 아니다. 금동은 성이 후侯씨고 그는 성이 향씨이니 전혀 연관이 없다."

범옥진은 "아"하고 소리내더니 또 물었다.

"향상여의 무공이 당신과 비해 어때요?"

황색 옷의 노부인이 말했다.

"비슷하지만 말하기 어렵다. 그것은 그 사람은 좀처럼 속을 주지 않기 때문에 나는 영원히 그가 어떤 생각을 하는지 알아낼 수가 없었어."

범옥진이 말했다.

"그가 한 말을 당신은 한 마디도 믿지 않는단 말인가요?"

황색 옷의 노부인은 의아해서 말했다.

"무슨 뜻이지?"

범옥진이 말했다.

"당신이 한 사람의 생각을 알고 싶다면 반드시 일부라도 그 근거가 있어야 돼요. 물론 가장 좋은 근거는 그가 말한 적이 있는 말 이상 없기 때문에 당신이 만약 그의 생각을 전혀 알아낼 수 없으면 그의 말을 한마디도 믿을 수 없다는 것과 같고 이러면 제멋대로 추측할 수 없어요."

황색 옷의 노부인은 범옥진의 말을 듣고 생각에 잠겼다. 범옥진이 또 다시 말했다.

"당신은 오늘 나를 죽일 생각인가요?"

황색 옷의 노부인이 즉시 대답했다.

"오늘 이 지팡이로 널 쳐부시겠다."

범옥진이 말했다.

"만약 내 스승이 정말 향상여라면 내 무공은 당신과 차이가 있으니 싸움은 확실히 불공평해요."

황색 옷의 노부인이 말했다.

"누가 공평을 바라느냐? 나는 다만 너를 죽이려 할 뿐인데."

범옥진이 말했다.

"만일 앞으로 내가 스승과 다시는 만나지 않겠다고 해도 나를 죽일 거예요?"

황색 옷의 노부인은 냉소하고 말했다.

"이전에도 이런 말을 한 사람이 있었지. 하지만 더는 속지 않아."

범옥진이 말했다.

"아. 그런 일이 있었군요. 하지만 당신 말은 거짓이며 실제적이지 않아요."

황색 옷의 노부인이 말했다.

"어떤 점이 거짓이란 말이냐?"

범옥진이 말했다.

"만약 이전에 이런 말을 한 사람이 있었고 아울러 당신도 간계에 빠졌다면 당신이 어찌 그 여자를 죽일 수 있었지요?"

황색 옷의 노부인은 풀 수 없는 의혹에 빠져 물었다.

"왜 그녀를 죽이지 못해?"

범옥진이 말했다.

"그 여자가 약속을 어기고 신용을 저버린 이상 의연히 나의 스승과 만날 것인데 그녀가 당신이 나타난 일을 스승에게 알려주지 않을 도리가 어디 있어요? 또한 당신의 무공이 스승보다 강하다고는 할 수 없는데 스승의 보호 하에서 그녀가 어떻게 피살될 수 있지요?"

황색 옷의 노부인은 이때에야 그녀의 말뜻을 알아차리고 머리를 끄덕이면서 말했다.

"잘 물었다. 그러나 어떤 때에는 무공도 쓸데없다. 더욱이 미리비궁 출신인 내 앞에서는."

범옥진이 말했다.

"그렇다면 당신은 비열하게 암살하는 수단을 쓰는군요."

황색 옷의 노부인이 말했다.

"가서 노색마에게 물어봐. 내가 비열하게 암살 수단을 쓰는 것을 보았는가?"

범옥진이 말했다.

"그렇다면 내게 아직도 스승을 만날 기회가 있다는 건가요?"

황색 옷의 노부인이 말했다.

"물론 없다."

범옥진이 말했다.

"이미 만날 기회가 없는 이상 당신은 왜 그런 말을 하죠?"

황색 옷의 노부인이 말했다.

"만일 맹세를 지키지 않는다면 그녀를 칠일 내에 독살하겠다고 사전에 그녀에게 경고했었지."

범옥진이 말했다.

"독을 사용했군요. 하지만 독을 사용하는 것도 암살의 일종인데 어째서 당신은 부인하는 거죠?"

노부인이 말했다.

"비록 암살 수단이긴 하지만 비열하지는 않다. 나는 향상여 더러 경계하라고 알려주었기 때문에 다만 그가 경계할 능력이 없었을 뿐이지 어찌 나를 비열하다고 하지?"

범옥진은 인정하면서 말했다.

"아. 그래요. 당신이 먼저 경고를 했고 게다가 따로 알려준 작법은 비열하지 않아요. 심지어 공명정대해요. 그러니 당신에게 죽임을 당한 사람은 원망이 없겠군요."

황색 옷의 노부인은 기분이 좋아져서 흉악한 기색이 누그러졌다.

"나는 향상여에 대해 성의를 다했으니 그는 할 말이 없을 것이다."

범옥진은 몹시 지친 기색을 노출하였지만 그녀의 머릿속에는 의연히 많은 생각이 들었다. 지금 그녀는 생사의 중요한 지경에 처해 있어 장난할 일이 아니었기 때문이었다. 그녀는 먼저 머리를 끄덕여 상대방의 말을 인정한 다음 말했다.

"아직 한 가지 문제를 이해할 수 없는데 당신은 왜 끝없이 그 사람의 여인을 죽이는 거죠?"

황색 옷의 노부인이 냉랭하게 말했다.

"정말 몰라서 묻는 거냐?"

범옥진이 말했다.

"당신은 향상여가 색을 즐기는 습성이 있음을 알아요. 향상여는 수시로 여인을 찾는데 당신이 그때마다 살인을 저지르는 것은 그로 하여금 다른 여인과 즐길 수 있는 기회를 주는데 헛된 일 아닌가요?"

황색 옷의 노부인은 한 번도 이런 문제를 생각한 적이 없었다. 범옥진의 말에 깜짝 놀랐다. 그녀는 생각하고 나서야 말했다.

"그런 것은 생각하지 못했다."

범옥진이 말했다.

"나도 여자지만 당신보다 나이가 젊어 아직 견식이 적어요. 하지만 우리 같은 입장이지요. 내 생각에 당신 원수는 색을 즐기는 습성에 음양을 채집하고 보충하는 기술이 능하다면 그는 마음속으로 그가 당신을 대신하여 문제를 해결하는 것을 꼭 반대하지는 않을 것이에요."

황색 옷의 노부인은 미소를 짓고 말했다.

"너의 말에 일리가 있지만 그래도 너를 용서할 수 없다."

범옥진이 말했다.

"당신이 나를 용서하지 않는 건 또 다른 일이에요. 이로부터 추측하면 당신이 나의 스승과 직접 원수가 되면 그의 비위를 거스를 것이에요. 그러므로 당신의 가슴가득한 분노를 그의 여인들에게 터놓는 것이죠. 나는 당신을 비난하지 않아요. 입장을 바꾸어서 생각해보면 나라도 당신처럼 그렇게 할 것이에요."

황색 옷의 노부인이 말했다.

"너는 말도 잘하고 담도 크구나."

범옥진은 이 기회를 잡고 재빨리 대답했다.

"지금 나는 더없이 큰 억울함을 당한 데다 당신의 질책에 대해 나는 떳떳해요. 그리고 내 스승이 당신의 원수고 또한 당신에게 미안한 일을 한 적이 있다면 당신은 응당 복수를 해야겠지요. 하지만 당신이 지금 내게 취하는 행동은 생각이 짧아요. 나라면 적어도……."

그녀가 상대방이 생각이 짧았다고 나무랄 때 황색 옷의 노부인은 노기를 띠고 "흥"하고 일성을 질렀다. 그러나 범옥진은 또 다시 한 마디를 이었는데 상대방의 흥미를 불러 일으켜 노기를 사라지게 했다. 범옥진의 무공과 기지와 담력은 보통 여인과는 비할 수 없는 독특한 곳이 있었다. 범옥진이 이어서 말했다.

"내가 만약 당신이라면 절대 그 여자를 죽이지 않고 방법을 생각해서 나의 스승으로 하여금 그 여자들을 싫어하고 미워하게 하겠어요. 그래서 그가 직접 그녀들을 죽이도록 하지요. 보세요. 만약 이런 형편에 이르면 나의 스승은 그녀들을 죽이려고 결심하기 전에 고민에 빠질 것이고 살인 악명을 쓰지 않는다고 해도 고통을 받을 것인데 그래 다른 여인들과 즐길 수 있는 기회를 공연히 그에게 주는 것보다 고명하지 않아요?"

황색 옷의 노부인은 연신 고개를 끄덕이며 말했다.

"옳다, 옳아. 내가 진작 이렇게 그를 대처해야 했을걸."

범옥진이 말했다.

"지금도 나를 죽일 생각이 있어요?"

황색 옷의 노부인이 말했다.

"미안하다. 그래도 나는 너를 용서못하겠다."

황색 옷의 노부인은 매우 교활하고 지독하여 말도 끝나기 전에 돌연 지팡이를 휘둘렀는데 바람소리가 세찬 것으로 보아 그녀의 이 일장은 필생의 공력을 끌어올려 확실히 상대방을 해치려고 하는 것이었다. 범옥진은 재빨리 신형을 날리는 동시에 검으로 적의 얼굴을 찔러갔다.범옥진의 일검은 평범했지만 황색 옷의 노부인은 도리어 갈팡질팡한 느낌이 있어 연속 세보나 물러섰다. 범옥진은 신형을 번개같이 뒤로 비껴왔고 검광은 황색 옷의 노부인의 허리와 옆구리의 급소를 쏘아갔다. 그녀의 연속되는 육칠 검은 황색 옷의 노부인을 겹겹히 둘러쌌는데 수중의 무거운 지팡이야말로 오직 막을 힘만 있었을뿐 반격할 힘이 전혀 없었다.

범옥진은 최근에 익힌 한 조의 새로운 검법을 펼쳤다. 그녀의 검술은 상당한 성과가 있는 상태였다. 이 한조의 검법은 그녀가 스승의 원수를 대처하려고 연마한 것이었다. 지금 황색 옷의 노부인은 어쩔 바를 모르는 것은 그녀의 공력 조예가 떨어지는 것이 아니었고 병기와 초식 상에서 억제를 받는 까닭으로 자신의 진정한 공력을 발휘할 기회가 없었던 때문이었다. 범옥진은 정신을 차리고 장검을 더욱 재빠르게 시전하였다. 그녀는 태어난 이래 처음으로 이런 강적과 겨루기 때문에 검법의 힘을 억제할 수 없었다. 게다가 이 악독한 부인을 죽여 스승의 후환을 없애버릴 결심이 없었다면 싸움은 절대 이처럼 뛰어나지 않았을 것이다.

십칠팔 초를 겨루고 나서 황색 옷의 노부인은 온 몸이 씻은 땀으로 흠뻑 젖었다. 황색 옷의 노부인은 귀를 찢는 듯한 비명소리를 질렀다. 범옥진은 십초 내에 악독한 노부인을 한칼에 찔러 죽일 수 있으리라 짐작했다. 그녀는 다시 맹렬하게 오 초를 공격했고 육 초식의 앞 반초는 화불류도花拂柳桃의 초식으로 적의 지팡이를 쳐버리고, 후 반초는 선인지로仙人指

踰의 초식으로 노부인을 찔러갔다.

범옥진은 이 일초를 거침없이 시전하면서 대갈일성을 하였다. 황색 옷의 노부인은 비명소리를 질렀지만 범옥진 도리어 믿을 수가 없었다. 그녀가 비록 적을 찔렀지만 생각했던 것만큼 깊이 찌르지 못했던 것이다. 황색 옷의 노부인은 욕설을 퍼붓고 미친 호랑이마냥 지팡이를 휘두르면서 반격했다. 범옥진이 검으로 막을 때 그 중 일검이 또 많이 기울어졌기 때문에 하마터면 가로 쳐오는 지팡이에 맞아죽을 뻔하였다.

그녀는 놀라서 연신 뒷걸음질 했지만 자신이 찌르는 장검이 왜 연이어 기울어지는 지 생각할 겨를이 없었다. 눈깜빡 할 사이에 황색 옷의 노부인이 우세를 차지했다. 이러한 판세는 이치에 맞지 않게 기이했다. 상대방이 지팡이를 추켜들고 범옥진을 내려 치려할 때 한줄기 가느다란 검은 그림자가 상대방의 품으로 쏘아들어 갔다. 황색 옷의 노부인은 삽시간에 날카로운 소리를 지르며 왼손을 휘둘러 검은 그림자를 사정없이 땅에 팽개쳤다. 검은 그림자는 노부인의 발 앞에 떨어졌다. 범옥진은 "왕"하는 소리를 듣고 그것이 자기의 애견이란 것을 알았다. 그리고 그 소리는 애견이 부상을 입을 때 지른 비명소리여서 가슴이 아팠다.

범옥진은 한 순간 정신이 분산되었는데 이 틈에 황색 옷의 노부인이 그녀의 멱살을 잡고 혈도를 찍었다. 횃불 아래에서 범옥진은 마귀같은 추한 얼굴이 눈앞에 접근하는 것이 보였다. 만약 그 얼굴위에 우수수한 백발이 아니었다면 그녀는 추한 이 얼굴이 황색 옷의 노부인임을 알아보지 못했을 것이다. 범옥진은 놀라서 얼굴이 새파랗게 질렸다.

그녀는 정신이 혼미해졌지만 황색 옷의 노부인의 면사포가 벗겨졌음을 알았다. 불빛이 계속해서 타오르며 황량한 풀 숲을 비췄다. 황의 노부인과 범옥진은 이미 사라지고 종적이 없었다. 풀 밭에 고꾸라져있던 가늘고 긴 검은 범옥진의 애견이 비틀거리며 골목을 내 달리며 코로 연신 비명 소리를 내 질렀다. 객점에서 달게 자고 있던 심우는 돌연 이상한 소리에 놀라 깨어났다. 그는 정신을 가다듬고 귀를 기울였는데 방문을 긁는 소리와 낑낑거리는 소리가 들려왔다.

심우는 일어나서 옷을 걸치고 방문을 열어 보았는데 문 턱 너머로 몸이 특별히 긴 오공처럼 생긴 흑견이 으르렁거렸다. 심우는 허리를 굽혀 관찰하였는데 범옥진이 흑오공이라고 부르는 흑견은 온통 피범벅이었다. 게다가 한쪽 눈은 이미 쓰지 못했다. 그는 마음이 섬짓하여 나직한 소리로 물었다.

"흑오공, 범낭자는?"

흑견은 비틀거리면서 앞서 달려갔다. 흑오공은 비틀거렸다. 만약 흑오공이 키가 작지 않았다면 흑오공은 중심을 잡기 힘들었을 것이다. 심우는 뒤를 따라가면서 줄곧 범옥진에게 어떤 일이 생겼을까 하고 짐작해 보았다. 흑오공이 담장 구멍으로 들어갈 때 그는 몸을 솟구쳐 담장을 뛰어넘었다. 그들은 황폐한 풀밭 마당에 이르렀다. 세 개의 횃불이 주변을 밝게 비추고 있었다. 심우는 범옥진의 장검이 땅에 떨어진 것을 보았다.

그는 장검을 줍지 않고 예리한 눈길로 사방을 살펴보았는데 지팡이가 땅을 찔러 남긴 흔적으로부터 범옥진의 적수가 어떤 모양의 병기를 사용했으며 병기의 무게 역시 짐작하였다. 그밖에도 심우는 면사포를 주어들고 살펴보았는데 얼굴을 가리우는데 쓴다는 것을 알았다. 심우는 사건의 시말의 대체적인 상황을 파악했다. 심우는 면사포와 장검 따위를 주어들었다. 심우는 검 끝의 냄새를 맡아보았다.

심우가 눈길을 돌려 바라보았는데 흑오공이 풀밭에 쓰러져 움직이지 않았다. 흑오공이 죽은 것 같았다. 흑오공은 애림의 오연표와 같이 어떤 영특한 성격을 가지고 있었다. 흑오공이 살아 있었다면 범옥진이 사라진 곳을 추적해 낼 때 쉬웠을 것이다. 심우는 검을 검집에 꽂고 허리에 찬 다음 흑오공 곁으로 다가가면서 생각했다.

'만약 이 개를 되는 대로 이곳에 버리면 앞날에 보기 드문 흑견 때문에 범옥진이 다시 연루될 수도 있을 것이다.'

이리하여 그는 허리를 굽혀 흑견을 주으려고 손을 내밀었는데 생각 밖으로 반 치나 되게 떨어진 위치를 헛짚었다. 심우는 깜짝 놀라면서 생각했다.

'이상한데, 나의 안력이 어떻게 쓸모없이 되었는가?'

그는 다시 몸을 펴서 그 부위를 똑바로 보고 다시 허리를 굽히고 팔을 내밀었다. 이번에는 그가 일부러 시험한 까닭으로 그가 관찰한 거리와 위치가 사실과 부합되지 않는다는 것을 즉시 발견했다. 이 발견은 놀랍고 의혹스러웠으며 심지어는 자기의 눈에 문제가 생겼다고 여겼다. 그는 그 자리에서 여러가지 시험을 해보았는데 자리도 옮겨보고 사물도 바꿔보았다. 오래지 않아 그는 놀랍고 이상한 감각이 있었을 뿐 공포는 사라졌다. 실험 결과 그는 이런 시각 상의 차이는 일정한 범위가 있고 이 범위를 벗어나면 이런 현상이 발생하지 않는다는 것을 발견하였다.

이런 특이한 현상의 발생 원인을 심우는 곧 알아냈다. 그것은 세 개의 횃불의 광선으로 이루어졌는데 이 세 대의 횃불을 중심으로 한장 이내에서는 시각이 정상으로 회복되었다. 그리고 또 중요한 한 가지는 심우가 비록 횃불 빛 범위 내에 있지만 만약 머무른 시간이 매우 짧으면 시각 상의 변이가 매우 작고 시간이 좀 길면 비로소 그 편차가 놀라울 정도로 생겨나게 되는 것이었다.

심우는 세 대의 횃불을 자세히 관찰했다. 그것은 원래 세 대의 나뭇가지였지만 가지 끝에는 흰색 분말이 있었고 그 분말이 타면서 불빛을 내었다. 마치 기름에 담겨 있는 등 심지처럼 타고 있는 것은 기름이지 등 심지가 아니였다. 그가 관찰할 때는 그 분말이 조금만 남았기 때문에 그가 두 대의 횃불을 끈 뒤 세 번째 횃불의 분말을 긁어낼 사이도 없이 꺼지고 말았다. 심우는 흑오공을 안고 생각했다.

'만약 흑오공이 제 때에 나를 이곳으로 데려 오지 않았다면 횃불의 괴상함을 알아내지 못했을 테지. 그렇다면 이 비밀은 영원히 발견하지 못했을 것이다. 만약 내가 이런 술수를 사용하는 적을 만났다면 이런 시각의 편차로 반드시 패할 것이다.'

심우는 어둡고 고요하고 황폐한 풀밭에서 퍽 오랫동안 생각했다. 심우는 직접 큰 거리와 작은 골목을 지나 큰 길 옆에 있는 가게 문 앞에 이르렀다. 그는 사방을 둘러보았으나 사람 그림자조차 없어 지붕을 뛰어넘어 가게 뒤로 통하는 뜨락에 내려섰다. 심우는 오른쪽 첫 번째 방 창문을 가볍게 두드렸다. 방 안에서 인기척이 들리더니 불이 켜지고 문이 열렸다. 심우가 몸을 옆으로 돌려 들어갔고 즉시 방문을 닫았다. 불빛아래 건장한 청년은 아직도 눈이 부석부석한 채로 이상하게 심우를 쳐다보았다. 심우가 물었다.

"왕이랑. 영소저가 이곳에 있소?"

왕이랑이 대답했다.

"그녀는 다른 방에 있는데 왜 그녀를 찾습니까?"

심우가 말했다.

"아니오."

왕이랑은 그의 수중에 있는 흑견과 허리에 찬 장검을 보더니 물었다.

"이건 다 무엇입니까?"

심우가 웃으면서 말했다.

"잠이 덜 깨서 개도 못 알아보는군."

왕이랑이 급히 말했다.

"이게 개란 것은 알지만 대체 어찌된 일입니까?"

심우가 말했다.

"당신 도움이 필요해요."

그는 오늘 돈이 없어 배 값을 물지 못해 범옥진을 알게 된 일과 저녁에 그녀가 와서 도움을 바라던 경과에 이르기까지 알려 주고 말했다.

"지금 범낭자는 이미 그녀의 스승 전처에게 붙잡혀 갔소. 만약 이 흑오공이 소식을 내게 알리지 않았다면 이 사건은 범낭자의 스승이 며칠 뒤 그녀의 실종을 발견했을 테지요. 하지만 그 스승이라는 자도 입을 다물게 틀림없을 것이고 하니 이 사건은 영원히 묻히게 될 것이오."

왕이랑이 조급하게 말했다.

"그럼 빨리 수색을 해야되는데!"

심우가 말했다.

"어디 가서 수색해야 할지. 이건 바다에서 바늘 찾기보다도 더욱 막연하오."

왕이랑은 놀라서 말했다.

"비록 성과가 있을지는 알 수 없지만 사람이 해야할 일은 그래도 힘을

다 해야겠지요. 그렇지 않으면 흑오공이 알린 소식도 알리지 않은 것만
못하오."

심우가 말했다.

"범옥진의 행방을 수색하는 행동은 무슨 수를 내서 해야 하는 것이라
그대로 내버려 두는 것이 아니요."

그는 수중의 흑견을 왕이랑에게 주면서 또 말했다.

"이 흑견이 지금까지 체온이 따뜻하고 아직 호흡이 있는 것으로 보아
상처가 심할 뿐 죽진 않았소. 우리가 힘껏 살려낸다면 매우 큰 도움이 있
을 것이요."

왕이랑은 넘겨받고 자세히 검사하고 나서 말했다.

"이 흑견은 큰 상처를 입었는데 갈비뼈가 몇 대 끊어지고, 속으로 출혈
이 많소. 살려봐야겠지요."

그는 널빤지로 받치고 상처를 싸맨 다음 약을 먹이면서 말했다.

"이전에 마을에서 많은 집짐승들을 구해서 꽤나 경험이 있소. 이같은
특이한 흑견은 생명력이 강하여 살려낼 수 있을 듯하오. 하지만 보통 개
가 이처럼 심한 상처를 입었다면 벌써 죽었을 것이요."

심우가 말했다.

"꼭 살려내시오. 그 낭자의 목숨이 이 개에 달렸소."

왕이랑은 머리를 저으며 말했다.

"아. 이 개가 살아난다 해도 바로 움직일 순 없을 것이요."

심우가 말했다.

"이 개가 살기만 한다면 내일 당신이 쟁반에 담고 천으로 가린 다음 사
처로 돌아다니면 이 개 주인의 행방을 찾을 희망이 있소."

왕이랑은 솔직하게 물었다.

"만약 이 개를 살려내지 못한다면?"

심우가 말했다.

"그때 가서 다시 방법을 생각합시다."

왕이랑이 말했다.

"아. 그리고 제가 방금 약속한 연락처에 소식을 남겼는데 지금 심선생이 왔으니 알려드려야겠소."

심우가 말했다.

"혹시 황금굴 지점에 관한 일이요?"

왕이랑이 말했다.

"그렇소. 거듭되는 조사를 거쳐 이미 남경표국이라하는 곳에 황금굴이 있는 곳으로 확정되었다 하오."

심우가 말했다.

"여러 날 거쳐서 조사한 것이 겨우 이것뿐이요?"

왕이랑이 말했다.

"물론 이것뿐이 아니고 남경표국의 장사가 잘 되지 않는다는 것도 조사해냈소. 전국에 이름 난 남북南北 십삼성十三省의 천룡표국天龍鏢局과 비할 수 없다는 것은 말할 것도 없고, 설사 당지의 일곱 여덟 군데 표행鏢行 가운데서도 다만 이삼류에 해당되는 지위라고 합니다. 때문에 촌주는 적합한 사람을 배치하여 이 표국을 살 수 있겠는가를 타진하고 있다 하오."

심우가 말했다.

"아. 이 계책이 아주 묘하오. 그러나 거금을 들여 산 뒤에 숨겨진 금을 파내지 못한다면 뒷감당을 어떻게 해야 할지 모르겠소."

왕이랑은 웃으면서 말했다.

"저도 이 문제를 제 누이와 토론해봤소."

심우는 급히 말했다.

"그래 당신들은 이에 대해 어떤 의견이 있었소?"

왕이랑이 말했다.

"누이는 촌주가 이 점에 대해 조금도 근심하지 않는다고 했소. 만약 숨겨진 금을 찾아내지 못하면 계획을 완전히 취소하고 다른 계획을 세워야 하겠지요. 이런 상황 하에서 심선생은 직업을 바꾸어 호송업에 종사해도 괜찮소. 우리들이 당신의 뒤를 따르면서 힘을 낼 것이오. 이것도 일종 사업이오."

심우가 말했다.

"이러한 일에는 우리는 모두 풋내기인데, 아마 일을 인계받아 처리하는데 쉽지 않을 것이요."

왕이랑이 말했다.

"천천히 하면 됩니다. 표국은 능력있는 사람을 써야 하므로 정찰하는 공작도 계속할 수 있을 것이오."

심우가 말했다.

"매우 지당한 말이요. 만약 별 수 없다면 이 길 밖에 갈 수 없겠지요."

왕이랑이 또 말했다.

"그리고 지금 두 사람이 당신을 매우 주시하고 있다는 것을 우리 밀정들이 이미 발견했소. 그 중 한 사람은 돌연 종적을 감추었고 다른 한 사람의 내력은 조사 중에 있는데 지금까지는 어떤 인물인지 모르고 있소."

심우가 발을 구르면서 말했다.

"종적을 감춘 사람이 관건이요."

왕이랑이 말했다.

"지금 상세한 보고를 방금 촌주에게 보냈소. 심선생이 상세한 상황을 알고 싶다면 제가 내일 사람을 파견해서 보고를 가져오겠소."

심우가 말했다.

"좋소. 이 일을 당신이 잊지 말고 잘 처리하시오. 나는 잠시 객점으로 돌아가겠소. 내일 다시 연락합시다."

심우는 돌아가서 눈을 붙였다. 날이 밝자 잠을 깨고는 두 눈을 크게 뜨고 멍하니 창밖을 바라보면서 범옥진의 안위가 걱정되어 안절부절 못했다. 현재로선 흑오공에 기탁할 수밖에 없었다. 만약 흑오공을 살려낸다면 재빨리 행동할 수 있고 범옥진을 어쩌면 구할 수 있을지 모른다. 만약 이 특이한 흑견이 죽어버리면 일은 아주 시끄러워 질 것이다.

그는 날이 완전히 밝기를 참지 못하고 문을 나서더니 범옥진의 부친이 경영하는 과일가게로 갔다. 그가 가게 앞에 이르니 가게 문은 열리지 않았다. 그는 한동안 기다렸다. 이웃의 두 가게는 문을 열었으나 이 과일 가게는 동정이 없었으므로 범옥진의 실종 때문에 그녀의 부친이 그녀를 찾고 있는 중임을 알았다. 심우는 할 수 없이 그곳을 떠났다. 어떤 길손이 어깨를 스쳐 지나면서 나직한 소리를 내었다.

"심선생, 흑오공은 살았소. 하지만 아직 움직일 수는 없소."

심우는 이 소식에 기뻤다. 심우는 객점으로 돌아왔다. 심우는 한시 바삐 범옥진을 구하는데 시간을 너무 지체하면 그녀는 노부인의 손에 죽을지도 모른다고 생각했다. 그는 이 일에 속수무책은 아니였지만 어떤 방법은 쓰기에 좋지 않으므로 지나친 약점을 드러내지 않으려 했다. 심우는 전문 도박장에 붙박혀있는 몇몇 깡패를 찾아 톡톡히 보수를 주며 그들에게 사처에 수소문하라고 부탁했다.

오후가 되자 두 패에서 소식이 왔는데 하나는 범옥진 부친의 행방에 관한 것이었다. 범옥진의 부친은 가게에 돌아왔지만 문을 열고 장사를 하지 않는다는 것이었다. 또 다른 한 패의 소식은 노부인이 성 서쪽에 있는 암자에 거주하고 있다는 것이었다. 심우는 황혼 무렵 두 곳을 찾아 보았는데 한 곳은 암자였고 다른 한 곳은 남경표국이었다. 이 표국은 성 남쪽의 아주 번화한 거리에 자리잡고 있었는데 심우가 표국 문 앞을 지날때 문앞에는 마차가 별로 없는 것으로 보아 장사가 잘 되지 않는 것 같았다.

그는 숨겨진 황금에 대해 믿음이 가득했다. 비록 소문은 증거로 될 수 없지만 신기자 서통의 신분으로는 절대로 사람을 속이거나 간계에 빠지게 하지는 않는다. 설사 백골총 중의 황금이 이미 도굴되었다 해도 천하에 짝이 없는 그 도법은 반드시 그 안에 있을 것이다. 그 뒤에 그는 범옥진의 집 가게로 왔다. 골목길에서 빙빙 돌아 뒷문으로 올 때까지 주위에 사람이 없는 걸 확인하고 몸을 솟구쳐 담벽을 뛰어넘어 뜨락에 내려섰다.

그는 불빛이 나오는 방 앞으로 가서 집안을 바라보았는데 중년의 사람이 혼자 탁자 앞에서 넋 나간 모습으로 앉아 있었다. 심우는 동정심이 떠올랐다. 범옥진의 부친 범달範達에게는 일찌감치 처자를 잃고 딸 하나 밖에 없었다. 만약 범옥진에게 뜻밖의 변고가 있다면 부친은 살 맛을 영영 잃게 될 것이다. 심우는 일부러 기침 소리를 냈다. 범달은 처음에는 전혀 반응이 없다가 한동안 지난 뒤에야 돌연 풀쩍 뛰어 일어나더니 다급히 문 밖을 바라보았다. 심우는 문어귀에서 그에게 머리를 끄덕이면서 말했다.

"범주인, 실례합니다."

범달이 말했다.

"당신……당신은 누구요? 누가 문을 열어 당신을 들어오게 했소?"

심우가 말했다.

"나의 성은 심씨이고 나 스스로 담벽을 뛰어넘어 들어왔습니다."

그의 태도는 조용하고 예모가 있어 범달도 그의 영향을 받은 듯 말했다.

"심선생은 무슨 볼 일이 있소?"

심우가 말했다.

"나는 당신을 도와 범낭자를 찾으려 합니다."

범달은 삽시간에 또 뛰어 일어나며 다급히 물었다.

"당신이 어떻게 내 딸이 실종된 걸 알고 있소?"

심우가 말했다.

"그녀가 사전에 나에게 귀띔한 적이 있소. 그녀를 찾아 귀찮게 굴 사람이 있다고 말했습니다. 그 뒤에 그녀의 애견이 중상을 입고 나를 찾아와 나를 데리고 황폐한 밭으로 갔는데 그녀가 잃은 일부 물건들을 발견했습니다. 여러가지 흔적으로 볼 때 그녀는 그 원수에게 잡혀갔습니다."

범달은 믿기 어려운 기색을 나타내면서 말했다.

"여자애인데 어떻게 원수가 있을 수 있소?"

심우가 말했다.

"그렇습니다. 그녀는 원수가 없지만 그녀의 스승은 원수가 있습니다. 그녀를 납치한 사람이 바로 그녀 스승의 전처입니다."

범달은 의아해서 말했다.

"옥진에게 스승이 있다니? 당신 대체 무슨 말을 하는 것이오?"

심우가 말했다.

"범옥진이 실종된 일을 당신도 인정하지 않을 수 없지 않습니까?"

범달의 눈동자가 도는 것으로 보아 심우를 가늠해보는 것이 뚜렷했다. 심우는 방안에 들어서면서 말했다.

"당신이 만약 이 일을 관가에 알리면 범낭자의 안위를 먼저 생각하는 것이 좋습니다."

범달은 과연 크게 놀라 말했다.

"당신은 도대체 무엇을 요구하오? 나에게 있는 것이면 모두 당신에게 줄 수 있소. 제발 옥진을 나에게 돌려주시오. 돌려만 준다면 나는 절대 추궁하지 않겠소."

심우가 말했다.

"당신이 믿든 안믿든 나는 지금 범낭자를 구할 일에 착수하겠습니다. 그 전에 알고 싶은 게 있소. 그녀의 스승은 누굽니까?"

범달은 눈이 휘둥그레져서 말했다.

"내 딸아이에겐 스승이 없소."

심우가 말했다.

"그녀가 가지고 있는 무공은 상당히 뛰어나서 그녀가 무공을 연마한 시간이 상당히 오랬음을 알 수 있습니다. 만약 당신이 그녀가 무공을 배운 일을 모른다면 그녀는 비밀리에 무공을 익혔을 겁니다."

그는 잠깐 멈췄다가 또 말했다.

"만약 범낭자가 남몰래 무공를 익혔다면 반드시 매일 혹은 하루 건너씩 그녀의 스승을 만났겠는데 당신이 생각해보십시오. 그녀에게 이런 상황이 있었습니까?"

범달은 단연히 대답했다.

"옥진은 어려서 아주 빨리 철이 들어 줄곧 바깥 출입을 하지 않았소."

심우가 말했다.

"그럼 저녁에는요? 그녀의 스승이 아마 저녁에 와서 그녀에게 무공을 전수하였을 겁니다."

범달은 가로저으며 말했다.

"나는 옆방에서 잘 뿐만 아니라 매일 저녁마다 몇 번씩 일어나서는 그녀 방에 가보곤 합니다."

심우가 말했다.

"그녀 스승이 일부러 당신에게 모습을 나타내려 하지 않았다면 당신이 하루 저녁에 스무 번 일어나도 쓸모가 없습니다."

범달은 머리를 가로저으면서 말했다.

"우리 부녀는 줄곧 한 방에서 잤고 방을 가른지 반 년 밖에 안되오."

심우는 생각했다.

'그녀의 스승은 가능하게 그의 수면혈을 찔러놓고야 범옥진을 깨워 무공을 전수하였을 것이다.'

그가 비록 이점을 생각했지만 만약 상대방이 알게 해석하자면 쉽지 않았기 때문에 심우는 그에게 알려주지 않기로 결정하고 계속하여 물었다.

"범낭자는 매일 언제쯤 일어납니까? 늦게 일어나지 않습니까?"

범달이 말했다.

"아니오. 몇 년 내 매일 아침 그녀가 나를 깨웠고 언제나 날이 밝은 지 오래되지 않았소. 그리고 지금까지 날 깨운 시각을 어긴 적이 없소."

심우는 머리를 저으면서 아주 의아해서 말했다.

"이건 불가능한 일입니다. 만약 그녀가 밤에 무공을 익혔다면 낮잠으로 수면을 보충하는 것을 제외하고는 아침에 조금 늦게 일어날 것입니다. 그러나 당신들의 장사로 볼 때 그녀가 늦잠을 자려 해도 힘들 것입니다."

범달은 단연히 말했다.

"그녀는 늦잠을 잔 적이 한 번도 없소."

심우가 말했다.

"그녀가 한 발짝도 집 밖을 나서지 않았고, 또 밤에 무예를 익히지 않았다는 상황은 도리에 맞지 않습니다."

그는 이맛살을 찌푸리고 깊은 사색에 잠겼다. 범달은 그의 말과 태도로부터 이 젊은 사람이 자기를 도와 자기의 딸을 찾으려 한다는 것을 점점 믿게 되었다. 이리하여 그는 그녀의 지나간 생활을 회상하는데 몰두했다. 잠깐 지나 범달은 가볍게 탄식했고 심우는 다급히 말했다.

"무슨 일입니까? 그녀의 이상한 점을 생각해냈습니까?"

범달은 머리를 끄덕이고 말했다.

"사년 전 옥진이 열세 살 때 매일 오후 외할머니 댁에 가서 언제나 저녁을 먹고서야 돌아왔는데 그것이 줄곧 계속됐소. 그녀의 외할머니는 이곳에서 조금 떨어진 곳에 살고 있소."

심우가 말했다.

"지금 빨리 그녀의 외할머니 댁에 가서 알아봅시다. 어쩌면 그녀의 스승이 누군지를 알 수 있는 동시에 그녀의 스승의 거처를 알게 될지도 모릅니다."

범달 자신도 어떻게 되어 이 낯선 사람을 믿게 되였는지 알 수 없었지만 즉시 심우와 함께 나갔고 길에서 외할머니 댁에 관한 일을 몇 마디 말했다. 심우는 이 집에 들어서기 전에 범옥진 외할머니집 성씨가 장씨이고 원래는 작은 장사를 하였지만 지금은 넉넉한 살림이 되었고, 범옥진의 두 외삼촌도 큰 장사를 하고 있다는 것을 알았다. 범달은 장씨네 집에 이르렀다. 그는 심우의 말에 따라 곧장 심우를 데리고 외파를 만났다. 그할머니는 육십여 세였지만 보기에는 사오십 세 좌우로 신체가 건강하고 얼굴도 불그스레하여 젊었을 땐 상당히 예쁘고 사랑스러운 여인이었음을 상상할 수 있었다. 범달이 먼저 말했다.

"옥진이가 어제 저녁부터 지금까지 보이지 않아 이렇게 심선생을 데리고 그녀를 찾으러 왔습니다."

장파파가 의아해 하여 말했다.

"심선생은 누구요?"

심우는 자기소개를 했다.

"나는 범낭자를 알고 있을 뿐만 아니라 나에게 한 자루의 보도가 있는 탓으로 그녀가 어제 저녁 나를 찾아와서 나의 칼을 빌리려고 했기 때문에 나는 그녀가 위험에 처해있다는 것을 알았습니다."

할머니는 상대방의 기색에 주의했는데 그녀가 칼을 빌린다는 말에 경악하지 않는 것을 보고 노부인이 범옥진이 무공을 연마한 일을 알고 있었음을 알아차렸다. 그는 이어서 또 말했다.

"하지만 나는 그녀에게 칼을 빌려주지 않았습니다. 그것은 이 보도의 이름이 매우 불길하기 때문이었습니다. 나는 그녀더러 사정을 그녀의 스승에게 알려주라고 하였을 뿐만 아니라 확실히 어려우면 내가 그녀를 도울 수 있다고 말했습니다."

장파파가 말했다.

"그러나 그녀의 스승에게 알려 줄 시간이 없지 않았지요?"

심우가 말했다.

"그렇습니다. 그녀를 납치해 간 사람은 그녀 스승의 원수인데 그녀 스승의 전처였지요. 이 일은 반드시 재빨리 그녀의 스승에게 알려 주어야 합니다. 내가 범주인을 찾아 물어 보아서야 범낭자가 이곳에서 무공을 연마하였다는 것을 알았습니다. 그러니 장파파는 분명히 그녀 스승의 행방을 아시겠지요?"

범달도 이어서 물었다.

"장모님, 옥진의 스승이 어디 있는지 알고 있습니까?"

장파파는 생각하고 나서야 말했다.

"알고는 있지만 그는 다른 사람들이 그의 거처를 아는 것을 허락지 않소."

심우는 말했다.

"이점에 대해 걱정하지 않아도 됩니다. 그의 원수는 이미 뚜렷이 알아 냈고 범낭자가 그의 여제자임을 알고 있는데 그가 또 누가 자기의 거처를 알까봐 두려워하겠습니까?"

장파파는 머리를 끄덕이고 도리가 있다고 여기고는 즉시 말했다.

"옥진의 스승의 이름은 향상여이고 젊었을 때는 아주 능력있는 사람으로 문무를 겸비하였을 뿐만 아니라 기금시화棋琴詩畵에 정통하지 않은 것이 없소. 내가 그를 알게 된 것은 이미 사십년 전의 일이요."

심우는 향상여라는 이름을 듣자 마음이 움직였다. 원래 그의 부친이 이 사람을 언급한 적이 있었고 향상여가 대낭자라는 별명이 있다는 것도 생각났다. 그의 부친이 이 사람을 언급한 적이 있기 때문에 이 사람의 무공이 고강하다는 것을 그는 알고 있었다. 당대 고수라고 할 수 없는 사람이라면 그의 부친은 굳이 이 사람을 언급하지 않았을 것이다. 장파파는 심우를 바라보면서 물었다.

"당신은 이 이름을 들어본 적 있소?"

심우는 머리를 끄덕이고 말했다.

"돌아가신 부친께서는 생전에 향선배를 언급한 적이 있었지요. 게다가 몇 번 만나본 일도 있어 향선배가 돌아간 부친을 잊지 않았으리라 믿습니다."

장파파가 말했다.

"향상여 본인의 말에 의하면 무릇 그와 알고 있는 사람은 모두 대단한 사람이라 했소."

심우가 말했다.

"괜찮다면 향선배를 만나 범낭자에 관한 일을 알려야 할 겁니다."

장파파는 일어나면서 말했다.

"좋소. 같이 갑시다. 하지만 지금 우리가 간다고 해서 그를 만날 수 있을지는 나도 알 수 없소."

문을 나서서 골목에 들어서자 심우가 물었다.

"왜 향선배를 만나지 못할 수 있다는 겁니까?"

장파파가 말했다.

"그가 기분이 좋지 않을 때에는 누구도 만나지 않소."

심우가 말했다.

"그가 이때 기분이 나쁘지 않길 바랍니다. 그렇지 않으면 범낭자가 위험할텐데!"

그들은 두 거리를 지나 넓적하고 조용한 골목길에 들어섰고 한 대문 앞에 멈춰섰다. 장파파는 문고리를 잡고 두드렸는데 쟁쟁한 소리를 발출했다. 한 동안 지나서 대문이 열리더니 한 노인이 머리를 내밀고 보았다. 그는 장파파를 보더니 웃음 띤 얼굴로 말했다.

　"아니, 임낭자가 왔군?"

　심우는 한번 듣고도 이 노인이 꼭 향상여를 따른 지 몇 십 년이나 된 까닭으로 장파파를 보자 젊을 때의 명칭을 쓰고 있음을 알았다. 장파파는 긴장해서 물었다.

　"아배阿培, 상공은 집에 계시오?"

　노가인老家人은 머리를 가로 저으며 말했다.

　"주인은 지금 집에 계시지 않지만 들어오세요. 이 두 분은 누구신지요?"

　그들은 우아하고 소박하게 장식된 객실에 들어섰다. 장파파가 급하게 말했다.

　"야단났군, 주인은 어디 갔소?"

　노가인은 머리를 가로 저으며 말했다.

　"저도 모릅니다."

　심우가 말을 했다.

　"장파파, 범낭자가 이미 실종되어 지금 생명이 위험에 처했다고 말하면 이 노인이 향선배를 찾을 수 있을 것입니다."

　장파파는 머리를 가로젓고 말했다.

　"내가 이미 당신에게 말했지만 향상여가 사람을 만나려 하지 않을 때에는 어느 누구도 그가 어디 있는지 알 수 없소."

　심우가 말했다.

"그러나 이 노인은 예외입니다, 생각해보십시오. 그가 향선배를 따른 지 수십 년이 되는데 그래 일반적인 주인과 하인의 관계하고 비할 수 있 겠습니까?"

노가인은 멍하게 그를 바라보고 난 다음 물었다.

"방금 뭐라고 말했소. 옥진에게 무슨 일이 생겼소?"

범달이 말했다.

"옥진이가 실종되었는데 노부인에게 납치되었다고 합니다."

심우가 즉시 말했다.

"바로 향선배의 전처인데 당신도 그녀를 알고 있을테지요?"

노가인은 대경실색하여 총망히 몸을 돌려 안으로 달려갔다. 잠깐 사이 에 담청색의 장삼을 걸친 중년 문사가 걸어나왔다. 그의 윤곽은 청수했 는데 물론 대범하고도 자연스러운 풍도가 있었다. 장파파는 그를 보더니 다급히 말했다.

"하늘이 도와 당신이 나가지 않았군요."

중년 문사는 매우 예리한 눈길로 심우의 얼굴을 한동안 주시하고 나서 야 말했다.

"방금 귀하가 한 말을 내가 다 들었소. 다만 알 수 없는 것은 귀하는 아 배가 수십 년 동안 나를 따랐다는 일을 어떻게 알았소?"

심우가 말했다.

"후배는 그 노인이 장파파에 대해 부르는 명칭을 듣고 알았습니다."

향상여는 연신 머리를 끄덕이면서 말했다.

"귀하의 재능과 지혜가 뛰어나군. 탄복하오, 탄복하오."

그는 이어서 심우의 성명을 물었고 범달에 대해서는 그가 이미 알고 있었지만 범달은 도리어 그를 모르고 있었다. 심우는 범옥진이 칼을 빌리려 했던 일부터 시작하여 그녀가 검을 떨어뜨린 일까지 말했다.

"후배의 말을 향선배가 의심하지 마십시오. 모두 사실을 얘기했을 따름입니다. 후배가 보기에 범낭자의 목숨이 화급을 다투고 있습니다."

향상여는 심우의 말을 듣고 말했다.

"심형의 말은 대체적으로 믿을 수 있소. 하지만 옥진은 하루이틀 사이에 생명의 위험이 없으니 시름을 놓으시오."

그는 침착한 태도로 이 사람들에게 자리를 권했고 노가인이 따라주는 차를 천천히 마셨다. 이때 범달 만이 안절부절못했고 장파파는 향상여를 매우 신임했기 때문에 기색이 느긋해졌다. 심우는 객관적인 입장이었기에 긴장하지 않았다. 하물며 향상여는 재능과 지혜로 자부하는 사람이어서 그의 말에는 필시 근거가 있었다. 향상여는 해석했다.

"옥진이를 납치해 간 여인의 주요 목적은 나를 괴롭히고 나로 하여금 고통스럽게 하려는 것이오. 만약 그녀가 대뜸 옥진을 해친다면 내가 받는 고통이 크다고 여기지 않을 것이기에 옥진의 안전은 나에게 맡기고 시름을 놓으시오."

심우는 이 일에 그가 이미 참여할 필요가 없다고 생각했다. 아울러 그 부인이 향상여를 괴롭히려고 모습을 나타낼 것이기에 그녀를 찾지 않아도 된다고 생각했다. 그러므로 그가 알아낸 소식도 향상여에게 알려줄 필요가 없었다. 그는 일어나면서 말했다.

"향선배가 신심이 있는 이상 후배는 시름놓겠습니다. 그럼 후배는 이만 물러가겠습니다."

향상여는 담담하게 웃고 손짓으로 그를 눌러 앉히고 말했다.

"심형은 급해하지 마오. 당신이 제공한 정보에 아주 감사하게 생각하오. 물론 보답은 하겠소만 나는 한 가지 일을 똑바로 알아야겠는데 심형은 다른 사람의 명을 받고 소식을 나에게 알려주는 건 아니겠지요?"

심우는 어깨를 으쓱거리고 말했다.

"향선배가 의심한다면 후배도 말할 수 없습니다."

향상여가 말했다.

"심형은 오해했소. 만약 심형의 순수한 호의를 증명하려면 어렵지 않소. 옥진이 당신에게서 칼을 빌리려 했다고 말했는데 그 칼이 지금 어디에 있소?"

심우는 장화 속에서 그 짧은 보도를 꺼내들고 말했다.

"바로 이것인데 도명은 기화로 매우 불길하기 때문에 후배는 범낭자에게 빌려줄 수 없었습니다."

향상여는 다만 한번 보고 말했다.

"좋은 칼이요, 좋은 칼이요. 만약 내가 잘못보지 않았다면 이 보도는 서촉 두가의 보물이 틀림없소."

심우가 말했다.

"향선배의 말씀이 옳습니다. 이 칼은 두가의 보물입니다."

향상여가 말했다.

"심형은 두가 집안 사람도 아니고 사천 사람도 아닌데 어떻게 이런 신비한 물건을 얻었는지 이상하군요."

심우는 칼을 거두고 천천히 말했다.

"향선배는 돌아간 부친을 기억하실 겁니다."

향상여는 담담하게 말했다.

"내가 알고 있는 사람은 매우 적소. 나는 영존을 모르오."

그는 한 입에 심우의 부친을 모른다고 잡아뗐는데, 이런 횡포한 태도는 그가 거만하고 천하의 모든 지사들을 마음에 두지 않는다는 것을 넉넉히 설명했다. 심우가 말했다.

"돌아간 부친은 생전에 향선배의 대명을 언급한 적이 있지요. 방금 장파파가 향선배의 이름을 말하자 후배는 당대의 고수 향선배임을 이미 알았습니다."

향상여가 그 말을 받았다.

"그럼 당신은 당년의 나의 별명도 알고 있겠소?"

심우는 머리를 끄덕이면서 말했다.

"그렇습니다. 후배는 알고 있습니다."

향상여는 쌀쌀하게 말했다.

"좋소, 영존은 어느 분이요?"

심우가 말했다.

"돌아간 부친은 심목영인데 향선배는 그를 압니까?"

향상여는 깜짝 놀라 말했다.

"무엇이? 심형이 칠해도룡 심목영 대협의 아들이라고? 나는 물론 그를 알고 있소. 그때 심대협은 무림 제일 고수의 명칭이 있었는데 나는 심대협이 돌아갔다는 소식을 듣지 못했소."

심우의 기색은 정상이었지만 눈에서는 내심의 슬픔과 애석함이 노출되었다. 그가 중얼거렸다.

'부친의 돌아간 소식을 알고 있는 사람이 과연 몇이 아니구나.'

향상여는 심우의 대답에 병으로 돌아갔다는 말이 없는 것을 듣고는 심목영의 죽음에는 말 못할 괴로움이 있음을 알았다. 또한 심우의 눈길에서 노출되는 슬픔과 애석함도 아들이라야 나타낼 수 있는 특별한 비통이 보였으므로 심목영의 죽음에 피치 못할 원인이 있음을 알았다. 그의 한두 마디 말에서 적지 않은 사정을 관찰하였을 뿐만 아니라 아울러 심우의 신분도 인정할 수 있었으므로 향상여가 즉시 말했다.

"옥진의 일로 공교롭게도 심형을 만날 줄은 생각도 못했소. 당신이 재빨리 알려준 소식에 대해 이 일을 알맞게 처리한 뒤 은혜를 갚겠소. 지금 옥진에게는 당장 큰 문제가 없을 것이오. 다시 말해 내 전처가 날 괴롭히기 위해 옥진을 다만 이용할 뿐이오."

그는 풍채도 대범하고 자연스러우며 용모도 준수하였다. 솔직히 말해 그가 범옥진과 동행하면 비록 나이와 모습의 차이는 있지만 부부라고 보아도 이상하다고 여기는 사람이 없을 것이다. 그러므로 심우마저도 견딜 수 없이 의심하기 시작했다. 그것은 향상여의 당년의 별명이 대낭자이고 지금 비록 육십이 넘었지만 젊어 보이는데다 무공이 뛰어나 신체가 건장하여 풍류스러워도 희한한 일이라고 할 수 없었다. 향상여는 장파파와 범달을 바라보면서 견결하고도 힘이 넘치는 자신있는 말투로 말했다.

"아련阿蓮, 사위를 데리고 먼저 돌아가오. 옥진은 당신의 외손녀일 뿐만 아니라 내가 유일하게 사랑하는 제자이니 그녀의 일은 내가 책임지겠소."

장파파는 그를 매우 숭배하고 경복하는 것 같았으므로 머리를 끄덕이고 범달을 잡아당기면서 말했다.

"좋아요, 우리는 돌아가서 소식을 기다리겠어요."

범달은 장모가 이렇게 말하니 비록 애타게 근심하였지만 더 말하지 않고 심우에게 사의를 표하고 장모를 따라 떠나갔다. 그들이 떠나간 뒤 향상여는 심우를 바라보면서 말했다.

"옥진의 외할머니는 젊었을 때 미인이라고 할 수 있었는데!"

심우는 이에 대해 말참견 할 필요가 없었으므로 두루뭉술하게 "예"하고 대답했다. 향상여는 또 말했다.

"이런 일이 생겨 난감하오. 내가 젊었을 때 너무 방탕하여 하늘이 내게 더없이 괴상한 처자를 내려 주었는데 이 여인과는 협의하고 헤어졌지만 그녀의 질투심은 아직도 여전하오. 아. 마치 몸에 붙은 음마陰魔와도 같으니……, 나는 평안을 찾을 길이 없구료."

심우는 조용히 그의 말을 들으면서 그럼 왜 곧바로 행동을 취하지 않는가하고 생각했다. 향상여는 또 말했다.

"심형은 이번에 어떤 용무로 금릉에 왔소?"

심우가 말했다.

"후배는 부친이 돌아간 뒤 가정적으로 부담이 없기 때문에 강호로 떠돌아다녔는데 고정적인 사업이 없습니다."

향상여는 물었다.

"그럼 심형의 일상 생활의 지출은 집에서 가지고 나온 돈으로 해결하는 것이오?"

심우가 말했다.

"그렇습니다. 후배는 세상 형편에 관심이 없고 부친이 돌아간 다음 더욱 실망했습니다."

향상여는 연신 머리를 가로 저으면서 말했다.

"심형과 같은 인재가 가학의 연원으로 절대 웅대한 포부를 버리고 웅심을 잃어서는 안되오. 한 사람에게는 다만 한 평생 뿐인데 전생은 과거로 되었고, 내생은 알 수 없고 막연한데 어떻게 이 일생을 가볍게 저 버릴수 있겠소?"

심우가 말했다.

"결국 삶이란 것이 허황한데 어떤 결과를 바라겠습니까."

향상여는 머리를 가로 저으면서 말했다.

"옛 사람들은 굴과 들에서 날 것을 먹고 살았는데 지금은 옷과 모자가있고 집에서 살고 있소. 이런 것들은 모두 천백년 이래 인류가 활동한 결과인데 심형은 그래 인류의 성과를 말살하겠소?"

심우는 깜짝 놀라 말했다.

"향선배의 말이 지당합니다. 후배는 한 번도 그 점을 생각하지 않았습니다."

향상여가 말했다.

"천만에, 만약 한 사람이 개인의 득실을 너무 마음에 둔다면 필연적으로 환상에 속하는 결론이 발생할 것이요. 다시 말해서 한 사람이 자기가간절히 바라는 것을 모두 가지려 해도 사실상 영원히 가질 수 없기 때문에 그는 반대되는 생각이 생겨나서 자기가 영원히 가질 수 없는 것에 대해 정력과 심혈을 기울여 얻을 필요가 없다고 여기오."

그는 잠깐 멈췄다가 또 다시 말했다.

"알 수 없는 것은 그 어떤 사람이 가지고 있던 물건은 그 사람이 죽어도인간 세상에 존재하오. 예를 들면 집과 수레, 법령 제도와 문물, 심지어는일부 인물들의 위훈은 여전히 존재하오. 당신도 이 점을 생각해보오. 이런 사람들의 노력이 없었다면 우리 오늘 날도 날 것을 먹는 시대였을 텐데 그래도 당신이 세상 형편을 간파한다고 말할 수 있겠소?"

그는 천천히 말했고 일을 분석하는데 조리있고 뚜렷하여 한번 듣고도 알게 했다. 뿐만 아니라 저도 모르게 탄복하게 했다. 그러나 여기까지 이야기 하였을 때 심우는 궁금한 것이 있었다.

"왜 그 때 세상 형편을 간파할 수 없습니까?"

향상여가 말했다.

"그건 우리 인류의 향수라고 말할 수 없을 뿐만 아니라 매일 생활마저 대처하기 힘들었소. 우리 인류는 날카로운 발톱, 모피가 없고 사자, 호랑이, 원숭이와 같은 재주나 체력이 없어 살아가려면 부득불 여러 모로 방법을 강구하지 않을 수 없었소."

심우가 깨달았다는 듯이 말했다.

"당신의 뜻은 만약 선조들의 분투와 창조가 없었다면 오늘날 우리의 번화하고 흥성거리는 국면이 있을 수 없기 때문에 인간 세상을 간파했든지 간파 못했든지 말할 수 없다는 것입니까?"

향상여가 말했다.

"그렇소, 인류의 활동을 모두 후인들에게 남겨주는데 이것은 결국 사람마다 상상하는 헛수고가 되는 것이 아님을 증명하오."

심우가 탄복하면서 말했다.

"향선배의 간단한 연설에 후배는 막혔던 가슴이 탁 트이는 것 같고 십년 공부한 것보다 더 소중합니다."

그들이 여기까지 이야기하였을 때 돌연 가노인 아배가 들어오면서 말했다.

"노야. 소식이 있습니다."

향상여가 말했다.

"행방을 조사해 냈는가?"

가노인 아배가 말했다.

"조사해냈습니다. 주모는 성 서쪽 한 암자에 거주하고 있습니다."

아배가 또 말했다.

"이 외에도 한 가지 일을 알아냈는데 주모의 행방을 우리가 두 번째로 알아냈다는 것입니다."

향상여는 의아해 하며 말했다.

"아니, 우리보다 앞서 알아낸 사람이 있다고?"

심우가 대답했다.

"그건 후배가 한 일입니다."

향상여는 눈길을 돌려 심우를 보더니 갑자기 웃으면서 말했다.

"원래는 그런 일이였군. 심형이 지혜로운 사람인 것으로 보아 보통 무림인하고는 비할 수 없소."

심우가 말했다.

"후배는 줄곧 이 소식을 알려드릴 기회가 없었는데, 다만 선배가 의심이 생길까봐 두렵습니다."

향상여는 솔직하게 말했다.

"그럴 수는 없지만 심형이 조사한 적이 있는 걸 보면 나의 전처를 아직 모르는 것 같소. 그렇지 않으면 당신이 왜 조사했겠소?"

심우는 태도를 표하고 말했다.

"지금 갑시다. 이 일은 빨리 손쓰는 것이 좋습니다."

향상여는 머리를 조아리면서 말했다.

"심공자가 도움을 주겠다니 나는 확실히 감격할 뿐이요."

그는 사의를 표했고 눈에서도 진실한 마음을 노출하였다. 심우는 그의 태도와 말에 대해 도리여 두 가지의 의문이 생겼다. 첫째는 향상여가 왜 이렇듯 감격을 표하는가? 이 일은 그의 도움이 있으면 물론 좋지만 설사 그가 도와주려 하지 않아도 대단할 것이 없었다. 둘째는 향상여가 사의를 표할 때 읍을 대신하여 머리를 조아렸고 스스로 빈도라고 칭하였는데 그래 그가 이미 출가했단 말인가? 향상여의 말소리가 또 들려왔다.

"심공자는 가학의 연원으로 평범한 사람과는 비할 수 없고 아울러 나는 한번 보고도 심공자의 위인이 너그럽고 열심히 하니 완전히 믿을 수 있음을 알았소."

심우는 급히 말했다.

"향선배는 과찬이십니다. 제가 어떻게 해야합니까?"

향상여가 말했다.

"나는 심공자가 도사 차림으로 분장하였으면 하오. 그 다음 계홍연桂紅蓮을 유인해 내가 옥진을 곤경에서 구하겠소. 물론 그녀가 나를 만나면 수고스럽지만 심공자가 옥진을 구해내오."

심우가 말했다.

"그녀를 계홍연이라고 부르는군요."

향상여가 말했다.

"심공자는 이 이름에 대해 들어 본 일이 있소?"

심우는 의혹스러워 생각했다.

"이상하다. 내가 알아야 할 이름인가?"

심우가 말했다.

"무림 중에는 계씨성을 가진 사람이 많지 않습니다."

향상여가 또 물었다.

"그럼 미리비궁의 금동옥녀는 심공자가 들은 적이 있소?"

심우는 생각하고 나서 말했다.

"이 이름을 들은 것 같지만 어떤 인상도 없습니다."

향상여는 머리를 끄덕이고 말했다.

"심공자가 이 이름을 들어본 적이 없어도 이상한 건 아니오. 심공자가 철이 들었을 때는 이미 역사 속의 일이 되어 버렸소. 아마 영존과 금동 후천한侯天恨은 좀 교정이 있었던 것 같았는데, 이미 미리비궁은 불타버려 폐허로 되었소. 아울러 미리비궁의 사람들은 이미 모두 목숨을 잃었기 때문에 그가 언급하지 않은 것도 이치에 부합되오."

심우는 지금 부친의 생전에 모든 행동에 대해 모두 흥미를 가졌으므로 즉시 다급하게 물었다.

"그럼 미리비궁과 그 계……계낭자는 어떤 관계가 있습니까?"

향상여는 하늘색을 바라보면서 아직 이르다고 여겼는지 천천히 말했다.

"당신은 그녀의 이름을 부르면 되오. 이 여인은, 아. 지금 나에게는 사랑과 원한이 겨우 남아 있소. 사랑하는 것은 옥진으로 나의 직계 친골육과도 같소. 증오하는 것은 계홍연인데 그녀는 정말 마귀와도 같은 여인으로 매우 가증스럽소."

심우는 참견하지 않고 정신을 가다듬고 들었다. 향상여가 말했다.

"계홍연은 비궁 중의 옥녀로 당년에는 예쁜 자색으로 사람을 매혹시켰소. 이것은 더 말할 필요없소. 애석한 것은 그녀의 성미가 과격하여 어떤 일이나 모두 극단으로 갔소. 당신도 알다시피 이것은 사파 인물의 특징이요. 금동 후천한을 말하면 그는 뼛속까지 나쁘기 때문에 내가 괴상하다고 여기는 것은 영존은 정정당당한 대협으로 어찌하여 후천한과 가까이 지냈는지? 그러나 다행히 그 사람들은 이미 모두 없어졌으니 더 언급할 필요가 없지!"

심우가 물었다.

"미리비궁 중에는 다만 금동 후천한과 옥녀 계홍연 두 사람만 있는 것이 아니겠지요?"

향상여가 말했다.

"물론 그 두 사람뿐이 아니지. 하지만 다만 이 두 사람만 말할 필요가 있소. 그것은 궁중의 이십일 명의 시자가 후천한과 같이 죽었고, 금방 비궁의 주인으로 된 무명소녀는 후천한 등 사람들보다 하루 먼저 다른 사람에게 찔려 죽었기 때문이요. 사실상 미리비궁은 그때 이미 금동 옥녀가 영도하였기 때문에 이 두 사람만 언급해도 넉넉하오."

- 4권에서 이어집니다.

무도연지겁 3

도경비도(刀經秘圖)

1판 1쇄 펴낸날 2015년 6월 20일

지은이 사마령
옮긴이 중국무협소설동호회 중무출판추진회

펴낸이 서채윤
펴낸곳 채륜
책만듦이 김승민
책꾸밈이 원정아

등록 2007년 6월 25일(제2009-11호)
주소 서울시 광진구 천호대로 798 현대 그린빌 201호
대표전화 02-465-4650 | **팩스** 02-6080-0707
E-mail book@chaeryun.com
Homepage www.chaeryun.com

책값은 뒤표지에 있습니다.
ISBN 979-11-85401-06-5 04820
ISBN 978-89-967201-3-3 (세트)

※ 잘못된 책은 바꾸어 드립니다.

武道胭脂劫#1-5
ⓒ 1999 by SUNG ENTERPRISE INC.
All rights reserved. First published in Taiwan by Chen Shan Mei Publishing Co.
Korean translation rights arranged with ChineseKungfu Inc. and CHAERYUN (Subsidiary: CHAERYUNSEO).

이 도서의 국립중앙도서관 출판예정도서목록(CIP)은 서지정보유통지원시스템 홈페이지(http://seoji.nl.go.kr)와 국가자료공동목록
시스템(http://www.nl.go.kr/kolisnet)에서 이용하실 수 있습니다. (CIP제어번호 : CIP2015011624)